CB125021

ESPECIALISTAS LITERÁRIAS NA ANATOMIA DO SUSPENSE
EVIDENCE
TO BE OPENED BY AUTHORIZED PERSONNEL ONLY
CRIME SCENE FICTION
DARKSIDE BOOKS
E.L.A.S

SAMANTHA
DOWNING

E.L.A.S ®

ESPECIALISTAS
LITERÁRIAS NA
ANATOMIA DO
SUSPENSE

ESPECIALISTAS LITERÁRIAS NA ANATOMIA DO SUSPENSE

CRIME SCENE® FICTION

MY LOVELY WIFE
Copyright © 2019 by Samantha Downing
Todos os direitos reservados, incluindo o direito de reprodução total ou parcial, sob qualquer forma.

Nenhuma parte deste livro pode ser utilizada ou reproduzida de qualquer forma para fins de treinamento de tecnologias ou sistemas de inteligência artificial.

Esta edição foi publicada mediante acordo com a Berkley, editora do Penguin Publishing Group, uma divisão da Penguin Random House LLC.

Esta é uma obra de ficção. Nomes, personagens, lugares e incidentes são produto da imaginação da autora ou usados de forma ficcional, e qualquer semelhança com pessoas reais, vivas ou mortas, estabelecimentos comerciais, eventos ou locais é mera coincidência.

Tradução para a língua portuguesa © Fernanda Lizardo, 2025

Diretor Editorial
Christiano Menezes

Diretor de Novos Negócios
Chico de Assis

Diretor de Planejamento
Marcel Souto Maior

Diretor Comercial
Gilberto Capelo

Diretora de Estratégia Editorial
Raquel Moritz

Gerente de Marca
Arthur Moraes

Gerente Editorial
Bruno Dorigatti

Editor
Paulo Raviere

Editor Assistente
Lucio Medeiros

Capa e Projeto Gráfico
Retina 78

Coordenador de Diagramação
Sergio Chaves

Designer Assistente
Thaila Nagazawa

Preparação
Francylene Silva

Revisão
Fabiano Calixto
Natália Agra

Finalização
Roberto Geronimo

Marketing Estratégico
Ag. Mandíbula

Impressão e Acabamento
Braspor

DADOS INTERNACIONAIS DE CATALOGAÇÃO NA PUBLICAÇÃO (CIP)
Jéssica de Oliveira Molinari CRB-8/9852

Downing, Samantha
Minha adorável esposa / Samantha Downing; tradução de Fernanda Lizardo. —Rio de Janeiro : DarkSide Books, 2025.
368 p.

ISBN: 978-65-5598-566-5
Título original: My Lovely Wife

1. Ficção norte-americana 2. Suspense 3. Horror
I. Título II. Lizardo, Fernanda

25-3465 CDD 813

Índice para catálogo sistemático:
1. Ficção norte-americana

[2025]
Todos os direitos desta edição reservados à
**DarkSide®** *Entretenimento* LTDA.
Rua General Roca, 935/504 — Tijuca
20521-071 — Rio de Janeiro — RJ — Brasil
***www.darksidebooks.com***

SAMANTHA DOWNING

# MINHA ADORÁVEL ESPOSA

TRADUÇÃO FERNANDA LIZARDO

E.L.A.S

DARKSIDE

# UM

Ela está me olhando. Seus olhos azuis estão vidrados, eles desviam para a bebida e então voltam para mim. Olho para o meu copo e sinto que ela me observa, questionando se por acaso estou tão interessado nela quanto ela em mim. Olho para ela de relance e sorrio para demonstrar que estou, sim. Ela retribui. Agora boa parte do batom dela já se foi dos lábios, restando só uma mancha avermelhada na borda do copo. Eu me aproximo e sento ao lado dela.

Ela ajeita o cabelo. É um cabelo comum, tanto na cor quanto no comprimento. Seus lábios se movem, ela diz "olá", e seus olhos reluzem. Parecem iluminados por trás.

Minha aparência é tão atraente para ela quanto seria para a maioria das mulheres neste bar. Tenho 39 anos, estou em excelente forma, tenho uma cabeleira farta e covinhas, e meu terno veste melhor do que qualquer luva. É por isso que ela me olhou, por isso que sorriu, por isso que está feliz por eu ter me aproximado. Sou o homem que ela almeja.

Deslizo o celular pelo balcão, na direção dela. Há uma mensagem.

Olá. Meu nome é Tobias.

Ela lê e franze a testa, olhando para mim. Digito outra mensagem.

Sou surdo.

Ela arqueia as sobrancelhas, cobre a boca com a mão e sua pele é tomada por um rubor. O constrangimento é sempre igual em todos.

Ela balança a cabeça para mim. Desculpe, sério. Ela não sabia.

É claro que não sabia. Como poderia saber?

Ela sorri. Um sorrisinho sem graça.

Não sou mais aquele cara da imagem na cabeça dela, não sou mais o homem que ela imaginou, mas agora ela não sabe o que fazer.

Ela pega meu celular e digita uma resposta.

Sou Petra.

Prazer em conhecê-la, Petra. Você é russa?

Meus pais eram russos.

Faço que sim com a cabeça e sorrio. Ela imita meus gestos. Sei que a mente dela está um agito só.

Ela não está a fim de papo comigo. Deseja encontrar um homem capaz de ouvi-la rir e que não precise ficar digitando a conversa.

Ao mesmo tempo, sua consciência lhe diz para não discriminar. Petra não quer ser a mulher superficial que rejeita um cara só porque ele é surdo. Ela não quer me rejeitar como tantas outras já fizeram.

Ou assim ela pressupõe.

Sua batalha interior é como uma peça de três atos se desenrolando diante dos meus olhos, e eu já sei muito bem como termina. Pelo menos durante a maior parte do tempo.

Ela fica.

Sua primeira pergunta é sobre minha audição, ou a ausência dela. Sim, sou surdo de nascença. Não, nunca ouvi nada — nem uma risada, nem uma voz, nem um cachorrinho latindo ou um avião sobrevoando.

Petra faz uma carinha triste. Não se dá conta do quanto isso é capacitista, e eu evito censurá-la, afinal de contas ela está se esforçando. Porque ela escolheu ficar.

Ela pergunta se sei fazer leitura labial. Faço que sim. Ela começa a falar.

"Quando eu tinha 12 anos, quebrei a perna em dois lugares. Acidente de bicicleta." Ela movimenta a boca da maneira mais exagerada e grotesca. "Enfim, tive de usar um gesso que ia do pé até a coxa." Ela para e desenha uma linha na coxa, para o caso de eu não ter entendido. Eu entendi bem, mas agradeço a tentativa. E pela bela coxa.

Ela continua. "Fiquei seis semanas sem andar. Na escola, precisei usar cadeira de rodas porque o gesso era pesado demais para erguer só com muletas." Sorrio, em parte imaginando a pequena Petra com um gesso gigantesco. Em parte, imaginando o rumo dessa historinha triste.

"Não estou dizendo que sei como é viver em uma cadeira de rodas, ou ter uma deficiência permanente. É só que... bem, acho que tive uma pequena amostra de como seria, sabe?"

Faço que sim com a cabeça.

Ela sorri, aliviada, com medo de sua história ter me ofendido.

Digito:

Você é muito sensível.

Ela dá de ombros. Sorri com o elogio.

Pedimos uma nova rodada de bebidas.

Conto a ela uma história que não tem nada a ver com surdez. Falo do bichinho de estimação que tive na infância: um sapo chamado Sherman. Ele era um sapo-boi que sempre ficava na maior pedra do lago e monopolizava todas as moscas. Nunca tentei pegar o Sherman; só observava, e às vezes ele também me observava. Gostávamos de nos sentar juntos, e, com o tempo, comecei a dizer para mim mesmo que ele era meu animal de estimação.

"O que aconteceu com ele?", pergunta Petra.

Dou de ombros.

Um dia, a pedra estava vazia. Nunca mais o vi.

Petra diz que é uma história triste. Digo a ela que não é. Triste teria sido encontrar o cadáver dele e ser obrigado a enterrá-lo. Isso foi algo que nunca precisei fazer. Apenas me convenci de que ele tinha ido para um lago maior, com mais moscas.

Ela gosta do desfecho, e me diz isso.

Mas não conto tudo sobre Sherman. Por exemplo, que ele tinha uma língua comprida e tão veloz que eu mal conseguia vê-la, e que eu sempre quis agarrá-la. Eu costumava me sentar à beira do lago e me perguntar se minha ideia seria maldade com o bichinho. O quão terrível seria tentar agarrar a língua de um sapo? Será que aquilo o machucaria? Se ele morresse, seria assassinato? Nunca tentei de fato agarrar a língua dele, e provavelmente nem teria conseguido fazê-lo, mas não nego que pensei no assunto. E só isso já bastava para eu sentir que não era um amigo tão bom assim para Sherman.

Petra me conta do gato dela, Lionel, nomeado em homenagem ao seu gato de infância, de mesmo nome. Digo a ela que é engraçado, mas não tenho certeza se é. Ela me mostra fotos. Lionel é um gato frajolinha com carinha preta e branca. Ele é sisudo demais para ser fofo.

Ela continua a falar, e aí concentra o assunto no trabalho. Ela é responsável por consolidar marcas de empresas e produtos, e diz que é, ao mesmo tempo, a coisa mais fácil e a mais difícil. Difícil no começo, porque é muito complicado fazer as pessoas absorverem as informações, mas à medida que mais pessoas começam a reconhecer a marca, aí fica fácil.

"Num dado momento, nem faz diferença o que estamos vendendo. A marca se torna mais importante do que o produto." Ela aponta para o meu celular e me pergunta se eu o comprei por causa da marca ou porque gosto do aparelho.

Ambos?

Ela sorri. "Viu? Você nem tem certeza."

É, acho que não.

"O que você faz da vida?"

Contador.

Ela assente. É a profissão menos empolgante do mundo, mas é sólida, estável e algo que um surdo dá conta de fazer com facilidade. Números não falam via voz.

O barman se aproxima. Organizado e aprumado, ele parece estar na faixa etária de um universitário. Petra se encarrega dos pedidos, afinal eu sou surdo. As mulheres sempre acham que preciso ser cuidado. Elas gostam de fazer as coisas por mim porque presumem que sou fraco.

Petra pede mais duas bebidas e uma nova porção de salgadinhos, e sorri como se estivesse orgulhosa de si. Isso me faz rir. Uma risada contida, mas ainda assim uma risada.

Ela se inclina para mim e pousa a mão no meu braço. Deixa ali. Já se esqueceu de que não sou o homem ideal para ela, e nossa progressão agora é previsível. Não demora muito para irmos à casa dela. A decisão é mais fácil do que deveria, mas não porque eu a considere particularmente atraente. É a escolha. Ela me dá o poder de decidir, e agora sou um homem que diz sim.

Petra mora no centro da cidade, perto do bar, em meio a todos os grandes letreiros de marcas. A casa dela não é tão organizada quanto eu esperava. Tem bagunça para todo lado: papelada, roupas e pratos. Tenho a impressão de que ela perde as chaves com frequência.

"Lionel está por aqui em algum lugar. Provavelmente escondido."

Não procuro pelo gato sisudo.

Ela anda de um lado para outro, largando a bolsa em um canto e tirando os sapatos em outro. Duas taças surgem, cheias de vinho tinto, e ela me leva para o quarto. Então se vira para mim, sorrindo. Petra ficou mais atraente; até seu cabelo sem graça parece brilhar. É o álcool, de fato, mas também é a felicidade dela. Tenho a sensação de que fazia tempo que ela não ficava alegrinha assim, e não sei por quê. Petra é uma mulher bonita.

Ela cola seu corpo no meu, sua pele cálida, seu hálito encharcado de vinho. Então tira a taça da minha mão e a pousa na mesa.

Só termino a bebida bem mais tarde, quando estamos na penumbra e a única luz disponível é a do meu celular. Digitamos lá e cá, zombando de nós mesmos e do fato de mal nos conhecermos.

Pergunto:

Cor favorita?

Verde-limão. Sorvete?

Chiclete.

Chiclete? Aquele sorvete azul?

Isso.

Quem é que fala uma coisa dessas?

Qual é o seu favorito?

Baunilha francesa. Recheio de pizza?

Presunto.

Ah, não. Vamos parar por aqui.

Vamos mesmo?

Calma aí, ainda estamos falando sobre pizza?

Não estamos falando sobre pizza.

Mais tarde, ela cochila primeiro. Penso em ir embora, depois penso em ficar, e a ideia me ronda por tanto tempo que acabo cochilando.

Quando acordo, ainda está escuro. Saio da cama sem despertar Petra. Ela está dormindo de bruços, uma perna dobrada e o cabelo espalhado no travesseiro. Não consigo concluir se gosto mesmo dela ou não, então não concluo nada. Não preciso.

Na mesinha de cabeceira, seus brincos. São feitos de vidro colorido, um redemoinho azulado que lembra seus olhos. Depois de me vestir, os enfio no bolso. Levo-os comigo para me lembrar de não fazer isso de novo. Quase acredito que, dessa vez, vai funcionar.

Sigo em direção à porta sem olhar para trás.

"Você é surdo mesmo?" Ela pergunta em voz alta, pelas minhas costas.

Eu a ouço, claro. Não sou surdo.

Mas continuo andando.

Finjo que não escuto, vou direto para a porta, saio e a fecho. Continuo andando até sair do prédio dela, desço pelo quarteirão e viro a esquina. Só então paro e me pergunto como ela descobriu. Devo ter vacilado em algum momento.

E.L.A.S®
SAMANTHA DOWNLING
MINHA ADORÁVEL ESPOSA

# DOIS

Meu nome não é Tobias. Só uso esse nome quando quero que alguém se lembre de mim. Neste caso, o barman. Apresentei-me e digitei meu nome assim que entrei no bar e pedi uma bebida. Ele se lembrará de mim. Irá se lembrar de que Tobias é o sujeito surdo que saiu do bar com uma mulher que acabou de conhecer. O nome era para ele, não para Petra. Já ela vai se lembrar de mim apesar de qualquer coisa, afinal, com quantos surdos ela teria transado?

E se eu não tivesse vacilado, talvez teria sido só uma nota de rodapé um tanto peculiar no histórico sexual dela. Mas agora ela se lembrará de mim como o "cara que fingiu que era surdo" ou "o cara que possivelmente era surdo".

Quanto mais penso nisso, mais me pergunto se por acaso vacilei duas vezes. Talvez eu tenha congelado por um segundo quando ela perguntou se eu era mesmo surdo. É possível, porque é isso que as pessoas fazem quando ouvem algo inesperado. E se eu fiz isso, é provável que ela tenha notado. Logo, deve saber que menti.

Enquanto dirijo de volta para casa, tudo é desconfortável. O banco do meu carro está áspero e machuca minhas costas. Tudo no rádio está alto demais, quase como se estivessem aos berros. Mas não posso culpar Petra por tudo isso. Já faz um tempo que ando irascível.

Em casa, tudo está silencioso. Minha esposa, Millicent, ainda está na cama. Estamos casados há quinze anos e ela não me chama de Tobias. Temos dois filhos: Jenna tem 13 anos, e Rory é um ano mais velho.

Nosso quarto está escuro, mal consigo distinguir a silhueta de Millicent sob as cobertas. Tiro os sapatos e sigo na ponta dos pés em direção ao banheiro.

"E então?"

Millicent parece bem desperta.

Viro-me um pouco e vejo a sombra dela, apoiada em um cotovelo.

Lá está ela de novo. A escolha. De Millicent, uma raridade.

"Não", digo.

"Não?"

"Ela não é a certa."

O ar entre nós congela. E só derrete quando Millicent expira e volta a deitar a cabeça no travesseiro.

Ela se levanta antes de mim. Quando entro na cozinha, Millicent está organizando o café da manhã, o lanche das crianças, o dia, nossas vidas.

Sei que deveria lhe contar sobre Petra. Não sobre o sexo; eu não contaria isto à minha esposa. Mas deveria admitir que cometi um erro e que Petra é, sim, a pessoa certa para nós. E eu deveria fazê-lo logo, porque é um risco largar Petra solta por aí.

Em vez disso, não digo nada.

Millicent me olha, sua decepção me atinge como um soco. Seus olhos são verdes, muitos tons de verde, e parecem camuflados.

São bem diferentes dos de Petra. Millicent e Petra não têm nada em comum, exceto que ambas transaram comigo. Ou com alguma versão de mim.

As crianças descem as escadas aos tropeços, já gritando entre si, brigando sobre quem disse o quê de fulano e sicrano ontem na escola. Elas já estão de uniforme, prontas para ir à aula, assim como eu já estou vestido para o trabalho, com meu uniforme branquinho. Não sou, nem nunca fui um contador.

Enquanto meus filhos estão na escola e minha esposa trabalha vendendo casas, eu passo o dia numa quadra, ao sol, ensinando as pessoas a jogarem tênis. A maioria dos meus alunos é de meia-idade e fora de forma, com tempo e dinheiro de sobra. Vez ou outra sou contratado por pais que acreditam ter um filho prodígio do tênis, um campeão, um futuro exemplo para outras crianças. Até agora, todos estavam enganados.

Mas antes que eu possa sair para ensinar o que quer que seja, Millicent nos obriga a ter ao menos cinco minutos de prosa familiar. Ela chama o momento de café da manhã.

Jenna revira os olhos, espezinha, ansiosa para pegar o celular. Celulares não são permitidos à mesa. Rory é mais tranquilo do que a irmã. Ele se empanturra ao máximo durante os nossos cinco minutos de refeição, e depois enche os bolsos com tudo o que não coube na boca.

Millicent está sentada à minha frente, uma xícara de café se empoleirando nos lábios. Já está pronta para o trabalho, de saia, blusa e salto alto, e seu cabelo ruivo está preso para trás. O sol matinal o faz parecer cobre. Temos a mesma idade, mas ela está mais conservada — sempre foi. Ela sempre foi areia demais para o meu caminhãozinho.

Minha filha bate no meu braço em um padrão, como no ritmo de uma música, e continua até eu prestar atenção. Jenna é bem diferente da mãe. Seus olhos, seu cabelo e o formato do rosto puxaram para mim, e às vezes isso me deixa triste. Outras vezes, não.

"Pai, dá pra me levar para comprar sapatos novos hoje?", pergunta ela. Ela está sorrindo, porque sabe que vou aceitar.

"Dá", respondo.

Millicent me chuta por baixo da mesa. "Tem um mês que comprei estes sapatos que você está usando", ralha ela para Jenna.

"Só que eles já estão muito apertados."

Nem minha esposa pode discordar disso.

Rory pergunta se pode jogar um pouco de videogame antes da escola.

"Não", responde Millicent.

Ele olha para mim. Eu deveria negar também, mas agora não posso, não depois de ter dito sim para a irmã dele. E ele sabe disso, porque Rory é o esperto. Ele também é aquele que se parece com Millicent.

"Pode ir", digo.

Ele sai correndo.

Millicent bate a xícara de café na mesa de modo brusco.

Jenna pega o celular.

É o fim do nosso café da manhã.

Antes de se levantar da mesa, Millicent me encara. Neste momento, ela se parece exatamente com a minha esposa e, ao mesmo tempo, bem diferente dela.

Vi Millicent pela primeira vez em um aeroporto. Eu tinha 22 anos e estava voltando do Camboja, onde havia passado o verão com três amigos. Passávamos os dias chapados e as noites bêbados, e nosso barbear ficava ao deus dará. Fui viajar como um rapaz certinho e voltei um homem desgrenhado, barbudo, bronzeado e cheio de histórias para contar. Nenhuma delas se compara às de Millicent.

Eu estava fazendo escala entre voos, minha primeira vez de volta ao país. Havia passado pela alfândega e seguia para o terminal doméstico quando a vi. Millicent estava sentada junto a um portão de embarque vazio, sozinha, com os pés apoiados na mala. Ela encarava os janelões do chão ao teto que davam para a pista de pouso e decolagem. Seu cabelo ruivo estava preso num coque frouxo e ela usava camiseta, calça jeans e tênis. Parei para observá-la ao mesmo tempo que ela observava os aviões.

Foi o jeito como ela olhava pelas janelas.

Eu havia feito a mesmíssima coisa no dia em que parti para a minha viagem. Meu sonho era viajar, conhecer lugares como Tailândia, Camboja e Vietnã, e então eu o fiz. Agora eu estava de volta a um território familiar, de volta ao lugar onde havia crescido, mas meus pais não estavam mais presentes. Tudo bem que eu nunca soube dizer se um dia eles estiveram. Pelo menos não para mim.

Quando voltei, meu sonho de viajar estava concretizado, porém não havia mais nada para substituí-lo. Pelo menos até eu ver Millicent. Ela parecia estar só no início do próprio sonho. Naquele momento, eu quis fazer parte dele.

Na época, não pensei em nada disso. Só o fiz depois, quando tentei explicar a ela ou a quem quer que fosse o motivo de ter achado aquela mulher tão atraente. Mas naquele momento, eu apenas segui até o meu portão de embarque. Após vinte horas de viagem, e com muitas mais ainda por vir, eu não conseguia nem reunir energia para falar com ela. Só me restou admirá-la de longe.

Acontece que estávamos no mesmo voo. Encarei aquilo como um sinal.

O assento dela era junto à janela, e o meu no centro da fileira do meio. Foi necessário um pouco de persuasão, um leve flerte e uma nota de vinte pratas para uma comissária de bordo trocar meu assento para aquele ao lado de Millicent. Ela sequer olhou para cima quando me acomodei.

Quando o carrinho de bebidas começou a passar, eu já tinha elaborado um plano. Eu ia pedir o mesmo que ela, e como eu já havia concluído que ela era especial, não conseguia imaginá-la pedindo algo tão banal quanto água. Presumi que ela iria querer algo mais peculiar, tipo suco de abacaxi com gelo, e quando eu pedisse a mesma coisa, teríamos aquele átimo de simetria, simbiose, serendipidade — sei lá, tanto faz.

Considerando o tempo que eu estava sem dormir, meu plano fazia todo sentido na minha cabeça, até o momento em que Millicent disse um "não, obrigada" à comissária de bordo. Ela não estava a fim de bebida.

Então eu também recusei. Não surtiu o efeito desejado.

Mas quando Millicent se voltou para a comissária de bordo, vi seus olhos pela primeira vez. A cor me fez lembrar dos campos abertos e exuberantes que eu havia visto por todo o Camboja. Eles não eram nem de longe tão sombrios quanto hoje.

Ela voltou a olhar para a janela. E eu a olhá-la de modo sorrateiro, mas fingindo que não.

Disse a mim mesmo que eu era um idiota e que deveria ir falar com ela.

Disse a mim mesmo que eu devia ter algum problema, afinal, pessoas normais não ficavam daquele jeito diante de uma garota desconhecida.

Disse a mim mesmo que eu não deveria agir igual a um *stalker*.

Disse a mim mesmo que ela era areia demais para o meu caminhão.

Faltando trinta minutos para o pouso, falei:

"Oi."

Ela se virou. Encarou-me. "Oi."

Acho que foi ali que parei de prender a respiração.

Muitos anos se passaram até eu enfim lhe perguntar por que ela ficara olhando tanto pela janela, não apenas no aeroporto quanto no avião. Ela me respondeu que nunca havia viajado de avião antes. E que a única coisa que ela passara o tempo todo ansiando foi por um pouso seguro.

# TRÊS

Petra era a número um da lista, mas agora que ela havia sido eliminada, migrei para a próxima, uma jovem chamada Naomi George. Ainda não falei com ela.

À noite, dirijo até o hotel Lancaster. Naomi é recepcionista lá, um daqueles estabelecimentos antigos que sobrevivem graças às glórias passadas. O prédio é imenso e tem uma decoração tão suntuosa que jamais poderia ser replicada hoje. Seria caro demais caso fosse feita da maneira certa, e cafona demais caso fosse feita de forma errada.

A fachada do hotel tem portas e painéis de vidro, oferecendo uma boa vista da recepção. Naomi está atrás do balcão, usando o uniforme do Lancaster, saia e blazer azuis, ambos com barrados trançados dourados, e uma blusa branca impecável. Ela tem longos cabelos escuros e as sardas no nariz lhe dão um ar mais jovial do que sua idade revela. Naomi tem 27 anos. Talvez ela ainda precise mostrar a identidade nos bares, mas não é tão inocente quanto parece.

Tarde da noite, já presenciei suas investidas mais do que amigáveis com mais de um hóspede do hotel. Todos homens solitários, mais velhos e bem-vestidos, e ela nem sempre sai do hotel quando seu turno acaba. Ou Naomi tem ganhado um dinheirinho extra ou curte uns encontros casuais.

Por causa das redes sociais, sei que a comida favorita dela é sushi, e que ela não come carne vermelha. No ensino médio, ela jogava vôlei e tinha um namorado chamado Adam. Agora ela se refere a ele como O Cretino. Seu namorado mais recente, Jason, se mudou para outra cidade há três meses, e ela está solteira desde então. Naomi anda pensando em ter um animal de estimação, provavelmente um gato, mas ainda não se decidiu. Ela possui mais de mil amigos on-line, mas pelo que posso dizer, só dois são próximos. Três, no máximo.

Ainda não tenho certeza se ela é a pessoa certa. Preciso conhecê-la melhor.

Millicent está cansada de esperar.

Ontem à noite, flagrei Millicent no nosso banheiro, em frente ao espelho, tirando a maquiagem. Ela estava usando jeans e uma camiseta que a anunciava como a mãe de um aluno exemplar da sétima série. Jenna, não Rory.

"Qual é o problema dessa?", perguntou-me. Millicent não menciona o nome de Petra; não precisa. Eu já sei de quem ela está falando.

"Ela simplesmente não era a pessoa certa."

Millicent não me encara pelo reflexo do espelho. Acabou de passar hidratante no rosto. "Essa é a segunda que você rejeita."

"Tem que ser a pessoa certa. Você sabe disso."

Ela fechou a tampa do hidratante com um estalo. Fui para o quarto e me sentei para tirar os sapatos. O dia havia sido longo e já passava da hora de terminar, mas Millicent vinha impedindo isso. Ela me seguiu até o quarto e se postou de pé ao meu lado.

"Tem certeza de que ainda quer fazer isso?", questionou ela.

"Sim."

Estava ocupado demais me sentindo culpado por ter transado com outra mulher para demonstrar qualquer entusiasmo. A ficha caiu naquela tarde, quando vi um casal de velhinhos; deviam ter pelo menos 90 anos e andavam de mãos dadas pela rua. Casais assim não se traem. Olhei para Millicent e desejei que fôssemos iguais a eles.

Millicent se ajoelhou na minha frente e colocou a mão no meu joelho. "Precisamos fazer isso."

Seus olhos brilharam, o calor da sua mão se espalhou pela minha perna.

"Você tem razão", retruquei. "De fato precisamos fazer isso."

Ela se aproximou e me beijou longa e profundamente. Isso me fez sentir ainda mais culpado, e me vi ávido para fazer qualquer coisa para vê-la feliz.

• • •

Menos de 24 horas depois, estou sentado em frente ao hotel Lancaster. O turno de Naomi só termina às onze, e é inconcebível passar as próximas três horas aqui plantado na porta. Em vez de ir para casa, compro algo para comer e me sento num bar. É um lugar conveniente para se estar quando não há outro destino certo.

O lugar que escolhi está meio cheio, a maioria são homens sozinhos. Não é tão bom quanto o bar em que estive com Petra. Os drinques custam metade do preço e todas as pessoas de terno já afrouxaram as gravatas. O piso de madeira está marcado por arranhões dos bancos, e círculos úmidos decoram o balcão. É um lugar feito para bêbados, criado por bêbados, frequentado por pessoas inebriadas demais para se atentar aos detalhes.

Peço uma cerveja e me revezo entre um jogo de beisebol em uma tela de TV e o noticiário em outra.

Fim da terceira entrada, duas bolas fora. Talvez chova amanhã, mas também pode ser que faça sol. Sempre faz sol aqui em Woodview, Flórida, este assim chamado enclave do mundo real. Em cerca de uma hora, podemos estar no oceano, em um parque estadual ou em um dos maiores parques de diversões do mundo. Sempre falamos da sorte que é morar aqui na Flórida Central, sobretudo nós que vivemos no condomínio Hidden Oaks. O Hidden Oaks é um enclave do enclave.

Início da quarta entrada, uma bola fora. Ainda faltam duas horas para o turno de Naomi terminar, e então poderei segui-la.

E então, Lindsay.

Seu rosto sorridente me encara da tela da TV.

Lindsay, com seus olhos castanhos amendoados e cabelos loiros e lisos, seu bronzeado característico da vida ao ar livre e grandes dentes brancos.

Há um ano, ela desapareceu. Durante uma semana, foi apenas um detalhe no noticiário, até que a história perdeu força. Sem nenhum familiar próximo para mantê-la na TV, ninguém deu mais atenção. Lindsay não era uma criança desaparecida; não era indefesa. Era uma mulher adulta e, em menos de sete dias, foi esquecida.

Mas não por mim. Ainda me lembro da risada dela. Contagiante, a ponto de me fazer rir junto. Vê-la outra vez me faz lembrar do quanto gostei dela.

# QUATRO

A PRIMEIRA VEZ QUE FALEI COM Lindsay foi durante uma caminhada. Era uma manhã de sábado, e a acompanhei pelas trilhas montanhosas nos arredores da cidade. Ela iniciou por um caminho, eu por outro, e uma hora depois nos encontramos numa interseção.

Quando me viu, Lindsay assentiu e disse um olá nem um pouco convidativo. Só acenei e articulei meu "olá" para ela. Inconscientemente, ela me lançou um olhar estranho, e eu lhe entreguei meu celular para me apresentar.

Desculpe, provavelmente pareceu esquisito! Olá, meu nome é Tobias. Sou surdo.

Vi quando ela baixou a guarda.

Ela se apresentou, conversamos e então nos sentamos para beber água e ela me ofereceu um lanche. Balinhas de tubo azedinhas. Ela estava com um punhado.

Lindsay revirou os olhos para si mesma. "Isso é horrível, né? Comer açúcar enquanto se exercita? Mas eu amo essas balinhas."

Eu também.

Era verdade. Eu não comia aqueles tubinhos azedos desde que era criança, mas adorava.

Ela me contou um pouco mais sobre si, falou de seu trabalho, de sua casa e dos passatempos que eu já conhecia. Contei a ela as mesmas histórias que narrava para todas. Quando o sol nasceu, resolvemos concluir nossa caminhada juntos. Ficamos em silêncio durante a maior parte do trajeto, e eu gostei. Minha vida quase nunca era silenciosa.

Ela recusou meu convite para almoçar, mas trocamos números de telefone. Dei a ela o número do celular que uso quando sou Tobias.

Alguns dias depois daquela caminhada, Lindsay me mandou mensagem. Ter notícias dela me fez sorrir.

Foi muito legal te conhecer na semana passada, espero que possamos fazer uma trilha juntos de novo algum dia.

E fizemos.

Uma trilha diferente na segunda vez, mais ao norte e perto da Floresta Estadual de Indian Lake. Ela levou as balas azedinhas de novo; e eu levei um cobertor. Paramos para descansar em uma área onde o sol era bloqueado pela densa folhagem. Quando nos sentamos, sorri para ela, e foi genuíno.

"Você é uma graça", disse ela.

Não, você que é.

Ela mandou outra mensagem alguns dias depois, e eu ignorei. Àquela altura, Millicent e eu já havíamos concordado que Lindsay era a pessoa certa.

Agora, um ano depois, Lindsay está de volta à TV. Ela foi encontrada.

DEPOIS DO BAR, vou direto para casa. Millicent já chegou, está sentada na varanda da frente. Ela ainda está usando a roupa de trabalho e seus sapatos de couro envernizado combinam com a cor de sua pele. Ela diz que eles fazem suas pernas parecerem mais longilíneas, e eu concordo. Sempre noto quando ela usa aquele par, até hoje.

Depois de trabalhar o dia todo e passar um tempão no carro vigiando Naomi, percebo que preciso muito de um banho. Mas Millicent não franze o nariz quando me sento ao lado dela. Antes que eu fale alguma coisa, ela o faz:

"Isso não é um problema."

"Tem certeza?", pergunto.

"Tenho."

Não sei se confio nisso. Era para termos cuidado de Lindsay juntos, mas não foi bem assim. E eu não tenho nem como discutir.

"Eu não entendo como foi que..."

"Isso não é um problema", repete ela. Ela aponta para cima, gesticulando para o segundo andar. As crianças estão em casa. Quero perguntar mais coisas, mas não posso.

"Temos que esperar com a próxima", digo. "É melhor não fazermos nada agora."

Ela não responde.

"Millicent?"

"Já ouvi."

Quero perguntar se ela entende, mas sei que sim. Ela simplesmente não gosta da minha proposta. Está chateada por Lindsay ter sido encontrada agora, bem quando estávamos planejando mais uma. É como se ela estivesse viciada.

Ela não é a única.

Quando conheci Millicent no avião, não foi amor à primeira vista. Não para ela. Não foi sequer um interesse superficial. Depois que a cumprimentei, ela desviou o olhar e continuou olhando pela janela. E eu estava de volta ao meu ponto de partida. Recostei-me no apoio de cabeça, fechei os olhos e me repreendi por não ter tido coragem de dizer mais nada.

"Com licença."

Abri os olhos de repente.

Ela estava me encarando, seus olhos verdes arregalados, a testa enrugada.

"Você está bem?", perguntou ela.

Assenti.

"Tem certeza?"

"Tenho. Não entendo por que você está..."

"Porque você está batendo a cabeça neste troço." Ela apontou para o apoio de cabeça. "Está fazendo meu assento tremer."

Eu nem tinha percebido. Achei que toda aquela minha repreensão mental fosse só isso: mental. "Desculpe."

"Então você está bem?"

Recompus-me o suficiente para perceber que a garota que eu vinha observando agora estava falando comigo. Ela parecia até mesmo preocupada. Dei um sorriso.

"Estou bem, sério. Eu só estava..."

"Se culpando. Eu faço a mesma coisa."

"Pelo quê?"

Ela deu de ombros.

"Um monte de coisas."

Senti uma vontade enorme de saber que coisas eram aquelas que faziam aquela garota bater a cabeça de frustração, mas o trem de pouso havia acabado de ser baixado e não tínhamos mais tempo.

"Me conta uma", falei.

Ela avaliou minha pergunta, chegando a levar o indicador aos lábios. Contive outro sorriso, não só por ter achado aquilo fofo, mas porque havia conquistado a atenção dela.

Depois que o avião pousou, ela respondeu.

"Babacas", disse ela. "Babacas em aviões que dão em cima de mim quando só quero ser deixada em paz."

Sem pensar, sem nem se dar conta de que ela estava falando de mim, retruquei: "Posso te proteger deles".

Ela me encarou, atordoada. Ao perceber que eu estava falando sério, caiu na gargalhada.

Assim que percebi por que ela estava rindo, fiz a mesma coisa.

Quando chegamos à passarela de desembarque, não apenas já tínhamos nos apresentado, como também trocado números de telefone.

Antes de ir embora, ela disse: "Como?".

"Como o quê?"

"Como você me protegeria dos babacas nos aviões?"

"Eu forçaria a barra para eles ficarem no assento do meio, monopolizaria os apoios de braço e faria cortes de papel neles com o folheto com as instruções de emergência."

Ela riu de novo, mais longa e intensamente do que antes. Até hoje não me cansei da risada dela.

Aquela conversa se tornou parte de nós. No primeiro Natal que passamos juntos, dei a ela uma caixa enorme, de tamanho suficiente para caber uma TV das grandes, toda embrulhada e amarrada com um laço. A única coisa lá dentro era um folheto de avião com instruções de emergência.

Desde então, em todos os Natais, tentamos inventar a referência mais criativa para nossa piada interna. Uma vez, dei a ela um colete salva-vidas. Em outra ocasião, ela redecorou nossa árvore com máscaras de oxigênio.

Sempre que entro em um avião e vejo aquele folheto com as instruções de emergência, dou um sorriso.

O curioso é que, se tivesse de escolher um momento, o momento exato que botou tudo nos eixos e nos trouxe até aqui, eu diria que foi por conta de um corte com papel.

Aconteceu quando Rory tinha 8 anos. Ele tinha amigos, mas não muitos, estava ali no meio do caminho na escala de popularidade, então foi uma surpresa quando um garoto chamado Hunter causou um cortezinho em Rory usando uma folha de papel. De propósito. Eles estavam batendo boca sobre qual super-herói era o mais forte, quando Hunter ficou bravo e cortou Rory. O corte foi na prega entre o polegar e o indicador da mão direita. Doeu tanto que Rory deu um berro.

Hunter foi mandado para casa mais cedo naquele dia, e Rory foi para a enfermaria da escola, onde teve a mão enfaixada e ganhou um pirulito sem açúcar. A dor já havia sido esquecida.

Naquela noite, depois que as crianças foram dormir, Millicent e eu conversamos sobre o corte com papel. Estávamos na cama. Ela havia acabado de fechar o laptop e eu tinha desligado a TV. O ano letivo estava começando e o bronzeado de verão de Millicent ainda se fazia notar. Ela não jogava tênis, mas adorava nadar.

Millicent pegou minha mão e esfregou a faixa de pele fininha entre o polegar e o indicador.

"Você já sofreu um corte aqui?"

"Não. E você?"
"Sim. Doeu pra cacete."
"Como aconteceu?"
"Holly."
Sabia muito pouco sobre Holly. Millicent quase nunca falava da irmã mais velha.
"Ela te cortou?", quis saber.
"Estávamos fazendo colagens com todas as nossas coisas favoritas, recortando e colando fotos de revistas em cartolinas. Holly e eu pegamos o mesmo pedaço de papel ao mesmo tempo e..." — ela deu de ombros — "... eu acabei me cortando."
"Você gritou?"
"Não me lembro. Mas eu chorei."
Peguei a mão dela e beijei o corte há muito cicatrizado.
"Quais coisas favoritas eram?", perguntei.
"O quê?"
"Você disse que estava fazendo recortes com suas coisas favoritas. Quais eram essas coisas?"
"Ah, não", disse ela, desvencilhando a mão e apagando a luz. "Você não vai transformar isso em mais uma doideira natalina."
"Você não gosta das nossas doideiras natalinas?"
"Eu adoro. Mas não precisamos de mais uma."
Eu sabia que não precisávamos mesmo. Estava tentando evitar falar de Holly porque Millicent não gostava de conversar sobre ela. Por isso perguntei sobre as coisas favoritas dela.
Eu deveria ter perguntado sobre Holly.

E.L.A.S®
SAMANTHA DOWNLING
MINHA ADORÁVEL ESPOSA

# CINCO

LINDSAY DOMINA o noticiário. Ela é a única que foi localizada, e a primeira surpresa é o local onde seu corpo foi encontrado.

Na última vez que vi Lindsay, estávamos no meio do nada. Millicent e eu a levamos para o fundo do pântano perto de uma reserva natural, na expectativa de que a vida selvagem a encontrasse antes de qualquer ser humano. Lindsay ainda estava viva e deveríamos matá-la juntos. Esse era o plano.

Esse era o objetivo.

Não rolou por causa de Jenna. Havíamos providenciado para que nossos filhos passassem a noite com amigos; Rory estava com um amigo jogando videogame, e Jenna tinha ido a uma festa do pijama com meia dúzia de meninas de 12 anos. Quando o telefone de Millicent tocou, veio o ronronar de um gatinho. Aquele era o toque personalizado de Jenna. Millicent atendeu antes do segundo miado.

"Jenna? O que aconteceu?"

Fiquei olhando Millicent enquanto ela escutava a ligação, meu coração acelerando um pouco a cada aceno de cabeça dela.

Lindsay estava largada no chão, as pernas bronzeadas estiradas na terra. O efeito da droga que havíamos ministrado para deixá-la inconsciente estava passando e por isso ela começava a se remexer um pouco.

"Querida, pode passar o telefone para a sra. Sheehan?", pediu Millicent.

Mais meneios de cabeça.

Quando Millicent voltou a falar, sua voz estava diferente.

"Entendi. Muito obrigada. Já estou indo." Aí ela desligou.

"O quê..."

"Jenna está passando mal. Alguma virose estomacal ou talvez uma intoxicação alimentar. Ela passou a última hora no banheiro." Antes que eu pudesse responder, ela se adiantou: "Eu vou lá buscá-la".

Neguei com a cabeça.

"Eu vou."

Millicent não protestou. Ela olhou para Lindsay e depois para mim.

"Mas..."

"Pode deixar que eu vou", insisti. "Vou buscar Jenna e levá-la para casa."

"Eu posso cuidar dela." Millicent olhava para Lindsay. Ela não estava falando da nossa filha.

"Claro que pode." Nunca tive dúvidas disso. Eu só estava decepcionado porque ia perder a brincadeira.

Quando cheguei à casa dos Sheehan, Jenna ainda estava mal. No caminho para casa, parei duas vezes para ela poder vomitar. Passei a maior parte da noite em claro, cuidando dela.

Millicent voltou para casa pouco antes do amanhecer. Não perguntei se ela havia tirado Lindsay do charco, porque presumi que ela a tivesse enterrado naquela região deserta mesmo. Não faço ideia de como ela foi parar no quarto número 18 do hotel Moonlite Motor Inn.

O Moonlite fechou as portas quando construíram uma nova rodovia na região, mais de vinte anos antes. O hotel ficou abandonado, à mercê das intempéries, roedores, moradores de rua e viciados. Ninguém nunca prestou atenção porque ninguém precisava passar por ali. Lindsay foi encontrada por alguns adolescentes, que chamaram a polícia.

O hotel é uma faixa de prédio inteiriça de um andar só, com quartos enfileirados de ambos os lados. O quarto 18 fica nos fundos, num cantinho, invisível para quem passa na rua. Ao assistir às imagens aéreas do motel na TV, tento imaginar Millicent dirigindo até os fundos do Moonlite, estacionando, saindo do carro, abrindo o porta-malas.

Arrastando Lindsay pelo chão.

Será que ela tem força o suficiente para fazer algo assim? Lindsay era bem musculosa, resultado dos muitos esportes praticados ao ar livre. Talvez Millicent tenha usado algo para transportá-la. Um carrinho, algo com rodas. Ela é inteligente o bastante para bolar algo assim.

O repórter é jovem e determinado; ele fala como se cada palavra fosse importante. Ele relata que Lindsay foi enrolada em plástico, enfiada no armário e coberta com uma manta. Os adolescentes a descobriram ao brincar de esconde-esconde embriagados. Não sei quanto tempo ela passou naquele armário, mas o repórter diz que o corpo de Lindsay foi identificado pela arcada dentária. Os testes de DNA ainda estão pendentes. A polícia não teve como usar as impressões digitais porque as dela estavam inúteis.

Tento não imaginar como Millicent conseguiu aquela façanha, ou o que ela fez, mas agora *não consigo* pensar em outra coisa.

As imagens na minha mente permanecem. Imagens estáticas do rosto sorridente de Lindsay, de seus dentes branquinhos. Da minha esposa esfolando as pontas de seus dedos. Arrastando o corpo para um quarto de hotel e enfiando-o no armário. Tudo isso se passa pela minha cabeça ao longo do dia, ao cair da noite e enquanto tento dormir.

Millicent, no entanto, parece normal. Está do mesmo jeito de sempre ao chegar em casa e preparar uma salada, ao tirar a maquiagem, ao trabalhar um pouco no computador antes de dormir. Se prestou atenção às notícias, ela jamais demonstra. Algumas dezenas de vezes, me pergunto por que ou como Lindsay entrou naquele hotel.

Mas não questiono. Porque tudo que consigo pensar é por que preciso questioná-la. Por que ela não me contou isso?

No dia seguinte, ela me liga no meio da tarde, e a pergunta está na ponta da minha língua. Também começo a me indagar se por acaso estaria acontecendo mais alguma coisa da qual eu não esteja ciente.

"Lembre-se", diz ela. "Vamos jantar com os Preston hoje à noite."

"Não esqueci."

Esqueci, sim. E ela sabe disso, por isso me diz o nome do restaurante sem que eu precise perguntar.

"Às 19h", diz ela.

"Te encontro lá."

• • •

ANDY E TRISTA Preston compraram uma casa com Millicent. Embora Andy seja alguns anos mais velho do que eu, eu o conheço desde sempre. Ele cresceu em Hidden Oaks, estudamos nas mesmas escolas e nossos pais também se conheciam. Agora ele trabalha em uma empresa de software e ganha o suficiente para fazer aulas de tênis todos os dias, mas não faz — é por isso que ele está barrigudo.

Mas a esposa dele honra todas as aulas comigo. Trista também cresceu por aqui, mas ela é de outra região de Woodview, não de Hidden Oaks. Encontramo-nos duas vezes por semana, e ela passa o restante do tempo trabalhando em uma galeria de arte. Juntos, os Preston ganham o dobro do que ganhamos.

Millicent sabe a renda de todos os seus clientes, e a maioria ganha mais do que nós. Devo admitir que isso me incomoda mais do que a ela. Millicent acha que eu fico desse jeito porque ela ganha mais do que eu. Ela está enganada. É porque Andy ganha mais do que eu, embora eu não diga isto a ela. Ela não é de Hidden Oaks; não entende como é crescer aqui e então acabar trabalhando aqui.

Nosso jantar é em um restaurante chique onde todos comem salada, frango ou salmão e bebem vinho tinto. Andy e Trista consomem a garrafa inteira. Millicent não é de beber e odeia quando eu bebo. Eu não o faço perto dela.

"Eu te invejo", me diz Trista. "Adoraria ter o seu emprego e ficar ao ar livre o dia todo. Adoro jogar tênis."

Andy ri. Suas bochechas estão coradas.

"Mas você trabalha em uma galeria de arte. É quase a mesma coisa."

"Ficar ao ar livre o dia todo e trabalhar ao ar livre o dia todo são duas coisas diferentes", digo. "Adoraria ficar sentado na praia o dia inteiro, sem fazer nada."

Trista torce o nariz arrebitado.

"Acho que seria chato ficar deitada assim. Prefiro estar fazendo alguma coisa."

Minha vontade é de dizer a ela que fazer e ministrar aulas de tênis são duas coisas diferentes. No trabalho, a vida ao ar livre é a última coisa que me vem à cabeça. Passo a maior parte do tempo tentando ensinar um esporte a pessoas que preferem ficar no celular, assistindo à

TV, enchendo a cara ou se fartando de comida. Um dedo é muito para contar quantas pessoas de fato querem jogar tênis, ou minimamente se exercitar. Trista é uma delas. Ela não ama tênis; ela se exercita para ficar em forma.

Mas não dou palpite, porque é isso o que amigos fazem. Não apontamos os defeitos um do outro, a menos que perguntem.

A conversa migra para o trabalho de Andy, e eu meio que fico no mundo da lua, captando apenas palavras-chave aqui e ali, porque estou distraído com o som dos talheres. Toda vez que Millicent corta um pedaço de frango grelhado, penso nela matando Lindsay.

"Atenção", diz Andy. "É a única coisa que as empresas de software querem. Como podemos atrair e segurar a atenção das pessoas? Como podemos fazer você ficar o dia inteirinho sentado na frente do computador?"

Reviro os olhos. Quando Andy bebe, ele tende a falar de maneira categórica. Ou a dar sermões.

"Vamos lá", incita ele. "Responda à pergunta. O que te mantém na frente do computador?"

"Vídeos de gatinhos", respondo.

Trista dá uma risadinha.

"Não seja babaca", diz Andy.

"Sexo", afirma Millicent. "Tem que ter sexo ou violência."

"Ou ambos", retruco.

"Na verdade, não precisa ter sexo", diz Andy. "Não sexo de verdade. Só precisa da promessa de sexo. Ou de violência. Ou ambos. E de um enredo — tem que ter um enredo. Não importa se é real ou falso, ou quem está narrando. Você só precisa que as pessoas fiquem na expectativa do que virá a seguir."

"E como você faz isso?", pergunta Millicent.

Ele sorri e desenha um círculo invisível com o indicador.

"Sexo e violência."

"Mas isso vale para tudo. Até as notícias são construídas com base em sexo e violência", digo.

"O mundo inteiro é voltado para o sexo e a violência", argumenta Andy. Ele volta a desenhar o círculo com o dedo e se vira para mim. "Você sabe bem disso... Você é daqui."

"Eu sei." Oficialmente, Hidden Oaks é uma das comunidades mais seguras do estado. Isso porque toda a violência acontece a portas fechadas.

"Também sei disso", diz Trista ao marido. "Woodview não é tão diferente assim daqui."

É sim, mas Andy não refuta. Em vez disso, ele se inclina e dá um beijo na esposa. Quando seus lábios se tocam, ela acaricia a bochecha dele com a palma da mão.

Que inveja.

Inveja das conversas simplórias deles. Inveja da bebedeira deles. Inveja das preliminares inocentes e do sexo que vão fazer esta noite.

"Acho que todos nós entendemos", digo.

Andy me dá uma piscadela. Olho para Millicent, que está encarando fixamente a própria comida. Ela não curte demonstrações públicas de afeto.

Quando a conta chega, Millicent e Trista se levantam e vão ao banheiro. Andy pega a conta antes de mim.

"Não se dê ao trabalho de protestar. Eu pago", diz ele, olhando a conta. "Até porque os encontros com vocês sempre saem baratos. Vocês não bebem."

Dou de ombros.

"Pois é, não bebemos muito."

Andy balança a cabeça e sorri.

"O quê?", pergunto.

"Se eu soubesse que você ia virar esse chefe de família chato, teria te obrigado a passar mais tempo no Camboja."

Reviro os olhos. "Agora é você quem está sendo babaca", digo.

"É para isso que estou aqui."

Antes que eu possa responder, nossas esposas retornam à mesa e paramos de falar sobre bebedeiras. E sobre a conta.

Nós quatro saímos juntos e nos despedimos no estacionamento. Trista diz que me verá na nossa próxima aula. Andy afirma que em breve dará um jeito e iniciará as dele. A esposa, atrás dele, revira os olhos e sorri. Eles vão embora, deixando Millicent e eu a sós. Estamos em dois carros porque deixamos para nos encontrar no restaurante.

Ela se volta para mim. Sob a luz dos postes, parece mais velha do que nunca.

"Você está bem?", pergunta ela.

Dou de ombros. "Estou." Não tenho opção.

"Você se preocupa demais", começa ela, olhando para o mar de carros. "Está tudo bem."

"Espero que sim."

"Confie em mim." Millicent estende a mão e segura a minha. Aperta-a.

Assinto e entro no carro, mas não vou direto para casa. Em vez disso, passo pelo hotel Lancaster.

Naomi está lá, atrás do balcão da recepção. Seu cabelo escuro cai solto sobre os ombros e, embora não consiga detectar as sardas em seu nariz de tão longe, tenho a impressão de que consigo. Estou aliviado por vê-la, por saber que ela ainda está trabalhando ali, e que talvez ainda esteja envolvida em suas atividades extracurriculares. Não há motivo para eu achar que algo lhe aconteceu, afinal, concordamos em esperar. Ficar verificando Naomi é irracional, mas faço isso mesmo assim.

Esta não é a primeira vez que sou irracional. Tenho dormido mal desde que encontraram Lindsay. Acordo no meio da noite, o coração disparado, e é sempre por causa de algo irracional. Será que tranquei a porta da frente? Paguei as contas? Lembrei-me de fazer todas as coisas que preciso para que a casa não incendeie nem seja tomada pelo banco, para que o carro não se acidente por falta de manutenção nos freios?

Todas essas coisinhas me fazem esquecer de Lindsay. Isto, e o fato de que não posso fazer mais nada por ela.

E.L.A.S® SAMANTHA DOWNLING MINHA ADORÁVEL ESPOSA

# SEIS

Sábado de manhã, dia de jogo de futebol de Jenna. Vim sozinho porque Millicent precisa mostrar uma casa a uns clientes. Sábado é o dia mais importante da semana para os corretores de imóveis e professores de tênis. É também o dia mais importante nas atividades extracurriculares dos nossos filhos. Aos sábados, Millicent e eu costumamos nos revezar com as crianças. A última vez que estivemos todos juntos foi há mais de um ano, quando Rory chegou à final de um torneio de golfe da liga pré-juvenil. Neste momento, ele está treinando golfe — eu o deixei lá de manhã cedo, antes do jogo da irmã começar — e frequenta o mesmo clube onde dou aulas de tênis. Ele gosta de golfe só porque não é tênis, e eu odeio essa escolha como ele previu que aconteceria.

Até agora, Jenna não demonstrou a mesma rebeldia. Ela não dificulta. Em geral, faz as coisas porque quer, e não porque deseja desafiar as pessoas, e admiro essa qualidade nela. Além disso, é uma menina sorridente, o que por sua vez arranca vários sorrisos meus, e assim ela consegue tudo o que deseja. Não sei que mistério é esse que a permeia e, como não consigo decifrá-la, Jenna me assusta pra caramba.

Futebol não é a minha praia. Só aprendi as regras quando Jenna começou a jogar, então não sou de grande ajuda. Não tenho como dizer a ela o que fazer ou como melhorar, tal como faria caso ela jogasse tênis. Mas o fato de ela ser a goleira do time foi um golpe de sorte, então ao menos sei que a função dela é impedir que o outro time marque gols. Afora isso, só me resta incentivá-la.

"É isso aí!"
"Bom trabalho!"
"Bela defesa!"

Muitas vezes me pergunto se a estou constrangendo. Acho que sim, mas faço mesmo assim, porque minha alternativa é assistir aos jogos dela em silêncio. E isto me soa cruel. Prefiro ser constrangedor. Quando ela impede a bola de entrar na rede, perco a cabeça. Ela sorri, mas ao mesmo tempo gesticula me mandando calar a boca. Nesses momentos, não penso em nada além da minha filha e no jogo de futebol dela.

Millicent me interrompe com uma mensagem.

Não se preocupe.

Ela não diz mais nada.

No campo, as crianças estão aos berros. O time adversário tenta marcar um gol e minha filha tem de bloquear a bola de novo. Ela falha.

Jenna se vira, de costas para mim, as mãos na cintura. Quero dizer a ela que não é o fim do mundo, que todo mundo comete erros, mas seria a pior coisa a se dizer neste momento. Todos os pais falam isso, e todas as crianças odeiam. Eu mesmo detestava.

Jenna encara o gramado. Uma colega de time se aproxima, dá um tapinha em seu ombro e fala alguma coisa. Jenna assente e sorri, e me pergunto o que sua colega teria dito. Acho que a mesma coisa que eu, mas nos lábios dela pareceu mais importante.

O jogo recomeça. Volto a olhar meu celular. Millicent não voltou a se manifestar.

Abro as notícias e fico estarrecido.

O laudo do legista afirma que Lindsay morreu há poucas semanas.

Em algum lugar, sabe-se lá como, Millicent a manteve viva por quase um ano.

• • •

Sinto vontade de fugir. Para onde, não sei. Não importa. Para fazer o quê, não tenho ideia. Só quero correr para qualquer lugar.

Mas não posso largar Jenna aqui, sozinha neste jogo de futebol, sem ninguém para torcer por ela. Não posso abandonar minha filha. Ou meu filho.

Quando a partida acaba, passo no clube para buscar Rory e nós três comemos nossa pizza pós-esporte de sempre, seguida de iogurte *frozen*. Tenho dificuldade para focar na conversa. Eles percebem, afinal são meus filhos; eles me veem todos os dias e sabem quando tem algo errado. Isso faz eu me perguntar o que pensam sobre a mãe.

A questão é que Millicent sempre age como se nunca tivesse problema nenhum. No último ano, ela tem andado bem calma, até mesmo para os padrões dela. Há um mês ela sugeriu que selecionássemos a próxima mulher.

Agora tudo se encaixa. Ela só começou a falar na próxima depois de ter matado Lindsay.

Para mim, o último ano foi repleto de trabalho, atividades com as crianças, tarefas domésticas, discussões sobre contas e sobre a lavagem do carro. Nada de muito importante. Nenhum acontecimento, dia ou lembrança digno de ser recordado daqui a vinte, trinta ou quarenta anos. O time de futebol da Jenna quase chegou à final municipal, mas derrapou. Millicent teve mais um ano bom no trabalho. Os preços da gasolina subiram e depois baixaram, uma eleição veio e se foi, e minha lavanderia favorita faliu e precisei encontrar outra.

Ou talvez ela tenha fechado há dois anos. Não sei dizer.

Ao longo desse mesmo período, Millicent vinha mantendo Lindsay viva. Presa em um cativeiro.

As imagens que passam pela minha cabeça variam do perturbador à barbárie mais crua. Imagino as coisas que costumo ver nos noticiários, quando mulheres são encontradas após anos sendo mantidas em cativeiro por algum sujeito perturbado. Nunca soube de uma mulher que tivesse feito a mesma coisa. E, como homem, não consigo me imaginar fazendo isso.

Deixo as crianças em casa e vou até a casa onde Millicent está recebendo compradores em potencial. Fica a poucos quarteirões da nossa; a viagem leva minutos. Há dois carros na frente da residência à venda, o dela e um utilitário.

Fico esperando.

Vinte minutos depois, ela aparece junto a um casal mais novo do que nós. A mulher está de olhos arregalados. O homem sorri. Enquanto Millicent aperta a mão deles, ela me vê de esguelha. Consigo até sentir seus olhos verdes pousando em mim, mas ela não cessa a conversa, não interrompe seu movimento fluido.

O casal volta para o próprio carro. Millicent permanece na frente da casa, observando-os enquanto vão embora. Ela está de azul-marinho hoje, saia justa e saltos altos e uma blusa listrada. Seu cabelo ruivo é bem liso e está cortado rente ao maxilar. Era muito mais longo quando nos conhecemos e tem encurtado mais e mais a cada ano, como se ela estivesse comprometida a sempre tirar um dedinho em intervalos regulares. Não me surpreenderia se ela estivesse sendo rigorosa nesse nível. Não sei nem se ainda haveria algo em Millicent capaz de me surpreender.

Ela espera o utilitário sumir de vista e aí se volta para mim. Saio do carro e caminho até a casa.

"Você está chateado", comenta ela.

Eu a encaro.

Ela gesticula em direção à casa. "Vamos entrar."

Entramos. É tudo imenso, o pé-direito tem mais de seis metros. Construção nova, assim como a nossa, só que esta é ainda maior. Tudo é aberto e arejado, e tudo leva à sala de estar e jantar, que é para onde nos dirigimos.

"O que você fez com ela? Durante um ano, o que você fez?"

Millicent balança a cabeça. Seu cabelo sacoleja para frente e para trás. "Não podemos discutir isso agora."

"Mas precisamos..."

"Aqui não. Tenho um compromisso."

Ela se afasta de mim, e eu a acompanho.

• • •

Millicent engravidou poucos meses depois do nosso casamento. Foi uma surpresa, de certa forma, porque tínhamos falado em esperar, embora não muito. Às vezes nos descuidávamos e não nos protegíamos. Chegamos a discutir vários métodos contraceptivos, mas sempre voltávamos à camisinha. Millicent não gostava de tomar nada com hormônios. Dizia que a deixavam muito emotiva.

Quando a menstruação dela atrasou, logo desconfiamos. Confirmamos com um teste caseiro e outro no médico. Mais tarde naquela noite, não consegui dormir. Ficamos sentados um tempão no sofá de segunda mão da nossa precária casa alugada. Encolhi-me ao lado dela, com a cabeça em sua barriga, e comecei a me preocupar com absolutamente tudo.

"E se a gente estragar tudo?", perguntei.

"Não vamos estragar."

"Precisamos de grana. Como vamos..."

"A gente dá um jeito."

"Eu não quero só dar um jeito. Eu quero prosperar. Eu quero..."

"Nós iremos prosperar."

Levantei a cabeça para olhá-la.

"Por que você tem tanta certeza assim?"

"Por que você tem tanta dúvida assim?"

"Não é isso", comecei. "Eu só estou..."

"Preocupado."

"Isso."

Ela suspirou e incitou, com delicadeza, minha cabeça de volta para sua barriga. "Deixa de ser bobo", disse. "Vai dar tudo certo. Vai dar mais do que certo."

Minutos antes, eu me sentia mais como uma criança do que como um futuro pai.

Foi Millicent quem me deu forças.

Percorremos um longo trajeto desde aqueles primeiros dias em que não tínhamos dinheiro. Eu tinha voltado a estudar, estava cursando MBA, mas estava na metade quando ela engravidou. Precisávamos de grana, por isso interrompi os estudos e voltei para o que sei fazer de melhor: tênis. Era meu único talento, aquilo no qual eu me destacava de qualquer outra pessoa com quem cresci. A quadra de tênis era onde eu brilhava. Não o suficiente para me tornar profissional, mas o bastante para dar aulas particulares.

Quando conheci Millicent, ela havia acabado de concluir um curso de um ano de corretagem imobiliária e estava estudando para a prova de habilitação. Após aprovada, ela demorou um pouco para começar a engatar nas vendas, mas, em dado momento engrenou, mesmo grávida, mesmo com as crianças ainda pequenas. E ela estava certa: conseguimos dar um jeito. Deu mais do que certo. E, até onde sei, ainda não arruinamos a vida das crianças.

E.L.A.S
SAMANTHA DOWNLING
MINHA ADORÁVEL ESPOSA

# SETE

AGORA, ENQUANTO ESTAMOS na casa vazia que ela está tentando vender, Millicent não me dá forças. Ela só me assusta.

"Não está tudo bem", digo. "Não tem nada bem."

Ela levanta uma sobrancelha. Eu costumava achar aquele gesto fofo.

"Agora você está criando consciência?"

"Eu sempre tive..."

"Não. Acho que nunca teve."

Ela está certa de novo. Nunca tive consciência ao tentar fazê-la feliz.

"O que você fez com ela?", pergunto.

"Não importa. Ela já era."

"Ela foi achada."

"Você se preocupa demais. Vai dar tudo certo."

A campainha toca.

"O trabalho me chama", informa ela.

Eu a acompanho até a porta. Ela me apresenta aos visitantes, conta a eles sobre minhas habilidades no tênis. Eles são tão jovens quanto o último casal e igualmente ingênuos.

Sigo para casa, mas acabo passando direto.

Primeiro, vou ao hotel Lancaster. Naomi continua lá, atrás do balcão, ainda com muitas horas remanescentes de turno.

Em seguida, passo pelo clube. Penso em me distrair passando um tempo na sede, conversando com alguns dos meus alunos enquanto assisto aos canais de esportes no bar. Mais uma vez, não paro.

Vários outros lugares passam pela minha cabeça: algum bar aleatório, um parque, a biblioteca, um cinema. Gasto quase metade do tanque de gasolina dirigindo a esmo, tentando escolher um destino antes de seguir em direção ao inevitável.

Meu lar.

É para onde eu sempre vou.

Quando abro a porta, ouço os sons da minha vida. Da minha família. A única família de verdade que já tive.

Rory está jogando videogame, tiros eletrônicos ecoando pela casa. Jenna está ao telefone, falando, mandando mensagens, e está arrumando a mesa. O cheiro do jantar se espalha pela sala: frango com alho e alguma coisa com canela. Millicent está atrás do balcão da cozinha, preparando tudo, e ela sempre cantarola sozinha enquanto providencia as refeições. Sua escolha de trilha sonora costuma ser meio ridícula — alguma canção de musical, uma ária, o sucesso pop mais recente — e esta é mais uma piadinha interna nossa.

Ela olha para cima e sorri, e é genuíno. Vejo nos olhos dela.

Todos nos sentamos e comemos juntos. Jenna entretém a mãe e irrita o irmão com um relato detalhado de sua partida de futebol. Rory se gaba de sua pontuação no golfe, que hoje foi melhor do que a de todos os jogadores sub-16. Na maioria dos dias, nossas refeições são assim. Tempestuosas e ruidosas, repletas de histórias do dia e das nossas vidinhas, nós que vivemos juntos desde sempre.

Pergunto-me quantas vezes fizemos isso enquanto Lindsay permanecia em cativeiro.

Quando me deito, fico surpreso pelo tanto de horas que se passaram desde a última vez em que pensei em Lindsay, na polícia, no que Millicent e eu fizemos. Meu lar, e tudo o que o cerca, exerce esse tipo de poder sobre mim.

Já minha infância foi bem diferente. Embora eu tenha crescido em uma família com pai e mãe em nossa bela casa em Hidden Oaks, com dois carros, boas escolas e muitas atividades extracurriculares, não costumávamos fazer as refeições juntos como a minha família faz. E se por acaso comêssemos todos ao mesmo tempo, ignorávamos uns aos outros. Meu pai lia o jornal, minha mãe ficava olhando para o nada e eu engolia a comida o mais rápido possível.

Eles só apareciam para me ver jogar tênis se eu estivesse em um torneio e, mesmo assim, só se chegasse à última rodada. Nenhum dos meus pais abriria mão de um sábado por nada desse mundo. O lar era um lugar para dormir, um lugar para guardar minhas coisas, um lugar para abandonar o mais rápido possível. E eu abandonei assim que pude. Saí do país tão logo tive a oportunidade. Era inconcebível imaginar uma vida inteira me sentindo uma decepção.

Embora não tenha certeza se o problema era eu, especificamente. Se eu tivesse de adivinhar, diria que nasci com a responsabilidade de salvar um casamento. Após alguns anos pensando nisso, reprisando toda a minha infância várias vezes, cheguei à conclusão de que meus pais me tiveram para tentar consertar o matrimônio deles. Não deu certo. E a decepção deles se tornou o meu fracasso.

Voltei para Hidden Oaks só porque meus pais faleceram. Foi um acidente bizarro, impossível de se prevenir ou prever. Eles estavam dirigindo na rodovia e um pneu se soltou de um carro à frente e voou pela pista. Atravessou o para-brisa dianteiro do sedã de luxo do meu pai e ambos morreram. Assim, do nada. Ainda juntos, e, sem dúvida, ainda infelizes.

Nunca vi os corpos deles. A polícia disse que eu não ia gostar de ver.

Acontece que meus pais tinham muito menos dinheiro do que fingiam ter, então quando voltei para casa, constatei que estava atolado em dívidas de hipoteca e que o montante mal cobriria os honorários de um advogado para resolver as pendências e me livrar da casa. Meus pais não eram quem eu pensava; eram uns impostores. Eles não tinham dinheiro para morar em Hidden Oaks; só fingiam ter. Eu não tinha mais família e sequer sabia o que era ter uma.

Millicent construiu a nossa família. Digo que foi ela porque não poderia ter sido eu. Eu não fazia ideia de como conceber um lar ou mesmo de como reunir todos para uma refeição. Ela, sim. Na primeira vez que Rory sentou-se no cadeirão, ela já o posicionou à mesa, e desde então temos feito nossas refeições compartilhadas. Apesar das crescentes reclamações de nossos filhos já quase adolescentes, ainda comemos juntos.

Quando Millicent estava grávida de Jenna, ela criou as regras da família. Eu as chamei de Mandamentos da Millicent.

Café da manhã e jantar juntos, sempre.
Nada de brinquedos ou celulares à mesa.
A mesada deve ser conquistada através da realização de tarefas domésticas.
Teremos uma noite de filmes uma vez por semana.
O açúcar fica limitado a frutas, não sucos de frutas, e a ocasiões especiais.
Todos os alimentos serão orgânicos, conforme o orçamento permitir.
Atividade física e exercícios são incentivados. Não, são obrigatórios.
A lição de casa deve ser feita antes de se assistir à TV ou dos videogames.

A lista me fez rir. E quando eu ri, ela me olhou feio, então parei. Àquela altura, já sabia muito bem diferenciar quando ela estava fingindo braveza e quando sua raiva era genuína.

Uma a uma, Millicent foi instituindo suas regras. Em vez de transformar a casa em uma prisão, ela deu estrutura à família. Nossos dois filhos praticam esportes. Ambos não recebem mesada, a menos que trabalhem para conquistá-la. Uma vez por semana, nos sentamos juntos e assistimos a um filme. Eles ingerem alimentos orgânicos e pouquíssimo açúcar de preferência. A lição de casa sempre está pronta quando chego do trabalho. Tudo isso por causa da Millicent.

A mesma Millicent que manteve Lindsay viva durante um ano enquanto fazia sabe-se lá o quê com ela.

• • •

AINDA NÃO CONSIGO dormir. Levanto-me e dou uma olhada nas crianças. Rory está esparramado na cama, as cobertas jogadas. Quando ele fez 14 anos, enjoou dos dinossauros que decoravam as paredes. Reformamos o quarto, repintamos, trocamos os móveis, e agora ele tem uma parede escura e três da cor bege, alguns pôsteres de bandas de rock, móveis de madeira tingidos e cortinas blecaute para a hora de dormir. Parece um quarto de adulto sob o prisma de uma criança. Meu filho está se tornando um adolescente.

O quarto da Jenna ainda é laranja. Ela é obcecada por essa cor desde que nasceu. Acho que é por causa dos cabelos de Millicent. O cabelo da Jenna é como o meu, castanho-escuro, sem nenhum pontinho de ruivo. Ela enfeitou as paredes com pôsteres de jogadoras de futebol, além de alguns grupos musicais e um ou dois atores. Não sei quem são, mas sempre que aparecem na TV, Jenna e as amigas dão gritinhos. Agora que ela atingiu seus maduríssimos 13 anos, todas as suas bonecas foram renegadas ao armário. Ela agora gosta de moda, bijuterias e maquiagem (que ainda não pode usar), além de alguns parcos bichinhos de pelúcia e videogames.

Ando pela casa, verificando todas as portas e janelas. Vou até a garagem, procurando sinais de roedores, insetos ou danos causados por eventuais vazamentos. Saio para o quintal e verifico o portão lateral. Faço o mesmo no jardim da frente, e depois dou a volta na casa de novo, certificando-me de que tranquei todas as portas.

Millicent costumava fazer esse tipo de ronda, sobretudo depois que Rory nasceu. Morávamos num apartamento decadente, e todas as noites ela andava pela casa trancando todas as portas e janelas. Daí sentava-se por alguns minutos, depois se levantava e fazia tudo de novo.

"Este bairro não é perigoso", dizia a ela. "Ninguém vai invadir."

"Eu sei." Ela se levantava outra vez.

Por fim, decidi segui-la passo a passo, imitando cada movimento. Da primeira vez, recebi aquele olhar feio, o genuíno.

Quando mesmo assim insisti em acompanhá-la, ela me deu um tapa.

"Isso não tem graça", ralhou ela.

Fiquei atordoado demais para falar. Nunca tinha levado um tapa de uma mulher. Eu não estava habituado nem a tapinhas de brincadeira. Mas como eu havia acabado de zombar da minha esposa, ergui as mãos e me desculpei.

“Você só está se desculpando porque levou um tapa”, disse Millicent. Ela deu meia-volta, foi para o quarto e trancou a porta.

Passei a noite achando que ela fosse me largar. Que ela iria pegar meu filho e ir embora, porque eu tinha estragado tudo. Extremo, sim. Mas Millicent não tolera merda, ponto. Uma vez, quando estávamos namorando, falei para ela que ia ligar em um determinado horário e não cumpri. Ela ficou mais de uma semana sem falar comigo. E rejeitou todos os meus telefonemas.

Mas, por fim, ela voltou para mim. No entanto, ali eu não tive dúvidas de que, se eu a irritasse o suficiente, ela iria embora. E uma vez ela foi mesmo.

Rory tinha um ano e meio, Jenna tinha seis meses, e Millicent e eu passávamos o dia todo, todos os dias, conciliando as crianças e nossos empregos. Um dia, acordei mais uma vez exausto e me dei conta de que tinha 27 anos, esposa, dois filhos e uma hipoteca recém-concebida.

Tudo que eu queria era uma pausa. Um alívio temporário de toda aquela responsabilidade. Saí com meus amigos e fiquei tão bêbado que eles tiveram de me carregar para dentro de casa. Quando acordei no dia seguinte, Millicent havia sumido.

Ela não atendeu o telefone. Não estava no escritório. Não estava na casa dos pais. Millicent tinha poucos amigos próximos e nenhum soube me informar o paradeiro dela. Ela sumira e levara meus filhos.

Depois de três ou quatro dias, comecei a ligar para o celular dela de hora em hora. Mandei e-mails, mensagens de texto e me tornei a versão mais insana de mim. Não porque eu estava preocupado com ela. Sabia que ela estava bem, assim como meus filhos. Mas pirei porque ali achei que ela, eles, tinham ido embora para sempre.

Oito dias se passaram. Então ela voltou.

Na ocasião, eu havia dormido tarde, esparramado na cama desarrumada, cercado por caixas de pizza, copos descartáveis e embalagens de comida aleatórias. Acordei em uma cama limpa e sentindo cheiro de panquecas.

Millicent estava na cozinha, preparando o café da manhã. Rory estava à mesa, no cadeirão, e Jenna no moisés. Millicent se virou para mim e sorriu. Um sorriso genuíno.

"Acordou bem na hora", disse ela. "O café da manhã está quase pronto."

Corri até Rory e o peguei no colo, segurando-o no ar até ele dar gritinhos. Beijei Jenna, que me encarou com seus olhões escuros. Sentei-me à mesa, com medo de me manifestar. Com medo de que fosse um sonho, pois se fosse eu não queria acordar.

Millicent trouxe uma pilha de panquecas para a mesa. Ao colocá-las diante de mim, inclinou-se para mim, de modo que sua boca ficou bem pertinho do meu ouvido, e sussurrou: "Da próxima vez eu não volto".

Passei nosso casamento inteiro sem escolha senão acreditar nela. Mesmo assim, ainda dormi com Petra.

E com aquela outra.

E.L.A.S®
SAMANTHA DOWNLING
MINHA ADORÁVEL ESPOSA

# OITO

Quando chego do trabalho, Millicent e as crianças já estão em casa. Rory está deitado no sofá, jogando videogame. Millicent está de pé ao lado dele, as mãos na cintura e o rosto obscuro. Atrás dela, Jenna se posiciona com o celular, tentando tirar uma selfie em frente à janela. A tela da TV lança um brilho sobre eles. Por um segundo, eles congelam, um retrato da vida moderna.

O olhar de Millicent migra de Rory para mim. Seus olhos são do verde mais escuro.

“Quer saber”, começa ela, “o que nosso filho fez hoje?”

O boné de beisebol de Rory está enterrado na cabeça, cobrindo olhos e rosto. Mas não consegue esconder seu sorrisinho sacana.

“O que nosso filho fez hoje?”, pergunto.

“Conte ao seu pai o que você fez.”

Jenna responde por ele.

“Ele colou na prova, usando o celular.”

“Vá para o seu quarto”, ordena Millicent.

Minha filha sai. Ri enquanto sobe as escadas e bate a porta do quarto.

“Rory”, digo, “o que aconteceu?”

Silêncio.

“Responda ao seu pai.”

Não gosto quando Millicent diz ao nosso filho como agir comigo, mas não retruco.

Millicent arranca o controle da mão de Rory. Ele suspira e enfim fala.

"Ah, até parece que vou virar botânico. Se algum dia eu precisar saber sobre fotossíntese, pesquiso, igual fiz hoje." Ele me fita, olhos arregalados, dizendo implicitamente: "Né?".

Quero concordar, porque ele meio que está certo. Mas sou o pai aqui.

"Ele ganhou uma suspensão de três dias", informa Millicent. "Teve sorte de não ter sido expulso."

Se o expulsassem da escola particular, ele seria colocado em uma escola pública. Não lembro Millicent disso enquanto ela aplica o castigo no nosso filho.

"... sem celular, sem videogame, sem internet. E você vem direto para casa depois da escola, e pode ter certeza de que vou verificar tudo."

Ela se vira numa lapada e sai pisando duro pelo corredor, até a garagem. Está usando seus saltos nude.

Ouço o carro dela sendo ligado, então me sento ao lado do meu filho. Ele tem o mesmo cabelo ruivo de Millicent, mas seus olhos verdes são mais claros. Um tom mais aberto.

"Por quê?"

Ele dá de ombros.

"Era mais fácil, só isso."

Eu entendo. Às vezes é mais fácil fazer do jeito simples. É mais fácil do que quebrar tudo e começar do zero.

"Você não pode trapacear", digo.

"Mas você trapaceia."

"Como assim?"

"Eu percebi que você anda saindo escondido."

Ele tem razão. Tenho saído escondido à noite porque não consigo dormir.

"Às vezes eu dou uma voltinha de carro."

Rory ri baixinho.

"Eu lá sou burro, por acaso?"

"Não."

"Pai, eu vi você entrando em casa tentando não fazer barulho, usando terno. Quem veste terno para dar uma voltinha de carro?"

A última vez que usei terno foi com Petra.

"Você sabe que passo muitas noites no clube. Fazer *networking* é parte do meu trabalho."

"Fazer *networking*." Ele diz a frase com uma dose considerável de sarcasmo.

"Não estou traindo sua mãe", reitero. E é quase verdade.

"Você é um mentiroso."

Começo a dizer a Rory que não sou, mas percebo que é inútil. Começo a negar que estou traindo, mas percebo que também é inútil. Meu filho é esperto demais.

Gostaria de poder explicar a ele, mas não tenho como. Então viro um hipócrita.

"Não estamos falando de mim", digo.

Ele revira os olhos e não diz nada.

"E eu nunca trapaceei na escola. E pense só: e se um dia acontecer um apocalipse zumbi e você fugir para uma ilha para começar uma nova civilização e tiver de cultivar plantas? Você não acha que seria útil saber sobre fotossíntese?"

"Agradeço muito o esforço, pai. Ainda mais com esse lance de apocalipse zumbi. Mas me deixa poupar seu tempo." Ele tira uma coisa do bolso e coloca na minha frente.

O vidro azul reluzente me deixa de queixo caído. Um dos brincos de Petra.

"Jenna não tem orelhas furadas", diz ele. "E a mamãe nunca usaria algo tão cafona."

Ele tem razão. Millicent usa brincos de diamante. Diamantes de verdade, não zircônia.

"Bom, não tenho muito mais o que dizer, acho", zomba Rory.

Empatados. Também não tenho nada a dizer.

"Não se preocupe. Jenna não sabe da sua namorada." O sorriso sacana está de volta. "Ainda."

Levo um segundo para me dar conta de que meu filho está tentando me chantagear. Com provas.

Estou impressionado pela esperteza dele, e petrificado, porque a última coisa que quero é que meus filhos, sobretudo minha filha, cresçam com um pai traidor e babaca. Esse é o tipo de coisa que os especialistas pedem para evitarmos. Alegam que traições assim afetam os relacionamentos afetivos dos nossos filhos para sempre. Eu já assisti a esses programas com especialistas em comportamento que passam na TV.

Jenna não pode saber, não pode sequer suspeitar de que ando fazendo essas coisas nas quais Rory tão piamente acredita. Qualquer coisa deve ser melhor do que isso.

Eu me volto para Rory.

"O que você quer?"

"O jogo novo que saiu, *Bloody Hell.*"

"Sua mãe proibiu que ele entrasse nesta casa."

"Eu sei."

Se eu negar, ele vai contar a Jenna que estou traindo a mãe deles. Vai cumprir sua ameaça sem pestanejar.

Se eu aquiescer, meu filho de 14 anos terá conseguido me chantagear.

Sinto que deveria ter previsto isso. Deveria ter previsto no dia em que ele nasceu. Ele ficou tão quieto no começo, que todos pensaram que estivesse morto. Quando enfim chorou, foi tão alto que fez meus ouvidos zumbirem.

Ou talvez eu devesse ter previsto isso no dia em que a irmã dele nasceu, quando ele chorou tão alto quanto ela, não para anunciar sua chegada, mas para alardear sua carência de atenção.

Então aí teve uma vez em que Jenna e Rory foram juntos pedir doces pela vizinhança no Halloween, e ele a convenceu de que todas as mini barras de chocolate foram envenenadas por um psicopata que trabalhava no supermercado do bairro. O psicopata em questão era um sujeito grandalhão (e gentil como um hamster), cuja figura por si só assustava as crianças. Jenna acreditou no irmão e jogou fora todos os doces suspeitos de envenenamento. Millicent e eu só soubemos disso quando constatamos que Jenna passou uma semana inteira tendo pesadelos e ao encontrarmos montes de embalagens de mini barras de chocolate no quarto de Rory.

Então agora, enquanto estou sendo chantageado pelo meu filho, lembro-me do histórico dele e penso que já deveria ter imaginado que ele faria algo do tipo. Mas até este momento eu não fazia a mínima ideia do que me aguardava.

"Responda-me uma pergunta", digo a ele.

"Tá bom."

"Há quanto tempo você está sabendo?" Tomo o cuidado de não usar a palavra *traição*. Como se isso fizesse diferença.

"Tem uns meses. Na primeira vez, fui à garagem de manhã cedo para pegar minha bola de futebol. Seu carro não estava lá. Aí comecei a prestar atenção."

Concordo com a cabeça.

"Compro seu jogo amanhã. Não deixe sua mãe ver."

"Não vou deixar. E não deixe ela te ver entrando de fininho também."

"Não vou mais fazer isso."

Ele sorri enquanto pega o brinco e o coloca de volta no bolso. Rory não acredita em mim, mas é esperto o suficiente para ficar de boca fechada quando está em vantagem.

Deveria contar a Millicent sobre o nosso filho. Fico pensando nisso durante o jantar, enquanto Jenna faz o possível para tirar sarro de Rory sem ser flagrada. Fico pensando nisso depois do jantar, quando Millicent confisca o celular de Rory antes de ele ir dormir. Fico pensando nisso até quando estamos só eu e minha esposa, no quarto, cumprindo nossa rotina noturna. É nesse momento que eu deveria contar a ela o que nosso filho anda aprontando, mas não conto.

Não conto porque isso incitaria mais perguntas do que sou capaz de responder.

Faz apenas duas semanas que passei a noite com Petra. E eu só penso nela no meio da madrugada, quando perco o sono e não consigo voltar a dormir. É quando me pergunto o que foi que eu fiz para me delatar. O que a fez questionar se eu era surdo de verdade? Será que reagi a algum som, olhei nos olhos dela em vez de mirar nos lábios enquanto ela falava, ou será que prestei muita atenção aos sons que ela fazia na cama? Não sei. Não sei se algum dia vou me fingir de surdo de novo, mas isso ainda me tira o sono. Virou um fio solto que preciso puxar.

A chantagem de Rory está no mesmo patamar. Outro erro. Como se eu tivesse vacilado e não devesse ter deixado meu filho descobrir que eu venho saindo às escondidas de madrugada. Millicent não iria gostar disso.

Então eu não digo nada. Tanto Rory quanto Petra são segredos que escondo da minha esposa. Talvez porque ela também tenha os dela, mais do que eu imaginava. Rory e Petra também são riscos, cada um à sua maneira, e mesmo assim minha boca permanece fechada.

Não quero que Millicent saiba o tamanho da cagada que fiz.

# NOVE

Quando começou, não era ruim. E ainda creio nisso.

Há três anos, no final da tarde de um sábado de outubro, eu estava no jardim da frente de casa com Rory e Jenna. As crianças ainda estavam naquela idade em que não tinham vergonha da minha presença, e nós três estávamos montando decorações de Halloween. Sempre foi uma das festividades favoritas delas, perdendo apenas para o Natal, e todos os anos cobríamos a casa com teias, aranhas, esqueletos e bruxas. Se tivéssemos dinheiro para comprar animatrônicos, teríamos colocado também.

Millicent voltou depois de mostrar uma casa a clientes. Usando suas roupas de trabalho, ficou postada na calçada da frente e sorriu, admirando nossas obras de arte. As crianças pediram algo para comer. Revirando os olhos de forma teatral, ela disse que iria preparar sanduíches. Sorria ao falar com elas. Acho que todos nós estávamos sorridentes.

As coisas não eram perfeitas, no entanto. A casa que estávamos decorando era uma novidade — morávamos lá havia apenas seis meses — e a hipoteca era colossal. Millicent vinha sofrendo muita pressão para vender mais. Eu estava sob a mesma pressão; às vezes, até cogitava arrumar um segundo emprego.

Também vínhamos tendo problemas constantes com a mãe de Millicent. O pai dela havia falecido dois anos antes. Logo depois, a mãe dela foi diagnosticada com Alzheimer e entrou naquele longo e lento declínio característico da doença. Passamos muito tempo procurando uma enfermeira de período integral. As duas primeiras não deram certo porque não atenderam aos padrões de Millicent. A terceira estava indo bem, pelo menos até o momento.

Nossa família tinha seus problemas — muitos —, mas naquele dia em especial, estávamos todos sorridentes, até que Millicent começou a gritar do nada.

Corri para dentro, as crianças em meu encalço. Cheguei à cozinha bem a tempo de ver Millicent atirando o celular do outro lado da sala. O aparelho se espatifou contra a parede, se despedaçando e deixando uma marca no local da batida. Ela escondeu o rosto nas mãos e começou a chorar.

Jenna começou a gritar.

Rory pôs-se a recolher os pedaços do celular quebrado.

Abracei Millicent enquanto seu corpo tremia sob os soluços. As duas piores coisas do mundo se passaram pela minha cabeça.

Alguém tinha morrido. Talvez a mãe dela. Talvez uma amiga.

Ou alguém estivesse morrendo. Uma doença terminal. Talvez um dos nossos filhos. Talvez a minha esposa.

Tinha que ser um dos dois. Nada mais justificava aquele tipo de reação. Nem dinheiro, nem emprego, nem mesmo a perda de um animal de estimação que sequer tínhamos. Alguém devia estar morto, ou estaria em breve.

Foi um choque descobrir que não foi nem um nem outro. Ninguém tinha morrido, ninguém estava morrendo. Na verdade, era o oposto.

ALGUNS MESES depois de começarmos a namorar, Millicent e eu tivemos o que intitulamos de Noite de Perguntas e Respostas. Compramos pizza e vinho, e levamos para o minúsculo apartamento dela. A sala de estar era tão pequena que só acomodava uma namoradeira e uma mesa de centro, então nos sentamos no chão. Ela acendeu algumas velas, arrumou as fatias de pizza de pepperoni em pratos de louça e serviu o vinho em taças de champanhe, porque eram as únicas que tinha.

Passamos a noite inteira fazendo perguntas um ao outro. Sem limites, nada era proibido — tínhamos planejado fazer daquele jeito. As primeiras perguntas foram bem tranquilas; ainda estávamos sóbrios demais para falar de sexo, então falamos de tudo o mais. Filmes, música, comidas favoritas, cores favoritas. Cheguei até a perguntar se Millicent tinha alguma alergia. Ela tem. A colírio.

"Colírio?", questionei.

Ela assentiu, tomando outro gole de vinho.

"Daqueles para aplacar a vermelhidão. Faz meus olhos incharem até eu mal conseguir enxergar."

"Tipo o Rocky Balboa."

"Exatamente como o Rocky. Eu descobri quando tinha 16 anos e fiquei chapada. Tentei esconder dos meus pais e acabei no hospital."

"Ahá", falei. "Então você foi uma menina má?"

Ela deu de ombros.

"E você? Alguma alergia?"

"Só a mulheres que não se chamam Millicent."

Dei uma piscadela para mostrar que estava brincando. Ela deu um chutezinho no meu pé e revirou os olhos. Por fim, ficamos bêbados o suficiente para fazer as perguntas de fato interessantes. A maioria girou em torno de sexo e relacionamentos antigos.

Em algum momento, cansei de ouvir sobre o ex-namorado dela, então perguntei sobre a família dela. Eu sabia de onde ela era e que seus pais ainda eram casados, mas só. Ela nunca mencionara irmãos.

"Você tem irmãos ou irmãs?"

Estávamos bastante bêbados àquela altura, ou pelo menos eu estava, e continuei brincando com a cera que escorria da vela à nossa frente. Estava acumulada no pratinho embaixo, e eu a esmagava entre os dedos, fazendo uma bola e depois achatando-a de novo. Millicent ficou olhando me gestual em vez de responder à pergunta.

"Alô-ou", brinquei.

Ela tomou um gole de vinho.

"Uma irmã. Holly."

"Mais velha ou mais nova?"

"Ela era mais velha. Agora ela se foi."

Larguei o pedacinho de cera e me aproximei, pegando a mão dela, apertando-a contra sua taça de champanhe.

“Sinto muito”, falei.

“Não tem problema.”

Esperei para ver se ela diria mais alguma coisa. Quando ela não disse, perguntei: “Como aconteceu?”.

Ela se recostou na parede atrás de si. O álcool e a luz das velas faziam tudo tremeluzir, inclusive seus cabelos ruivos. Por uma fração de segundo, parecia haver brasas se desprendendo dos fios.

Ela se virou e parou de me olhar enquanto falava. “Ela estava com 15 anos, dois anos a mais do que eu. Holly era doida para dirigir, era o que ela mais queria no mundo. Mal podia esperar para tirar a carteira. Então, um dia, nossos pais estavam fora. Eles saíram com o carro do meu pai, então o da minha mãe ficou na garagem. Holly sugeriu pegar o carro. Só uma voltinha no quarteirão... Ela falou que iria bem devagar.” Millicent se virou para mim e deu de ombros. “Ela não foi devagar. E morreu.”

“Meu Deus. Sinto muito.”

“Tudo bem. Holly era minha irmã, mas... não era uma pessoa legal. Nunca foi.”

Eu queria fazer mais perguntas sobre isso, e poderia tê-las feito, porque era a Noite de Perguntas e Respostas, mas fiquei quieto. Em vez disso, perguntei sobre a primeira vez em que ela tomou um porre.

Holly só voltou a virar assunto de novo quando fui jantar na casa dos pais de Millicent. Eu já os tinha encontrado uma vez, num restaurante, quando vieram passear na cidade, mas desta vez pegamos as três horas de estrada até a casa deles. Os pais de Millicent moravam em uma casa grande no norte do país, perto da fronteira com a Geórgia, no meio do nada. O pai dela, Stan, havia inventado uma isca de pesca, patenteado e vendido para uma empresa de artigos esportivos. Eles não eram ricos, mas também não precisavam trabalhar. Stan passava o tempo observando pássaros, pescando e esculpindo casinhas de madeira para aves. A mãe de Millicent, Abby, era professora e, quando não estava cuidando da horta, escrevia um blog educativo. Eles eram um pouco hippies, só que cultivavam coentro em vez de maconha.

Millicent era bem parecida com o pai, até nos olhos multicoloridos, mas sua personalidade era mais como a da mãe. Abby era ainda mais organizada do que Millicent.

Só notei a foto depois do jantar. Eu estava ajudando a tirar a mesa e levando meus pratos para a cozinha. A foto estava no parapeito da janela, acima da pia; era só uma coisinha meio escondida atrás de uma planta. O cabelo ruivo chamou minha atenção. Quando a peguei para olhar, percebi que era Millicent e sua irmã, Holly. Até aquele momento, eu não tinha notado a ausência de fotos pela casa. Havia fotos dos pais de Millicent e dela, mas aquela ali era a única foto de Holly.

"Não deixe que ela veja isso."

Olhei para cima. A mãe de Millicent estava parada na minha frente. Seus olhos castanhos e calorosos quase suplicantes.

"Você já sabe o que aconteceu com Holly?"

"Sim. Millicent me contou."

"Então você sabe o quanto esse assunto a chateia." Ela pegou a foto da minha mão e a colocou de volta atrás da planta. "A gente tira as fotos quando ela vem. Millicent não gosta de se lembrar dela."

"O acidente a entristece demais. Perder Holly daquele jeito deve ter sido difícil."

Ela me lançou um olhar estranho.

Só fui entender aquele olhar no dia em que Millicent começou a gritar depois de atender o telefone.

# DEZ

A CAIXA DO JOGO *Bloody Hell VII* é tão gráfica que vem coberta com um grande adesivo amarelo de advertência. No verso, mais um adesivo, agora vermelho, com descrições explícitas do jogo.

Não sei bem se isto deveria estar na minha casa.

Mas comprei mesmo assim.

Rory, ainda suspenso da escola por três dias, está em casa. A mãe confiscou o computador dele, trocou a senha da internet e até tentou desconectar a TV a cabo, mas desistiu no meio do caminho. Rory está no sofá da sala, zapeando.

Jogo a caixa no sofá, ao lado dele.

"Valeu", diz ele. "Mas você precisa mudar de postura."

"Não comece."

Ele sorri e pega o jogo, arrancando o adesivo amarelo da frente. A imagem abaixo mostra dezenas de corpos empilhados. No topo deles, uma criatura feia e chifruda, que se presume seja o diabo.

Rory olha para mim, seus olhos verdes brilhando. Ele pergunta pelo console. Hesito e aponto para a cristaleira na sala de jantar.

"Atrás da bandeja de prata. Não quebre nada."

"Não vou."

"E bote de volta lá depois."

"Botarei."

"Você não vai trapacear de novo, vai?", pergunto.

Ele revira os olhos.

"Tal pai, tal filho."

Somos interrompidos pela TV. Uma notícia de última hora interrompe um *talk show* diurno.

O logotipo do jornal local aparece. E é seguido por aquele repórter jovem e sério que acompanha a história de Lindsay. O nome dele é Josh, e eu tenho visto a cara dele todos os dias desde que o corpo dela foi encontrado. Hoje, ele parece um pouco extenuado, mas seus olhos estão atentos.

O departamento de polícia por fim revelou a causa da morte de Lindsay.

*"Estamos aqui esta noite com o dr. Johannes Rollins, ex-legista de DeKalb County, Geórgia"*, informa Josh. *"Obrigado pela presença, dr. Rollins."*

*"Claro."* O dr. Rollins parece mais velho do que todas as pessoas que conheço somadas, e me lembra o Papai Noel, exceto pelas roupas; usa camisa xadrez de botões com gravata azul lisa.

*"Dr. Rollins, o senhor viu a declaração da polícia de hoje. Considerando sua experiência, o que pode nos dizer a respeito?"*

*"Ela foi estrangulada."*

*"Sim, sim. É o que diz o laudo. Asfixia por estrangulamento com ligadura."*

O dr. Rollins assente.

*"Foi o que eu disse. Ela foi estrangulada."*

*"Mais alguma coisa que o senhor possa nos dizer?"*

*"Ela perdeu a consciência em segundos e morreu em minutos."*

Josh aguarda para ver se o dr. Rollins tem algo mais a dizer. Não tem.

*"Ok então. Muito obrigado, dr. Rollins. Agradecemos por ter disponibilizado seu tempo."*

A câmera se aproxima de Josh, e ele respira fundo. Seu relato oficial é sempre seguido por um não oficial, pois ele é ambicioso e parece ter fontes em todos os lugares.

*"Ainda temos mais informações. Como sempre, o canal News 9 chega na frente, trazendo a você, telespectador, dados que vão além das declarações oficiais e que não são exibidos por nenhuma outra emissora. Segundo minhas fontes, as marcas no pescoço de Lindsay apontam para um estrangulamento com uma corrente. O assassino posicionou-se atrás dela e segurou a corrente contra sua traqueia até matá-la."*

"Maneiro", diz Rory.

Fico enojado demais para repreendê-lo, pois neste momento estou imaginando a mãe dele, a minha esposa, cometendo o assassinato descrito por Josh.

Está tudo muito nítido na minha mente, em parte porque conheço, ou conhecia, as duas mulheres envolvidas. Consigo enxergar a expressão apavorada de Lindsay. Assim como o rosto de Millicent, embora sua expressão mude com frequência: vai de horrorizada para aliviada, e então orgástica. Ela sorri.

Rory começa a configurar o videogame.

"Tá tudo bem com você?", pergunta ele.

"Estou bem."

Ele não retruca. *Bloody Hell VII* está inicializando.

Vou embora porque tenho uma aula de tênis para dar. Venho cancelando muitas nos últimos tempos.

Já no clube, uma mulher de meia-idade me aguarda. Ela tem cabelos lisos e escuros, bronzeado intenso e sotaque. Kekona é havaiana. Ao ficar frustrada, a mulher xinga em pidgin.

Kekona é uma viúva aposentada, o que significa que ela tem bastante tempo para tomar conta da vida de todo mundo. E para fazer fofoca. Graças a ela, sei quem anda dormindo com quem, quais casais estão se separando, quem está grávida e quais crianças estão fazendo merda. Às vezes, é mais do que desejo saber. Tem dias que só quero dar minhas aulas em paz.

Hoje, descobri que uma das professoras de Rory, ao que tudo indica, está tendo um caso com o pai de um aluno. É asqueroso, mas pelo menos o caso não é com o aluno. Ela também tem novidades do divórcio dos McAllister, que já se arrasta por mais de um ano, e o boato sobre uma possível reconciliação. Ela logo rotula esse tal rumor como "provavelmente pouco confiável, mas nunca se sabe."

Trinta minutos depois do início da nossa aula de uma hora, ela menciona Lindsay.

Isso é bem incomum, afinal, Lindsay não foi encontrada em nossa pequena comunidade de Hidden Oaks, nem era sócia do clube. Ela morava, trabalhava e foi encontrada a 32 quilômetros daqui, fora da zona de fofocas de Kekona. Na maior parte do tempo, a mulher permanece aqui em Hidden Oaks mesmo, nos limites dos portões de onde reside, numa das maiores casas do condomínio. Ela mora a menos de um quarteirão de onde cresci, e conheço bem a casa dela. Ou conhecia. Minha primeira namorada morou lá.

"Esse caso da garota do hotel está meio estranho", comenta Kekona.

"Todos os assassinatos não são meio estranhos?"

"Na verdade, não. O assassinato é quase um passatempo nacional. Mas se você pensar bem, garotas normais não aparecem mortas em hotéis abandonados."

Kekona verbaliza o que eu já vinha pensando.

O fato de o corpo ter sido deixado no hotel ainda me surpreende. Não entendo por que Millicent não a enterrou, ou por que não levou o corpo para os recônditos da mata, ou para qualquer lugar bem longe daqui, da nossa casa, largando-a em um prédio onde ela sem dúvida seria encontrada em algum momento. Não faz sentido.

A menos que Millicent esteja querendo ser pega.

"Garotas normais?", pergunto a Kekona. "O que é uma garota normal?"

"Ah, você sabe, que não é viciada em drogas ou prostituta. Uma pessoa que não é moradora da periferia. Essa garota era normal. Tinha emprego, um apartamento e, presumivelmente, pagava seus impostos. Normal."

"Você assiste a muitos desses programas policiais?"

Kekona dá de ombros.

"Claro, quem não assiste?"

Millicent não. Mas ela lê os livros.

Mando uma mensagem para minha esposa:

Precisamos de uma noite só nossa.

Millicent e eu não temos uma noite nossa de verdade há mais de dez anos. A frase é o nosso código, porque em algum momento foi preciso parar e criar um código. *Uma noite só nossa* significa que precisamos conversar sobre nossas atividades extracurriculares. Uma conversa de verdade, não apenas sussurros na penumbra.

• • •

Entre a mensagem e uma noite só nossa, temos de lidar com a suspensão de Rory. Ele passou o dia inteiro sozinho em casa, e nas fantasias de Millicent, seu filho ficou lendo um livro para evoluir a mente. Em vez disso, ele ficou entregue ao seu joguinho novo, cortesia minha. Para minha sorte não há sinal dele quando chego. Rory está arrumando a mesa, em silêncio.

Ele olha para mim e pisca. Pela primeira vez, não gosto da pessoa que meu filho está se tornando. E a culpa é minha.

Subo para tomar um banho rápido antes do jantar. Quando desço, Jenna já está lá embaixo também. E está tirando sarro de Rory.

"Estava todo mundo falando de você hoje", diz ela. Jenna digita no celular enquanto fala. Ela sempre faz isso. "Estavam falando que você é tão idiota que teve que pesquisar a grafia do próprio nome. É por isso que você estava colando."

"Ha, ha", zomba Rory.

"Estavam falando que você é idiota demais para ser mais velho do que eu."

Rory revira os olhos.

Millicent está na cozinha. Já tirou a roupa do trabalho e está usando *legging*, um moletom longo e meias listradas. Seu cabelo está preso no alto da cabeça, com uma presilha gigantesca. Ela sorri e me estende uma tigela de salada para colocar na mesa.

As crianças continuam a brigar enquanto ela e eu servimos a comida.

"Você é tão idiota", continua Jenna. "Dizem que eu herdei toda a inteligência da família."

"Até porque a beleza você não herdou", rebate Rory.

"Mãe!"

"Já chega", ralha Millicent. Ela se senta à mesa.

Rory e Jenna se calam. Colocam seus guardanapos no colo.

Está tudo tão normal.

Quando terminamos de comer, Millicent pede para Jenna e eu cuidarmos da louça. Ela quer revisar os deveres de casa de Rory com ele, para assegurar que está tudo pronto.

Vejo o pânico nos olhos dele.

Vai ser uma longa noite para Rory; ouço tudo da cozinha enquanto Jenna e eu fazemos a limpeza. Passo uma água nos pratos, ela os coloca na máquina de lavar louça e papeamos um pouco.

Jenna tagarela sobre futebol, entrando em detalhes que não consigo entender. Não é a primeira vez que me pergunto se eu deveria me envolver mais e me voluntariar no time, virando assistente do técnico ou algo assim. Então me lembro que não tenho tempo.

Ela continua falando, e minha mente vagueia para Millicent. Para a noite só nossa.

Quando a louça está lavada e as desculpas de Rory se esgotam, tudo se acalma. Ele vai para o quarto fazer a lição de casa pendente. Jenna conversa, opina e manda mensagens, tudo ao mesmo tempo. Quando chega a hora de dormir, Millicent coleta os computadores de ambos. Ela os recolhe todas as noites na hora de dormir para que ambos não fiquem acordados papeando com esquisitões na internet depois de nós dois pegarmos no sono. Sou da opinião de que os esquisitões da internet ficam on-line o tempo todo, mas não discuto com ela.

Assim que as crianças vão para a cama, Millicent e eu vamos para a garagem para a noite só nossa.

E.L.A.S
SAMANTHA DOWNLING
MINHA ADORÁVEL ESPOSA

# ONZE

Ficamos sentados dentro do carro de Millicent. Ela dirige o melhor veículo da casa, um *crossover* de luxo, pois costuma levar clientes em suas mostras de casas. Os bancos de couro são confortáveis, o carro é espaçoso e, com as portas fechadas, as crianças não conseguem bisbilhotar.

Minha mão repousa entre nós, no console do centro, e ela a segura.

"Você está tenso", diz ela.

"E você não?"

"Eles não vão achar nada que leve até a gente."

"Como tem tanta certeza? Já imaginava que eles fossem encontrar o corpo dela?"

Ela dá de ombros. "Talvez eu não me importasse."

Tenho a sensação de que tudo o que sei cabe em uma única mão; já o que desconheço faz volume suficiente para preencher nossa casa inteira. Tenho tantas perguntas, mas não quero saber as respostas.

"As outras nunca foram encontradas", digo. "Por que Lindsay?"

"Lindsay." Ela pronuncia o nome bem devagar. O que me faz lembrar de quando a encontramos pela primeira vez. Fizemos juntos: procuramos, escolhemos, participei de cada decisão.

Depois de fazer uma segunda trilha com Lindsay, falei para a Millicent que ela era a pessoa certa. Foi quando criamos nosso código, a noite só nossa, só que não costumávamos fazê-la na garagem. Enquanto uma vizinha ficou cuidando das crianças por um momento, Millicent e eu saímos para comprar iogurte *frozen*. Ela pediu de baunilha, eu pedi de pecã amanteigada, então ficamos passeando pelo shopping, sendo que todas as lojas estavam fechadas, exceto o cinema. Paramos em frente a uma loja de artigos de luxo para cozinha e ficamos olhando a vitrine. Era uma das lojas prediletas de Millicent.

"Então", disse ela, "me conta."

Olhei ao redor. As pessoas mais próximas estavam a pelo menos uns cem metros de distância, na fila para comprar ingressos para o filme. Mesmo assim, baixei a voz:

"Acho que ela é perfeita."

Millicent ergueu as sobrancelhas, parecendo surpresa. E feliz.

"Sério?"

"Se a gente vai fazer mesmo, então sim. Ela é a pessoa certa." Ela não era a única; era a terceira. Lindsay era diferente porque era uma desconhecida escolhida na internet. Selecionada dentre um milhão de outras opções. As duas primeiras não escolhemos. Elas vieram até nós.

Millicent enfiou uma colherada de iogurte de baunilha na boca e depois lambeu a colher. "Você acha que devemos, então? É hora de fazer?"

Algo nos olhos dela me fez desviar para o outro lado. Às vezes, Millicent incita algo em mim, é como se eu não conseguisse respirar. Aconteceu naquele momento, enquanto estávamos no shopping decidindo o destino de Lindsay. Desviei o olhar da minha esposa e o direcionei para a loja fechada de utensílios para cozinha. Todos aqueles equipamentos novos e reluzentes me encaravam, zombando de mim com sua inatingibilidade. Não podíamos pagar por tudo o que queríamos. Não que todo mundo pudesse, mas ainda assim me incomodava.

"Sim", falei para Millicent. "Definitivamente acho que é hora de fazer."

Ela se inclinou e me deu um beijo frio de baunilha.

Nunca falamos nada sobre manter Lindsay em cativeiro.

Agora estamos sentados na garagem, tendo mais uma noite só nossa. Sem iogurte *frozen*, só um saquinho de pretzels que eu tinha deixado no porta-luvas. Ofereço para Millicent, e ela torce o nariz.

Volto ao motivo pelo qual estamos sentados no carro.

"Você já devia saber que Lindsay seria encontrada..."

"Eu sabia."

"Mas por quê? Por que você iria querer que ela fosse encontrada?"

Ela olha pela janela, para as pilhas de engradados de plástico lotados de brinquedos velhos e enfeites de Natal. Quando se vira para mim, sua cabeça está inclinada para o lado, e ela sorri um pouco.

"Porque é o nosso aniversário."

"Nosso aniversário de casamento foi há cinco meses."

"Não este."

Penso um pouco, pois não quero estragar tudo, afinal, eu deveria estar ciente da nossa data especial. Deveria me lembrar dessas coisas.

De repente, eu me lembro.

"Faz um ano que escolhemos Lindsay. Foi quando decidimos."

Millicent sorri, radiante.

"Isso. Um ano depois do dia em que nós a encontramos on-line."

Eu a encaro. Ainda não faz sentido.

"Por que você iria querer que..."

"Já ouviu falar de Owen Riley?", indaga ela.

"O quê?"

"Owen Riley. Sabe quem ele é?"

A princípio, o nome não me é familiar. Então eu me lembro.

"Você está falando de Owen Oliver? O serial killer?"

"Era assim que você o chamava?"

"Owen Oliver Riley. Costumávamos chamá-lo só de Owen Oliver."

"Então você sabe o que ele fez?"

"Claro que sei. É impossível morar aqui e não saber."

Ela sorri para mim e, tal como acontece às vezes, eu me perco.

"Não é só o nosso aniversário, é o do Owen também", explica ela.

Penso, vasculhando a mente em busca dos eventos ocorridos quando eu mal tinha entrado na vida adulta. Owen Oliver surgiu no verão, logo depois de eu me formar no ensino médio. Ninguém prestou atenção quando uma mulher desapareceu; e nem quando a segunda mulher sumiu. Só se deram conta quando uma delas foi encontrada morta.

Lembro-me de estar em um bar com uma carteira de identidade falsa, cercado por amigos da mesma idade. Bebíamos cerveja barata e destilados mais baratos ainda, quando então vimos na TV a descoberta do primeiro corpo. Woodview era um tédio só. Com certeza o assassinato de uma mulher simpática chamada Callie, gerente de uma loja de roupas, era um acontecimento. Ela foi encontrada em um restaurante abandonado na rodovia interestadual. Um caminhoneiro localizou o corpo.

No início, foi apenas o assassinato horroroso de uma mulher. Passei aquele verão acompanhando, fascinado, enquanto a imprensa, a polícia e a comunidade tentavam decifrar a motivação do crime.

"Um andarilho" tornou-se a resposta aceitável. E assim todos ficaram mais aliviados, acreditando que o assassino não era um morador da região, ainda que isso significasse que o tal forasteiro havia sequestrado Callie e a mantido em cativeiro por meses antes de matá-la. Pelo menos era assim que acreditávamos. Inclusive eu.

Quando aconteceu pela segunda vez, todos nos sentimos traídos. Tinha de ser um de nós.

Ninguém sabia que era Owen Oliver Riley. Ainda não. Na época, o sujeito misterioso era chamado de Assassino de Woodview.

Nove mulheres mortas depois, ele enfim foi pego. Owen Oliver Riley era um sujeito de 30 e poucos anos, com cabelos da cor do feno, olhos azuis e uma barriguinha saliente. Ele dirigia um sedã prateado, frequentava um bar desses com TVs que ficam exibindo esportes e era voluntário na igreja. Era até que bem conhecido na cidade, muitos já tinham falado com ele, vendido produtos e serviços e acenavam ao vê-lo passar. Olhei para a foto na TV, pensando que não tinha como ser ele. Ele parecia tão normal. E era, exceto pelo fato de ter matado nove mulheres.

A princípio, Owen Oliver foi acusado de um assassinato somente; as demais acusações ficaram em aberto devido à ausência de provas. Não houve direito a fiança. Owen Oliver ficou preso por três semanas, mas acabou solto devido a uma brecha jurídica: quando a polícia fez a coleta de amostra de DNA na mucosa da bochecha dele, o mandado ainda carecia de assinatura. O defensor público designado para o caso dele teria atropelado aquela disparidade com um pé nas costas. E foi bem isso o que ele fez.

Com o DNA descartado, a polícia ficou sem nada. Eles ainda estavam lutando para arregimentar outras provas quando Owen Oliver foi solto. E o visual dele era tão banal que não teve dificuldades para se misturar à sociedade e desapareceu.

Na época em que ele foi solto, eu estava no exterior e ainda assim fiquei sabendo do episódio. Aquela foi uma das poucas ocasiões em que falei com meus pais antes de eles falecerem. E quando eles morreram, eu voltei para casa, porém sem planos de ficar, até que conheci Millicent. Quando ela concordou em sair comigo, presumi que fosse por ser uma novata na cidade, afinal, ela não conhecia mais ninguém.

Às vezes, ainda penso isso.

Naquela época, Owen Oliver já havia partido há tempos. Mas todos os anos, no aniversário de sua libertação, seu rosto ressurgia nos noticiários. Com o passar dos anos, Owen tornou-se nosso monstro, nosso bicho-papão, nosso serial killer de estimação. Por fim, transformou-se em um mito, maior do que tudo.

"Acho que vai fazer dezessete anos desde que ele matou pela última vez", digo.

"Dezoito, na verdade. Dezoito anos atrás, nesse mesmo mês, sua última vítima desapareceu."

Balanço a cabeça, tentando juntar as peças. Como sempre, Millicent o faz por mim.

"Lembra-se de quando Lindsay sumiu? De quando as pessoas estavam procurando por ela?", pergunta Millicent.

"Claro."

"O que você acha que vai acontecer quando outra desaparecer? Tipo uma das mulheres da nossa lista."

Uma a uma, as pontas soltas começam a se juntar. Se outra mulher desaparecer, a polícia começará a achar que temos um serial killer. Millicent ressuscitou Owen para culpá-lo pelos nossos feitos.

Ela está preparando nosso futuro.

"É por isso que você manteve Lindsay viva por tanto tempo", concluo. "Você estava copiando o estilo dele."

Millicent assente.

"Isso."

"E ele estrangulava as vítimas, não é?"

"Sim."

Dou um suspiro. É tanto físico quanto psicológico.

"Foi tudo uma armação."

"Mas é claro. Quando a polícia começar a procurar, e vai, a busca será por Owen."

"Mas por que você não me contou? Por um *ano*?"

"Eu queria fazer uma surpresa", diz ela. "Para o nosso aniversário."

Eu a encaro. Minha adorável esposa.

"É loucura", afirmo.

Ela ergue uma sobrancelha para mim. Antes que ela possa falar, pouso meu dedo em seus lábios.

"E é brilhante", completo.

Millicent se inclina e beija a pontinha do meu nariz. Seu hálito cheira à sobremesa que comemos hoje à noite. Não teve baunilha desta vez. Sorvete de chocolate e cerejas.

Ela passa sobre o console, sentando-se no meu colo no banco do passageiro. Quando tira o moletom por cima da cabeça, a presilha do cabelo se solta e os fios caem. Ela me encara, os olhos escuros como um pântano.

"Você não achou que fôssemos parar, achou?", indaga.

Não. Não podemos parar agora.

E eu nem quero.

E.L.A.S® SAMANTHA DOWNLING MINHA ADORÁVEL ESPOSA

# DOZE

Quando começamos, Holly foi nosso alvo. E só porque foi necessário.

Naquele dia frio de outono, quando o telefone tocou, nosso mundo desabou. A ligação era a respeito de Holly. Ela ia receber alta do hospital psiquiátrico.

Pensei ter ouvido errado. Foi isso que achei quando Millicent me revelou que sua irmã não havia morrido em um acidente aos 15 anos de idade. Na verdade, Holly havia sido internada em um hospital psiquiátrico.

Era tarde da noite daquele sábado, as crianças já tinham se acalmado, comido alguma coisa e agora dormiam. Millicent e eu estávamos sentados na sala de estar, no sofá novo que ainda estávamos pagando parcelado no cartão de crédito, e então ela me contou a verdadeira história de Holly.

A primeira vez foi o corte com papel. Eu já conhecia aquela história, que elas estavam fazendo as tais colagens de suas coisas favoritas.

"Ela fez de propósito", afirmou Millicent. "Ela agarrou minha mão e a cortou com o papel. Bem aqui." Ela apontou o trecho entre o polegar e o indicador. "Ela convenceu nossos pais de que foi um acidente."

Um mês se passou, e Millicent, que tinha 6 anos na época, praticamente havia se esquecido do ocorrido. Até que aconteceu de novo. Ela e Holly estavam no quarto de Holly, brincando no esconderijo que chamavam de Recanto Roxo. Millicent e sua irmã haviam criado o próprio mundinho, usando bonecas, bichos de pelúcia e cavalos de plástico, e o batizaram assim. O nome era por causa da cor predominante no quarto de Holly, que pendia para tons de alfazema, enquanto o de Millicent era amarelo.

Enquanto estavam no Recanto, Holly a cortou de novo. Desta vez, usando um pedaço afiado de plástico de um brinquedo que ela havia quebrado.

O corte foi na perna de Millicent, perto do tornozelo. Ela danou a berrar enquanto o sangue escorria pelo tapete. Holly ficou observando o corte até a mãe delas entrar no quarto. Então começou a chorar junto a Millicent.

O episódio foi encarado como mais um acidente.

Nos dois anos seguintes, Millicent sofreu vários outros "acidentes". Para o pai ela era só uma desastrada. A mãe lhe dizia para tomar mais cuidado.

Holly ria dela.

Quanto mais Millicent me revelava, mais horrorizado eu ficava. Parte do que eu tinha visto, agora fazia sentido.

A mordida no braço, atribuída ao cachorro. Duas marquinhas desbotadas perenes.

Um dedo quebrado esmagado na porta. Ainda estava um pouco torto.

A lasca no incisivo inferior, de quando ela tropeçou e caiu contra o batente da porta.

O corte longo e profundo na panturrilha, causado por cacos de vidro na rua. A cicatriz ainda é visível, uma faixa escurecida de quase quinze centímetros de comprimento.

A lista seguiu pelo que pareceram horas. Conforme ela crescia, piorava.

Quando Millicent tinha 10 anos, Holly a empurrou escadaria abaixo. Millicent quebrou o braço. Seis meses depois, Holly atropelou a irmã com a bicicleta. Depois disso, ela caiu de uma árvore no quintal.

Os pais acreditavam que eram só acidentes. Ou viam o que queriam ver. Nenhum pai quer acreditar que o filho é um monstro.

Parte de mim compreendia a postura deles. Nada me faria acreditar que Rory ou Jenna seriam capazes de agir de forma semelhante. Simplesmente não é possível, não é plausível. E com certeza os pais de Millicent sentiam o mesmo em relação a Holly.

Mas isso não serviu para abrandar minha revolta. Ao ouvir o relato de Millicent sobre tudo o que sofrera, era inviável racionalizar minha raiva.

O tratamento — não, a tortura — seguiu consistente até o início da adolescência delas. Àquela altura, Millicent já havia desistido de tentar ser legal com a irmã na esperança de que a gentileza a estimulasse a cessar os ataques. Em vez disso, ela se preparou para machucar Holly de volta.

A primeira e única vez que Millicent revidou foi quando ambas estavam no ensino fundamental. Ao fim de um dia letivo qualquer, elas seguiram para a entrada da escola junto ao restante das crianças, rumo à fileira de pais que aguardavam para buscar seus rebentos. Elas seguiram caminhando juntas, lado a lado, e Millicent estendeu um pé.

Holly caiu no chão.

Tudo durou um segundo, mas foi presenciado por metade da escola. As crianças riram, os professores correram para ajudar e, por dentro, Millicent sorriu.

"Parece doentio", disse Millicent. "Mas eu achei mesmo que tivesse acabado ali. Eu achava que se eu fizesse algo, ela pararia de me machucar."

Ela estava enganada.

Horas depois, Millicent acordou no meio da noite. Estava com os pulsos amarrados e presos à cabeceira da cama. E Holly havia acabado de amordaçá-la.

Ela não disse uma palavra sequer. Simplesmente ficou sentada no canto, observando Millicent até o sol nascer. Pouco antes de seus pais acordarem, Holly a desamarrou e retirou a mordaça.

"Nunca mais tente me machucar", ameaçou. "Da próxima vez eu te mato."

Millicent não fez mais nada. Continuou a sofrer os abusos enquanto buscava uma maneira de provar que não era desastrada ou estava se ferindo por acidente. Holly era esperta demais para ser flagrada por câmeras de segurança, esperta demais para ser flagrada por quem quer que fosse.

Até hoje Millicent está convencida de que a tortura teria continuado se não fosse pelo carro.

O acidente de carro com Holly de fato aconteceu. Holly tinha 15 anos, Millicent tinha 13, e a irmã decidiu dar uma voltinha com o carro da mãe. Ordenou que Millicent fosse junto, e então colidiu com uma cerca de propósito, atingindo o lado do passageiro primeiro.

Teria sido considerado um acidente, se não fosse pelo vídeo.

Duas câmeras de segurança registraram o acidente. A primeira mostrou o carro descendo a rua em linha reta e depois fazendo uma curva repentina à direita, batendo diretamente contra a cerca. A segunda câmera registrou o lado do motorista. Holly estava na direção e pareceu ter girado o volante de propósito.

A polícia a interrogou e concluiu que o acidente não foi um acidente.

Após muitas conversas com Millicent, Holly e seus pais, eles perceberam algo de muito errado com Holly. E enfim começaram a acreditar que ela vinha tentando matar a irmã caçula.

Só que em vez de aceitar que a filha fosse indiciada por tentativa de homicídio, os pais de Millicent concordaram em interná-la em um hospital psiquiátrico por um longo prazo. Ano após ano, os médicos sempre atestavam que não havia como deixá-la sair.

Vinte e três anos depois, ela recebeu alta.

Holly foi a nossa primeira.

Depois da noite só nossa, fui pesquisar sobre Owen Oliver Riley. Se o nosso plano é ressuscitar o bicho-papão da cidade, então preciso revisar os fatos, em especial os tipos de mulheres que ele perseguia. Esse tipo de detalhe não está tão fresco assim na minha memória. Só sei que ele apavorava todas as mulheres da região, o que facilitava ou dificultava muito minha missão de arrumar uma namorada. Ou me olhavam como se fosse o próprio Assassino de Woodview, ou avaliavam minhas chances de vencer uma briga contra ele.

Na época, eu buscava garotas mais ou menos da minha idade, entre 18 e 20 anos, embora elas não fossem bem o tipo que atraía Owen Oliver. Ele gostava de moças um pouco mais velhas, entre 25 e 35 anos.

Loiras ou morenas — tanto faz. Nesse aspecto, Owen Oliver não tinha preferência.

Mas havia coisas específicas que ele visava. As mulheres eram pequenas; nenhuma com mais de 1,60. Mais fácil de serem deslocadas. E muito mais fácil para Millicent também.

Todas moravam sozinhas.

Muitas trabalhavam à noite. Uma delas era garota de programa.

O último requisito de Owen foi o que o denunciou. Em algum momento, todas as suas vítimas tinham sido pacientes do hospital Memorial Saint Mary. Às vezes, muitos e muitos anos antes. Uma delas havia removido as amígdalas no local; outra tivera pneumonia e passara dois dias tomando soro intravenoso. A explicação: Owen havia trabalhado no financeiro do hospital. Ele sabia tudo sobre os procedimentos das vítimas, bem como a idade, estado civil e endereço.

O Saint Mary era a única coisa em comum entre as vítimas. Durante muito tempo, esse detalhe foi ignorado, porque, afinal de contas, todos na cidade frequentavam o Saint Mary. É o único hospital grande da região. O segundo mais próximo fica a uma hora daqui.

Ignoro a maioria dos detalhes sobre o que ele fez com cada vítima durante o tempo que as manteve em cativeiro. Muita informação desnecessária, muitas imagens mentais que não quero guardar.

A única coisa que me chama a atenção são as impressões digitais. Owen esfolava as digitais de todas as vítimas. Millicent fez o mesmo com Lindsay.

Em seguida, examino as fotografias das mulheres que ele matou. Jovens, inteligentes e felizes. É esta impressão que as fotos das vítimas sempre passam. Ninguém quer ver o retrato de uma jovem taciturna, mesmo que ela já estivesse morta.

Noto mais algumas coisas. Todas as mulheres eram bem banais. Não usavam muita maquiagem ou roupas estilosas. A maioria era simples: cabelo comum, jeans e camiseta, nada de batom escuro ou esmalte. Lindsay se encaixava nesse perfil e no requisito da estatura determinado por Owen.

Naomi estava mais para simples do que para emperiquitada, mas era alta demais.

Até agora, eu nunca havia escolhido uma mulher com base nesse tipo de perfil. Meus critérios sempre giraram em torno da quantidade de pessoas que a procurariam em caso de desaparecimento, da rapidez com que a polícia seria avisada e de quanto tempo seria reservado na busca por uma mulher adulta.

Tudo o mais era arbitrário. Escolhi Lindsay porque ela se encaixava em todos os critérios importantes, e porque Millicent não sairia do meu pé enquanto não escolhesse a próxima.

Petra foi uma situação diferente. Porque eu dormi com ela, ou porque ela desconfiou da minha surdez fingida. Talvez ambos. Ela ainda está por aí, ainda é um risco, mas não se encaixa em nada no novo perfil que estamos buscando. Petra é alta demais e muito estilosa; usa saia e salto alto, e até as unhas dos pés estavam pintadas de vermelho.

Preciso achar outra. Nossa quarta.

Era assim que Owen Oliver agia. Ele sempre pegava a próxima vítima assim que a anterior era encontrada.

Enquanto vasculho as redes sociais, sinto minha adrenalina subindo. Não é exatamente uma descarga elétrica, ainda não, mas vai ser. Millicent e eu vamos trazer Owen de volta, juntos.

E estou muito ansioso por isso.

# TREZE

As duas primeiras mulheres não foram escolhas. Lindsay foi a primeira que selecionamos de modo deliberado, caçada nas redes sociais. Mas isso foi na época em que não tínhamos um perfil ou um requisito de estatura predefinidos. A maioria das pessoas não divulga características físicas nas redes sociais e, em geral, não há nelas categorias para estatura, peso ou cor dos olhos. Isso dificulta minha busca preliminar pela quarta vítima.

Mas daí lembrei de um lugar que costuma listar a estatura das pessoas: aplicativos de namoro. No entanto, uma breve busca em alguns deles não foi nada inspiradora. No dia seguinte, pedi a Millicent para me encontrar para uma pausa no meio do dia. Pegamos um café e nos sentamos em um parque nos arredores. O dia estava lindo, o céu de um azul ininterrupto e com pouca umidade, e o parque ficava a uma distância adequada para ainda usarmos a internet da cafeteria.

Explico nossos novos requisitos de perfil e mostro a ela o que encontrei on-line. Ela passeia pela seção das mulheres no site de namoro, e então olha para mim.

"Todas me parecem tão..." Ela balança a cabeça e sua voz esmorece.

"Falsas?"

"Sim. Como se estivessem tentando ser o que os homens querem, em vez de serem elas mesmas."

Aponto para uma, que diz que seus hobbies são *windsurfe* e festas na praia. "E algumas podem ter amigos demais."

"Algumas têm, com certeza."

Ela continua passeando pelos perfis, a testa franzida. “Não tem como escolher em um aplicativo de namoro.”

Não digo nada, e ela olha para mim. Estou sorrindo.

“O que é?”, pergunta ela.

“Tenho outra ideia.”

Ela relaxa, agora despreocupada, e ergue uma sobrancelha.

“Tem?”

“Sim.”

“Então me conte.”

Olho para o outro lado do parque, meus olhos pousando em uma mulher sentada em um banco lendo um livro. Aponto.

“E aquela ali?”

Millicent olha para ela, avalia e sorri.

“Você quer procurar alguém no mundo real.”

“Para começar, sim. Assim conseguiremos encontrar alguém que se encaixe no perfil físico. Depois pesquisamos on-line para ter certeza de que ela vai servir.”

Os olhos de Millicent se voltam para mim. Estão tão iluminados. Ela pousa a mão na minha. Seu toque se espalha pelo meu corpo; é como se eu estivesse sendo recarregado. Até meu cérebro zumbe.

Ela assente, e os cantinhos da boca se erguem quando um sorriso nasce. Só consigo pensar em beijá-la. Em jogá-la no meio do parque e arrancar suas roupas.

“Eu sabia que havia um motivo para me casar com você”, Millicent enfim diz.

“Porque sou incrivelmente inteligente?”

“E humilde.”

“E bonitinho”, completo.

“Se fizermos isso direito”, diz ela, “a polícia jamais irá pensar em procurar um casal. Estaremos livres para fazer o que quisermos.”

Algo na afirmativa dela me deixa ainda mais empolgado. O mundo está repleto de coisas que não posso fazer, e pelas quais não consigo pagar, de casas e carros a utensílios de cozinha, então *este* é o nosso jeito de sermos livres. É a única coisa que é só nossa, que controlamos. Graças a Millicent.

“Sim”, digo a ela.

"Sim para quê?"
"Sim para tudo."

Dirijo até a estação SunRail e pego o trem para Altamonte Springs, na direção oposta de onde Petra mora. A rigor, a cidade fica nos arredores de Woodview, mas ainda faz parte dos campos de caça originais de Owen.

Tem mulheres para todos os lados. Jovens, velhas, altas, baixas, magras, gordas. Em todas as ruas, em todas as lojas, em todas as esquinas. Não noto os homens, somente as mulheres, e sempre foi assim. Quando jovem, eu não conseguia me imaginar escolhendo só uma. Não com tantas disponíveis.

É óbvio que isso foi antes de Millicent.

Fui eu quem mudou. Ainda avalio todas as mulheres, só que não do mesmo jeito. Não as vejo como possíveis parceiras, amantes ou conquistas. Agora eu as analiso com base no encaixe do perfil de Owen. Começo a avaliação pela estatura, depois pela maquiagem e pelas roupas.

Vejo uma jovem sair de uma lavanderia e subir as escadas que dão ao apartamento no andar de cima. De onde estou, não dá para distinguir se ela é alta demais.

Uma segunda mulher sai de um prédio comercial. É bem baixinha, mas irritantemente veloz, e a vejo entrar em um carro melhor do que o meu. Não sei bem se conseguiria me aproximar dessa.

Observo uma mulher em uma cafeteria e sento-me à mesa atrás dela. Ela está usando o laptop, navegando por sites que caem em duas categorias: política e gastronomia. Sei um pouco sobre as duas coisas, e me pergunto que tipo de conversa teríamos. Fico curioso o suficiente para observá-la até o momento que ela vai embora e a sigo para anotar a placa de seu carro. Continuo pela calçada, até que de repente flagro uma mulher pequenina, uma fiscal de trânsito. Ela está registrando uma multa. Suas unhas são curtinhas, assim como seu cabelo. Não consigo ver seus olhos por causa dos óculos escuros, mas noto que ela não usa batom.

Aproximo-me o bastante para ler seu crachá.

A. Parson.

Talvez ela sirva, talvez não. Ainda não decidi. Sem ela perceber, tiro algumas fotos.

Mais tarde naquela noite, Millicent está deitada na cama, estudando uma planilha no computador. As crianças estavam dormindo, ou deveriam estar. Seja como for, não faziam barulho. Isso era o máximo que podíamos esperar delas hoje em dia.

Arrasto-me para junto de Millicent na cama.

"Olá", digo.

"Oi." Ela abre espaço para mim, embora nossa cama seja grande o suficiente.

"Fui às compras hoje."

"Jesus, espero que você não tenha gastado dinheiro. Eu estava olhando neste instante nosso orçamento e não temos sobras este mês. Não depois de trocar a máquina de lavar."

Sorrio.

"Não esse tipo de compras." Posiciono meu celular na frente dela, com uma foto de A. Parson.

"Ah", diz Millicent. Ela dá um *zoom* na foto e a olha com os olhos semicerrados. "Que tipo de uniforme é esse?"

"Fiscal de trânsito."

"Eu certamente não acharia ruim me vingar de uma dessas."

"Eu também não." Rimos juntos. "E ela se encaixa no perfil de Owen."

"Verdade." Millicent fecha o computador e vira o corpo todo para mim. "Bom trabalho."

"Obrigado."

Nos beijamos e todos os nossos problemas de dinheiro somem.

# CATORZE

No começo, não teve nada de sexy. Foi só assustador.

Holly deveria ser o fim, não o início. No dia seguinte à alta dela no hospital, Millicent abriu a porta da frente e a flagrou na varanda. Simplesmente bateu a porta na cara da irmã.

Holly então escreveu uma carta e colocou na nossa caixa de correio. Millicent não respondeu.

Depois telefonou. Millicent parou de atender o telefone.

Quando entrei em contato com o hospital psiquiátrico, recusaram-se a me fornecer informações.

Holly então começou a aparecer em público, mantendo-se sempre a uns trinta metros de distância de nós, e surgia em todos os lugares. No supermercado, quando Millicent fazia compras; no estacionamento do shopping; do outro lado da rua, quando saíamos para jantar.

Ela nunca passava tempo suficiente num lugar a ponto de conseguirmos acionar a polícia. E toda vez que tentávamos tirar alguma foto como prova de sua presença constante, ela dava meia-volta e ia embora, ou se movimentava a fim de acabar com a nitidez do registro.

Millicent poupou a mãe nessa história. Ela quase não se lembrava mais de Holly por causa do Alzheimer, e Millicent queria que continuasse assim.

Pesquisei na internet as leis às quais poderíamos recorrer naquela situação, e passei a listar todas as vezes que Holly tinha aparecido até então. Quando mostrei a Millicent, ela me disse que aquilo era inútil.

"Isso não vai ajudar", disse.

"Mas se nós..."

"Eu conheço as leis. Ela não infringiu nenhuma, e nem vai. Holly é inteligente demais para isso."

"Mas nós temos que fazer alguma coisa", insisti.

Millicent olhou para o meu caderninho e balançou a cabeça.

"Acho que você não entendeu. Ela infernizou a minha infância."

"Eu sei disso."

"Então você já deveria saber que essa listinha não vai ajudar."

Eu queria ir à polícia e contar o que estava acontecendo conosco, mas a única evidência física que tínhamos era a carta deixada por Holly na nossa caixa de correio. Só que não era ameaçadora. Como Millicent dissera, Holly era inteligente demais para isso.

> M,
> Você não acha que deveríamos conversar? Eu acho.
> H.

Em vez de ir à polícia, resolvi encontrar Holly. Falei para ela deixar Millicent e a minha família em paz.

Ela não obedeceu. Quando voltei a vê-la, ela estava na minha casa.

Era uma terça-feira, perto da hora do almoço, e eu estava no clube finalizando uma aula e pensando no que ia comer. Meu celular recebeu três mensagens seguidas, todas de Millicent.

> Emergência
> Vem pra casa AGORA
> Holly

Isso foi menos de uma semana depois de eu ter ido falar com Holly.

Não parei para responder às mensagens de Millicent. Quando cheguei em casa, ela já estava na porta me esperando. Seus olhos estavam marejados, as lágrimas na iminência de cair. Minha esposa não chora por qualquer coisinha.

"Mas que diabo..."

Antes que eu pudesse terminar a frase, ela pegou minha mão e me levou até a sala de estar. Holly estava lá, sentada no sofá. Assim que me viu, se levantou.

"Holly estava aqui quando cheguei", disse Millicent. Sua voz tremia.

"O que foi?", perguntou Holly.

"Bem aqui, na nossa sala de estar."

"Não, não foi assim..."

"Esqueci minha câmera", disse Millicent. "Eu precisava fotografar a casa dos Sullivan hoje, então voltei em casa para buscar, e ela estava aqui."

"Espere..."

"Eu a encontrei *sentada no nosso sofá*." As lágrimas enfim vieram, fartas, e Millicent cobriu o rosto com as mãos. Passei meu braço em torno dela.

Holly parecia uma mulher normal de 30 e poucos anos, usando jeans, camiseta e sandálias. Seu cabelo ruivo curto estava penteado para trás e ela usava um batom de cor forte. Ela respirou fundo e ergueu as mãos, como se quisesse me mostrar que estavam vazias.

"Esperem um pouco. Não é o que vocês..."

"Pare de mentir", gritou Millicent. "Você mente o tempo todo."

"Não estou mentindo!"

"Calma", aplaquei, dando um passo adiante. "Vamos todos nos acalmar."

"Isso", disse Holly. "Vamos nos acalmar."

"Não, eu não vou me acalmar." Millicent apontou para a janela no canto que dava para a lateral da casa. A cortina estava fechada, mas havia cacos de vidro espalhados pelo piso. "Foi assim que ela entrou. Ela quebrou uma janela para entrar na nossa casa."

"Eu não!"

"Então como foi que você entrou?

"Eu não..."

"Holly, chega. Apenas pare. Você não vai enganar meu marido do jeito que enganou nossos pais."

Millicent estava certa quanto a isso.

"Meu Deus", disse Holly. Aí entrelaçou as mãos sobre a cabeça e fechou os olhos, como se estivesse tentando bloquear o mundo. "Meudeusdocéu-meudeusdocéu-meudeusdocéu."

Millicent deu um passo para trás.

Eu dei um passo à frente.

"Holly", recomecei. "Você está bem?"

Ela não parou de falar. Era como se sequer conseguisse me ouvir. Quando ela começou a golpear a lateral da cabeça com a mão aberta, olhei para Millicent, que por sua vez estava encarando a irmã e parecia assustada demais para se mexer. Millicent estava paralisada.

Levantei a voz. "Holly!"

Ela ergueu a cabeça de um modo brusco.

Daí abaixou as mãos.

O rosto de Holly se contorceu para algo raivoso, quase primitivo. Salvo engano, eu estava presenciando aquilo de que Millicent tanto temia.

"Você deveria ter morrido naquele acidente", vociferou ela para Millicent. Soou como um rosnado.

Millicent então se aproximou de mim, usando-me como escudo, e agarrou meu braço. Virei-me um pouco para mandá-la chamar a polícia, mas ela falou primeiro. Sua voz quase um sussurro: "Graças a Deus as crianças não estão aqui para ver isso".

As crianças. A imagem delas passou pela minha mente. Vi Rory e Jenna na sala, em vez de nós dois. Senti o medo que elas sentiriam caso confrontassem aquela mulher maluca.

"Holly", chamei de novo.

Ela não me ouvia. Não era capaz de ouvir ninguém. Seus olhos estavam fixados em Millicent, que tentava se esconder atrás de mim.

"Sua piranha", xingou Holly.

Ela se lançou em minha direção.

Em direção a Millicent.

Naquele momento, não tomei nenhuma decisão. Nenhuma opção passou pela minha mente, não pesei prós e contras ou recorri à lógica para chegar ao melhor curso de ação possível. Se eu tivesse feito qualquer uma dessas coisas, Holly ainda estaria viva.

Mas eu não pensei, não calculei. Meu ato veio de algum lugar muito mais profundo. Foi biologia, autopreservação... instinto.

Holly era uma ameaça à minha família, portanto era uma ameaça a mim. Procurei a coisa mais próxima. Estava bem ao meu lado, encostada na parede.

Uma raquete de tênis.

E.L.A.S
SAMANTHA DOWNLING
MINHA ADORÁVEL ESPOSA

# QUINZE

Alguns dias se passam antes que alguém na TV comece a citar Owen Oliver Riley.

Josh, meu jovem e zeloso Josh, mencionou o nome do serial killer durante uma coletiva de imprensa. Desde que Lindsay foi encontrada, a polícia vem realizando coletivas pelo menos a cada dois dias. São sempre no final da tarde para que os destaques possam ser reprisados no noticiário noturno.

É quase certo de que a pergunta de Josh será o destaque de hoje.

*"Já lhes ocorreu que Owen Oliver Riley pode estar de volta?"*

O investigador principal do caso, um sujeito calvo na casa dos 50 anos, não pareceu surpreso com a pergunta.

Josh é jovem demais para se lembrar de qualquer detalhe sobre Owen Oliver, mas é um repórter inteligente e ambicioso, capaz de navegar pela internet na velocidade da luz. Bastava apenas que alguém que lhe desse um ponto de partida.

Para essa etapa, revisitei alguns dos casos de serial killers mais famosos. Vários deles se comunicaram com a imprensa, às vezes até com a polícia, e isso muito antes da invenção do e-mail. Mas considerando a facilidade de rastrear qualquer coisa eletrônica, decidi não usar e-mail. Preferi recorrer à velha guarda.

Owen nunca mandou cartas para dar pistas de seus crimes, então bastou-me criar algo plausível o suficiente para soar genuíno. Após várias tentativas, de longas a curtas, de poéticas a meras divagações, acabei redigindo apenas uma única linha:

É bom estar em casa.
— Owen

Usei luvas cirúrgicas ao manusear o papel, o envelope e o selo. Depois de lacrado e pronto para o envio, borrifei uma colônia de farmácia barata no envelope. Daquelas com cheiro de caubói almiscarado.

Esse detalhe foi só para sacanear Josh.

Então atravessei a cidade e botei a carta em uma caixa de correio. Três dias depois, Josh mencionou Owen na coletiva de imprensa, mas não a carta. Talvez ele esteja guardando o assunto, ou talvez a polícia tenha pedido para ele não mencionar isso.

Por enquanto, estou tranquilo, apenas observando, porque tem uma outra coisa que preciso fazer. Ontem à noite, eu estava vigiando o apartamento de Annabelle Parson. Finalmente. A fiscal de trânsito que tanto chamou minha atenção foi mais difícil de localizar do que as outras. Com Lindsay e Petra, só precisei procurar seus nomes na internet. Annabelle é mais esperta, sem dúvida para se esconder de todas as pessoas furiosas que já ganharam alguma multa de estacionamento dela. Para descobrir onde ela morava, tive de segui-la até em casa ao cair de uma tarde. Foi meio chato de fazer.

Ontem à noite, fiquei de guarda em frente ao apartamento dela, para ver se ela voltaria sozinha ou se estaria saindo com alguém. Por volta da meia-noite, recebi uma mensagem do meu filho.

Saindo de novo? Vai custar caro.

O que você quer?

Você quer dizer quanto eu quero, né?

Desta vez, ele não quer outro jogo. Ele quer dinheiro.

No dia seguinte, encontro-o em casa depois do trabalho. Ele já está no sofá, zapeando, mandando mensagens pelo celular e jogando. Millicent ainda não chegou. Jenna está no andar de cima.

Sento-me ao lado dele.

Ele me olha, as sobrancelhas arqueadas.

Errei feio aqui. Eu deveria ter contado tudo a Millicent. Nós poderíamos ter conversado com Rory e Jenna, e explicado que nada estava acontecendo. *Papai gosta de dar umas voltinhas de carro no meio da noite sem qualquer motivo específico. Às vezes ele veste o terno para isso.*

Entrego o dinheiro para Rory.

Ele está tão ocupado contando as notas que ignora a TV, onde estão reprisando os destaques da coletiva de imprensa. Rory não faz ideia do verdadeiro motivo das saídas noturnas de seu pai. E bastaria olhar para cima para ter suas respostas.

JANTAMOS TACOS feitos com sobras de frango, e ficaram deliciosos. Minha esposa cozinha bem e insiste em preparar o jantar todas as noites. Quanto mais rápida ela é na cozinha, parece que mais gostoso fica.

Mas não digo isso para ela.

De sobremesa, comemos fatias de pêssego polvilhadas com açúcar mascavo, e cada um de nós ganha um biscoito com açúcar e canela. Rory é o primeiro a revirar os olhos, embora Jenna também não seja fã do doce. Millicent sempre foi contida com nossas sobremesas.

Cada um de nós come de um jeito. Jenna lambe o açúcar mascavo dos pêssegos, depois come o biscoito e, por fim, devora os pêssegos. Rory come o biscoito primeiro, depois os pêssegos, embora faça uma misturеba só, pois engole tudo muito rápido. Millicent alterna entre a fruta e o biscoito, uma mordida em um e depois em outro. Já eu macero os pêssegos e o biscoito juntos e como tudo com uma colher.

Amanhã é a nossa noite de filme e discutimos o que vamos assistir. Na semana passada, foi um filme de animais falantes. No começo, Rory sempre reclama, mas ele adora esse tipo de filme, assim como todo mundo. As duas crianças também curtem filmes de esporte, então escolhemos um sobre uma liga juvenil de beisebol que tenta chegar ao campeonato mundial. Votamos como se fosse uma eleição séria, e *Batter Up* vence de lavada.

"Chego em casa às cinco e meia", aviso.

"Jantar às seis", diz Millicent.

"Já podemos nos levantar?", pergunta Rory.

"Quem é Owen Oliver Riley?", indaga Jenna.

De repente tudo para.

Millicent e eu olhamos para ela.

"Onde você ouviu esse nome?", pergunta Millicent.

"Na TV."

"Owen é um homem horroroso que machuca as pessoas", explico. "Mas ele nunca vai machucar você."

"Ah."

"Não se preocupe com Owen."

"Mas por que estão falando dele?", quer saber Jenna.

"Por causa daquela garota morta", responde Rory.

"Mulher", digo. "Mulher morta."

"Ah. Ela." Jenna dá de ombros e olha para o celular. "Então, já podemos nos levantar?"

Millicent assente, e então todos pegam seus celulares, limpando a mesa enquanto trocam mensagens. Retiro os restos de comida dos pratos, e Jenna ajuda a colocá-los na lava-louças, enquanto Millicent descarta as sobras dos tacos.

ENQUANTO NOS PREPARAMOS para dormir, Millicent liga a TV no noticiário local. Ela assiste aos destaques da coletiva de imprensa, e então se vira para mim. Sem dizer nada, pergunta se eu tenho algo a ver com aquela história.

Dou de ombros.

Ela levanta uma sobrancelha.

Dou uma piscadinha para ela.

Ela sorri.

Às vezes, não precisamos dizer nada.

Nem sempre fomos assim. No começo, passávamos noites inteiras conversando, assim como fazem todos os casais jovens quando se apaixonam. Eu contei todas as minhas histórias para ela. Quase não conseguia dar vazão a todos os meus relatos porque enfim havia encontrado alguém que os achava fascinantes. Que me achava fascinante.

Por fim, Millicent tomou conhecimento de todas as minhas histórias antigas, então começamos a relatar apenas coisas novas. Eu mandava mensagens para ela no meio do dia para contar as coisas mais insignificantes. Ela me respondia com uma foto engraçada da rotina dela. Eu nunca tinha conhecido alguém tão a fundo, nem compartilhado minha vida tão completamente. Isso continuou até nos casarmos, e perdurou até mesmo quando Millicent engravidou de Rory.

Ainda me lembro da primeira coisa que não contei a ela. A primeira coisa importante, quero dizer. Foi sobre o carro. Tínhamos dois; o dela era o mais novo, e o meu era uma caminhonete velha e surrada onde eu guardava todo o meu equipamento de tênis. Quando Millicent estava no oitavo mês de gestação, minha caminhonete quebrou. Eu precisava de mil dólares para os reparos, e não tínhamos aquele valor. Todo o dinheiro que conseguimos economizar estava sendo direcionado aos poucos para as coisas do bebê: um berço, um carrinho e as montanhas de fraldas das quais iríamos precisar.

Eu não queria chateá-la, não queria preocupá-la, então fiz uma escolha. Contei a ela que a caminhonete havia quebrado, mas não quanto iria custar o conserto. Para pagar os reparos, fiz um novo cartão de crédito só no meu nome.

Levei mais de um ano para quitar tudo, e nunca revelei isso a Millicent. Também nunca contei sobre o restante das cobranças.

Essa foi a primeira coisa importante que escondi, mas, por fim, paramos de compartilhar as coisinhas do dia a dia. Tivemos o nosso primeiro filho, e depois veio mais um, e os dias dela se tornaram mais exaustivos do que engraçados. Ela não mais me contava cada coisinha, nem eu lhe contava todos os detalhes sobre os meus alunos.

Nós dois paramos de perguntar, paramos de compartilhar os detalhes e, em vez disso, nos concentramos nos destaques do nosso dia. Ainda fazemos isso.

Às vezes, um sorriso e uma piscadela bastam.

E.L.A.S SAMANTHA DOWNLING MINHA ADORÁVEL ESPOSA

# DEZESSEIS

Em 24 horas, Owen Oliver Riley está em todos os lugares. Seu rosto está em todos os noticiários e sites. Meus alunos querem falar dele. Quem não é daqui quer mais detalhes. Quem é daqui ainda não tem certeza se ele voltou mesmo. Kekona, a fofoqueira, está acompanhando os dois lados do debate.

Embora tenha nascido no Havaí, ela mora aqui há tempo suficiente para conhecer todas as nossas lendas, mitos e moradores mais infames. Ela não acredita que Owen Oliver esteja de volta. Nem por um segundo.

Estamos em quadra, e Kekona está aprimorando seu saque. De novo. Ela acha que se conseguir sacar um *ace* após o outro, não vai precisar jogar o restante da partida. Na teoria ela está certa. Só que ninguém consegue uma façanha dessas. A menos que seu adversário seja uma criança de 5 anos.

"Owen poderia estar matando mulheres em qualquer lugar, e aí eles acham que ele voltou justo para cá?", argumenta ela.

"Se por 'eles' você se refere à polícia, então não, eles não falaram nada sobre Owen Oliver. Foi só uma provocação de um repórter."

"Pfff."

"Não sei bem se entendi seu *pfff.*"

"Só estou dizendo que isso é ridículo. Owen conseguiu se safar. Ele não tem motivos para voltar."

Dou de ombros. "Ele não poderia estar voltando ao lar?"

Kekona revira os olhos escuros.

"A vida não é um filme de terror."

Ela não é a única que acha isso. Qualquer pessoa que não tenha presenciado essa história acha que seria ridículo ele voltar. Eles enxergam a situação do mesmo jeito que Kekona, como uma escolha irracional.

Mas todos que moraram aqui e que têm idade suficiente para se lembrar acreditam que Owen voltou para casa. Sobretudo as mulheres.

Elas se lembram de como era sentir medo toda vez que ficavam sozinhas, fosse dentro ou fora de casa, porque Owen capturava suas vítimas em praticamente qualquer lugar. Duas desapareceram de dentro das próprias casas. Uma delas estava em uma biblioteca, outra em um parque, e pelo menos três estavam em estacionamentos. Dois dos raptos foram flagrados por câmeras de segurança. As imagens eram antigas e granuladas; Owen era só um borrão imenso usando roupas escuras e boné de beisebol. Os vídeos foram exibidos nos noticiários o dia todo hoje, repetidas vezes.

Hoje eu também daria aula de tênis para Trista, esposa de Andy, mas enquanto circulo pelo clube, a flagro no bar. Ela está assistindo ao noticiário em um dos telões. Assim como o marido, ela tem 40 e poucos anos e não poderia se passar por mais jovem. As pontas do cabelo são loiras demais, os olhos estão sempre com delineado preto e ela ostenta um bronzeado intenso e perturbadoramente natural. Ela está sozinha, bebendo vinho tinto à uma da tarde. A garrafa está sobre a mesa.

Acho que não teremos aula hoje.

De longe, a observo, sem saber se devo me aproximar. Às vezes meus alunos me revelam mais coisas do que gostaria de saber. Sou tipo o cabeleireiro dos exercícios físicos.

Mas devo admitir, isso às vezes é interessante.

Aproximo-me de Trista. “Oi.”

Ela acena e aponta para uma cadeira vazia, sem tirar os olhos da TV. Já a vi bebendo muitas vezes em festas e jantares, mas nunca desse jeito.

No intervalo comercial, ela se vira para mim.

“Vou cancelar nossa aula de hoje”, diz.

“Obrigado por me avisar.”

Ela sorri, mas não vejo alegria ali. Ocorre-me que ela pode estar chateada com Andy. Talvez ele tenha feito alguma merda, e eu não quero me intrometer. Começo a me levantar da cadeira quando ela começa.

"Você se lembra de como era naquela época?", pergunta ela, apontando para a TV. "Quando ele estava matando?"

"Owen?"

"Quem mais seria?"

"Claro. Todo mundo daqui se lembra." Dou de ombros e volto a me sentar. "Você já foi ao The Hatch? Um monte de gente costumava beber lá nas noites de sábado, e todas as TVs ficavam ligadas no noticiário. Acho que foi lá que eu..."

Ela respira fundo. "Eu o conhecia."

"Quem?"

"Owen Oliver." Trista pega a garrafa e volta a encher sua taça.

"Você nunca me contou isso."

Ela revira os olhos.

"Não é exatamente algo digno de orgulho. Ainda mais por que nós dois chegamos a namorar."

"Tá brincando."

"Estou falando sério."

Fico de queixo caído. Sem exagero.

"Andy sabe disso?"

"Não. E nem pense em contar a ele."

Balanço a cabeça. Nunca contaria a ele. Não vou ser o portador das más notícias.

"Mas como é que vocês..."

"Primeiro, beba um tiquinho." Trista empurra a garrafa de vinho para mim. "Você vai precisar."

TRISTA TINHA RAZÃO. O vinho amenizou os horrores da história que ela me contou.

Ela conheceu Owen Oliver quando ele tinha seus 30 e poucos anos. Ela, uma década mais nova do que ele, era formada em história da arte e estava trabalhando em uma empresa de cobrança. Foi lá que eles se conheceram. Owen trabalhava no financeiro do hospital Saint Mary. Quando havia dívidas, estas eram repassadas à recuperadora de crédito.

"Era um trabalho sujo", disse ela. A voz arrastada por causa do vinho. "Eu ligava para pessoas doentes e exigia o pagamento. Eu era a sujeira em pessoa. A escória. Passava o dia me sentindo um lixo, fazendo coisas deploráveis."

Owen dizia que ela não era um lixo.

O primeiro contato entre eles se deu por causa de uma pessoa chamada Leann, que devia mais de 10 mil dólares ao hospital. Depois de ligar para Leann dezessete vezes para fazer uma cobrança, Trista se convenceu de que o número estava errado. A pessoa que a atendera fora um sujeito que parecia ter uns 90 anos e sofria de modo evidente de demência; e Leann era uma mulher de 28 anos que morava sozinha. Trista então resolveu contatar o departamento de cobrança do Saint Mary para verificar o número de Leann. O protocolo não permitia que ela entrasse em contato com o hospital diretamente, mas ela o fez mesmo assim. Foi Owen quem atendeu.

"Claro que o número estava certo. Owen me revelou que Leann era atriz." Trista deu um longo suspiro. "Fiquei tão envergonhada da minha ingenuidade que nem me toquei de perguntar como ele sabia daquela informação."

Eles então passaram a conversar. Ela gostou da voz dele, ele gostou da risada dela, e assim eles combinaram de se encontrar. Namoraram durante seis meses.

"Nós gostávamos de comer e beber, e preferíamos assistir a praticar atividades físicas. A exceção era o sexo. Transávamos muito. Era bom, mas não ótimo. Nada de extraordinário. Mas", Trista ergueu um dedo e o agitou, "ele fazia bolinhos de canela extraordinários. Fazia a massa do zero. Abria a massa, espalhava manteiga derretida por cima e depois botava uma mistura de açúcar e canela..." Por um segundo, ela olhou para o nada. Demorou a voltar. "Enfim. Os bolinhos de canela eram uma delícia. Não havia nada de errado com eles. Na verdade, não havia nada de errado com o Owen também. Só que ele era atendente da área de cobrança de um hospital."

Trista olhou para a mesa e sorriu. Não um sorriso genuíno — um sorriso cheio de ódio e direcionado a si mesma. Ela levantou a cabeça e me encarou.

"Terminei com ele porque eu jamais me casaria com um cara de 33 anos que trabalhava como assistente administrativo. Não havia a menor chance. E se isso faz de mim uma esnobe, que seja, mas nem ferrando que eu ia ser pobre pelo resto da vida." Ela ergueu as mãos, rendendo-se a quaisquer insultos que eu estivesse disposto a lhe lançar.

Mas nada falei. Em vez disso, ergui meu copo; brindamos e bebemos.

Trista ficou quase duas horas falando de Owen Oliver Riley.

Ele gostava de assistir a esportes. Um de seus favoritos era hóquei, embora o time profissional mais próximo ficasse a centenas de quilômetros de distância. Owen sempre usava jeans. Sempre, a menos que estivesse no chuveiro, na cama ou perto de uma piscina. Mas ele não sabia nadar. Trista desconfiava que ele tinha medo da água.

Ele morava em uma casa na zona norte da cidade, a mesma região onde Millicent e eu moramos quando nos casamos. A zona norte não é ruim, mas é mais antiga e mais decadente do que a sudeste, onde fica Hidden Oaks. Owen herdou a casa quando a mãe dele morreu, e Trista descreveu a residência como "bonitinha, mas quase um barraco." Não era de se admirar. Muitas construções na zona norte são umas casinhas com varandas, marcenaria elaborada e janelinhas de mansarda. Por dentro, porém, a maioria está ultrapassada e caindo aos pedaços. A de Owen não era exceção.

O aquecedor não funcionava, a janela do quarto estava emperrada e o carpete tinha um tom verde-azulado feioso. O banheiro tinha uma banheira com pezinhos, que Trista achara bem bonitinha, mas a torneira pingava, coisa que a enlouquecia. Se ela passava a noite lá, precisava fechar a porta do banheiro; caso contrário, ficava ouvindo o gotejamento do corredor. Quando comiam na casa de Owen, eles usavam os pratos antigos da mãe dele, com um padrão floral amarelo nas bordas.

Depois de um tempo, Trista estava bêbada e cansada demais para continuar, então pedi a um motorista do clube para levá-la até em casa. Falei para ela que, se ela quisesse conversar mais a respeito de Owen, eu ficaria feliz em ouvi-la. Fui sincero.

Ela me fornecera exatamente o que eu precisava para escrever a segunda carta a Josh.

## DEZESSETE

PLANOS NUNCA FORAM minha praia. Nem mesmo minha viagem ao exterior foi planejada. O que aconteceu foi que eu recebi um telefonema de um amigo e uma semana depois estava me encontrando com ele no aeroporto de Orlando. Quando percebi que nunca seria bom o suficiente para jogar tênis profissionalmente, me dei conta de que não tinha mais planos. No dia em que Millicent me contou que estava grávida de Rory, eu também não tinha planos de criar um filho. Quando ela engravidou de Jenna, continuava sem planos. O segredo que mantenho com Millicent é a única coisa que me obriga a planejar.

Afinal de contas, eu jogo tênis, não xadrez. Jogo e ensino tênis individual, e, em geral, só enxergo um cenário: dois lados da rede, duas forças opostas, um objetivo. Não é complicado. No entanto, cá estou eu, elaborando um plano que envolve várias pessoas, como se tivesse algo a provar.

A versão atual do meu plano requer três pessoas: Owen, Josh e Annabelle. Millicent seria a quarta, e eu até poderia incluir Trista. Ou pelo menos as informações que ela me deu.

Primeiro, vou mandar outra carta para Josh, que não só incluirá detalhes sobre a vida de Owen — em especial sobre a casa da mãe onde ele morava —, mas também a data em que outra mulher desaparecerá.

É arriscado, eu sei. Talvez até mesmo desnecessário. Mas, deste modo, vamos alcançar nosso objetivo de uma só vez. Sim, Owen está de volta. Sim, ele é responsável pela morte de Lindsay e pela próxima.

Sem jogos de adivinhação, sem idas e vindas entre a polícia e a imprensa, além de questionamentos se ele realmente teria voltado ou se seria tudo obra de um imitador. As informações que Trista me deu provarão a eles que é Owen. Ninguém terá dúvidas quando a próxima mulher desaparecer.

E vai ser Annabelle Parson, embora eu não vá citar o nome dela.

A desvantagem é que o departamento de polícia inteiro irá aguardar pelo desaparecimento de uma mulher naquela noite, e ela começará a ser procurada tão logo alguém denunciar seu sumiço.

A vantagem é que Annabelle tem pouquíssimos amigos. Só vão notar que ela sumiu quando não aparecer para trabalhar. Isso nos garantirá fácil uma vantagem de uns dois dias.

Ainda vamos decidir como faremos para capturar Annabelle sem sermos vistos por ninguém, incluindo câmeras de segurança, em uma noite em que todos estarão em alerta por causa do pretenso sumiço de uma mulher. Mas como a polícia estará procurando por Owen, Millicent passará completamente despercebida.

O plano é tão simples que chega a ser brilhante.

Reviso tudo, começando pela carta para Josh até o desaparecimento de Annabelle. Ao longo do trajeto, flagro centenas de furos, pontas soltas e problemas em potencial.

É por isso que não gosto de planejar. É exaustivo. E é também por isso que preciso planejar. Tento montar o plano completo antes de relatá-lo a Millicent. Mesmo depois de todos esses anos, ainda desejo impressioná-la.

E já faz um tempinho que não consigo tal façanha. Impressionar Millicent já não era fácil quando ela era jovem. Agora, é quase impossível.

Nossa relação não é unilateral, no entanto. Houve muitas vezes em que ela tentou me impressionar. Como quando decorou nossa árvore de Natal com as máscaras de oxigênio. No nosso quinto aniversário, ela vestiu a mesma lingerie da nossa noite de núpcias. E para o nosso décimo aniversário, planejou umas minif: férias.

Com dois filhos e uma casa maior na nossa lista de desejos, não tínhamos dinheiro para férias, ou nem mesmo um bom jantar. Mas Millicent deu um jeito.

Primeiro, ela apareceu na quadra de tênis. Millicent nunca vai lá. Se ela vem ao clube, é para nadar ou almoçar com alguém; sendo assim, quando ela apareceu no meu trabalho, pensei que tivesse acontecido alguma coisa. Na verdade, minha esposa só queria me sequestrar.

E assim Millicent nos levou para o meio do nada, parou e apontou para a mata.

"Vá andando", ordenou.

Eu andei.

A algumas centenas de metros da estrada, chegamos a uma clareira. Já havia uma barraca montada, bem ao lado de uma fogueira rodeada de pedras. Uma mesinha de piquenique estava posta com pratos de plástico, copos e velas grossas.

Millicent tinha me levado para acampar. Ela não é do tipo que gosta de atividades ao ar livre, mas, por uma noite, fingiu ser.

Os insetos foram um problema, pois ela se esquecera do repelente. As velas estavam cercadas para não apagar, mas não estava adiantando muito, e ela não se lembrou de levar água extra para lavar a louça ou escovar os dentes. Mas nada disso importou. Sentamo-nos em frente à nossa fogueira e tomamos sopa quentinha, bebemos uma cerveja vulgar e fizemos um sexo mais vulgar ainda. Conversamos sobre o futuro, que agora parecia muito diferente de outrora, por causa das crianças. Não diferente de um jeito ruim, era só que as prioridades haviam mudado.

Evitamos falar sobre as coisas que costumávamos querer e que não iríamos poder ter mais.

Pouco depois da meia-noite, pegamos no sono. Eu não ficava acordado até tão tarde desde a véspera de Natal, quando tínhamos de ficar despertos para colocar os presentes do Papai Noel na árvore.

Na manhã seguinte, quando saí da barraca, Millicent estava parada na clareira, as mãos tapando a boca. Nosso acampamento havia sido saqueado.

Estava tudo revirado, jogado, muita coisa sumida. Parte da comida havia sido roubada e outra parte, destruída; nossas roupas extras estavam espalhadas pelo terreno.

"Carniceiros", falei. "Devem ser guaxinins."

Ela não respondeu. Estava irritada demais para responder.

Millicent começou a recolher o que restava dos nossos pertences.

"Ainda tem um pouco de café", comentei, segurando um vidrinho de café instantâneo. "Podemos preparar um..."

"Não creio que foram guaxinins."

Olhei para ela enquanto ela recolhia as sobras de uma mochila.

"Então o que..."

"Pessoas destruíram nosso acampamento. Não animais."

"O que te faz achar isso?"

Ela apontou para onde tínhamos dormido.

"Eles não tocaram na barraca."

"Talvez eles só quisessem a comida. Talvez eles não quisessem..."

"Ou talvez tenham sido pessoas."

Parei de discutir. Saímos da clareira e voltamos para o carro.

Até hoje, toda vez que surge o assunto dessa viagem, ela fala das pessoas horríveis que saquearam nossas coisas. Ainda acho que foi obra de algum animal, não de gente, mas não discuto. Millicent sempre vê um motivo por trás de tudo.

Mas, na verdade, o que mais me marcou naquela viagem foi outra coisa. O mais importante foi que Millicent planejou aquele passeio só para me impressionar.

Annabelle Parson nunca ligava para avisar que estava doente ou que ia se atrasar, não costumava tirar mais do que dois dias seguidos de folga e sempre ficava de substituta toda vez que alguém precisava se ausentar. Isso significa que ela não tem namorado. Todo mundo que namora vez outra liga para o trabalho para avisar que vai se atrasar. E casais costumam tirar férias de verdade, em especial casais sem filhos, e ela não é mãe. Para completar, como a cereja perfeita em um sundae, Annabelle foi eleita "Funcionária do Mês" cinco vezes, informação presente no *website* do condado.

Mostro tudo isso para Millicent, que analisa os dados e diz: "Você tem razão. Ela é perfeita".

"Também estou trabalhando na próxima carta para Josh, mas não vou te mostrar."

"Não?"

"Quero que seja surpresa."

Ela dá um sorrisinho. "Confio em você."

Este é o melhor acontecimento da semana inteira.

Começo a ficar de olho em Annabelle, assim como fiz com as outras. Com a devida diligência e tal.

Hoje pego o metrô até o trabalho dela, só para dar uma variada, e para evitar que ela veja qual é o meu carro. É impossível segui-la quando ela está trabalhando. Annabelle usa um quadriciclo do departamento de trânsito para circular, procurando por parquímetros expirados e pessoas que estacionaram ilegalmente. Ela roda em horários aleatórios.

Por um tempo, fico numa cafeteria na via principal. A cada vinte ou trinta minutos, ela passa para verificar os medidores. Enquanto aguardo, rascunho minha próxima carta para Owen Oliver. Trabalho sob a suposição de que o texto será tão convincente que será levado a público. Josh e a emissora para a qual ele trabalha não vão resistir.

A mera menção do retorno de Owen já deixa todo mundo eriçado. As emissoras estão reprisando notícias antigas, retrospectivas e perfis psicológicos. Owen também tem estado na capa do jornal nos últimos dias. Rory e os amigos dele já transformaram o nome de Owen em verbo ("Vou dar um Owen Oliver na sua bunda") e um grupo de mulheres está fazendo *lobby* para que o assassinato de Lindsay seja declarado crime de ódio.

Tento imaginar os agravantes da situação caso o boato seja confirmado. Ou mesmo se acharem que foi. Isto nos basta. A crença. Se eu conseguir fazer a polícia acreditar, eles não vão procurar por mais ninguém, só pelo Owen.

Millicent pode ter iniciado isso, mas sou eu quem vai trazer a história de volta. Ela vai ficar tão impressionada.

E.L.A.S®
SAMANTHA DOWNLING
MINHA ADORÁVEL ESPOSA

# DEZOITO

Se não fosse por Robin, nada disso teria acontecido. Nós não fomos atrás dela; ela não foi escolhida, como Lindsay. Foi Robin quem mudou tudo ao bater à nossa porta.

Foi numa terça-feira. Eu acabara de chegar em casa. Era hora do almoço, não havia mais ninguém por perto, e eu tinha algumas horas livres antes da próxima aula. Quase um ano havia se passado desde Holly, e nossas vidas haviam voltado ao normal. O corpo dela desaparecera há muito, definhando em um pântano. Millicent e eu nunca falávamos dela. Eu já não esperava pelas sirenes da polícia. Meu coração não mais cessava toda vez que o telefone ou a campainha tocavam. E eu já não ficava mais em alerta máximo toda vez que abria a porta da frente.

A mulher na varanda era jovem, tinha 20 e poucos anos, usava jeans apertado e blusa com a gola rasgada. Suas unhas eram vermelhas, o batom, rosa, e o cabelo comprido tinha a cor de castanha torrada.

Atrás dela, havia um carrinho vermelho estacionado na rua. Era antigo, quase um clássico, mas sem chegar a ser um. Minutos antes, eu o vira perto de uma placa de "Pare", não muito longe de casa. Ela buzinou, mas eu não entendi que era para mim.

"Posso ajudar?", perguntei.

Ela inclinou a cabeça, olhando-me de lado, e sorriu.

"Imaginei que fosse você."

"Perdão?"

"Você é o amigo da Holly."

O nome dela me causou um sobressalto, como se tivesse enfiado o dedo em uma tomada.

"Holly?"

"Eu vi você com ela."

"Acho que você está me confundindo com outra pessoa."

Não estava, é claro. Pois eu a reconhecia.

Quando o hospital liberou Holly, um dos médicos a ajudou a arranjar um emprego em um supermercado. Holly abastecia as prateleiras durante meio período. Um dia estive lá para dizer para ela ficar longe da gente, foi lá que a confrontei por estar apavorando nossa família.

Não era minha intenção que as coisas saíssem do controle.

Fui lá numa segunda-feira de manhã, quando o supermercado estava vazio e os funcionários se ocupavam com o reabastecimento do estoque. Holly estava em um dos corredores, enchendo uma prateleira com caixas de barrinhas de granola, e estava sozinha. Enquanto eu caminhava pelo corredor em sua direção, ela se virou para mim. Seus olhos verde-claros eram impressionantes.

Holly botou as mãos na cintura e me encarou até eu chegar bem perto.

"Sim?", disse ela.

"Acho que não fomos apresentados formalmente." Estendi a mão e esperei que ela a apertasse. Por fim, ela cedeu ao cumprimento.

Eu disse a ela que lamentava muito por estarmos nos encontrando daquele jeito — que em outro local, em outra ocasião, talvez tivéssemos podido ser uma família. Mas que, naquele momento, não era possível, pois o comportamento dela estava assustando minha esposa e meus filhos. Meus filhos nunca haviam feito nada a ela. Eles não mereciam aquilo.

"Estou lhe pedindo", disse. "Você pode, por favor, deixar minha família em paz?"

Ela riu na minha cara.

Gargalhou a ponto de chorar, e aí riu mais um pouco. Quanto mais tempo passava, mais humilhado eu me sentia. E acho que minha postura contribuiu para que ela risse ainda mais. Comecei a entender o sentimento que ela incitava em Millicent, e aquilo me deixou ainda mais furioso.

"Sua vagabunda", vociferei.

Ela parou de rir. Seus olhos quase brilhavam de raiva.

"Saia daqui."

"E se eu não sair? E se eu ficar aqui e infernizar a sua vida?" Minha voz emergiu muito mais alta do que deveria.

"Saia daqui."

"Fique longe da minha família."

Holly me encarou, imóvel como uma estátua. Ela nem triscou, permaneceu imóvel o tempo todo.

Virei-me para sair, sentindo-me um pouco impotente. Não conseguia argumentar com Holly, não conseguia fazê-la entender.

Robin estava no final do corredor, observando tudo.

Ela também trabalhava na loja. Usava a mesma camisa amarela e avental verde. Eu a vi, passei por ela, e talvez até tenha acenado. Ou talvez não. Mas ela estava lá, tinha me visto e agora estava parada à minha porta.

"Não me enganei", disse ela. "Foi você mesmo quem eu vi naquele dia."

Não vacilei.

"Desculpe... Você está procurando pela pessoa errada." Fechei a porta.

Ela bateu de novo.

Ignorei.

A voz de Robin veio através da porta. "Você sabe que ela se foi, né? Não chegou nem a receber o último pagamento..."

Abri a porta. "Olha, sinto muito pela sua amiga, mas não faço ideia..."

"Já saquei, beleza. Cara errado. Não foi você. Agora que sei quem você é, vou deixar a polícia resolver tudo."

Ela deu meia-volta e começou a sair.

Não deixei.

Ninguém havia se dado conta de que Holly tinha desaparecido. Ninguém estava procurando por ela, e eu não queria que uma busca começasse. Millicent e eu não éramos especialistas em perícia forense, DNA ou qualquer coisa semelhante. Qualquer um que investigasse com atenção, certamente flagraria todos os nossos erros.

Perguntei a Robin se ela gostaria de entrar e conversar. No início, ela hesitou. Pegou o celular e o manteve na mão ao adentrar a casa. Seguimos para a cozinha. Ofereci-lhe uma bebida; ela recusou. Em vez disso, pegou uma laranja da mesa e começou a descascá-la. Sem admitir nada, sem nem mesmo me apresentar, perguntei o que havia acontecido. Ela então começou a falar sobre o supermercado, sobre Holly e sobre si.

Contou-me como começou a trabalhar no supermercado, quando conheceu Holly e como elas se tornaram amigas. Levantei-me da mesa e fui à geladeira pegar um refrigerante. Enquanto a porta estava aberta, mandei uma mensagem breve para Millicent. Usei a mesma linguagem que ela usou quando Holly apareceu em casa.

Emergência
Vem pra casa AGORA

A impressão foi que horas se passaram até o carro dela encostar na garagem. Àquela altura, Robin já estava questionando como poderíamos resolver nossa situação. Ela não queria justiça para sua velha e querida amiga Holly. Ela queria grana, e muita.

"Acho que pode ser uma situação vantajosa para nós dois", disse ela. A porta da frente se abriu e Robin virou-se para olhar. "Quem é?"

"Minha esposa", respondi.

Millicent apareceu à porta, ofegante, como se tivesse corrido. Estava com roupa de trabalho: saia, camisa de botão e salto alto. Seu blazer estava aberto; ela sequer se dera ao trabalho de abotoá-lo. Olhou de mim para Robin, e de volta para mim.

"Esta é Robin", apresentei. "Ela trabalhava com uma mulher chamada Holly."

Millicent ergueu uma sobrancelha para Robin, que assentiu.

"Isso mesmo. E eu vi seu marido conversando com ela. Ele chamou Holly de vagabunda."

A sobrancelha agora se erguia para mim.

Permaneci calado.

Millicent tirou o blazer e o jogou sobre uma cadeira.

"Robin", começou ela, entrando na cozinha, "por que você não me conta tudo o que aconteceu?"

Robin sorriu de forma maliciosa para mim e começou a falar, iniciando o relato pelo momento em que entrei no supermercado.

Atrás de mim, Millicent vasculhava a cozinha. Eu não conseguia ver o que ela estava fazendo. Só ouvi seus saltos estalando no chão quando ela se aproximou de nós dois. Robin lançou um olhar desconfiado para ela, mas continuou falando.

Só notei a máquina de *waffle* na mão de Millicent quando ouvi o estalo do crânio de Robin. Ela despencou no chão com um baque.

Millicent matou Robin do mesmo jeito que eu havia matado Holly. Sem hesitar. Puro instinto.

E foi muito sexy.

E.L.A.S SAMANTHA DOWNLING MINHA ADORÁVEL ESPOSA

# DEZENOVE

A LIGAÇÃO CHEGA bem quando estou indo embora do clube, saindo para vigiar Annabelle. É Millicent, me dizendo que nossa filha está passando mal.

"Eu a busquei na escola."

"Febre?", pergunto.

"Não. Como está sua agenda?"

"Posso ir para casa agora."

Todos os pensamentos com Annabelle desaparecem. Dou meia-volta com o carro.

Em casa, Millicent anda de um lado a outro no *hall* de entrada enquanto fala ao telefone. Na sala de estar, a TV está ligada, e Jenna está no sofá retrátil, enrolada em cobertores, com a cabeça apoiada em uma pilha de travesseiros. Na mesa de canto, um copo de refrigerante de gengibre, uma pilha de biscoitos e um balde, só por precaução.

Sento-me no sofá, ao lado dela. "Mamãe disse que você está doente."

Ela assente. Faz beicinho. "Pois é."

"Não está de fingimento?"

"Não." Jenna dá um sorrisinho.

Eu sei que ela não está fingindo. Jenna odeia ficar doente.

Certa vez no jardim de infância, ela teve pneumonia e perdeu um mês de aula. Não chegou a ficar internada, mas foi grave o suficiente para ela nunca mais esquecer. Millicent também lembra. Às vezes, ela age como se Jenna tivesse 5 anos. É um exagero agora que ela é uma mocinha de 13 anos, mas não discuto. É claro que também me preocupo com Jenna.

"Vem ver comigo." Jenna aponta para a TV.

Tiro os sapatos e ponho os pés para o alto. Assistimos a um *game show*, berrando as respostas antes que elas sejam reveladas.

Os saltos de Millicent estalam no chão. Ela se aproxima e para em frente à TV.

Jenna aperta o botão de mudo.

"Como estamos? Estamos bem?", pergunta Millicent.

Jenna faz que sim com a cabeça. "Estamos bem."

Millicent se volta para mim.

"Por quanto tempo você pode ficar?"

"A tarde inteira."

"Te ligo mais tarde então."

Millicent se aproxima de Jenna e sente a testa dela, primeiro com a mão e depois com os lábios.

"Ainda sem febre. Ligue se precisar de alguma coisa."

Seus saltos ecoam pelo corredor. Jenna mantém a TV no mudo até a porta da frente ser fechada. Voltamos a assistir ao *game show*. No intervalo, ela silencia a TV de novo.

"Você está bem?", pergunta ela.

"Eu? Não sou eu quem está doente."

"Não estou falando disso."

Eu sei que não. "Estou bem. Só ocupado."

"Bem ocupado."

"Pois é. Muito ocupado."

Ela não pergunta mais nada.

Millicent telefona duas vezes, primeiro interrompendo um *talk show* e depois uma novela adolescente. Rory chega em casa por volta das 15h e, depois de algumas ranhetices iniciais, embarca na nossa maratona televisiva.

Às 17h, volto ao meu papel de pai.

"Hora do dever de casa", digo.

"Estou doente", contesta Jenna.

"Rory, dever de casa."

"Só agora você se lembrou que eu frequento a escola?"

"Dever de casa", repito. "Você já conhece as regras."

Ele revira os olhos e sobe as escadas.

Eu deveria ter falado antes. Não foi porque esqueci; foi porque eu não conseguia me lembrar da última vez que tinha passado um tempo a sós com meus filhos.

Millicent chega em casa 45 minutos depois. Suas saudações são animadas e logo ela começa uma correria na cozinha, colocando o jantar no forno antes mesmo de trocar de roupa. A energia na casa fica diferente quando ela está presente. Tudo sobe de tom porque as expectativas crescem.

Esta noite comemos canja, e ninguém reclama. É sempre assim quando há alguém doente.

Outras regras também são flexibilizadas. Como Jenna está no sofá, Millicent decide que todos podem comer ali com ela. Nos sentamos em frente à TV, com nossos pratos apoiados em bandejas. A essa altura, Millicent já está de moletom, e Rory alega ter terminado o dever de casa. Assistimos a uma nova *sitcom* horrorosa, seguida por um programa policial medíocre, e, por algumas horas, tudo parece estar normal.

Depois que as crianças vão dormir, Millicent e eu arrumamos a sala de estar. Embora tenha ficado deitado no sofá o dia todo, estou exausto. Sento-me à mesa da cozinha e esfrego os olhos.

"Você perdeu muita coisa hoje?", pergunta Millicent.

Ela está falando do meu emprego formal, o qual eu teria escapulido de qualquer forma, pois tinha planejado ficar vigiando Annabelle.

Dou de ombros.

Ela se aproxima por trás de mim e começa a massagear meus ombros. É gostoso.

"Sou eu quem deveria estar massageando *seus* ombros", digo. "Foi você quem trabalhou o dia todo."

"Cuidar de uma criança doente é mais estressante."

Millicent tem razão, embora Jenna estivesse mais indisposta do que doente.

"Ela vai melhorar logo", afirmo.

"Claro que vai."

Ela continua massageando. Depois de um minuto, pergunta: "Como estão as outras coisas?".

"Sua surpresa está quase pronta."

"Ótimo."
"Vai dar tudo certo."
Millicent para de massagear. "Isso me soa como uma promessa."
"Talvez seja."
Ela me pega pela mão e me guia até o nosso quarto.

Após o episódio com Robin, nunca mais voltamos a mencioná-la. E Holly também continua esquecida. Millicent e eu retornamos às nossas vidas, ao nosso trabalho, aos nossos filhos. A ideia com Lindsay — de haver uma terceira — começou há um ano e meio. Mas à época eu não sabia disso, não conseguia me imaginar escolhendo, perseguindo e matando uma mulher. Foi só uma coisinha que aconteceu no shopping.

Estava lá com Millicent, só nós dois, comprando presentes de Natal para as crianças. O dinheiro vinha sendo um problema maior do que o normal. Millicent estava esperando fechar a venda de duas casas, mas ambas estavam em espera devido a entraves financeiros. Faltava uma semana para o Natal e não tínhamos presentes, dinheiro e tampouco saldo nos cartões de crédito. Apertamos nosso orçamento para as festas de fim de ano três vezes. Eu não estava feliz. Não precisávamos apenas comprar presentes para as crianças; tínhamos também que comprá-los para nossos amigos, colegas e clientes.

No shopping, Millicent continuava negando minhas sugestões. Tudo o que eu escolhia era caro demais.

"Vamos parecer sovinas", falei.

"Deixe de exagero."

"Eu cresci com essas pessoas."

Millicent revirou os olhos. "De novo isso?"

"Como assim?"

"Nada. Deixa pra lá."

Pousei a mão no braço dela. Ela estava usando uma blusa de manga comprida, mas sem casaco; mesmo em dezembro, a temperatura girava em torno de 15°C.

"Sério, o que você quer dizer com isso?"

"Quero dizer que você está sempre falando 'essas pessoas'. As pessoas de Hidden Oaks. Você as insulta, mas aí depois se gaba de ser uma delas."

"Eu não faço isso."

Millicent não respondeu. Ela analisava uma prateleira de castiçais.

"Eu não faço isso", repeti.

"O que acha destes aqui?" Ergueu um par que me pareceu ser de prata.

Torci o nariz.

Ela bateu os castiçais na prateleira com força.

Eu já estava irritado. O cansaço não tardou a aparecer. Nos últimos tempos, só vínhamos falando de dinheiro. Estava cansado de ouvir que estávamos duros, que não dava para comprar isso e aquilo, que precisávamos escolher algo mais barato. Eu não conseguia nem comprar o que meus filhos queriam de Natal.

Millicent continuava falando, discorrendo sem parar sobre o orçamento e as contas bancárias. Ignorei. Não conseguia mais ouvir, não conseguia mais pensar naquilo; precisava de uma distração.

E por acaso passou uma perto da gente. Seu cabelo era da cor de castanha torrada.

"Alô-ou?" Millicent estalou os dedos diante do meu rosto.

"Estou aqui."

"Tem certeza? Porque..."

"Ela meio que é parecida com a Robin", comentei. "A amiga da Holly."

Millicent se virou e ficou observando a mulher desaparecer na multidão. Quando se voltou para mim, ergueu uma sobrancelha.

"Você acha?"

"Acho."

"Que esquisito."

Era esquisito mesmo. Assim como a sensação que experimentei ao reviver o assassinato de Robin na minha cabeça. Toda vez que o fazia, pensava no quanto aquele dia tinha sido fantástico, em como nos unimos e fizemos o que precisava ser feito para nos proteger. Para proteger nossa família. Foi incrível.

E para lá de sexy.

Comecei a dizer exatamente isto à minha esposa.

# VINTE

O HORÁRIO DE TRABALHO DE ANNABELLE é sempre o mesmo. De segunda a sexta, das 8h às 17h, ela sai distribuindo multas de estacionamento, chama caminhões-guincho e ouve ofensas por estar fazendo seu trabalho. As pessoas a xingam, fazem gestos grosseiros e a ofendem. Annabelle mantém a calma, mas me pergunto como ela consegue. Será que ela não se importa mesmo ou será que busca apoio em alguma substância aqui e ali? Fico curioso para saber qual seria a taxa de dependência química entre os fiscais de trânsito.

As noites dela são complicadas desse jeito. Ela é uma mulher solteira que gosta de sair, mas não muito, e seu emprego não paga bem. Às quartas-feiras, ela janta com os pais, mas, afora isso, suas noites não têm um padrão definido. Se tivesse de determinar uma noite em que ela sai mais do que as outras seria sexta-feira.

Daqui a duas semanas, será sexta-feira 13. Não poderia ser mais ridiculamente perfeito. Na sexta-feira 13, Annabelle irá desaparecer.

Enfim consigo redigir a segunda carta de Owen para Josh. É datilografada, assim como a primeira, só que muito mais longa.

> *Caro Josh,*
>
> *Não tenho certeza se você acredita que sou eu. Ou talvez acredite, mas a polícia não. Decerto não sou um imitador, nem um impostor. Sou eu, o mesmo Owen Oliver Riley que morava na Cedar Crest Drive, número 4233, naquela casinha velha com carpete horroroso. Aliás, não fui eu quem instalou. Foi uma péssima escolha da minha mãe.*

*Sinto que o que temos aqui é uma ausência de confiança. Totalmente compreensível, considerando que ninguém me viu nem falou comigo. Bem, exceto Lindsay. Ela me viu bastante. E conversamos muitas e muitas vezes durante o ano em que ela foi minha.*

*Mas agora estou sozinho de novo, e você não acredita em mim. Então vou lhe fazer uma promessa: daqui duas semanas, outra mulher vai desaparecer. Vou até lhe dizer a data exata: sexta-feira 13. Brega, né? Ah, sim, é. Também é mais fácil de se lembrar.*

*E Josh, você pode não acreditar em mim agora, mas vai aprender que sempre cumpro minha palavra.*

*— Owen*

Josh vai receber a carta até terça-feira. Mais uma vez, borrifo a colônia almiscarada de caubói antes de enviá-la. É claro que a carta será examinada pela polícia primeiro, e sabe-se lá quantas discussões serão necessárias até eles resolverem torná-la pública. Ou pelo menos a parte sobre a sexta-feira 13.

Enquanto isso, volto à minha vida real. Nas últimas semanas, cancelei aulas demais. Por causa disso, minha agenda de trabalho está repleta de reposições, todos os dias, isso sem falar em todas as pequenas coisas que precisam ser feitas. Buscar e levar as crianças, correr para o mercado para comprar o que quer que esteja faltando. Enterrar-me nessas minúcias dá um aspecto de normalidade à minha vida. Quase faz desaparecer aquele tremelique que sempre sinto. E se Millicent não ficasse me olhando tanto, fazendo tantas perguntas com os olhos, talvez tivesse sumido de vez.

As respostas dela chegam na quinta-feira à noite.

Millicent e eu estamos no clube de campo, participando de uma festa de aposentadoria de alguém da diretoria. As festas no clube são sempre extravagantes, ao ponto da obscenidade. A comida é farta, o vinho é forte e todos se parabenizam pelo sucesso.

Comparecemos porque somos obrigados; o *networking* faz parte do trabalho de ambos. Temos até um sistema. Entramos juntos, mas depois nos separamos. Eu vou para a esquerda, ela para a direita, e aí circulamos pelo salão até nos encontrarmos de novo no meio. Depois trocamos de lado, nos separamos de novo e nos encontramos na entrada.

Millicent está usando um vestido amarelo vivo; com seu cabelo ruivo, parece uma chama humana. Do meu lado do salão, vislumbro ela circular pela multidão, aquele vestido amarelo sempre no meu campo de visão. Eu a vejo gargalhar, sorrir, demonstrar interesse ou deleite. Quando seus lábios se movimentam, tento adivinhar o que ela diz. Ela tem uma taça de champanhe na mão, mas jamais bebe um gole. Ninguém nunca percebeu isso.

Esta noite, seus olhos estão mais vívidos do que já vi em muito tempo, como uma folha noviça sob o sol. Eles se voltam para os meus. Millicent percebe que a observo.

Ela dá uma piscadela.

Suspiro e sigo em frente com meu próprio *networking*.

Andy e Trista estão aqui, ambos com taças cheias de vinho. Andy dá um tapinha na barriga e diz que precisa começar a malhar ou algo assim, e precisa mesmo. Trista não fala muito, mas me encara por um intervalo um pouco longo demais. Talvez ela se lembre da nossa conversa sobre Owen, ou pelo menos de partes dela.

Kekona também está na festa. Acompanhada de um rapaz, seu par mais recente, ela não se dá ao trabalho de apresentá-lo. Em vez disso, fica falando da vida dos outros — quem está bonito e quem não está, quem fez cirurgia plástica e quem precisa fazer. Sendo uma das sócias mais ricas do clube, Kekona pode falar o que quiser e ainda assim ser aceita.

Beth, uma das garçonetes do clube, passa com uma bandeja de bebidas e me oferece uma. Seu sotaque do Alabama se destaca e a faz parecer sempre espevitada.

Balanço a cabeça. "Hoje não."

"Tá", diz ela.

Passo para um casal mais jovem, os Rhinehart. Lizzie e Max acabaram de se mudar para Hidden Oaks. Minha esposa foi quem vendeu a casa para eles, então já tive a oportunidade de conhecê-los. Max é golfista, enquanto Lizzie menciona que era adepta do tênis e agora pensa em voltar a jogar. O marido, no entanto, parece se cansar do assunto e passa a falar de marketing, que é o ramo dele. Max se acha capaz de grandes feitos em prol do clube de Hidden Oaks, embora não tenha sido de fato contratado por ninguém.

Prossigo, pedindo para Lizzie me ligar caso queira mesmo voltar a jogar tênis. Ela promete que irá.

Millicent e eu nos encontramos no meio do caminho. Sua taça de champanhe ainda está cheia. Ela derrama metade em uma planta.

"Você está bem?", pergunta.

"Estou ótimo."

"Outra rodada, então?"

"Vamos lá."

Nós nos separamos pela segunda vez e eu sigo para o outro lado do salão, cumprimentando todos que ainda não vi. A sensação é de que estou andando em círculos, porque, afinal de contas, estou mesmo.

O anúncio vem antes do noticiário das 23h. Não sei quem viu ou quem mencionou primeiro, mas noto as pessoas pegando os celulares. Muitas, todas ao mesmo tempo.

Uma mulher ao meu lado sussurra: "É ele".

E então eu sei.

Alguém liga os televisores junto ao balcão do bar. Estamos cercados por Josh, pleno em seu momento de glória. Ele não parece tão jovem esta noite, talvez por causa dos óculos. São novos.

*"Recebi esta carta no início da semana. Após debater com a polícia e a direção da emissora, concluímos que, pelo interesse da segurança pública, não tínhamos escolha, senão levá-la ao ar."*

Uma imagem da carta aparece na tela. Todos nós acompanhamos, lendo as palavras digitadas enquanto Josh as recita em alto e bom som. Quando chega à parte sobre a mulher que vai desaparecer na sexta-feira 13, um suspiro coletivo irrompe dos convivas.

Olho ao redor e flagro o vestido amarelo.

Millicent está me olhando, um meio-sorriso e uma sobrancelha erguida, como se estivesse me fazendo uma pergunta.

Ofereço uma piscadela.

• • •

"Brilhante", diz Millicent. "Você é brilhante."

Ela está deitada na cama, nua, o vestido amarelo jogado sobre uma cadeira.

"Você acha que agora todo mundo acredita?" Sei que sim. Mas quero que ela diga.

"Claro que sim. Todos acreditaram."

Estou junto aos pés da cama, também nu, sorrindo e sentindo como se tivesse vencido uma competição.

Millicent estica os braços para cima, agarrando-se à cabeceira da cama.

Eu me jogo ao lado dela no colchão.

"Todos vão procurar pelo Owen."

"Sim."

"Eles não vão enxergar mais nada."

Millicent dá um cutucãozinho no meu nariz. "Por sua causa."

"Ah, para com isso."

"É verdade."

Balanço a cabeça. "Temos que parar de nos gabar."

"Amanhã a gente para."

Os dias subsequentes são bons como nunca. O jeito como Millicent sorri para mim me alegra. Eu até aprumo mais a postura.

Ela está no mesmo estado de espírito que eu. No dia seguinte à festa, ela me manda uma mensagem assinada como Penny. É o único apelido que já dei para ela. Não o uso há anos.

Eu o inventei quando, durante um encontro nosso, antes de sermos oficialmente um casal (mas já ter transado). Nenhum de nós tinha muita grana, então a maioria dos nossos encontros eram simples. Fazíamos longas caminhadas, íamos a feiras de pechinchas e aproveitávamos os bufês de *happy hour*. Vez ou outra, éramos mais criativos. Naquela noite em particular, dirigimos trinta quilômetros para comer pizza barata e jogar em um fliperama antigo. Venci nos jogos esportivos, mas ela me superou em todos os jogos com armas.

Do outro lado da rua do fliperama, havia um pequeno parque e uma fonte. Ela pegou uma moeda, fez um pedido e a jogou lá dentro. Ficamos vendo a moedinha afundar, coroando a pilha de tantas outras que lá estavam. A água estava tão límpida que eu ainda conseguia distinguir as palavras na moeda.

*Um centavo.*

"É assim que deveria te chamar", falei. "Penny."*

"Penny?"

"Milli*cent*."**

"Meu Deus."

"Além do mais, você tem cabelo ruivo, cor de cobre igual à moeda", falei.

"Penny? Você está falando sério?"

Eu sorri. "Penny."

Ela balançou a cabeça para mim.

Eu estava apaixonado, de modo completo e inquestionável, no entanto não tinha verbalizado as palavras ainda. Em vez de me declarar, a chamei de Penny. Em algum momento, dissemos as palavras de verdade, e aí parei de chamá-la assim. Agora ela trazia o apelido à tona, e eu não quero abandoná-lo mais.

* Nos Estados Unidos, a moeda de um centavo é apelidada de *penny*, uma influência histórica da Grã-Bretanha, que chama sua moeda de um centavo assim. Penny também é um nome feminino relativamente popular nos países de língua inglesa. [NT]

** Aqui há um trocadilho com o nome de Millicent. *Cent* é a palavra em inglês para "centavo". [NT]

# VINTE E UM

SEGUNDA-FEIRA, DIA 9, Annabelle está no trabalho. O dia está lindo; ensolarado, mas não muito quente. Quase fresco. Annabelle estacionou o carro no final do quarteirão e agora caminha pela rua, examinando placas e verificando parquímetros. Seu cabelo curto aparece por baixo do quepe que ela usa para proteger os olhos. Ela usa fone de ouvido na orelha direita, com o fio branco serpenteando pelo peito, passando pela blusa e terminando no bolso direito dianteiro da calça. Seu uniforme azul, sem dúvida é unissex.

Eu a observo do fim do quarteirão, esperando. Quando ela chega ao carro verde, começa a apertar os botões de seu escâner portátil.

Disparo pelo quarteirão, parando a alguns metros dela. Levanto as mãos, como se estivesse dizendo a ela para esperar.

Annabelle me olha como se eu fosse louco.

Pego meu celular, digito e entrego a ela.

Desculpe, não queria te assustar! Meu nome é Tobias. Sou surdo.

Ela lê. Relaxa os ombros e assente.

Aponto para o carro e depois para mim.

Ela aponta para o parquímetro expirado.

Junto as mãos abaixo do queixo, como se estivesse implorando. Ou rezando.

Ela ri. Annabelle tem uma risada gostosa.

Sorrio, exibindo minhas covinhas.

Annabelle sacode o dedo para mim.

Entrego meu celular a ela.

Prometo que nunca mais vou fazer isso...

Ela suspira.

Venci. O carro verde escapa da multa.

E o carro nem é meu.

Nem sei por que falei com Annabelle. Desta vez, não era necessário; não preciso saber mais da vida dela, nem onde ela mora, nem quem poderia estar esperando por ela. Já tenho as respostas, mas perguntei mesmo assim. Tudo é parte do meu processo de escolha.

Na quarta-feira, vou vê-la de novo. Ela só não sabe disso ainda.

A FOTO DE OWEN ESTÁ em todos os lugares. Especialistas em computação gráfica o envelheceram, teorizando sobre sua aparência atual. Inclusive cogitaram possíveis disfarces. Sou bombardeado pelas fotos; elas estão em todos os noticiários, nos jornais, na internet. Há panfletos colados nos postes. Tem Owen usando barba, bigode, de cabelo escuro, careca, gordo e magro. Tem Owen de cabelo comprido e curto, de óculos escuros e lentes de contato, de costeletas e cavanhaque. Owen se parece com todo mundo e com ninguém.

E eu causei isso.

Bem, Millicent causou. Ou iniciou. Mas eu também participei.

Meu feito não foi nada extraordinário — certamente nada fora do comum —, mas, por minha causa, todos estão procurando por Owen Oliver Riley.

Sempre quis estar acima da média.

Primeiro, foi no tênis. Meu pai jogava, minha mãe fingia jogar, e, aos 7 anos de idade, fiz meu primeiro saque. Foi o primeiro esporte pelo qual me interessei, então eles contrataram um instrutor, compraram minha primeira raquete e me botaram na ativa. Em poucos anos, eu era o melhor jogador jovem do clube. No entanto, ainda não chamava a atenção dos meus pais, não do jeito que eu queria, mas isso só fez de mim um jogador melhor. Só tive noção do tamanho da minha raiva quando dei o primeiro golpe naquela bolinha amarela.

Naquela época, eu não era mediano, não era uma decepção para ninguém além dos meus pais. Eu era melhor do que todo mundo, até deixar de ser. Aí não soube mais nem como ser mediano, então fui para o exterior, para longe dos meus pais, em busca de um lugar onde pudesse ser melhor do que a média, melhor do que uma decepção. Com Millicent, eu sou.

É péssimo o que eu vou dizer, mas minha vida tem sido muito melhor desde que meus pais morreram.

E desde que Millicent entrou na minha vida. Ela faz com que eu me sinta melhor do que todo mundo. Está tão impressionada com a minha carta. Na cama, ela fala disso.

"Queria poder recortá-la e colá-la na geladeira."

Dou risada e acaricio a perna dela. Ela está enganchada na minha daquele jeito lânguido.

"As crianças podem achar estranho."

"Elas sequer notariam."

Ela tem razão. Nossa geladeira é uma miscelânea de fotos, colagens e adesivos numa espécie de álbum de família. Os detalhes estão tão embaralhados que nada se destaca.

"Você tem razão", digo. "Elas não notariam."

Millicent rola e aproxima o seu rosto do meu.

"Eu tenho um segredo", sussurra ela.

Meu coração dá um pulo, e não de um jeito bom.

"O quê?", retruco. Não é um sussurro.

"Fiquei vigiando-a."

"Ela?

"Annabelle." Ela pronuncia o nome sem som, só articulando. Meu coração relaxa um pouco. Fizemos isso da última vez; ambos de olho em Lindsay, trocando relatos.

"E?", digo.

"Ela vai ficar perfeita na TV."

As luzes do nosso quarto estão apagadas, mas não está tão escuro. Nossa suíte fica no segundo andar e é de frente para a rua. A luz de um poste ilumina o contorno das cortinas. Já olhei para ele muitas vezes desde que nos mudamos para esta casa. O quadrado de luz dourada parece tão artificial.

"Penny", digo.

Ela ri. "O quê?"

"Eu te amo."

"E eu te amo."

Fecho os olhos.

Às vezes, falo primeiro; outras vezes, ela fala. Gosto assim; parece equilibrado. Mas ela disse primeiro. Originalmente, quero dizer. Ela foi a primeira a dizer que me amava.

Levou três meses. Três meses desde que nos conhecemos no avião até o momento em que ela disse que me amava. Eu já a amava por pelo menos dois meses e meio daqueles três que a conhecia, mas não falei nada. Só depois que ela se manifestou. Quando aconteceu, estávamos literalmente em cima de uma árvore. Éramos jovens, sem grana e em busca de ocupação, então subimos em uma árvore.

Conforme esperado, Woodview tem árvores. Um parque repleto de carvalhos gigantes, perfeitos para escalar. Mas, naquele dia, Millicent e eu estávamos no alto de um bordo. Eu já devia saber que, se Millicent resolvesse subir em uma árvore, escolheria uma que exigisse entrar em alguma área proibida.

A árvore ficava em uma propriedade privada, em frente a uma casa a algumas centenas de metros. A única coisa entre a estrada e a porta principal da residência era um gramado verde e plano, e aquele bordo gigantesco.

Era meados de agosto, o auge do verão, e olhávamos para a árvore de dentro do meu carro com ar-condicionado. Havíamos estacionado no final do quarteirão, em um lugar com uma boa vista de toda a região, e ficamos esperando todas as luzes da casa se apagarem. Só restava uma, no andar de cima, à direita. Millicent apertou minha mão, como se estivesse tensa.

"Você quer mesmo subir naquela árvore?", perguntei.

Ela se virou para mim, os olhos brilhando. "Você não quer?"

"Eu nunca tinha pensado nisso."

"E agora?"

"Agora eu quero muito subir naquela porra de árvore."

Ela sorriu. Eu sorri. A luz por fim se apagou.

Girei a chave, desligando o ar-condicionado. O interior do carro de imediato ficou mais quente. Millicent saiu primeiro. Segurou a maçaneta enquanto fechava a porta, fazendo o mínimo de barulho possível. Eu saí também, seguindo a discrição dela.

Olhei para a árvore de bordo, que de repente me pareceu muito aberta, muito exposta, e me perguntei se a punição por invasão de propriedade incluiria algum tempo de cadeia.

Millicent então saiu correndo. Atravessou a rua em disparada, cruzou o gramado e desapareceu atrás do tronco da árvore. Se ela fez barulho, não ouvi.

Corri seguindo o mesmo caminho que ela. Meus pés pareciam pesados, arrastados, como se cada passo ecoasse pela vizinhança. Continuei acelerado até chegar a Millicent. Quando alcancei a árvore, ela me puxou para si e me beijou. Com intensidade. Precisei recuperar o fôlego quando terminou.

"Pronto para subir?", indagou ela.

Antes que pudesse responder, ela se içou usando um grande nó do tronco. De lá, estendeu a mão para agarrar o galho mais baixo, e então subiu mais. Fiquei de vigia, na expectativa de alguma luz na casa se acender. Ou esperando que ela caísse para que eu pudesse apará-la. Nenhuma das duas coisas aconteceu.

"Vem", sussurrou ela.

Millicent estava sentada em um galho alto, me espiando lá de cima. O luar a transformava em um arcabouço de si mesma. Dava para ver seus longos cabelos balançando ao vento e seus pés pendentes de ambos os lados do galho. Tudo o mais parecia uma sombra.

Escalei, o que foi muito mais difícil do que esperava, e novamente meus grunhidos e arquejos soaram altos o suficiente para acordar qualquer um em um raio de quinze quilômetros. Mesmo assim, a família na casa ao lado continuou dormindo. Seus quartos permaneceram no escuro.

Quando cheguei a Millicent, eu estava suando. Fazia um calor danado. O ar estava mais denso ali em cima, carregado de um cheiro de suor, musgo e casca de árvore.

Millicent agarrou minha camiseta, me puxando para si, sufocando minha boca com a dela. Juro que o gosto dela era de xarope de bordo. Ela enterrou o rosto no meu pescoço, como se tentasse se enterrar nele, seu hálito quente de encontro à minha pele.

"Ei", falei.

Ela levantou a cabeça e olhou para mim. Uma mecha úmida de cabelo grudava na lateral do rosto dela.

"Eu te amo", disse ela.

"Eu te amo."

"Ama? Ama mesmo?"

"Claro que sim."

Ela pôs a mão na minha bochecha. "Jure."

"Eu juro."

# VINTE E DOIS

Máquinas de café automáticas são uma das invenções mais convenientes de todos os tempos. Nada de baristas, nada de leite integral em vez de leite com 2% de gordura, nada de perder a dose extra de sabor. Só preciso selecionar: escolher o tipo de café, o leite, o sabor e até a temperatura, e então apertar o botão verde. E aí meu café sai. E é barato.

A desvantagem é que essas máquinas elaboradas, porém simples, estão disponíveis apenas em lojas de conveniência de postos de gasolina. Cafeterias de verdade não têm máquinas de autoatendimento.

Minha máquina favorita fica na loja EZ-GO, em um posto de gasolina a três quilômetros de Hidden Oaks. Mesmo quando estou sem tempo, acabo indo até lá. A caixa é uma jovem simpática chamada Jessica; ela é do tipo que sempre sorri e tem uma palavra gentil para todo mundo. Talvez ela seja parte do motivo que me faz dirigir os três quilômetros até a EZ-GO. A questão é que a loja está inserida na minha rotina. E todo mundo tem a sua.

Annabelle certamente tem.

Toda quarta-feira à noite, ela e os pais jantam no mesmo restaurante italiano. Meu palpite é que pedem a mesma comida, as mesmas bebidas, talvez até a mesma sobremesa. O jantar se inicia às 18h30 e termina às 20h. Annabelle vai a pé e leva onze minutos do restaurante até seu apartamento, exceto quando para em alguma loja, recebe um telefonema ou encontra algum conhecido. Tipo eu.

Enquanto Annabelle olha para o celular, esbarro nela.

Ela me encara, surpresa. Então me reconhece.

“Oi”, cumprimenta ela.

Ela está usando mais maquiagem do que no dia a dia. O batom está mais escuro, os olhos, delineados. O cabelo curto, com esse corte, deixa seu rosto ainda mais atraente.

Pego meu celular.

Ora, se não é a fiscal mais simpática da cidade ☺

Ela revira os olhos. “Como vai?”

Assinto e aponto para ela.

Ela faz um joinha.

O que você está fazendo sozinha? Não sabe que tem um serial killer à solta?

Ela sorri enquanto lê. “Estou indo pra casa agora.”

Quer beber alguma coisa primeiro?

Ela hesita.

Aponto para um bar no fim da rua.

Annabelle olha o relógio. Fico surpreso quando ela aceita. Ela deveria negar, sobretudo com todo esse lance do Owen Oliver, mas Annabelle é ainda mais solitária do que imaginava.

O BARMAN, ERIC, me cumprimenta com um aceno. Já estive aqui várias vezes, sempre sozinho, sempre esperando Annabelle passar em seu trajeto para casa depois do jantar com os pais. Eric me conhece como Tobias. Ensinei a ele todo o repertório de língua de sinais que sei. Ele consegue soletrar meu nome e minha bebida, gim-tônica.

Annabelle pede a mesma coisa.

“Capriche na água tônica”, diz ela.

Ela não confia em mim, e não a culpo. Sou só um cara que implorou para ela não me multar. Um cara surdo talvez bonzinho demais e inofensivo.

"Então você o conhece?" Annabelle fala com Eric enquanto aponta para mim.

"Claro que o conheço. Tobias é contido na bebida e generoso nas gorjetas. Mas ele não é de falar muito." Ele pisca, deixando nítido que está brincando.

Ela ri, e é um som agradável. Começo a me imaginar na cama com ela. Isso me faz questionar quanto tempo levará para ela me convidar para ir à casa dela. Eu já sei que ela vai, e sei que a casa dela não é longe daqui. Esse poder de saber tanto e de poder escolher o que acontecerá... é disso que eu gosto.

"Vocês são uma dupla e tanto", brinca ela, gesticulando para Eric e para mim. Annabelle toma o cuidado de me encarar quando fala. Ela não esquece que sou surdo.

Depois do primeiro ou segundo gole nas nossas bebidas, Eric vai para a outra ponta do balcão. Ficamos só Annabelle e eu, e ela basicamente me conta quase tudo o que já sei e algumas coisinhas que não sei. Por exemplo, não sabia que ela tinha comido *linguine* com cogumelos nesta noite. Mas agora sei que é o que ela come nas noites de quarta-feira.

Conto a ela a história de Tobias. Contador, divorciado e sem filhos. Eu amava muito minha esposa, mas nos conhecemos no ensino médio e nos casamos cedo demais. Acontece.

Annabelle é uma boa ouvinte e assente nos momentos certos.

E você? Namorado?

Ela balança a cabeça. "Faz um tempo que não namoro."

Sei que agora não vai demorar muito. Espero que o convite venha entre o segundo e o terceiro drinque.

Por que você não tem namorado?

A pergunta não é mero papo furado. Estou curioso mesmo.

Annabelle dá de ombros. "Porque não conheci ninguém?"

Balanço a cabeça.

Genérico demais.

Ela demora um minuto. Presumo que esteja prestes a me contar que seu último namorado era um otário. Que a traiu. Que estava sempre na farra com os amigos. Que era um babaca egoísta.

"Meu último namorado foi assassinado", ela revela.

O choque quase me faz falar.

Que coisa horrível. O que houve?

"Motorista bêbado."

Lembro-me de passagem que Annabelle havia postado algo sobre a arrecadação de fundos para uma campanha contra beber e dirigir. Só que não havia nenhum indicativo de que era algo pessoal.

Pergunto mais sobre ele. Seu nome era Ben, e Annabelle o conheceu no trabalho. Ele era policial, fez aulas noturnas de justiça criminal e queria progredir na carreira: virar investigador e, depois, sargento.

Ela não guarda mais a foto dele no celular; não achava saudável ficar olhando para ela.

Esta declaração é tão triste que preciso desviar o olhar.

"Ei", diz Annabelle. Ela me dá um tapinha no braço, me convocando a olhar para ela. "Desculpe. O papo ficou sério demais."

Não, tudo bem. Afinal eu perguntei.

"Estou cansada de falar de mim. E você? Namorada?"

Nego com a cabeça.

"Sua vez. Por que não?"

Tem sido difícil voltar a namorar. Fui casado durante dez anos. E ser surdo... só faz dificultar as coisas, acho.

"Bem, qualquer mulher que não queira sair com você por causa da surdez não vale a pena."

Sorrio. São palavras genéricas, mas vindo dela, soam genuínas. Isso me faz pensar no que ela diria caso eu contasse a verdade.

Então decido. Não vou dormir com ela.

Em vez disso, mudo o rumo da conversa e paramos de falar de nós dois. Conversamos sobre música, filmes, atualidades. Nada pessoal, só um papo aleatório que não dói. Quando paro de flertar, ela também para. O clima entre nós muda.

Eric volta à nossa ponta do balcão e pergunta se queremos mais uma bebida. Nenhum de nós renova as doses.

Ela rejeita que eu a acompanhe até em casa. Compreensível, mas insisto que Eric chame um táxi. Ela aceita, e tenho certeza de que só o faz por causa de Owen Oliver. Antes de ela ir embora, peço o número de telefone dela. Ela me dá, e eu passo o número do meu celular descartável.

Annabelle me agradece pela bebida com um aperto de mão. É formal e carinhoso. Observo-a sair do bar.

Não vou mandar mensagem para ela. Disto tenho certeza.

Também tenho certeza de que Annabelle não é a pessoa certa. Ela não vai desaparecer na sexta-feira à noite.

É POR CAUSA DO namorado. Assim que ouvi a história, soube que não seria ela.

Talvez porque seria tragédia demais para uma vida tão jovem. Perder um ente querido em um acidente violento e depois terminar assassinada.

Nada disso me soa justo. Nosso sistema para escolhê-la foi desenvolvido, em parte, por Owen, mas a forma como o colocamos em prática foi arbitrária. Vi Annabelle por acaso naquele dia. Poderia ter sido qualquer uma.

Agora estou de volta ao hotel Lancaster, vigiando Naomi. Ela ainda é um pouco alta demais para o perfil de Owen. Eu a conheço apenas pelo computador e pelas portas de vidro do Lancaster. Nunca falei com ela, nunca ouvi o som de sua voz.

No entanto, eu quero fazê-lo. Quero ouvi-la rir, quero ver como ela age depois de um ou dois drinques. Quero saber se ela de fato tem uma quedinha por homens mais velhos ou se só precisa do dinheiro. Quero saber se gosto, desgosto ou se não sinto nada por ela. Mas não vou me aproximar. Não posso correr o risco de me deparar com algo que me faça querer deixá-la viver.

Sendo assim, não entro no hotel; não me aproximo dela. Quando ela finaliza seu turno, fico observando-a sair. Ela trocou o uniforme por calça jeans e camiseta. Está falando ao celular enquanto caminha até o carro, uma coisinha minúscula da cor de um limão-galego. São 23h15 de uma quarta-feira, e sua única parada é em um *drive-thru* de *fast-food*. Minutos depois, já está em casa, rumo ao seu apartamento com uma sacola de comida em uma das mãos e o uniforme na outra. Naomi mora no primeiro andar de um prédio tranquilo, voltado a pessoas de baixa renda. O quintal está coberto de mato, e os arbustos perto da porta da frente são bem densos.

Perfeito. Temos muitas opções para a sexta-feira 13, desde o estacionamento do hotel até o prédio da Naomi.

Agora só preciso dizer a Millicent que mudei de ideia.

# VINTE E TRÊS

Às 6h, a voz do locutor de rádio ecoa nos meus ouvidos, alta o suficiente para me dar um susto. Millicent gosta de seu rádio-relógio. É um daqueles antigos, com revestimento de madeira falsa e que os números trocam em palhetas; ele me irrita bastante. O rádio-relógio é a tampa do vaso sanitário levantada dela.

*"Bom dia. Hoje é quinta-feira, 12 de outubro, e vocês têm mais um dia para trancar tudo, meninas. Owen Oliver está vindo buscar uma de vocês, gatinhas..."*

O rádio se cala. Abro os olhos e Millicent está diante de mim.

"Desculpe", diz ela. "Esqueci de desligar."

Ela dá as costas para mim e volta para o banheiro. Seu cabelo ruivo, o short de algodão e regata dão lugar a um longo rabo de cavalo escuro e uniforme azul com trançado dourado.

Eu estava sonhando com Naomi quando o alarme tocou. Ela estava atrás do balcão do Lancaster, conversando com um sujeito tão velho que ofegava ao falar. Naomi jogava a cabeça para trás e ria. Parecia a gargalhada de uma bruxa de conto de fadas. Então, virou-se para mim e piscou. As sardas em seu nariz começaram a sangrar. Acho que eu estava prestes a dizer algo quando o alarme disparou.

Millicent mentiu; ela não se esqueceu de desligar o alarme. Ela ainda está um pouco chateada comigo. Não porque tivemos de voltar a escolher Naomi no último minuto, mas porque tomei a decisão sem ela.

Ontem à noite, tivemos mais uma noite só nossa na garagem. Ela pensou que fosse uma sessão de planejamento de última hora para revisarmos tudo antes do grande dia. E no início era para ser isso mesmo, pelo menos até eu comentar que não poderia ser Annabelle.

"Não entendi", disse ela.

"Eu disse que deveríamos voltar para Naomi."

"Naomi é alta demais. Não se encaixa no perfil."

"Eu sei, mas Annabelle é..."

"Ela é o quê?"

Em uma fração de segundo, resolvi mentir.

"Ela começou a sair com alguém."

"Um namorado?"

"Se ainda não é, vai ser. Ele vai chamar a polícia na hora." Esse é o tipo de cenário que preferimos evitar.

Millicent balançou a cabeça. Acho até que xingou baixinho.

"Não acredito que só estamos descobrindo isso agora."

"Só acompanhávamos a rotina dela no trabalho."

"Nem sempre."

Ignorei a insinuação. Não era hora de discutir com Millicent sobre as coisas que ela omitiu de mim. Não quando eu também estava mentindo.

"Então", continuei. "Naomi."

Millicent suspirou. "Naomi."

Não voltamos a mencionar o nome de Annabelle.

NÃO QUERO trabalhar, mas fazer o quê? Meu dia está tomado por aulas seguidas, e quando elas enfim terminam, busco as crianças na escola e as levo ao dentista. Por um golpe do acaso, todos os compromissos delas foram marcados para esta quinta-feira, dia 12. Millicent agenda a limpeza dental semestral delas com antecedência, sem falhas.

Ao chegarmos ao consultório, Jenna e Rory disputam no "pedra, papel e tesoura" para ver quem vai primeiro. É uma das poucas vezes em que falam em uníssono.

"Pedra, papel, tesoura, vai."

Rory perde, Jenna se vangloria, mas logo a coisa toda perde o sentido. Afinal, ambos ainda precisam limpar os dentes.

Na sala de espera, verifico as notícias no celular e sou bombardeado por fotos das vítimas anteriores de Owen. O jornal local colocou todas elas na capa, e todas as fotografias foram tiradas quando elas estavam muito vivas e sorridentes. A mensagem carece de sutileza. Se você se parece com essas mulheres, amanhã estará em risco. Owen pode estar vindo atrás de você. Não há indícios de que alguém seria capaz de revidar ou escapar, e a única maneira de sobreviver é não ser escolhida. É um pouco ofensivo, acho, que as mulheres sejam abordadas como se fossem seres tão indefesos. É que o autor desse texto não conheceu minha esposa.

Depois do dentista, sorvete. Millicent nos encontra para essa tradição familiar bizarra. Fui eu quem a iniciou, quando as crianças eram bem pequenas e eu queria fazê-las parar de chorar no dentista. A promessa de sorvete funcionava, e agora elas não querem mais largar.

Todos nós temos um sabor favorito. Millicent pede baunilha, eu peço chocolate, e Rory pede crocante. Jenna é a experimental. Ela sempre pede o especial do dia. Hoje, é mirtilo com gotas de chocolate, e ela adora. Já eu acho nojento.

Quando os dentes de todos formigam e nossos cérebros estão congelados, nos separamos. Millicent leva as crianças para casa, e eu volto ao trabalho. Encontro Trista a caminho do clube. Ela cancelou nossa última aula, e mal a vi desde aquele dia em que, bêbada, me contou sobre seu relacionamento com Owen Oliver. Sou tão grato a ela pelas confissões, só que ela não se dá conta disso. Aliás, neste momento ela parece não perceber nada; ela me encara com o olhar vago de quem está embriagado, mas não por causa do álcool. Ela tem tomado remédios, provavelmente analgésicos, e em excesso. Vejo isso com frequência no clube.

Mas nunca com ela.

"Ei." Estendo a mão e toco seu braço. "Você está bem?"

"Perfeita." Ela diz de maneira resoluta, como se estivesse tudo, menos perfeita.

"Você não me parece bem. Quer que eu ligue para o Andy?"

"Não, não quero que você ligue para o Andy."

Acho que deveria ligar, pois se fosse comigo, gostaria de saber se minha esposa estivesse chapada por aí. Tateio o bolso em busca do celular.

Trista me olha. "Uma mulher vai desaparecer amanhã. E aí vai morrer."

Quero dizer a ela que talvez isso não vá acontecer, que talvez ele acabe capturado, mas não digo, pois é mentira. A polícia não irá capturar Millicent e eu. Eles sequer sabem da nossa existência.

"Sim", digo. "É provável que alguém vá desaparecer."

"Owen é um canalha." Trista parece desalentada, mas não está. Para além dos remédios, há algo que se recusa a entorpecer. Algo raivoso.

"Ei, pare com isso. Você não pode se culpar por causa desse babaca."

Ela bufa.

"Você não vai ficar sozinha amanhã, vai?" Pergunto por estar genuinamente preocupado com ela. Tudo o que Trista vem fazendo só serve para ferir a ela mesma.

"Andy vai estar em casa." Ela olha para a TV, onde estão transmitindo imagens de quando Owen foi preso quinze anos atrás. Trista estremece. "Eu preciso ir."

"Espere... Deixe-me te dar uma carona para casa."

"Eu não estou indo para casa."

"Trista."

"Te vejo mais tarde. Diga a Millicent que depois ligo para ela para dar um alô." Ela caminha em direção ao vestiário feminino, mas daí se vira para mim de novo. "Não conte para o Andy, ok?"

Nunca contei a ele que vi Trista bêbada, e nem sobre o passado de sua esposa com Owen Oliver. Não é mais uma omissão que irá piorar a traição entre eles.

"Não vou contar a ele", afirmo.

"Obrigada."

Ela desaparece no vestiário, e fico encarando seu rastro, me perguntando o que fizemos. Ter trazido Owen de volta afetou mais do que a investigação policial.

Meu último aluno do dia também fica falando do assunto em voga. É um sujeito simpático, tem três filhas, sendo que duas estão na faixa etária que Owen procura. Todas elas ainda moram na região. Duas são solteiras e moram sozinhas, e ele está tão preocupado que se ofereceu para pagar uma viagem para elas no fim de semana. Ele não morava aqui quando Owen estava em ação, mas já ouviu mais do que o suficiente.

Apesar do sorvete vespertino, nosso jantar ainda é às 18h. Jenna diz que todo mundo na escola passou a semana inteira falando de Owen. Uma de suas amigas tem uma irmã mais velha que está convencida de que ele está vindo atrás dela. Rory ri e diz que não vai acontecer, que ambas são feias demais até para um serial killer. Jenna joga um pãozinho no irmão, e Millicent ordena que parem. As crianças então começam a se xingar, articulando sem parar de cada lado da mesa.

"Eu mandei parar."

Millicent não gosta de se repetir, então elas param. Por um minuto. Jenna se encolhe quando Rory a chuta por baixo da mesa. Tenho certeza de que Millicent percebe, mas não diz nada, pois quando o jantar termina, ela anuncia uma noite de cinema improvisada. Às vezes, quando as crianças brigam demais, ela as obriga a passar mais tempo juntas. É o seu jeitinho de garantir que se resolvam.

Elas discutem durante vinte minutos sobre qual filme assistir. Nem Millicent nem eu interferimos; na verdade, não prestamos atenção. Estamos na cozinha, terminando de lavar a louça, quando de repente ela pergunta se vou sair hoje à noite.

"Vou."

"Tem certeza de que é uma boa ideia?"

"Vai dar tudo certo."

Meu tom de voz é mais cáustico do que o pretendido. E ter passado o dia inteiro ouvindo sobre Owen não ajudou a aplacar meu estresse. Nem meu encontro inesperado com Trista. Algo nela, no que ela anda fazendo consigo, me incomodou demais.

Tudo o que vier a acontecer amanhã é culpa minha. Eu escrevi a carta para Josh, escolhi a data, prometi que outra mulher desapareceria. E fui eu quem trocou Annabelle por Naomi ontem à noite. Sou eu quem terá de assegurar que ela foi a escolha certa.

O cara ou coroa seleciona o filme da noite, que é sobre um golfinho. Rory e Jenna sentam-se juntos no chão com uma tigela de pipoca, e felizmente não ficam atirando pipoca um no outro. Millicent e eu nos acomodamos no sofá com nossa própria vasilha. Ela passa mais tempo olhando para os nossos filhos do que para o filme, e seus olhos parecem dez tons mais claros. Eles sempre ficam assim na presença das crianças.

Ela permanece nesse estado até o filme acabar e as crianças subirem as escadas para dormir, a conversa entre elas é leve e cheia de golfinhos. Começo a me levantar quando então ela coloca a mão no meu joelho e dá um apertão.

"É melhor você se arrumar", diz.

Ela faz parecer que a ideia foi dela, e isso me irrita.

"Você tem razão", digo. "Preciso sair daqui."

"Você está bem?"

Olho para ela, para minha esposa, com aqueles olhos claros tão diferentes dos de Trista. Tudo em Millicent é o oposto da esposa de Andy.

Dou um sorriso, grato por não ser casado com Trista.

E.L.A.S® SAMANTHA DOWNLING MINHA ADORÁVEL ESPOSA

# VINTE E QUATRO

NÃO PRETENDIA USAR TERNO, pois não estava nos meus planos falar com Naomi, mas de última hora resolvi vestir a peça que Millicent mais gosta: azul-escuro, com gola costurada à mão e caríssimo. Já que está no meu armário, posso muito bem usá-lo.

Enquanto estou em frente ao espelho e ponho a gravata, Millicent surge atrás de mim. Ela se recosta na parede, braços cruzados, e me observa. Sei que ela está doida para perguntar, afinal nunca uso este terno, exceto com ela. Foi ela quem comprou.

Continuo ocupado com a gravata, calço os sapatos, pego minha carteira, celular e chaves. Meu celular descartável não fica dentro de casa.

Quando olho para cima, ela ainda está lá, ainda na mesma posição.

"Acho que vou indo", digo.

Ela assente.

Espero que ela fale alguma coisa, mas permanece em silêncio. Passo por ela e desço as escadas. Ao chegar à porta da garagem, ouço.

"Pai."

Rory está à porta da cozinha com um copo d'água. Ele levanta a outra mão e esfrega o polegar e o indicador. Mais dinheiro.

Ele não estava na cozinha por acaso. Estava me esperando.

Assinto e saio.

• • •

Naomi está na recepção, fazendo o *check-in* dos hóspedes, atendendo o telefone, resolvendo questões para quem chega com algum problema. Hoje à noite, não vou ficar vigiando lá fora. Estou no saguão.

É espaçoso e luxuoso, com estofados em cores escuras e tecidos fartos. Cortinas de veludo pendem das paredes, todas ornadas com detalhes em dourado, tal e qual os uniformes dos funcionários do Lancaster. Tem franjas e borlas para todo lado.

Posso ficar escondido aqui no saguão, camuflado na decoração paramentada, só mais um hóspede anônimo trabalhando no computador, tomando um drinque, pois não aguenta mais ficar sentado no quarto de hotel. Isso é quase verdade. Não aguento ficar nem mais um minuto no meu carro. Se Naomi for nossa escolhida, desejo me aproximar um pouco mais.

Mas não vou falar com ela; resolvi não fazê-lo. Acho que não dá tempo mais. Não depois da mudança de última hora. Estou muito estressado, muito preocupado. Ressuscitar Owen Oliver se tornou mais complicado do que imaginava. Talvez por causa da imprensa, talvez por causa de Trista, mas também porque meus filhos não param de falar nele.

Isso é muito diferente de Lindsay. Éramos só Millicent e eu, e mais ninguém, nem mesmo no entorno.

Na véspera de Ano-Novo, Millicent e eu fomos a uma festa no clube. Jenna estava com 12 anos, Rory, 13, e foi a primeira vez que os deixamos sozinhos num 31 de dezembro. Eles ficaram em êxtase com a ideia. Nós também. Comemorar o Ano-Novo com adultos não era uma realidade desde antes de as crianças nascerem.

Menos de um mês antes, vi aquela mulher no shopping, aquela parecida com Robin. Naquela noite, Millicent e eu transamos. Não aquele sexo de casados que você quer que acabe logo. Foi aquele sexo parecido com o que fazíamos quando começamos a namorar, quando não conseguíamos tirar as mãos um do outro. Sexo incrível.

No dia seguinte, tudo acabou. O sexo, o clima, a sensação. Voltamos a falar de dinheiro — o que dava e o que não dava para pagar. Isso incluía a festona de Ano-Novo.

Foi uma festa à fantasia. Millicent e eu nos vestimos como um casal dos anos 1920, um gângster e sua namorada melindrosa. Meu terno era risca de giz, e eu usava sapatos de verniz de bico fino e chapéu fedora. Millicent usava um vestido violeta cintilante com uma faixa de penachos na cabeça, e seus lábios estavam pintados de carmesim.

Eu em regra achava festas à fantasia deprimentes. Elas me davam a sensação de estar cercado por um bando de imbecis que sonhavam ser qualquer coisa diferente daquilo que de fato eram.

Naquela noite, estávamos diferentes. Não como os outros, não como as pessoas naquela festa. Millicent e eu conversamos sobre fazer aquilo de novo. Matar uma mulher. Conversamos sobre o que faríamos com ela. Se faríamos. Por que faríamos.

"E aquela ali?", perguntou Millicent, apontando para uma mulher cujos seios eram tão grandes que beiravam o grotesco. Eram falsos, e todos nós sabíamos disso porque ela fez questão de contar para todo mundo quanto eles tinham custado.

Dei de ombros. "Não conseguiríamos afogá-la."

"Você tem razão."

"E aquela?", perguntei, apontando para uma loira praiana junto a um parceiro com idade para ser seu avô.

Millicent sorriu, contrastando dentes brancos e lábios rubi.

"Seria um ato de clemência. A julgar pelo bronzeado, é certo que ela terá câncer de pele."

Contive uma risada. Millicent riu baixinho. Estávamos sendo horríveis, fofocando da maneira mais nojenta, mas era tudo só papo furado. Durante a maior parte da noite, conversamos apenas entre nós.

Como era nossa primeira grande saída noturna em muito tempo, estava preparado para ficar fora até altas horas, e até tomei um energético antes de sair de casa. Mas não foi o que aconteceu. Cinco minutos depois da meia-noite, estávamos voltando para casa.

Quinze minutos depois, nossas fantasias dos anos 1920 já tinham sido tiradas e jogadas no chão do quarto.

Eu não fazia ideia se estávamos começando ou continuando algo, mas eu não queria que acabasse.

• • •

No saguão do Lancaster, olho para o relógio, verifico o celular e navego na internet. Tudo para fingir que não estou de olho em Naomi. Ela não me nota. A noite está muito mais movimentada do que o normal, em parte porque amanhã é sexta-feira 13. As pessoas vieram à cidade para ver o que Owen vai fazer, quem ele vai sequestrar e matar. Algumas dessas pessoas trabalham para fontes legítimas da imprensa; outras são daquelas que adoram acompanhar espetáculos ou eventos graváveis e postáveis.

Tem um grupo perto de mim no saguão. São universitários ávidos por ganhar dinheiro, especulando quanta grana tudo isso pode render. Tudo depende da explicitude do vídeo, embora capturar o sequestro de uma mulher seja o mote. Contanto que a câmera não trema.

Quando eles enfim vão embora, em busca de lugares que serial killers costumam frequentar, consigo me concentrar em Naomi de novo. Busco algo para contar a Millicent, algo que possamos compartilhar. Quero que isso seja como todas as nossas outras façanhas.

Naomi está sorrindo, e assim esteve durante toda a noite. Isso é incrível, até mesmo admirável. Muitas das pessoas que se aproximam da recepção estão descontentes ou precisam de algo, mas ela nunca deixa de ser gentil. Ela sorri mesmo depois que alguém a chama de idiota.

Começo a pensar que ela é uma espécie de Pollyanna, alguém que é legal e feliz não importa o que aconteça. Não gosto disso. Millicent e eu não podemos ficar aos cochichos sobre isso.

Então vejo a rachadura na personalidade doce e açucarada de Naomi. Quando um hóspede que se comporta de forma rude vira as costas, ela levanta o dedo do meio para ele.

Dou um sorriso.

Hora de ir para casa e contar para Millicent.

# VINTE E CINCO

ACORDO E ME DEPARO COM o silêncio. O amanhecer está a uma hora de chegar, e o mundo está escuro como veludo.

É sábado, dia 14.

Millicent ainda não chegou em casa.

Nossa decisão de nos separarmos veio tarde da noite de quinta-feira, depois que voltei do Lancaster. O plano era manter Naomi viva por um tempo, assim como aconteceu com Lindsay. Tinha que ser assim porque era desse jeito que Owen sempre fazia.

Eu simplesmente não gostei. Não queria nem ver o andamento disso.

Parte de mim sabia que eu não podia dar para trás, porque não era justo deixar Millicent fazer tudo sozinha. Tentei imaginar como seria trancafiar Naomi e mantê-la viva, alimentando-a, dando-lhe água e torturando-a. Isso revira o meu estômago.

Não creio que seja capaz de ver uma cena dessas, tão de perto e de forma tão íntima.

Esse meu asco me impede de conversar com Millicent sobre onde ela manteve Lindsay presa e o atual cativeiro de Naomi. Claro que já pensei em perguntar a ela, mas nunca o fiz. Às vezes, me sinto um pouco mal com toda essa história, mas não tanto. Na maioria do tempo, fico só aliviado mesmo.

"Eu faço", afirmou Millicent.

Na sexta-feira de manhã, estávamos a sós em casa. As crianças já estavam na escola. Sentamo-nos na cozinha, tomando mais uma xícara de café, e discutimos nossos planos.

"Você não deveria ter que fazer tudo sozinha", falei.

"Já fiz sozinha antes." Millicent levou a caneca de café até a pia.

"Mesmo assim", insisti. Meus protestos eram inúteis, e eu sabia disso. De qualquer forma, me sentia melhor ao reafirmá-los.

"Mesmo assim nada", retrucou Millicent. "Eu cuido disso. Você cuida daquele repórter."

"Está bem. Em algum momento, terei de contatá-lo de novo."

"Isso mesmo."

Ela se virou para mim e sorriu, iluminada pelo sol matinal que entrava pela janela.

Nosso plano estava pronto. Era o mesmo que havíamos adotado com Lindsay. Tínhamos preparado cada detalhe, do jeito que Millicent sempre faz. Primeiro, a droga. Lindsay, e agora Naomi, precisavam estar inconscientes para que pudéssemos levá-la para um lugar deserto. Acontece que o clorofórmio não é a droga milagrosa que os filmes pregam. Nossa pesquisa na internet nos levou a lugares sombrios e assustadores, onde tudo está disponível por um preço. Criptomoedas, um e-mail anônimo e uma caixa de correio particular te permitem conseguir qualquer coisa, incluindo um tranquilizante forte e rápido o suficiente para nocautear um dinossauro.

Como só precisávamos nocautear uma mulher de sessenta quilos, não precisávamos de muito.

Millicent comprou um notebook ao qual só nós dois tínhamos acesso. Usamos para pesquisar as drogas. E para encontrar Lindsay.

E Petra.

E Naomi.

Na sexta-feira à noite, capturamos Naomi juntos. Assim como fizemos com Lindsay.

No estacionamento dos fundos do hotel, Millicent acenou para Naomi, que já estava saindo de carro. Estavam num ponto cego das câmeras de segurança. Observei Millicent se abaixar junto à janela do motorista, falando rápido, como se precisasse de ajuda, alegando que seu carro havia dado pane. Então vi o movimento revelador do seu braço quando injetou a droga em Naomi. Depois Millicent empurrou o corpo inerte de Naomi para o assento do carona, acomodou-se no banco do motorista e deu partida.

Eu a segui, sorrindo. Depois de tanta busca, planejamento e conversa, era delicioso ver tudo se desenrolar.

Nós nos separamos na mata. Peguei o carro de Naomi e me livrei dele enquanto Millicent ia embora no meu, com nossa vítima ainda inconsciente. Já passava da meia-noite quando fui pegar o carro de Millicent, estacionado a um quarteirão do hotel Lancaster, e voltei para casa. Em Hidden Oaks, a luz da varanda de todos estava acesa, inclusive a nossa.

As crianças estavam acordadas, fazendo exatamente o que eu faria na idade delas: assistindo a filmes de terror. Ambas estavam acampadas na sala de estar com seus celulares, tablets e uma pilha de porcarias comestíveis. Juntei-me a elas.

Na visão delas, eu havia passado a noite patrulhando o bairro, ajudando a proteger Hidden Oaks de Owen Oliver. É claro que somos agraciados pelos serviços de uma empresa de segurança particular, mas ontem à noite um grupo de moradores resolveu auxiliar e ficar de olho. Eu não era um deles.

As crianças já sabiam que Millicent só voltaria para casa de manhã. Falamos para elas que a mãe iria dormir fora para fazer companhia a um grupo de amigas que não queriam ficar sozinhas. Elas não deram a mínima. Não sei nem dizer se Owen Oliver é real para elas. Ele é o bicho-papão na TV, o psicopata dos filmes. Não lhes ocorre que qualquer mulher — uma professora, uma vizinha ou mesmo a mãe — possa estar em risco. Meus sentimentos sobre isso são conflitantes. Quero que meus filhos se sintam seguros. Também quero que eles tenham noção do quanto o mundo é perigoso.

Ainda deitado na cama, começo a me perguntar para onde Millicent levou Naomi e o que vai acontecer a ela. Aliás, pode já estar acontecendo. Para conter minha ansiedade, levanto-me e ligo a TV. Boto no canal de esportes. Enquanto ouço os resultados do beisebol de ontem, preparo um café. Ouço o barulho do jornal sendo jogado na porta da frente, e o deixo lá. Em vez disso, tomo café e assisto a desenhos animados até as crianças acordarem, e aí desligo a TV antes de elas descerem. Rory é o primeiro a chegar à cozinha. Ele pega o controle remoto e liga no noticiário.

"Então, quem virou presunto?" Ele pega uma tigela do armário e enche de cereal.

"Não diga presunto."

Ele revira os olhos. "Ok, quem foi assassinado?"

Jenna aparece à porta. Olha para mim e para Rory.

"Aconteceu? Owen voltou?"

Rory aumenta o volume da TV. O repórter que aparece não é Josh. É uma jovem loira que faz bem o tipo de Owen.

*"A polícia disse não haver informações imediatas. Dada a preocupação com a noite passada, houve um grande fluxo de queixas de cidadãos preocupados com mulheres que não atenderam o celular ou não fizeram contato com familiares. Não sabemos se alguma delas de fato está desaparecida, e provavelmente levará algum tempo até que a polícia organize essas denúncias..."*

"Essa polícia é idiota", vocifera Rory. Ele se vira para Jenna e cutuca o braço dela. "Igualzinha a você."

Ela revira os olhos. "Não enche."

Eles param de falar de Owen. Só volto a ouvir o nome dele quando estamos no carro, a caminho do jogo de futebol de Jenna. Durante um intervalo na programação musical, o locutor da rádio afirma que a polícia recebeu mais de mil ligações de pessoas que alegaram ter visto Owen Oliver na sexta-feira à noite.

Ainda não tenho notícias de Millicent, embora eu tenha mentido para as crianças, dizendo que ela está almoçando com as amigas. Nenhuma delas parece se importar.

Já no jogo, começo a verificar o celular com mais frequência.

Na arquibancada, alguns pais discutem as notícias, especulando sobre Owen e a carta falando da sexta-feira 13, se perguntando se tudo não passou de uma farsa. Um dos pais argumentou que talvez fosse tudo falso, mas as mulheres não estavam tão seguras assim. Quando ele riu, uma mulher perguntou qual era a graça em afirmar que alguém seria morto na sexta-feira 13.

Verifico o celular. Nada ainda.

O time de Jenna está vencendo por um gol. Faço um joinha para ela, que sorri e revira os olhos ao mesmo tempo. Ocorre-me que o joinha já não seja mais tão joia assim para a geração dela.

Então eu a vejo. Ela está um pouco depois de Jenna, perto do estacionamento, e agora vem contornando o campo. Seu cabelo ruivo está solto, balançando enquanto ela caminha. Ela veste jeans, tênis e uma camiseta com um leão, mascote da escola. Sempre se esforça para se parecer com todas as outras mães das jogadoras do time, mas ela nunca consegue. Millicent sempre se destaca.

Ao se aproximar, ela sorri. É um sorriso tão largo que chega até o fundo dos seus olhos. O alívio percorre minhas veias. Só então percebo o tamanho da minha tensão. Tolo. Sei que é bobeira duvidar de Millicent.

Estendo a mão para ela, que passa o braço em volta da minha cintura e se inclina para me beijar. Seus lábios são cálidos e seu hálito cheira a canela e café.

"Como está Jenna?", pergunta Millicent, voltando-se para o campo. Não consigo parar de olhar para minha esposa.

"Vencendo por um gol."

"Perfeito."

Ela se afasta de mim e cumprimenta alguns dos outros pais. Eles conversam sobre o jogo, sobre o dia bonito e, por fim, sobre Owen.

Quando a partida acaba, tenho que ir trabalhar. É o dia de Millicent levar as crianças para almoçar, e temos apenas um momentinho a sós no estacionamento. As crianças estão no carro, cintos de segurança afivelados e uma discussão a todo vapor. Estamos parados entre nossos carros.

"Tudo bem?"

"Perfeito", afirma ela. "Zero problema."

Seguimos caminhos separados e, enquanto dirijo para o clube, sinto-me mais do que feliz. Em júbilo, talvez. Como se estivesse flutuando.

• • •

No CLUBE, tenho uma rara aula sabatina com Kekona, nossa fofoqueira profissional de Hidden Oaks. Acho que ela marcou para hoje porque quer falar de Owen, quer especular sobre o que pode ter acontecido na noite anterior, e nossa aula confirma isso. Owen é o único assunto dela.

"Cinquenta e três mulheres. O noticiário disse que 53 mulheres foram dadas como desaparecidas desde ontem à noite." Ela balança a cabeça. O longo cabelo escuro de Kekona está preso em um coque na nuca.

"Owen não sequestrou 53 mulheres ontem à noite", digo.

"Não, não sequestrou. Talvez ele não tenha sequestrado ninguém. Mas 53 famílias acreditam que sim."

Faço que sim com a cabeça, absorvendo as palavras, tentando compreender tamanha dor. Sinto-me alheio, como se essa história não tivesse nada a ver comigo.

# VINTE E SEIS

Ficamos esperando todo mundo se dar conta do que aconteceu. Quando o noticiário começa, Millicent me oferece uma piscadela. Quando alguém menciona Owen, lanço um olhar que só ela entende. É algo só nosso, algo que nos separa de todos os outros.

Senti isso pela primeira vez depois de Holly. De novo depois de Robin, e então depois de Lindsay. Após cada mulher, Millicent e eu tivemos um momento em que éramos os únicos no mundo. A mesma sensação de quando subimos naquela árvore enorme. E é assim agora, depois de Naomi.

Millicent e eu estamos acordados, enquanto todos dormem.

Na segunda-feira, a polícia reduziu sua lista a duas mulheres. Todas as outras foram encontradas ou retornaram para casa. Ouço a notícia no rádio enquanto dirijo para o trabalho, e fico surpreso. Não fazia ideia de que levaria esse tempo todo para constatarem um desaparecimento. Quase me dá vontade de mandar outra carta para Josh, para que ele saiba que é Naomi.

Quase. Mas quanto mais tempo eles passarem tentando descobrir quem está sumida, menos tempo terão para tentar encontrá-la. A polícia sequer sabe quem procurar.

No meio do dia, recebo uma ligação da diretora da escola. Algo bem estranho, já que sempre ligam primeiro para Millicent. A diretora me explica que ela não atendeu o telefone. Em seguida, informa que houve um incidente na escola e que preciso comparecer lá neste instante. Pergunto se foi com Rory.

"É sua filha", diz ela. "O problema foi com Jenna."

Quando chego à escola, Jenna está sentada em um canto da sala da diretora. Nell Granger está na escola há uma eternidade e não mudou nada. Ela parece uma avozinha simpática capaz de apertar suas bochechas até ficarem roxas.

Jenna está encarando o chão e não olha para cima.

Nell gesticula para que eu me sente, e assim o faço. Então vejo a faca.

Lâmina de quinze centímetros, aço inoxidável. Cabo de madeira entalhada. Veio da nossa cozinha e agora está em cima da mesa da Nell.

Nell cutuca a faca com uma unha cor-de-rosa.

"Sua filha trouxe isto para a escola hoje."

"Não estou entendendo", digo. E não tenho certeza se quero entender.

"Um professor viu quando ela pegou um caderno na mochila."

Jenna está encostada na parede, de frente para nós, mas ainda de cabeça baixa. Ela não diz nada.

"Por que você trouxe isso para a escola?", pergunto.

Ela balança a cabeça. Continua calada.

Nell se levanta e faz um gesto para que eu a acompanhe. Saímos da sala e ela fecha a porta atrás de nós.

"Jenna não disse uma palavra", afirma Nell. "Eu esperava que você ou sua esposa pudessem convencê-la a nos contar por que ela trouxe uma faca."

"Eu mesmo adoraria saber."

"Então você não tem ciência de que..."

"Jenna nunca foi uma criança violenta", digo. "Ela não brinca com facas."

"E mesmo assim..." Nell não conclui a frase, e nem precisa.

Volto para a sala sozinho. A impressão é que Jenna mal mexeu um centímetro. Arrasto uma cadeira para perto dela e me sento.

"Jenna", começo.

Nada.

"Você pode me contar sobre a faca?"

Ela dá de ombros. Já é um começo.

"Você ia machucar alguém?"

"Não."

A voz dela é forte, firme, e isso me assusta.

"Certo", prossigo. "Se você não planejava machucar ninguém, por que trazer uma faca para a escola?"

Ela olha para cima. Seus olhos não parecem tão seguros quanto sua voz.

"Para me defender."

"Tem alguém fazendo *bullying* com você?"

"Não."

Preciso me esforçar para não sacudi-la pelos ombros e arrancar respostas.

"Jenna, por favor, me diga o que aconteceu. Alguém te ameaçou? Te machucou?"

"Não. Eu só queria..."

"Queria o quê?"

"Eu não queria que ele me machucasse."

"Quem?"

Ela sussurra o nome dele. "Owen."

O soco no meu estômago é chocante. Doloroso. Nunca me ocorreu que Jenna teria medo de Owen. Envolvo-a num abraço.

"Owen nunca vai te machucar. Nem em um milhão de anos. Nem em um milhão de trilhões de anos."

Ela dá uma risadinha.

"Você é um bobo."

"Eu sei. Mas não em relação a isso. Não em relação à capacidade de Owen te machucar."

Jenna se afasta e me fita com olhos já não tão arregalados. "Foi por isso que trouxe a faca. Eu não ia machucar ninguém."

"Eu sei."

Ela aguarda do lado de fora da sala enquanto converso com Nell, que assente e dá um meio-sorriso enquanto explico o temor de Jenna em relação a Owen Oliver. Reforço que ele está em todos os noticiários há umas boas semanas; o rosto dele figura em tudo o que é site, na TV e até em panfletos na frente dos supermercados. "Era inevitável que algo assim fosse acontecer", digo, apontando para a faca. "Pensando bem, isso não me surpreende nem um pouco. A imprensa não para de falar de Owen desde que ele voltou."

Nell ergue uma sobrancelha.

"Você acha que ele voltou?"

Agora parece que tenho 13 anos e estou coberto de sujeira, hematomas e com um filetezinho de sangue no canto da boca. Minha briga com Danny Turnbull foi um sucesso, pelo menos da minha perspectiva, tirando o fato de eu ter acabado na sala da diretora. Quando contei a ela que Danny havia começado a briga, ela me lançou o mesmo olhar que Nell Granger me direciona agora.

"Não sei se ele voltou", digo. "Mas obviamente minha filha acha que sim."

"É o que ela diz."

"Você tem motivos para duvidar dela? Porque eu não tenho."

Nell balança a cabeça. "Não, motivo nenhum. Jenna sempre foi boazinha." Ela não completa com um "até agora", mas nem precisa.

"Posso levá-la para casa?"

"Pode. Mas vou precisar confiscar a faca."

Não discuto.

Jenna foi liberada pelo restante do dia, então almoçamos juntos. Vamos a uma rede de restaurantes com um cardápio de dez páginas, tem de tudo, desde café da manhã gorduroso a costelas ao molho *barbecue*, o céu é o limite. Já fomos a esse restaurante umas cem vezes, e Jenna sempre pede sanduíche de queijo grelhado com tomate ou *club sandwich*. Hoje ela pediu salada com molho à parte, sem refrigerante, só água.

Quando pergunto se ela está bem, Jenna garante que sim.

Quero conversar com Millicent, contar a ela sobre nossa filha. Mas minha esposa continua sem atender o telefone.

Ela deve estar com Naomi. Talvez em algum *bunker* ou sala de concreto, como nos filmes, e é por isso que ela não atendeu o celular. Ele não toca no subsolo.

Ou talvez ela só esteja ocupada.

Mando mensagem para ela, avisando que está tudo bem, embora eu não saiba dizer se está. Após enviar o texto, ouço o som familiar da vinheta do plantão de notícias.

Perto da nossa mesa há um balcão com vários televisores, e Naomi me encara de todos eles. Nas telas gigantescas, ela parece maior do que tudo. O título da chamada diz:

Mulher local continua desaparecida

"É ela, não é?" Jenna também está olhando as telas. "Foi ela que Owen levou."

"Eles ainda não sabem ao certo", digo.

"Ela vai morrer, não é?"

Não respondo. Por dentro, estou sorrindo. Pelo menos metade de mim está.

A outra metade está preocupada com Jenna.

# VINTE E SETE

NAOMI. NAOMI DE cabelo solto, de cabelo preso, sem maquiagem e com os lábios pintados de rosa chiclete. Naomi usando uniforme de trabalho, de jeans, com um vestido de madrinha de casamento de cetim verde. Naomi está em todos os lugares: na TV, na internet e na boca do povo. Em poucas horas, seus três amigos se multiplicaram em dezenas. De repente, todo mundo conhece Naomi, e todos ficam mais do que felizes em contar aos repórteres tudo sobre sua querida amiga.

É segunda-feira à noite e estamos em casa, a TV está ligada. Millicent já chegou. Ela dá uma explicação um tanto vaga sobre sua ausência vespertina. Em troca, dou a ela uma explicação com a mesma falta de objetividade sobre o incidente de Jenna na escola. Faço com que pareça muito menos alarmante do que de fato foi.

"Basicamente, foi um grande mal-entendido", digo.

Millicent dá de ombros. "Tem certeza?"

"Tenho."

Está passando o noticiário. Jenna está obcecada, mas Rory não se anima muito quando vê que não há novas informações. Ele ordena que ela mude de canal. Ela se recusa.

Eu não imaginava como Owen Oliver afetaria nossos filhos. Holly e Robin nunca tiveram esse tipo de divulgação. Agora faz semanas que estão falando de Owen. Há o risco de Jenna nunca mais parar de falar de Naomi.

Isto faz com que meus bons sentimentos comecem a desaparecer.

Sigo para o quintal. Em um canto, tem um carvalho imenso. Em outro, o antigo brinquedo das crianças; há anos se deteriorando. Eu até havia me esquecido da presença dele ali, mas agora só consigo ver como ele está desbotado, como o plástico está rachado e talvez representando um perigo. Volto pela casa, entro na garagem e pego minha caixa de ferramentas. É importante, até crucial, que eu desmonte o brinquedo e jogue fora antes que alguém se machuque.

Os parafusos estão firmes, mesmo sendo imensos pedaços de plástico à prova de crianças. Quebro um deles com o martelo.

"O que você está fazendo?"

A voz de Millicent não me assusta. Na verdade, eu já esperava.

"O que parece que estou fazendo?"

"Parece algo que pode esperar até amanhã."

"Mas quero fazer isso agora." Não ouço o suspiro dela, mas sei que aconteceu. Ela se posta atrás de mim e me observa quebrar outro parafuso de plástico.

"Vai me vigiar a noite toda?", pergunto.

Ela volta para dentro de casa. A porta de correr é batida com força.

Menos de uma hora depois, estou suando e com uma montoeira de plástico velho. Largo o quintal com uma aparência pior do que quando comecei.

Não há ninguém na sala de estar. Ouço a movimentação no andar de cima: alguém no banheiro e outra pessoa andando pelo corredor. Sento-me em frente à TV, onde passa uma *sitcom*. A família é igual à minha, dois pais e dois filhos, mas eles são muito mais engraçados que nós. Os problemas deles não envolvem meninas de 13 anos levando facas para a escola ou filhos chantageando os pais.

Durante o intervalo comercial, começa uma prévia do noticiário, e troco de canal para outro programa, e depois outro, e fico zapeando até Millicent entrar na sala e arrancar o controle remoto da minha mão. Ela se aproxima e sussurra em meu ouvido.

"Recomponha-se. Agora." Ela joga o controle remoto do outro lado do sofá e sai da sala.

• • •

PODE ATÉ PARECER que nunca enfrento Millicent, mas não é verdade. Pode até não acontecer com frequência, mas inédito com certeza não é. Aconteceu pelo menos uma vez, e eu me lembro direitinho. Foi marcante o bastante para exigir minha interferência.

Rory tinha 6 anos, e Jenna, 5. Millicent e eu estávamos ocupados demais até para respirar. Eu tinha dois empregos: além de dar aulas particulares de tênis, também trabalhava em uma academia. Millicent se desdobrava para vender imóveis. As crianças estudavam em duas escolas diferentes — uma no jardim de infância e a outra na primeira série do fundamental —, e sempre uma delas precisava ser deixada ou buscada em algum lugar. Tínhamos dois carros, mas um deles parecia estar sempre quebrado. Mesmo assim, tínhamos comida, um teto e todas as necessidades básicas supridas. Tudo o mais era só um pé no saco.

Um dia, uma dádiva inesperada. Algo estranho e imprevisto. Houve uma ação coletiva contra um antigo empregador meu, de um emprego que tive no ensino médio, e, depois de mais de dez anos, enfim aconteceu um acordo. Acho que a turma era pequena, ou talvez os advogados fossem melhores do que a maioria, mas só sei que a minha parte foi de 10 mil dólares. Era mais do que qualquer valor que já tinha ganhado de uma só vez.

Millicent e eu nos sentamos à mesa da cozinha e ficamos encarando o cheque. As crianças estavam na cama, a casa estava silenciosa e, durante algum tempo, ficamos devaneando sobre todas as coisas que poderíamos fazer com aquela grana. Uma semana no Havaí ou um mês nas montanhas. Uma viagem à Europa. O anel de noivado que Millicent merecia. Tomamos uma taça de vinho e nossos sonhos foram ficando ainda mais ridículos. Roupas sob medida. Um *home theater*. Rodas cromadas sofisticadas para nossos dois carros velhos. Dez mil dólares não era uma fortuna, mas fingíamos que era.

"Sério agora", disse ela, virando o último gole de vinho. "As crianças. Faculdade."

"Muito prudente."

"É necessário."

Millicent tinha razão. A faculdade era cara, e economizar para isso não faria mal. Mas doía. Era doloroso para nós e nosso futuro, mas era algo que, no fim, beneficiaria a todos.

"Tenho uma ideia melhor", falei.

"Melhor do que a educação dos nossos filhos?"

"Só me ouça."

Sugeri que usássemos o dinheiro para investir em nós mesmos. Ao longo dos anos, desde que nos casamos e tivemos filhos, nossa situação financeira não havia melhorado muito. Nem nossas carreiras. Millicent estava estagnada vendendo apartamentos e casas de baixo padrão. Os corretores mais experientes monopolizavam os anúncios e as vendas dos melhores imóveis. Minhas aulas particulares eram realizadas nas quadras de tênis públicas dos parques e os clientes não eram consistentes. Propus que fizéssemos algo a respeito.

A princípio, pareceu um dos nossos sonhos ridículos. O baile de Natal no clube de campo de Hidden Oaks custava 2.500 dólares o ingresso. Mas o baile não era só mais uma festa; era um acesso a pessoas que não encontraríamos em nenhum outro lugar. Uma nova geração estava residindo em Hidden Oaks. A maioria jamais conhecera meus pais ou mesmo eu. Eram estas as pessoas que podiam pagar por aulas particulares de tênis e por casas caras. Elas bancariam a educação dos nossos filhos.

"Loucura", protestou Millicent.

"Você não está ouvindo."

"Não." Ela descartou minha ideia com um aceno.

Aquilo me fez insistir.

Brigamos por uma semana. Ela me chamou de infantil; eu disse que ela estava sendo míope. Ela me chamou de alpinista social; retruquei que ela não tinha imaginação. Ela parou de falar comigo; dormi no sofá. Mesmo assim, não desisti. Ela, por fim, cedeu.

Millicent alegou cansaço. Acho que na verdade ficou curiosa, quis conferir se eu estava certo.

Gastamos metade do dinheiro nos ingressos. Depois, compramos um vestido e sapatos para ela, um *smoking* e sapatos para mim, e ainda alugamos um carro de luxo para a noite da festa. Millicent também fez o cabelo, a maquiagem e as unhas. Quando pagamos a babá, quase não sobrou nada.

Valeu cada centavo. Seis meses depois do baile, me ofereceram o emprego de instrutor de tênis no clube. Ali Millicent conheceu seus primeiros clientes ricos e começou a crescer na carreira. Em uma única noite, pulamos uns bons cinco anos de luta para ascender. Foi como subir de nível automaticamente em um videogame.

Não somos ricos, não do jeito dos nossos clientes, mas aquela noite nos aproximou mais deles.

E até hoje, Millicent sabe que é por minha causa. Porque fui eu quem decidiu o rumo daquele dinheiro. Ela é lembrada disso todos os anos quando vamos ao baile anual. Mas, para ser sincero, não sei se ela se importa.

# VINTE E OITO

No COMEÇO, foi louvável Rory ter descoberto um meio de me chantagear. Admito. Fiquei mais irritado comigo mesmo por ter sido pego do que com ele por ter me encurralado.

Mas agora ele está começando a me tirar do sério.

Estou no quarto dele. Ele está sentado à escrivaninha. O computador está ligado e Naomi me encara da tela. Já se passaram 48 horas desde que ela foi identificada como a única mulher desaparecida nas redondezas. O rosto dela está em todos os lugares, nos noticiários e nas redes sociais.

"Por que você está vendo isto?", pergunto, apontando para o computador dele.

"Você está mudando de assunto."

Ele tem razão. Estou evitando o fato de ele ter acabado de pedir centenas de dólares para ficar de boca fechada sobre o meu caso extraconjugal inexistente. Ou sobre o meu caso de uma noite, digamos assim, só porque dormi com Petra.

"Por quanto tempo você vai continuar com isso?", pergunto.

"Por quanto tempo você vai continuar com isso? Eu vi você saindo escondido semana passada."

É impossível enxergar Rory como uma criança quando ele fala desse jeito.

Apesar do cabelo ruivo desgrenhado e das roupas largas, ele não parece um garoto de 14 anos. Parece um igual.

"Vou propor um acordo", digo. "Vou te dar o dinheiro, e aí nós dois paramos. Você nunca mais vai me ver saindo escondido."

"E se você sair?"

"Se eu sair escondido de novo, te dou o dobro."

A cara de paisagem de Rory se desfaz quando suas sobrancelhas se erguem. Ele disfarça a surpresa esfregando o queixo, fingindo pensar na oferta.

"Vou ficar de olho", comunica ele.

"Sei que vai."

Ele concorda com a cabeça, pensa, e então diz não à proposta.

"Tenho outra ideia."

Já estou balançando a cabeça para ele, irritado. Antes eu estava à beira do precipício, e agora estou praticamente dentro dele.

"Não vou te dar mais nada..."

"Eu não quero dinheiro."

"Quer o quê então?"

"Da próxima vez que você sair escondido, não vou querer dinheiro. Não vou querer nada", diz ele. "Mas vou contar para Jenna."

"Você contaria mesmo para sua irmã?"

Ele suspira. Não um daqueles suspiros de velho, tomados de cansaço e fadiga. É o suspiro de uma criança, daqueles que vêm com beicinho trêmulo.

"Para, pai", pede ele. "Para de trair a mamãe."

Agora sou eu quem está surpreso. O impacto do que ele disse se espalha pelo meu corpo, centímetro a centímetro, até formar uma imagem completa.

Ele é uma criança. A vida adulta ainda está a anos de distância, ele está longe de chegar nela. Agora ele parece mais jovem do que nunca. Mais jovem do que da primeira vez em que menti para ele, mais jovem do que da segunda e da terceira vez também. Parece mais jovem do que no dia em que o ensinei a segurar uma raquete de tênis, e mais do que no dia em que ele trocou o tênis pelo golfe. Rory parece mais jovem do que ontem. Ele ainda é só um garotinho.

A questão nunca foi dinheiro, videogames ou mesmo a chantagem.

O principal aqui é a opinião dele sobre o que estou fazendo. Ele acha que estou escapulindo para trair a mãe dele. E quer que eu pare.

Quando me dou conta disso, sinto como se tivesse levado um tiro de espingarda no estômago. Ou pelo menos o que imagino que seja levar um. É muito mais forte do que um soco. Não sei o que dizer e menos ainda como dizer.

Assinto e estendo a mão para ele.

Ele a aperta e selamos nosso acordo.

Escondo toda essa história de Millicent, como sempre. Não revelo nem que Rory anda lendo sobre Naomi na internet. Até porque as crianças veem tudo mesmo. Está em todo lugar.

Josh ainda está cobrindo a história, e passa o dia inteiro na TV, nos plantões fora de hora e nos jornais noturnos. Ele ainda mantém o aspecto muito jovem e zeloso, mas agora parece cansado e carece de um corte de cabelo.

Nos últimos dois dias, ele tem circulado com a polícia enquanto eles verificam áreas de descanso em postos de gasolina. Era assim que Owen mantinha suas vítimas, em um posto abandonado, em que ele fez uma escavação no prédio e o transformou em um *bunker*. A polícia tem revistado todos eles, assim como qualquer tipo de *bunker* mapeável. Não encontraram nada até agora.

Esta noite, Josh está em uma estrada vazia. Atrás dele, uma frota de viaturas. Ele usa japona e boné de beisebol, o que o faz parecer mais pueril ainda, e diz que estão verificando outro possível cativeiro. Eles têm procurado cada vez mais longe, até mesmo bem a leste, perto do parque estadual Goethe.

É porque Naomi ainda está viva.

Josh não diz isso. A polícia também não. Mas todos sabem que, se Owen ainda estiver vivo, então Naomi também estará. Ele sempre mantém as vítimas vivas e faz coisas horríveis com elas. Coisas que não podem ser mencionadas na TV. Coisas nas quais não quero pensar, pois Millicent está fazendo todas elas neste momento.

Ou pelo menos assim presumo. Presumo que Naomi ainda esteja viva, embora eu não tenha perguntado e não faça ideia de onde Millicent a está mantendo. As buscas da polícia me fazem refletir sobre isso.

Na manhã seguinte, enquanto estou dando ré para sair da garagem, Millicent sai da casa. Ela ergue a mão, me pedindo para esperar. Fico observando-a vir da porta até o carro. Ela usa calça justa e blusa branca de bolinhas minúsculas.

Ela se abaixa junto à janela do carro. Seu rosto está tão perto do meu que consigo ver as ruguinhas nos cantos dos seus olhos — não rugas profundas, mas já bem adiantadas. Quando ela coloca a mão na beirada da porta, vejo arranhões em seu antebraço. Como se ela tivesse brincado com um gato.

Ela nota o fluxo do meu olhar e puxa a manga. Meus olhos se voltam para os dela. Sob o sol matinal, eles quase parecem como de costume.

"O quê?", pergunto.

Ela enfia a mão no bolso e saca um envelope branco.

"Imaginei que seria útil."

O envelope está lacrado.

"O que é isto?"

Ela pisca. "Para sua próxima carta."

Essa pequena coisa me anima. Eu não escrevo cartas, mas Owen as escreve.

"Vai convencê-los", afirma Millicent.

"Você é quem manda."

Ela pousa a mão na minha bochecha e a acaricia com o polegar. Fico achando que ela vai me beijar, mas não o faz, não aqui na entrada da garagem, onde qualquer vizinho poderia nos ver. Em vez disso, ela volta para dentro de casa com a mesma naturalidade com que saiu, como se tivesse acabado de me lembrar de comprar leite de amêndoas no caminho para casa.

Deslizo o dedo sob a aba do envelope e abro o canto.

Dentro dele, uma mecha do cabelo de Naomi.

E.L.A.S® SAMANTHA DOWNLING MINHA ADORÁVEL ESPOSA

# VINTE E NOVE

Apesar do que Millicent disse, fico elucubrando sobre a mecha de cabelo de Naomi. Pergunto-me se isso vai melhorar ou piorar as coisas. Embora Jenna não esteja mais circulando por aí com uma faca, até onde sei, ela anda comendo bem pouco. Mal belisca a comida, e a gira pelo prato. Ela também tem ficado lacônica no jantar. Não ouvimos nenhum detalhe sobre seus treinos de futebol ou seus dias na escola.

Não estou gostando disso. Quero minha Jenna de volta, aquela menina que sorri para mim, que pede alguma coisa só para eu poder dizer sim. A única coisa que ela pede agora é que lhe deem licença para se levantar da mesa.

Se eu mandar uma carta para Josh, confirmando que Naomi é a vítima de Owen, a busca só se intensificará. A polícia irá vasculhar todos os prédios num raio de oitenta quilômetros para encontrá-la, e a imprensa vai cobrir cada segundo.

Mas talvez não enviar a carta seja pior. Talvez seja mais difícil deixar todos se perguntando se Owen está mesmo com Naomi, quem sabe, para sempre. Assim, Jenna vai entender que as pessoas podem simplesmente desaparecer e jamais ser encontradas. É a verdade, mas talvez ela não devesse tomar conhecimento de uma coisa dessas. Ainda não, pelo menos.

Mais uma vez, Millicent está certa. A mecha de cabelo é útil.

Faço vários rascunhos da carta. O primeiro é muito elaborado; o segundo, muito longo. O terceiro se resume a um parágrafo. Então percebo que Owen não precisa dizer nada.

O cabelo já dirá o suficiente.

Eles vão fazer um teste de DNA e descobrir que é de Naomi. Só preciso embrulhá-lo em um pedaço de papel e assinar embaixo:

— Owen

O toque final é a colônia barata.

Coloco a mecha de cabelo na carta. Cinquenta fios, cem — sei lá quantos, mas eles têm alguns centímetros. Em uma ponta, o cabelo está desfiado, com pequenas diferenças de comprimento. A outra foi cortada tão reta que quase consigo ouvir o som do corte limpo.

Não me permito pensar mais. Não quero imaginar a expressão de Naomi ao ver a tesoura, nem o alívio dela ao perceber que apenas o cabelo foi cortado.

Em vez disso, dobro o papel em torno da mecha, coloco-a em um novo envelope e uso uma esponja para selar a aba. Só tiro as luvas após enfiar a carta na caixa de coleta do correio.

Assim que a coloco lá, sinto uma onda de adrenalina.

O TRABALHO DEVERIA SER uma válvula de escape, mas não é. Todos estão falando de Naomi, de Owen, especulando onde ela poderia estar presa e se algum dia será encontrada. Kekona está no clube; ela não tem aula comigo hoje, mas, mesmo assim, é onipresente, fofocando com um grupo de mulheres, todas com idade para serem mães de Naomi. Os homens sentados junto ao balcão do bar olham para a tela, para a bela mulher desaparecida que gostariam de ter conhecido. Ninguém menciona as atividades de Naomi no hotel Lancaster. Ela se tornou a filha, a irmã, a vizinha de todos.

É assustador como isso aconteceu rápido.

Com as outras não foi assim, em especial com Holly. Ninguém nunca a procurou, pois nunca foi dada como desaparecida.

Millicent e eu tomamos essa decisão juntos. Nunca conversamos a respeito depois que Holly se foi; nunca me ocorreu. Eu estava ocupado demais tentando não ser pego para me perguntar o que viria depois.

Alguns dias depois, a mãe de Millicent ligou. O Alzheimer dela ainda não havia avançado a ponto de ela se esquecer quantas filhas tinha. Nunca contamos a ela que Holly recebera alta, mas ela ficou sabendo mesmo assim. E então ligou para o hospital.

Naquela noite, tivemos nossa primeira *noite só nossa*. Era a primeiríssima de todas. Costumávamos zombar daquele termo, até que um dia ele ganhou utilidade.

Quando contei a Millicent que sua mãe havia ligado, a expressão dela não mudou. Havíamos acabado de jantar, as crianças estavam assistindo à TV, e nós dois ainda estávamos à mesa. Hambúrgueres vegetarianos recheados com tomates e queijo orgânico, batata-doce frita e salada. Eu ainda estava beliscando as batatas, mergulhando-as na pseudomaionese picante.

"Imaginei que isso fosse acontecer", comentou ela.

Olhei para trás, certificando-me de que as crianças não estavam por perto. Naquela época, me assustava até com a minha sombra. Eu não estava acostumado a infringir a lei, muito menos a matar alguém, então qualquer som significava que estávamos sendo flagrados. A cada dia que passava, eu tinha a sensação de envelhecer um ano.

"Não deveríamos falar disso aqui", censurei.

"Claro. Mais tarde, quando as crianças estiverem dormindo."

Até aquilo me deixou tenso. "É melhor a gente ir lá fora. Ou para a garagem. Podemos nos sentar no carro ou algo assim."

"Perfeito. Uma noite só nossa."

E assim tivemos uma noite só nossa, depois que Rory, aos 11 anos, e Jenna, aos 10, já estavam dormindo. Millicent deixou a porta da casa entreaberta, caso eles precisassem de nós.

Eu presumia que fôssemos dizer à mãe dela que não tínhamos visto Holly. Estava enganado.

"Não podemos dizer a ela que Holly está sumida", disse Millicent. "Eles vão procurá-la."

"Mas ela não vai encontrar..."

"Não, não vai. Mas continuará procurando até o dia que esquecer essa história."

"Então a gente vai mentir para a sua mãe? Vamos falar para ela que Holly está aqui e que está bem?"

Millicent balançou a cabeça. Encarava o painel, perdida em pensamentos. Por fim, disse: "Não há outra maneira".

Esperei, com medo de soar idiota de novo.

Quando Millicent disse que queria fingir que Holly ainda estava viva, lembro-me de ter pensado que não daria certo. Depois de tudo o que havíamos feito, depois da nossa impunidade, aquele era o fator que iria nos arruinar. Não tínhamos pensado direito no assunto. Nunca sequer o discutimos.

"Não vai dar certo", argumentei. "Em algum momento, sua mãe vai querer falar com ela, vê-la. Eles vão vir para cá ou tentar entrar em contato com ela..." Continuei divagando, listando todos os motivos pelos quais aquele plano não tinha como dar certo. Não podíamos alegar ser as únicas pessoas a ver ou falar com Holly.

"Acho que Holly quer ir embora", disse Millicent. "Provavelmente por minha causa, porque eu a faço lembrar do que ela fez e do motivo pelo qual foi internada."

Comecei a entender. "Se fosse eu, e se quisesse um recomeço, poderia até mesmo ir embora do país."

"Eu definitivamente iria embora do país", afirmou ela.

"Você pode mandar um e-mail para sua mãe?"

"Uma carta. Uma bem longa, avisando a ela que estou bem e que só preciso de um tempo para me ajeitar."

Ela enviou a carta quase uma semana após a morte de Holly. Nela, Holly dizia que iria para a Europa para se curar, para se encontrar, para trilhar seu caminho no mundo, mas que entraria em contato com ela com frequência. A mãe delas respondeu, dizendo que entendia. Holly até incluiu uma foto. Veio do meu celular, quando a fotografei em frente à escola das crianças. A carta completou sua missão quando Abby a mostrou a Millicent durante uma visita.

Quando minha sogra faleceu, ela não se lembrava mais de nenhuma das filhas.

E.L.A.S® SAMANTHA DOWNLING MINHA ADORÁVEL ESPOSA

# TRINTA

VEJO A REPORTAGEM pela primeira vez no meu celular, enquanto estou sentado no carro, em frente a uma cafeteria. Estou no trajeto entre casa e trabalho, voltando para o clube após deixar as crianças na escola, e parei para tomar um café. O alerta com a notícia de última hora dispara no celular.

Owen volta a fazer contato

No vídeo, Josh fala sobre a carta mais recente de Owen. Pela primeira vez em muito tempo, não parece extenuado. Ele está em frente à delegacia. Suas bochechas estão coradas e seus olhos, arregalados de empolgação, não de cafeína. Depois de passar uma semana vendo a polícia revistar postos de gasolina vazios e galpões abandonados, ele parece um novo homem.

Uma imagem da carta pisca na tela. O nome de Owen está bem visível.

*"Esta carta não foi a única coisa que recebi do homem que afirma ser Owen Oliver Riley. Dentro deste pedaço de papel havia uma mecha de cabelo. Não sabemos a quem pertence. Nem se pertence a um homem ou a uma mulher. O teste de DNA está em andamento, mas assim que tivermos mais informações, serão divulgadas em primeira mão."*

Josh apresenta uma jovem que alega ser amiga de Naomi, muito embora, mais uma vez, ele ressalte não sabermos o que aconteceu com a mulher. A amiga não me parece familiar; não me lembro de tê-la visto com Naomi, fosse na vida real ou on-line. Essa mulher tem uma voz anasalada que me irrita, e a sensação é de que estou trancado no meu carro com ela. Ela afirma que Naomi é "meiga, mas não bobinha, uma ótima amiga. Também é independente e inteligente, mas não uma sabichona", e eu não faço ideia do que isso significa.

Ela sai de cena. A câmera foca em Josh e depois abre. Tem um homem parado ao lado dele. É um sujeito grandalhão, que usa um bigode que o faz parecer uma morsa. Josh explica que ele é assistente da gerência no hotel Lancaster e que trabalhou com Naomi. Josh não pede que ele a descreva em uma palavra, mas ele o faz mesmo assim.

*"Se eu tivesse de descrever Naomi em uma palavra, seria 'gentil'. Ela era gentil com todos, todos os hóspedes e todos os colegas de trabalho. Sempre disposta a ajudar. Se um hóspede precisasse de algo no quarto e o pessoal do serviço de quarto estivesse atribulado, ela se voluntariava. Se alguém estivesse doente, ela substituía. Nunca pedia nada. Pelo menos não de mim. Não posso falar por todos."*

Uma batida na janela do meu carro me faz pular de susto.

Trista.

Eu a vejo, e vejo o reflexo dela no vidro. Da última vez que a encontrei, ela estava sob o efeito de drogas, quase comatosa. Conforme prometido, nunca contei nada para Andy. Trista está sorrindo, gesticulando para que eu abaixe o vidro. Quando o faço, ela se inclina para me dar um beijo na bochecha. O batom da cor de damasco dela está grudento.

"Bem, oi", digo.

Ela ri. O gesto a faz parecer mais jovial, assim como sua viseira com estampa de margaridas.

"Desculpe. Estou de bom humor."

"Estou vendo." Saio do carro e a encaro. Os olhos de Trista estão límpidos, suas pupilas, nem muito grandes nem muito pequenas. Sua pele tem um leve tom corado, como se ela tivesse passado o dia anterior na praia. "Você está ótima."

"Estou ótima."

O alívio me atinge, me fazendo perceber o quanto vinha me estressando por causa dela.

"Fico tão feliz por saber disso. Estava preocupado com você."

"Eu deixei o Andy", revela.

"Deixou onde?" Olho para além dela, me perguntando se ele está na cafeteria. Sério.

"Não, quero dizer que não estamos mais juntos."

Não consigo esconder meu choque. Andy e Trista se casaram pouco depois de Millicent e eu. Nós fomos ao casamento deles. Nenhum dos dois jamais insinuou problemas, nem para mim nem para Millicent. Ela certamente teria dito alguma coisa.

"Ele não te contou?", pergunta Trista.

"Não."

"Bem, estou contando então. Eu o larguei."

Quero dizer a ela que lamento muito pelo fim do casamento, pois lamento mesmo. Porque eles são meus amigos. Mas ela parece tão feliz que não digo nada.

Trista revira os olhos.

"Tudo bem. Não precisa dizer nada. Mas sabe de uma coisa? Eu nunca o amei de verdade. Não do jeito que você ama Millicent." Ela sorri, nem um pouco constrangida. "É verdade. Eu me casei com Andy porque ele preenchia todos os requisitos de um bom marido. Parece horrível, não é? Pode falar. Eu sou horrível."

"Eu nunca disse que você era horrível."

"Mas está pensando. E espero que pense... Você é amigo do Andy."

"Eu também sou seu amigo."

Ela dá de ombros.

"Vou ter que parar as aulas. Sinto muito, mas não posso ir ao clube com o Andy lá."

"Eu entendo."

"Você me ajudou muito, sabia?", diz ela. "Aquele dia em que conversamos ajudou a resolver tudo."

A conversa também me ajudou. Graças a Trista, agora eu sabia coisas de Owen que de outro modo jamais saberia, e consegui escrever uma carta convincente para Josh. Mas é claro que não é a isto que ela está se referindo.

"Eu não fiz nada", digo. Talvez para me convencer de que não acabei com o casamento do meu amigo.

"Se você não tivesse me dado atenção, nunca teria falado tanto sobre Owen. Ninguém quer ouvir aquela ladainha. Só querem transformá-lo num monstro."

"E ele não é?"

Ela pensa enquanto chupa o canudo da bebida que tem na mão.

"Sim. E não. Lembra-se de que eu lhe disse que o sexo com o Owen era bom? Não ótimo, mas bom?"

Concordo com a cabeça.

"Mentira. Era ótimo. Fantástico, na verdade. Owen era, ele era..." Sua voz esmorece. Ela encara o estacionamento em frente à cafeteria, perdida em uma lembrança que não consigo decifrar. É estranho ficar ali olhando para ela, mas seria ainda mais se falasse alguma coisa, então não falo.

"Eu o amava", conclui ela.

"Owen?"

Ela assente, e depois balança a cabeça.

"Isso soou péssimo, né? Não quero dizer que vou fugir e ficar com ele nem nada assim. Até porque nem sei onde encontrá-lo. Meu Deus, isso soou pior ainda." Ela levanta as mãos, desistindo da explicação. "Desculpe. Isso é estranho."

"Não, é..." Não consigo pensar em outra palavra.

"Estranho."

Dou de ombros. "Ok, é estranho." E horrível.

"Que péssimo amar um monstro, não?"

"Você não sabia quando se apaixonou por ele, sabia?"

"Não."

"E você não se apaixonou por ele *porque* ele era um monstro, não é?"

Agora ela dá de ombros. Sorri. "Como eu poderia saber?"

Não tenho resposta.

E.L.A.S® SAMANTHA DOWNLING MINHA ADORÁVEL ESPOSA

# TRINTA E UM

UMA IGREJA CHAMADA Comunhão da Esperança se tornou o ponto de encontro para qualquer pessoa que queira falar de Naomi, orar por ela ou acender uma vela. Tudo começou com seus amigos e colegas de trabalho, talvez com aquele cara com fuça de morsa ou com a garota anasalada, e agora se expandiu para a comunidade em geral.

Não entrei nessa tal igreja, mas passei por lá a caminho de casa depois do trabalho e vi muitas pessoas entrando e saindo. Algumas passam um tempo lá; outras, apenas alguns minutos. Reconheço algumas figuras do clube e aposto que nenhuma delas conhecia Naomi. Esse tipo de gente não se mistura com uma recepcionista de hotel.

A notícia chega a Millicent, talvez por meio de um de seus clientes, e ela conclui que nossa família deve ir à dita igreja na sexta-feira.

Naquela noite, estamos todos com pressa. Chego tarde das aulas e entro no chuveiro. Rory foi à casa de um amigo depois da escola, mas perdeu a hora, e Millicent foi buscá-lo. Jenna está se arrumando no quarto. Não temos tempo para jantar em casa, então vamos sair depois da nossa ida à igreja. Millicent nos consulta, perguntando a qual restaurante iremos. Rory quer comida italiana, Millicent quer comida mexicana, e eu não dou a mínima.

Quando vou pegar o carro na garagem, chamo Jenna.

"Anda logo", digo. Jenna sempre me diz que pareço um pai quando a apresso para sair.

Mas hoje ela não diz nada.

"Jenna?"

Quando ela não atende pela segunda vez, subo as escadas e bato na porta dela. Ela tem um quadrinho branco na porta. É decorado com fitas coloridas da cor do arco-íris, e as palavras *Proibido Rory* estão escritas com sua caligrafia espalhafatosa.

Lá embaixo, a porta da garagem se abre e Millicent chama.

"Prontos?"

"Quase", digo e bato na porta de Jenna outra vez.

Ela não responde.

"O que está acontecendo?", pergunta Millicent.

A porta está destrancada. Abro-a alguns centímetros.

"Jenna? Você está bem?"

"Sim." Um som baixinho. Vem do banheiro.

Em nossa casa, ninguém tem um quarto simples. Todos temos suítes. Quatro quartos, quatro banheiros e um lavabo — assim são todas as casas de Hidden Oaks.

"Anda logo!", grita Rory.

Agora Millicent está subindo as escadas.

Atravesso o quarto de Jenna, passando pelos brinquedos de infância e pelas roupas, sapatos e maquiagem de uma adolescente em pleno florescimento. A porta do banheiro está aberta. Assim que espio lá dentro, Millicent também aparece no corredor em frente ao quarto da filha.

"O que está acontecendo?", indaga ela.

Jenna está de pé no chão de ladrilhos brancos, os pés cercados por mechas de cabelo escuro. Ela me encara, seus olhos parecem maiores do que nunca. Jenna cortou todo o cabelo. Bem rente ao couro cabeludo, com não mais do que uns dois centímetros de comprimento.

Às minhas costas, Millicent arqueja. Ela passa correndo por mim, em direção a Jenna, e segura sua cabeça.

"O que você fez?", questiona.

Jenna me encara, impassível. Não digo nada, embora saiba a resposta. Sei o que Jenna fez. A constatação me faz congelar; meu corpo se enraíza no tapete cor de caqui no piso do quarto da minha filha.

"Mas o que..." Rory chega no quarto, encara a irmã, os cabelos no chão do banheiro.

Jenna se vira para mim e diz: "Agora ele vai me dar sossego, né?".

"Jesus", exclama Rory.

Jesus não.

Owen.

NÃO VAMOS À igreja. Não saímos de casa.

"Um médico", diz Millicent. "Nossa filha precisa de um médico."

"Eu conheço um médico", digo. "Ele é meu aluno."

"Ligue para ele. Não, espere. Talvez não seja uma boa recorrermos a um de seus alunos. Talvez não seja bom eles tomarem conhecimento disso, certo?"

"Disso o quê?"

"Que nossa filha precisa de ajuda."

Nós nos entreolhamos, sem saber o que fazer. Surreal é uma palavra que sequer começa a descrever a situação.

Eis um problema inédito. Naqueles livros sobre criação de filhos, sempre há respostas para tudo. Millicent tem todas elas. Fisicamente doente, leve ao médico. Passando mal, bote na cama. Fingindo um mal-estar, mande para a escola. Problema com outra criança, ligue para os pais dela. Fazendo birra, dê um tempinho para a criança se acalmar.

Mas não para este problema. Os livros não dizem o que fazer quando seu filho sente medo de um serial killer. Ainda mais quando se trata de um como este.

Estamos no nosso quarto, falando baixo. Jenna está lá embaixo, no sofá, assistindo à TV com um boné de beisebol na cabeça. Rory está com ela. Dissemos a ele para não perder a irmã de vista. E para não fazer piadas. Pela primeira vez, ele obedece.

Millicent resolve ligar para o nosso médico de família. O dr. Barrow não é nosso cliente. Ele é só um clínico geral que consultamos há anos. Ele trata nossas dores de garganta e de barriga, verifica se há ossos quebrados e concussões, mas não creio que possa ser útil nesta situação. Ele é um homem muito mais velho, que pode ou não dar bola para as questões de saúde mental.

"Está tarde", digo a Millicent. "Ele não vai atender."

"Ele vai receber o recado. Todo médico é acessível o tempo todo."

"Talvez a gente devesse..."

"Vou ligar", declara ela. "Temos que fazer alguma coisa."

"Sim. Acho que sim."

Millicent me lança um olhar enquanto pega o telefone. É raro eu não decifrar o olhar dela, mas desta vez não consigo. Se eu tivesse de adivinhar, diria que tem um pouco de pânico ali.

Desço para ver como Jenna está. Ela e Rory ainda estão no sofá, assistindo à TV enquanto comem sanduíches com batatas fritas no meio do pão. Jenna olha para mim. Sorrio para ela, tentando transmitir que está tudo bem, que ela está bem, que o mundo está bem e que ninguém vai machucá-la. Ela desvia o olhar e dá outra mordida no sanduíche.

Não consegui transmitir nada.

De volta ao andar de cima, Millicent está ao telefone. Sua voz está tranquila demais, serena demais enquanto explica a uma secretária eletrônica que, sim, é uma emergência e que, sim, ela precisa falar com o dr. Barrow hoje à noite ainda. Ela desliga, aguarda cinco minutos e tenta de novo.

O dr. Barrow enfim retorna a ligação. Millicent fala de forma apressada enquanto explica o ocorrido, relatando o que nossa filha fez. Suas palavras mal acompanham seu raciocínio.

Isto é uma crise grave para ela, para nós, para nossa família. E eu meio que sou um intermediário nisto.

Jenna é a crise.

Millicent é a pessoa que está resolvendo.

Rory não se mete. Está fora da linha de tiro.

Eu sou aquele que sobe e desce as escadas correndo, verificando todos e não decidindo nada. Cá estou eu sendo medíocre de novo.

E.L.A.S® SAMANTHA DOWNLING MINHA ADORÁVEL ESPOSA

# TRINTA E DOIS

O dr. Barrow recomenda um psicólogo infantil, que concorda em nos encontrar no sábado pelo dobro do preço habitual. Tudo no consultório dele é bege, do carpete ao teto; é como se estivéssemos em uma tigela de mingau de aveia.

O psicólogo é especialista nesse tipo de situação, porque é um problema real e genuíno, e ele diz que Jenna não se sente segura. Ele suspeita que ela esteja enfrentando algum tipo de transtorno de ansiedade induzido pela imprensa, embora o nome do distúrbio seja irrelevante. Assim como os motivos por trás desse comportamento, que, no fim das contas, não importam, já que não fazem sentido. A razão não tem lugar aqui.

"Mesmo que vocês expliquem para Jenna que ela está segura, a ponto de ela ser capaz de repetir esse comando dormindo, não fará diferença."

Millicent senta-se em frente ao psicólogo, o mais perto possível. Ela passou a noite no quarto de Jenna, mal dormiu e está um caco. Eu estou mais ou menos igual a ela. Jenna dormiu bem ontem à noite. O corte de cabelo parece ter lhe trazido paz. Quando tento dizer isto ao médico, ele ergue a mão.

"Falsa."

"Falsa", repito. Tento imitar o tom dele, mas a arrogância é demais.

"É provável que a paz seja temporária, até alguma outra notícia deixá-la nervosa outra vez", afirma ele, que passou a última hora com Jenna, parte da sessão de emergência da manhã de sábado organizada pelo dr. Barrow. Nós somos a segunda parte.

"O que devemos fazer?", pergunta Millicent.

Ele tem algumas ideias para fazer Jenna sentir-se mais segura. Primeiro, visitas ao consultório dele duas vezes por semana. Custam 200 dólares cada, não aceitam plano de saúde, somente dinheiro ou cartão de débito. Segundo, cumprirmos todas as nossas promessas. Nunca decepcionar Jenna. Nunca permitir que ela acredite que faltaremos para com ela.

"Mas nós nunca a decepcionamos", digo. "Nós sempre..."

"Sempre?", provoca ele.

"Pelo menos 90% das vezes", corrige Millicent. "Talvez 95."

"Façam com que seja 100."

Millicent concorda, como se pudesse resolver o problema com uma varinha mágica.

"Por último, mas não menos importante", prossegue ele. "Não deixem que ela veja qualquer coisa na imprensa... desse serial killer, de todas as histórias sobre a vítima dele. Sei que estou pedindo o impossível, ainda mais nos dias de hoje, mas tentem fazer isso ao máximo. Não assistam ao noticiário em casa. Não falem sobre o tal Owen, ou qualquer coisa ligada a ele. Tentem agir como se ele não tivesse nada a ver com a sua família."

"Mas ele não tem mesmo", digo.

"Claro que não."

Assinamos um cheque gordo para o psicólogo e saímos. Jenna está na sala de espera. A TV na parede passa desenhos animados. Ela está olhando o celular.

Millicent franze a testa.

Sorrio e tento minha melhor postura. "Quem quer café da manhã?"

O FIM DE SEMANA segue com uma enxurrada de pequenas reuniões: com a família toda, com Jenna sozinha, com Rory sozinho, com as duas crianças juntas, e apenas com Millicent. Tantas reuniões com Millicent. No domingo à noite, temos regras novas, e todas elas giram em torno de extirpar as notícias de nossas vidas. Todos os noticiários estão proibidos, assim como os jornais. Vamos assistir a filmes no *streaming* e evitar a TV aberta o máximo possível. Nada de rádio também. Tudo isso é fácil se comparado à internet. As crianças usam para estudar, para se divertir, para se comunicar.

Millicent tenta mesmo assim, a começar pela senha do wi-fi. Ninguém vai conseguir se conectar, a menos que ela mesma faça o *login*.

Motim.

"Então não tenho como morar aqui." Rory se arrisca com sua declaração inicial.

Jenna acena, concordando com o irmão. O que é muito raro.

Compactuo com as crianças. Millicent está propondo algo impraticável, inviável. Absurdo.

Mas não digo nada.

Rory olha de mim para a mãe, pressentindo minha fraqueza. Ele lista todos os motivos pelos quais essa ideia da senha não dará certo, frisando as longas horas que Millicent passa no trabalho.

Jenna enfim se manifesta. "Vou reprovar em inglês."

Isso basta.

Jenna tem tido dificuldade no inglês este ano. Ela também tem se esforçado em dobro para permanecer no quadro de honra da escola, e a ideia de vê-la caindo no *ranking* muda a opinião de Millicent, que por fim diminui as regras da lista.

Ferramentas de controle parental, laptops só na sala de estar, nenhum aplicativo de notícias nos celulares. Mais psicológico do que prático, mas todos nós entendemos. Não tenho ideia se Jenna vai seguir as novas regras.

Um cabeleireiro tenta salvar o que sobrou do cabelo de Jenna. Agora que está uniforme, até que está bonitinho — só está diferente. Millicent compra todos os tipos de chapéus e bonés, para o caso de Jenna querer se cobrir. Ela os dispõe sobre a mesa de jantar, e Jenna segue por toda a fileira, experimentando-os um a um. No final, ela dá de ombros.

"São bonitos", diz.

"Algum favorito?", pergunta Millicent.

Jenna dá de ombros de novo. "Não sei se preciso de um chapéu."

Os ombros de Millicent murcham um pouco. Ela está mais preocupada com o cabelo de Jenna do que a própria Jenna.

"Certo", diz ela, pegando os chapéus. "Vou deixá-los no seu quarto."

Antes de dormir, verifico Rory. Ele está na cama lendo uma revista em quadrinhos. Ele a enfia debaixo do travesseiro, e eu finjo não ver.

"O quê?", pergunta ele. Irritação para todo lado.

Sento-me à escrivaninha dele. Livros, cadernos, carregadores vazios. Um pacote de batatas fritas cheio e um desenho de algo que parece meio monstro, meio herói.

"Não é justo, eu sei", digo. "Nada disso é culpa sua, mas você tem de conviver com isso de todo modo."

"Aceitar pelo bem do time. Saquei."

"O que você acha?", pergunto.

"Sobre o quê?"

"Sua irmã."

Ele começa a dizer alguma coisa. Percebo pelos olhos verdes que ele vai bancar o espertinho.

Mas daí ele se cala. Faz uma pausa. "Não sei", diz. "Ela anda meio obcecada com esse troço."

"Com Owen."

"É. Tipo, mais obcecada do que o normal. Você sabe como ela fica."

Ele está se referindo ao hiperfoco de Jenna em todos os assuntos, seja futebol, fitinhas coloridas ou pôneis. Rory chama de obsessão porque ele nunca experimentou o sentimento e não sabe como é.

"Como ela está indo na escola?", questiono ele.

"Bem, até onde sei. Ainda popular."

"Você pode me avisar se alguma coisa mudar?"

Ele pensa, talvez cogitando pedir algo em troca.

"Tá", diz por fim.

"E não seja tão babaca com ela."

"Mas essa é a minha função. Sou irmão dela." Rory sorri.

"Eu sei. Só não seja tão bom nisso."

• • •

No domingo à noite, Millicent e eu enfim ficamos a sós. Estou exausto. Preocupado. Temo pela próxima reportagem sobre Owen, Naomi ou Lindsay.

Naomi. Pela primeira vez em dois dias, me ocorre que Millicent não saiu do nosso lado. Ela esteve o tempo todo com Jenna, comigo, conosco, desde sexta-feira à noite. Isso me faz questionar onde Naomi está, se ainda está viva. Ela precisa de água. Não sobreviveria por muito tempo sem se hidratar.

Procuro evitar pensar sobre o paradeiro de Naomi, sobre o cativeiro dela, sobre o ambiente que a cerca. Tenho me obrigado a não pensar nisso. Mesmo assim, as imagens vêm. Aquelas das quais ouvi falar, do tal *bunker* subterrâneo ou porão, do quarto com isolamento acústico em uma casa normal. Amarras — penso nelas também. Correntes e algemas, feitas de aço para que não sejam quebradas.

Mas talvez não esteja sendo assim. Quem sabe ela esteja só trancada em um quarto e livre para circular pelo cômodo. Ou um quarto normal, com uma cama, uma cômoda, um banheiro, talvez uma geladeira. Confortável e limpo. Não uma câmara de horrores ou de tortura, ou qualquer coisa do tipo. Talvez ela até tenha uma TV.

Ou não.

Viro-me para Millicent, sentada na cama, olhando o tablet, pesquisando sobre crianças e seus temores ante as coisas que veem na TV.

Mais uma vez, penso em questioná-la sobre Naomi. Quero saber onde e como Millicent a está mantendo, mas tenho medo do que posso fazer com essa informação.

Acho que não conseguiria me controlar.

Se eu souber onde ela está, irei vê-la. Vou ter que ir. E se for o pior cenário possível? E se ela estiver acorrentada a um aquecedor em algum porão, coberta de sujeira e sangrando devido à tortura? Não sei bem o que eu faria se me deparasse com uma cena dessas.

Se a mataria. Se a soltaria.

Sendo assim, não pergunto.

# TRINTA E TRÊS

O RETORNO DE Owen cumpriu seu propósito. Ninguém mais duvida que tenha sido ele quem sequestrou e matou Lindsay, e que agora foi responsável pelo desaparecimento de Naomi. Chegou a hora de ele desaparecer. E o único jeito é cessando as notícias: chega de cartas. Chega de mechas de cabelo. Chega de mulheres desaparecidas. Chega de cadáveres.

Precisamos de uma saída estratégica. Jenna precisa disso.

No clube, ainda estão falando de Owen. Eu me recuso a participar. Saio da sede, afasto-me das fofocas, até mesmo de Kekona. Ainda temos duas aulas semanais, mas ela tem vindo ao clube todos os dias. Passo o dia inteiro na quadra, seja na ativa com um aluno ou à espera do próximo. Depois das últimas semanas, e do último fim de semana, o dia está quase normal, normal até demais. Faz-se necessária uma disrupção.

Tenho uma aula com um casal que mora em Hidden Oaks desde o início dos tempos. Eles são lentos, mas o fato de conseguirem se movimentar já é alguma coisa.

Quando terminamos, nós três vamos juntos até a cafeteria. Quero tomar um café e dar uma olhada na minha agenda da semana. O caminho mais curto é pela sede do clube, onde encontro Andy.

Não o vejo desde antes de Trista largá-lo. Naquela época, ele estava como sempre: barrigudo, cabelo ralo, pele corada de tanto vinho.

Agora, ele está todo ferrado. Recostado no balcão, usando uma calça de moletom que parece ter cem anos. Sua camisa de algodão de Hidden Oaks está novinha em folha, ainda com marcas das dobras, como se tivesse acabado de comprá-la na lojinha e vestido logo depois. Ele está barbeado, mas o cabelo está todo despenteado. A bebida em sua mão é marrom e pura — sem misturas, sem gelo.

Aproximo-me, porque ele é meu amigo. Ou era, até eu começar a esconder coisas dele.

"Ei", cumprimento.

Ele se vira para mim, mas não parece feliz. "Ora, se não é o profissional. O profissional do tênis, quero dizer. A menos que você seja algum outro tipo de profissional."

"E aí, como estão as coisas?"

"Ah, acho que você sabe como estão."

Balanço a cabeça. Dou de ombros. Ajo como se não tivesse ideia do que está rolando. "Você está bem?"

"Não, na verdade não. Mas talvez você devesse perguntar à minha esposa. Você a conhece bem, né?"

Antes que ele tenha a oportunidade de dizer mais alguma coisa, eu o seguro pelo braço. "Vamos tomar um ar", digo.

Felizmente, ele não protesta. E não diz nada passível de me causar problemas no trabalho.

Atravessamos o clube e saímos pela portaria principal. Paramos junto a uma passarela em arco, onde a hera sobe, contorna e desce pelo outro lado. De um lado, a loja do clube. Do outro, o estacionamento.

Paro e encaro Andy. "Olha, eu não sei..."

"Você está dormindo com a minha esposa?"

"Jesus. Não."

Ele me encara, hesitante.

"Andy, eu jamais dormiria com a sua esposa. Nunca."

Seus ombros esmorecem um pouco conforme a raiva o abandona. Ele acredita em mim. "Mas ela está apaixonada por outra pessoa."

"Não sou eu." Não tenho intenção de contar quem é.

"Mas você a encontra o tempo todo. Duas vezes por semana, certo? Ela não faz aulas de tênis com você?"

"Sim, há alguns anos. E você está ciente disso. Mas ela nunca mencionou casos fora do casamento."

Andy semicerra os olhos para mim. "Você está sendo sincero?"

"Há quanto tempo a gente se conhece?"

"Desde que éramos crianças."

"E você acha que eu seria mais leal a Trista do que a você?"

Andy joga as mãos num gesto de impaciência.

"Não sei. Ela estava muito chateada com o desaparecimento daquelas moças. Ela não quer mais assistir ao noticiário." Ele olha para baixo e esfrega o pé no paralelepípedo. "Você jura que não sabe de nada?"

"Juro."

"Tudo bem. Desculpe", diz ele.

"Sem problema. Quer almoçar ou algo assim?" Não menciono drinques.

"Agora não. Vou para casa."

"Tem certeza?"

Ele assente e se vai. Mas não volta para a sede do clube; segue em direção ao estacionamento. Começo a dizer que ele não pode dirigir, pois bebeu, mas não falo nada. Os manobristas vão impedi-lo. Responsabilidade civil e coisa e tal.

PROSSIGO PELA TARDE ministrando minhas aulas. Não tenho mais notícias. Nenhuma ligação, nenhuma interrupção. Só quando saio do trabalho e paro no lava-rápido a caminho de casa.

Costumo verificar meu celular — o descartável — pelo menos dia sim, dia não, mas hoje quebro minha própria regra. Tem muita coisa acontecendo, muitas outras coisas para lidar.

O celular fica escondido no estepe do carro. No lava-jato, retiro tudo do porta-malas para poderem aspirar o veículo, pegando o celular junto do resto. Enquanto o carro passa pela higienização, ligo o celular. O bipe que indica uma nova mensagem me assusta. Tanto o som quanto o celular são antiquados. Não é nem um smartphone, apenas um aparelho pré-pago, mais pesado do que aparenta.

Comprei ele por uma pechincha anos atrás. Levei um tempo para me decidir. Não pelo celular em si — naquela época, todos os pré-pagos pareciam iguais. Minha maior indecisão era se deveria ou não comprar um. Uma vendedora simpática apareceu e perguntou se poderia ajudar.

Ela parecia velha demais para entender de eletrônicos, mas descobri que sabia tudo sobre. E ela foi tão paciente, tão gentil, e fui fazendo uma pergunta atrás da outra. As respostas não importavam. Eu não me preocupava com detalhes técnicos. Só estava tentando decidir se precisava de um segundo telefone, daqueles descartáveis, e acho que acabei levando um porque, em algum momento, teria sido rude da minha parte não comprar algo com aquela senhora tão gentil. Já tinha tomado muito do tempo dela.

Desde então carrego este pequeno trambolho. A mensagem mais recente nele é de Annabelle.

Não pensei mais nela desde que decidi que ela não seria nossa escolhida. Não havia motivo para pensar em Annabelle, não até ela ligar. Ou mandar mensagem, na verdade. Afinal, não adianta ela ligar para um surdo.

Ei, sumido, vamos tomar um drinque de novo. Ah, é a Annabelle ☺

Não faço ideia de quando ela enviou a mensagem, pois esse tipo de aparelho só recebe mensagens quando é ligado, então pode ser que tenha chegado há uma semana. Mais ou menos o tempo que se passou desde que o verifiquei pela última vez.

Penso em responder, pelo menos para dizer que não a estava ignorando de propósito.

Meu carro ainda está sendo lavado, então resolvo dar uma olhada no histórico de mensagens. Antes da mensagem de Annabelle, há uma mensagem de Lindsay. Esta eu ignorei. Já faz quinze meses.

Me diverti muito no outro dia, Tobias. Até breve!

Tobias. Não era para ele ter ganhado personalidade própria. E nem para ter transado com ninguém.

Millicent e eu o criamos juntos. Foi em uma das raras noites de frio na Flórida, quando as temperaturas estavam abaixo dos 5°C. Em meio a canecas de chocolate quente e meio litro de sorvete, Tobias nasceu.

“Você não tem como mudar sua aparência”, disse ela. “Quero dizer, não sem usar algum tipo de peruca ou barba colada.”

"Eu não vou usar peruca."

"Então você precisa de outra coisa."

Fui eu quem sugeriu fingir a surdez. Poucos dias antes, havia dado aula para um adolescente surdo e usamos nossos celulares para nos comunicarmos. O episódio me marcou, então propus a ela.

"Brilhante", disse Millicent. Ela me beijou do jeito que eu gosto.

Em seguida, discutimos meu nome. Tinha que ser memorável, mas não esquisito; tradicional, mas não comum. Chegamos a dois: Tobias e Quentin. Escolhi este último por causa do apelido. Quint era melhor do que Toby.

Debatemos os prós e os contras de ambos os nomes. Millicent até pesquisou a origem deles.

"Tobias vem do hebraico Tobiah", informou ela, lendo na internet. "Quentin vem do romano Quintus."

Dei de ombros. Nenhuma das origens me dizia nada.

Millicent continuou. "Quentin vem da palavra romana para 'quinto'. Tobias é um nome bíblico."

"O que ele fez na Bíblia?"

"Só um minuto." Millicent clicou, rolou a tela e disse: "Ele matou um demônio para salvar Sara, e depois se casou com ela".

"Quero ser Tobias", decidi.

"Tem certeza?"

"Quem não quer ser o herói?"

Naquela noite, Tobias nasceu.

Poucas pessoas o conheceram — apenas alguns bartenders e algumas mulheres. Nem mesmo Millicent o conheceu. Tobias é quase meu *alter ego*. Ele até mesmo tem os próprios segredos.

Não respondo à mensagem em que Annabelle me convida para um drinque. Desligo o celular e o coloco de volta no porta-malas.

# TRINTA E QUATRO

NATAL, SEIS ANOS atrás. Rory tinha 8 anos; Jenna, 7. E ambos começavam a se perguntar por que tinham apenas um casal de avós. Eu nunca havia falado sobre meus pais, nunca expliquei quem eles eram ou como morreram. Mas as perguntas deles me fizeram refletir sobre o que eu poderia lhes dizer. O que deveria dizer.

Certa noite, desci para a cozinha, na expectativa de encher o bucho e suplantar a insônia. Comi sobras da caçarola de feijão preto diretamente da panela. Fria, mas não estava ruim. Eu ainda estava comendo quando Millicent entrou na cozinha. Ela pegou um garfo e sentou-se comigo.

"O que está acontecendo?", perguntou. Millicent deu uma garfada caprichada na caçarola e me encarou, esperando. Não era costume me levantar no meio da noite para comer. Ela sabia disso.

"As crianças estão perguntando sobre meus pais."

Millicent ergueu as sobrancelhas, mas não falou nada.

"Se eu mentir e disser que os avós delas eram maravilhosos, elas vão me odiar se descobrirem a verdade, certo?"

"É provável."

"Mas elas podem me odiar de um jeito ou de outro."

"Por um tempinho", afirmou ela. "Acho que todas as crianças passam por uma fase em que tudo é culpa nossa."

"Quanto tempo dura?"

Ela dá de ombros. "Vinte anos?"

"Espero que nessa época as coisas já estejam mais tranquilas."

Sorrio. Ela sorri.

Poderia lhes dizer que meus pais abusaram de mim. Tanto no aspecto mental quanto físico, chegando até mesmo ao sexual. Falar que eles me espancavam, me amarravam, me queimavam com cigarro e me faziam ir e voltar da escola a pé por uma ladeira íngreme. A questão é que eles não fizeram nada disso. Cresci em uma casa boa, em uma região agradável, e ninguém me tocou de forma inapropriada. Meus pais eram pessoas refinadas e educadas, que exprimiam boas maneiras até ao dormir.

Eles também eram pessoas horríveis e frias, que não deveriam ter se tornado pais. Já deveriam ter previsto que um bebê não seria capaz de consertar casamento nenhum.

A gota d'água foi quando viajei ao exterior. Quando contei a eles que queria dar uma pausa na faculdade e viajar, eles me deram dinheiro. Comprei uma passagem com a data em aberto, uma mochila grande e bebi algumas doses. Andy e outros dois amigos resolveram se juntar a mim, então fizemos um plano improvisado e enfim marcamos uma data. Não falei para eles, nem para ninguém, que estava com medo.

A poucas horas do voo, eu ainda estava fazendo as malas, tentando decidir quais camisetas levar ou se precisava de um casaco pesado. Empolgado, sim. Morrendo de vontade de sair de Hidden Oaks. Ansiando por abandonar o meu quarto de infância, onde as paredes eram pintadas para parecer que eu estava no céu, cercado por estrelas. Eu estava cansado de sonhar com o que mais havia lá fora e queria testemunhar pessoalmente.

Da mesma forma, não fazia ideia do que ia acontecer. Já tinha falhado no tênis e, depois, fracassara ao tentar entrar em uma boa faculdade. Um jogador de tênis mediano com notas medianas. O que aconteceria se eu fosse mediano enquanto estivesse na estrada? Sei lá. Mas precisava de algo mais do que aquela sensação de que nunca deveria ter nascido.

Eu esperava nunca mais voltar e nunca mais ver aquelas paredes pintadas de céu.

Meus pais não me levaram ao aeroporto. Um táxi me levou; fiquei com vergonha de pedir carona aos meus amigos e aos pais deles. Era quarta-feira de manhã, o voo era cedo e o raiar do dia estava próximo. Minha mãe com sua xícara de café; meu pai já pronto para sair. Ficamos ali parados na entrada, sobre o piso encerado, cercado por espelhos. O vaso na mesa de centro repleto de crisântemos alaranjados. O sol nascente cintilava no lustre de cristal, projetando um arco-íris na escadaria.

O táxi buzinou. Minha mãe me beijou na bochecha. Meu pai apertou minha mão.

"Pai, eu quero..."

"Boa sorte", disse ele.

Esqueci o que eu ia dizer, então fui embora. Foi a última vez que os vi.

Por fim, não menti para as crianças. Contei que os avós delas morreram em um acidente de carro bizarro e que isso tinha sido há muitos anos.

Não contei tudo, mas quase. E foi só por causa de Millicent. Juntos, decidimos o quanto revelar. Para tornar o mais oficial possível, convocamos uma reunião de família. Rory e Jenna eram tão novinhos. Talvez não fosse justo, mas fizemos mesmo assim.

Sentamo-nos na sala de estar. Jenna já estava com seu pijama amarelo estampado de balões. Ela adorava balões, e Rory adorava estourá-los. O cabelo escuro de Jenna era na altura do queixo e ela usava uma franjinha reta. Seus olhos escuros espiavam sob os fios.

Rory usava camiseta azul e calça de moletom. Quando completou 7 anos, declarou-se velho demais para pijamas. Millicent e eu concluímos que podíamos conviver com isso, e assim ela parou de comprá-los.

Foi difícil olhar para aqueles rostinhos pequeninos e confiantes e dizer que às vezes era melhor não ter filhos.

"Nem todos devem ser pais", disse. "Assim como nem todo mundo é legal."

Jenna foi a primeira a falar. "Eu já sei que não posso falar com estranhos."

"Nem todo mundo na sua família é legal. Ou era legal."

Rostos franzidos. Confusão.

Falei por dez minutos. Foi o suficiente para dizer aos meus filhos que os avós deles não tinham sido bons pais.

A ironia do que tinha feito me atingiu anos depois, após Holly e as outras. Algum dia, Rory e Jenna iriam conversar com seus filhos e dizer a mesma coisa sobre mim e Millicent.

# TRINTA E CINCO

Presumi que o teste de DNA na mecha de cabelo de Naomi iria levar mais do que apenas uma semana. Talvez por ser sempre rápido nos programas de TV, imaginei que o prazo da ficção fosse totalmente irrealista. Que o teste de verdade levava meses. E, ao que tudo indica, leva mesmo, mas não os testes preliminares. E não quando a polícia está em busca de uma mulher que ainda pode estar viva.

Os exames deram mais de 99% de chance de o cabelo pertencer a Naomi.

Kekona é quem me conta a novidade. Nossas aulas de tênis se transformam em uma aula de perícia forense, fazendo jus a seu novo hobby: documentários de *true crime*. Mulheres desaparecidas e/ou mortas são lugar-comum nesses programas.

"Sempre jovem, bonita e inocente", diz ela, listando as qualidades uma a uma. Ela está com um copo de café, e não creio que seja o primeiro do dia. "Embora vez ou outra haja casos com prostitutas, tipo uma moral da história."

"E depois?", pergunto.

"Como assim?"

"Tipo, depois que essa mulher jovem, linda e inocente desaparece, o que acontece?"

Kekona levanta as mãos, como se estivesse tentando silenciar uma plateia ruidosa.

"Opção um: foi o namorado, porque ele é ciumento e possessivo. Ou o ex-namorado, porque ele é ciumento e possessivo."

"Só tem isso de opção?"

"Sim. Preste atenção. A opção dois é o desconhecido, ou provavelmente um desconhecido. O psicopata/*stalker*/sociopata/doido/serial killer. Pelo menos uma destas opções, talvez mais."

Kekona não está me contando nenhuma novidade. Também assisto à TV. Mas não nos últimos tempos, pois as notícias ainda estão proibidas em casa. Perdi a reportagem de Josh sobre os resultados do DNA e faço uma nota mental para pesquisar na internet depois.

"Possíveis desfechos?", diz Kekona como se eu tivesse perguntado. Não perguntei. "Morte. Estupro e morte. Tortura, estupro e morte."

Não há muito o que dizer.

"De vez em quando, uma sobrevive", afirma ela.

"Mas não com frequência."

Kekona balança a cabeça. "Nem mesmo na ficção."

Voltamos a jogar tênis. Em algum momento, tenho uma pergunta para ela. "Por que você acha que é tão popular? Essa história da mulher desaparecida?"

"Porque quem consegue resistir a uma donzela em perigo?"

A PROIBIÇÃO DE NOTÍCIAS na nossa casa sempre foi meio capenga, porque todos nós temos internet no celular. Todo mundo já está sabendo dos resultados de DNA. Depois do jantar, Millicent me leva para a garagem. Uma noite só nossa improvisada.

Ela quer discutir os resultados com Jenna. O incidente com o cabelo foi há menos de uma semana, mas Jenna parece bem desde então. Alegre até. Millicent está preocupada com uma recaída. Em qual aspecto, não tenho certeza. Estou começando a achar que Jenna está sendo proativa, não paranoica. Porque quem gostaria de ser sequestrada por um psicopata/*stalker*/sociopata/serial killer? Não minha filha.

Enquanto estamos no carro, Millicent descreve seu plano para abordar o assunto. O objetivo é não aborrecer nossa menina, mas também não queremos ignorar a notícia. Buscar evitar menosprezar Jenna, mas não agir como se fôssemos amiguinhos dela. Queremos discutir, mas não dar sermão; consolar, mas não mimar. Millicent continua usando a palavra *nós*, como se este plano fosse nosso, e não apenas dela.

"Como ela está?", pergunto.

"Neste momento, ela parece bem. Mas na semana passada ela parecia bem, e aí..."

"Não estou falando da Jenna."

Ela inclina a cabeça, confusa. Irritada. Então se dá conta.

"Estamos falando de Naomi", diz ela.

"Ela ainda está viva?"

"Está."

Quero retirar a pergunta. Quero dizer algo que faça Millicent rir, que faça minha adrenalina subir, que nos dê prazer.

Minha mente é um papel em branco.

Ficamos nos encarando, os olhos dela tão escuros que parecem ocos. Fico olhando até precisar desviar ou perguntar onde está Naomi, o que vier primeiro.

Escolho desviar o olhar.

Millicent suspira.

Sigo-a de volta para dentro de casa. Na sala de estar, nos sentamos no sofá, onde Jenna e Rory assistem à TV. Rory é o primeiro a perceber que estamos olhando para eles, e não para a TV. Ele sai para não presenciar a conversa.

Dá tudo certo, acho. Jenna escuta, assente e sorri. Quando Millicent a questiona se ela tem alguma pergunta, ela balança a cabeça. Quando pergunto como ela está, ela afirma que está bem.

"Você está com medo?", indaga Millicent.

Jenna estende a mão e toca o cabelo curto. "Não."

"Owen não vai te machucar."

"Eu *sei*."

O tom irritadiço é reconfortante. Ela parece normal, exceto pelo cabelo.

• • •

Mais tarde, Millicent e eu estamos no nosso quarto. Ela está organizando as coisas, andando entre o quarto e o *closet*, guardando alguns objetos e tirando outros. Ela gosta de ajeitar tudo antes de dormir para que as manhãs sejam mais tranquilas. O caos não é a praia dela. Nem os atrasos.

Fico observando. Seu cabelo ruivo está solto, bagunçado, e ela fica ajeitando as mechas com uma das mãos. Ela usa agasalho, daqueles antigos e peludinhos, e meias listradas. Suas roupas de dormir são a coisa menos elegante nela, e eu já comentei com ela o quão bregas elas são. Mas esta noite não falo nada. Em vez disso, vou até o corredor e verifico Jenna.

Ela está dormindo, aninhada entre os lençóis alaranjados sob o edredom branco. Seu rosto está relaxado, em paz. Sem medo.

De volta ao nosso quarto, Millicent acabou de se deitar, e eu me acomodo ao lado dela. Ela me olha e por um instante acho que vai mencionar nossa conversa na garagem. Em vez disso, apaga a luz, como se nada tivesse acontecido.

Aguardo a respiração dela desacelerar, então me levanto e vou conferir Jenna de novo.

Na segunda vez que me levanto, não me dou ao trabalho de voltar para a cama. Ao longo da noite, verifico minha filha mais três vezes. Ao passar das horas, entre uma coisa e outra, assisto à TV. Por volta das 2h, cochilo em meio a trechos de um filme antigo. Ao acordar, vejo o rosto de Owen. Está passando um documentário a respeito dele na TV.

Diversos desses programas foram produzidos com níveis variados de detalhes sobre os crimes. Até então eu vinha conseguindo evitá-los, assim como evitei ler sobre o que Owen fez com suas vítimas. Desta vez, não consigo escapar; acordo exatamente na hora errada. Logo depois que vejo o rosto de Owen na tela, a cena muda. Dou de cara com o cativeiro onde ele mantinha cada uma das mulheres.

O vídeo foi feito sob medida para o julgamento de Owen, que, no fim das contas, nunca aconteceu. Já faz quinze anos e foi filmado com uma câmera portátil que treme demais. Owen havia reformado um posto de gasolina abandonado, derrubando a parede entre os banheiros masculino e feminino. O piso de ladrilho talvez tivesse sido branco um dia, mas agora era de um marrom acinzentado. Um vaso sanitário resistia junto a uma pia, um colchão e uma mesa. Canos subiam e desciam pelas paredes recortadas; começavam fundo no chão e atravessavam o teto, fazendo curva por uma lateral e mergulhando de novo no piso de concreto. Eram do tamanho perfeito para encaixar algemas. Ainda havia um par delas preso a um dos canos.

O vídeo tremelica mais e se aproxima do piso. No ângulo aberto, o sangue não era visível. Agora dá para ver um pouco aqui, algumas gotas ali. As manchas estão por toda parte, como se alguém tivesse salpicado um pincel pelo chão. A câmera segue ao longo do piso, até um canto. Há uma quantidade maior de sangue espalhada na parede. Está bem perto do rodapé, a centímetros do chão, como se a pessoa sangrando estivesse agachada.

O ângulo muda de novo, agora mostra o colchão. Imagino Naomi deitada nele.

Mudo de canal.

E.L.A.S® SAMANTHA DOWNLING MINHA ADORÁVEL ESPOSA

# TRINTA E SEIS

Dois dias se passam e volto a ter notícias de Trista. É Millicent quem me conta.

É sábado à noite. Rory está no andar de cima e Jenna, na casa de uma amiga. Assim que as crianças somem de vista, me jogo no sofá e coloco os pés em cima da mesa de centro. Não é algo permitido aqui — nem para mim nem para as crianças —, mas quando Millicent senta-se ao meu lado, ela não reclama.

Isto me faz tirar os pés sem que ela peça. Tem algo estranho.

“O que houve?”, pergunto.

Ela põe a mão sobre a minha, e agora estou preocupado. Em pânico, até.

“Millicent, só...”

“É Trista”, diz ela.

“Trista?”

“A irmã dela me ligou mais cedo. Andy está chateado demais e não quer falar com ninguém.”

“A irmã dela? Por que ela...”

“Ela se matou.”

Balanço a cabeça como se meus ouvidos não estivessem funcionando. Como se ela não tivesse acabado de dizer que Trista cometeu suicídio.

“Sinto muito”, lamenta Millicent.

Percebo que é verdade e fico sem ar.

“Não estou entendendo.”

“Pelo que ela disse, ninguém está. Principalmente Andy.”

"Como?", pergunto.

"Ela se enforcou no varão da cortina do chuveiro."

"Meu Deus."

"Eu sabia que eles estavam com problemas, mas não imaginava que ela estava tão chateada."

Millicent não faz ideia do verdadeiro motivo, porque nunca contei da minha conversa com Trista, nunca mencionei o namoro dela com Owen. E nem que ela ainda era apaixonada por ele.

O jantar parece estar queimando um buraco no meu estômago. Corro para o banheiro e vomito. Millicent para junto à porta, perguntando se estou bem. Digo que sim, mesmo em meio aos engulhos.

Comi demais, justifico a ela.

Ela examina minha testa; não está quente. Sento-me no chão, recostado na parede, e aceno para que ela saiba que estou bem.

Ela se afasta. Fecho os olhos, ouvindo-a na cozinha, vasculhando a geladeira. Procurando o que quer que tenha me feito mal.

Quero dizer a ela que o problema somos nós. Temos uma filha que levou uma faca para a escola e que cortou todo o cabelo. Agora uma mulher morreu. Não Naomi, outra mulher.

Por causa de Owen. Por minha causa. Eu escrevi aquelas cartas para Josh.

Millicent volta correndo para o banheiro com um frasco de antiácido cor-de-rosa.

Bebo de uma golada só e vomito tudo de novo.

O VELÓRIO É REALIZADO na funerária Alton, mesmo lugar onde foi o de Lindsay. Não compareci ao enterro dela, mas li a respeito. Ela foi velada em um caixão fechado por causa do que Millicent fez com ela. Trista está num caixão aberto.

Andy ainda é marido dela, por isso organizou tudo. O salão é grande e todas as cadeiras estão ocupadas. Acho que Trista ficaria feliz em saber que o funeral dela teve lotação esgotada. Todo mundo compareceu, usando suas melhores roupas pretas, seja para prestar suas homenagens ou para se chocar com a situação. Estou aqui porque sou o responsável.

Millicent veio comigo, embora ainda não faça ideia do motivo de Trista ter se matado. Ninguém faz. Por dias, as pessoas no clube especularam sobre o fim do casamento, depressão, problemas financeiros. A cada momento era uma coisa diferente: viciada em drogas, alcoólatra, ninfomaníaca. Ou que estava grávida, ou em algum momento esteve e perdeu o bebê. Ou talvez já estivesse morrendo, de alguma doença terminal ou de um tumor cerebral.

Ninguém parecia se lembrar, ou mesmo ter conhecimento, de que Trista namorara Owen Oliver Riley há cerca de vinte anos.

A irmã dela está no funeral, uma versão mais robusta e morena de Trista. Ela nos conta que a irmã costumava cuidar dela enquanto os pais trabalhavam; que Trista preparava o jantar e lavava as roupas.

"Nós crescemos do outro lado da cidade. Ela nem sempre morou em Hidden Oaks."

Soa como um insulto. A irmã caçula de Trista ainda mora do outro lado da cidade.

Ela não menciona Andy.

O discurso seguinte é de uma das amigas mais recentes de Trista. Ela é tão magra e loira quanto Trista era, e entra numa lenga-lenga de como a amiga sempre estava disposta a ouvir, ajudar e colaborar em todos os momentos possíveis.

O último a falar é Andy. Ele cortou o cabelo desde a última vez que o vi e está usando um terno escuro em vez de calça de moletom. Ele conta como conheceu Trista. Ela era estagiária não remunerada em um museu, ainda em busca de um emprego para honrar seu diploma em história da arte. Ele estava lá participando de um evento beneficente, e seus caminhos se cruzaram diante de uma escultura. Ela lhe contou tudo a respeito da obra de arte.

"Fiquei encantado. Por ela, pelo jeito como falava e pelas coisas que me ensinou, e até pelo tom da sua voz. Não consigo pensar em uma palavra melhor. Trista era simplesmente encantadora."

Andy desaba ao dizê-lo. Primeiro lágrimas, depois soluços.

Todo mundo congela.

Desvio o olhar. Isso me faz ficar enjoado de novo.

O irmão de Andy se aproxima dele e sussurra ao seu ouvido. Ele respira fundo e se recompõe. Depois continua falando. Não escuto. Estou pensando naquela palavra.

*Encantadora.*

Quando ele termina, somos convidados a passar pelo caixão para nos despedirmos de Trista. Quase todo mundo o faz. Só alguns hesitam. Millicent e eu, não.

O caixão é feito de uma madeira tão escura que é quase preta, e o interior é pêssego-claro. Não é tão ruim quanto parece. A cor complementa o cabelo loiro de Trista e aquele batom damasco. Esta cor combina com ela, e fico feliz que alguém tenha se dado conta disso para honrá-la.

Em compensação, a roupa dela segue o rumo oposto. É um traje azul-escuro bruto de mangas compridas. Um único fio de pérolas pende do pescoço, o mesmo material de seus brincos. Nada disso tem a cara de Trista. Parece que alguém comprou a roupa ontem, porque achou que ela deveria ser enterrada usando algo sóbrio em vez de uma peça do seu gosto.

Isso me chateia de um modo anormal. Não gosto de pensar em Trista passando a eternidade com uma roupa que odeia. Espero que ela não esteja desaprovando este velório.

"Ela está linda", comenta Millicent.

Se eu pudesse dizer algo a Trista, diria que lamento muito. Desculpe pelas roupas, desculpe por ter perguntado sobre Owen, desculpe por ter trazido Owen de volta.

Também diria a ela que Andy está certo. Ela era encantadora. Sei disso porque entendo bem o que ele quis dizer.

Millicent é encantadora. É exatamente assim que eu a descreveria. Ela era encantadora quando a conheci e continua agora. E se ela morresse e eu tivesse de discursar em seu funeral, seria como Andy. Se eu tivesse de descrever o quanto ela era encantadora, e ao mesmo tempo estivesse ciente de que nunca mais estaria com ela, ergueria furioso o punho para o céu. Ou para quem quer que tivesse estragado tudo.

No caso de Andy, fui eu. O amigo dele.

# TRINTA E SETE

O HOMEM NA TV está acima do peso e apresenta uma aparência nada saudável, um moribundo na casa dos 50 anos. Ele tem uma barriga macia e arredondada, um início de papada, e a cabeça é coroada por tufos de cabelo grisalho. Conheço o tipo. Meus alunos são iguaizinhos a ele, ou costumavam ser.

Josh o está entrevistando em frente ao hotel Lancaster. Este sujeito é o primeiro a dizer, ou ao menos insinuar, que Naomi era algo mais além da vizinha meiga que todos andam descrevendo.

“Não estou dizendo que ela fazia algo errado”, diz ele. “Só acho que, se quisermos encontrá-la, temos de ser honestos sobre a pessoa que ela era.”

Ele era um hóspede frequente do Lancaster e vinha à cidade duas vezes por mês a trabalho. Teve contato com Naomi várias vezes, assim como com alguns dos outros hóspedes assíduos.

“Digamos que ela nem sempre mantinha o profissionalismo com alguns dos hóspedes.”

“Você pode explicar melhor?”, pergunta Josh.

“Não creio que seja necessário. As pessoas são inteligentes o suficiente para descobrirem sozinhas.”

É a primeira vez que alguém menciona as atividades extracurriculares de Naomi. E não será a última.

Outros colegas de trabalho se apresentam, alegando saber a verdade sobre Naomi. Ela dormiu com vários homens. Alguns eram hóspedes do hotel. Ninguém mencionou dinheiro, só sexo. Ela não era garota de programa. Tratava-se apenas de uma mulher de 27 anos que havia transado com mais de um hóspede.

O primeiro de seus amantes a se assumir não revela a identidade. Na TV, ele é apenas uma silhueta com a voz distorcida.

"Você já se hospedou no hotel Lancaster?"

"Sim, já."

"E você conhecia uma recepcionista chamada Naomi?"

"Conhecia."

"E você fez sexo com ela?"

"Tenho vergonha de dizer que sim."

Ele prossegue, contando que Naomi era a predadora. Foi ela quem o abordou.

Outro homem se apresenta. E mais um. Mais silhuetas, mais vozes distorcidas. Todos permanecem anônimos. Nenhum dos sujeitos que dormiram com Naomi mostra a cara. Não porque são casados, pois pelo menos dois são identificados como solteiros ou divorciados. Eles só não querem admitir que foram um dos homens dela.

Ou uma das conquistas dela. É assim que estão se referindo a eles nas reportagens.

No clube, a conversa começa a mudar. As pessoas param de dizer que o crime foi grotesco e vergonhoso. Alguns até param de dizer que Owen é um monstro. Em vez disso, começam a questionar como Naomi poderia ter evitado o sequestro. Como poderia ter evitado ser uma vítima.

Kekona é uma delas. As histórias sobre Naomi confirmam sua crença de que os problemas só chegam para aqueles que os procuram. E, para ela, sexo conta como problema.

Na TV, não param de falar sobre a vida pessoal de Naomi. Josh está no centro da história; ele é o primeiro a ser procurado pelos entrevistados que querem se pronunciar. Quanto mais observo, mais hipnotizado fico. Num piscar de olhos, Naomi se transforma em outra pessoa.

A primeira vez que tenho a oportunidade de discutir o assunto com Millicent é logo depois de irmos à última consulta de Jenna com o psicólogo. Depois a levamos de volta à escola, onde ela se junta às amigas para decorar a quadra de esportes para um evento beneficente. Millicent então me leva de volta ao clube, onde meu carro está estacionado. Ela liga o rádio e as notícias chegam em alto e bom som. O locutor informa que mais um homem, anônimo como os outros, alega ter dormido com Naomi enquanto estava hospedado no Lancaster. Agora são sete.

"Fantástico", diz Millicent.

"Fantástico?"

"Contanto que estejam falando dela, ou de Owen, não temos nada com que nos preocupar."

Quero mencionar Jenna e lembrar que isso pode estar afetando nossa filha. Embora desejasse muito que minha menina permanecesse virgem pelo restante da vida, até eu admito que isso não é saudável.

Millicent aperta a minha mão. "Você fez bem em trocar. Não teria sido a mesma coisa com Annabelle."

É verdade. E aí eu aperto a mão dela de volta.

SUBO ATÉ o quarto da Jenna para dar boa-noite. Ela está deitada na cama, lendo um livro físico, já que o laptop dela está lá embaixo. O cabelo dela está um pouquinho mais comprido agora, e acho que está começando a ficar estiloso. Ela me olha por cima do livro, perguntando com o olhar o que eu quero, sem precisar dizer uma palavra.

Sento-me na beira da cama dela.

"Você quer conversar, não é?", ela provoca.

"Você está ficando esperta demais para mim."

Jenna semicerra os olhos. "Por que você está me bajulando?"

"Viu? Esperta demais."

Ela larga o livro, com um suspiro. Sinto-me uma besta, o que é bem comum quando estou perto dos meus filhos.

"Como você está?", pergunto.

"Bem."

"Sério. Converse comigo."

Ela dá de ombros. "Estou bem."

"Está gostando do psicólogo?"

"Acho que sim."

"Você não tem mais medo do Owen, né?"

Outro dar de ombros.

Nas últimas semanas, nossas conversas têm sido assim. Costumavam ser diferentes. Jenna me falava de todos os seus amigos e professores — o que fulano fazia, o que beltrano dizia. Se eu permitisse, ela tagarelava sem parar.

Eu soube até da primeira paixonite dela. Ele sentava-se na frente dela na aula de inglês, e isso é parte do motivo para a matéria ter entrado no seu rol de disciplinas problemáticas.

Agora ela não me conta nada, e tudo por causa do tal psicólogo. Acho que ela está cansada de falar.

Inclino-me e a beijo na testa. Ao fazê-lo, algo brilha na minha visão periférica. Entre a cama e a criado-mudo, debaixo do colchão, um objeto se projeta. Reconheço-o da nossa cozinha.

Minha filha pegou outra faca e escondeu debaixo do colchão.

Não digo nada.

Em vez disso, desejo boa-noite e saio, fechando a porta sem fazer barulho. Ao caminhar pelo corredor, passo pelo quarto de Rory e o ouço ao celular. Estou prestes a entrar e mandá-lo dormir, mas então percebo que ele está falando de Naomi.

É impossível manter as notícias longe desta casa.

# TRINTA E OITO

É FATO QUE JÁ escondi algumas coisas de Millicent. Tipo aquela história da minha caminhonete quebrada de tantos anos atrás. E a verdade sobre Trista. Não contei que ela namorou Owen Oliver Riley. Nunca mencionei que foi por isso que abandonou Andy, e que por isso ela cometeu suicídio.

Petra. Seria bobagem mencioná-la agora, a mulher que desconfiou que eu não era surdo. Não há motivos para trazê-la à tona.

E Rory. Não contei da chantagem de Rory, porque isto me levaria a Petra.

E tem a Crystal.

Millicent nunca gostou de ajuda em casa; ela nunca confiou na habilidade de terceiros para faxinar do jeito que ela gosta, nem nunca quis ninguém criando os filhos dela. A única vez que contratamos alguém foi para levar e buscar as crianças na escola e em suas diversas atividades extracurriculares. Isso foi há alguns anos, quando Millicent e eu estávamos tão ocupados no trabalho que simplesmente não conseguíamos dar conta de tudo sem ajuda.

Isso também foi logo depois de Holly ter sido morta. Antes de tudo o mais.

Crystal foi a pessoa que contratamos para ajudar a levar as crianças para lá e para cá. Era uma jovem simpática, sempre pontual e boa para com nossos filhos. Trabalhou para nós até Millicent concluir que não precisávamos mais dela.

Mas antes disso, ela me beijou.

Foi quando Millicent esteve em Miami para uma conferência; ela viajou com um colega de trabalho chamado Cooper. Eu nunca fui com a cara dele.

Durante os três dias em que Millicent esteve fora, Crystal ficou mais presente do que o normal. Ela buscava as crianças na escola e preparava o jantar. Numa tarde, nós nos flagramos sozinhos, e foi aí que rolou.

Na hora do almoço, dei uma passada em casa e lá estava ela, sozinha, porque as crianças estavam na escola. Ela preparou sanduíches para nós e comemos juntos enquanto papeávamos sobre a família dela. Nada de muito empolgante, nada fora do comum. Nada que me desse a impressão de que ela estivesse flertando. Depois que terminamos de comer, levantei-me para ir à geladeira e ela fez menção de ir até a pia, aí demos uma trombada acidental.

Ela não se afastou.

Nem eu, para ser sincero. Talvez eu quisesse ver o que ela ia fazer.

Ela me beijou.

Eu me desvencilhei. Até aquele momento, nunca havia traído Millicent. E sequer estava pensando nisso. Eu estava pensando em Millicent em Miami com o colega dela.

Antes que tivesse a chance de dizer qualquer coisa para Crystal, ela se desculpou e saiu. Acho que nunca mais ficamos a sós de novo.

Pensei em contar a Millicent até o momento que fui buscá-la no aeroporto. Decidi não correr o risco.

Estou pensando nisso porque não creio que eu seja o único escondendo o jogo aqui. Acho que Millicent anda mentindo para mim. Tal ideia me ocorreu em um dia em que Jenna passou mal. Eu tinha acabado de chegar do trabalho e estava atrasado; íamos a uma festa organizada por uma associação de corretores hipotecários. Millicent estava na correria, tentando se arrumar, Rory estava jogando videogame e Jenna, vomitando no banheiro.

Naquela noite, Millicent foi sozinha à festa. Eu fiquei em casa com Jenna.

Já levamos Jenna ao médico uma vez por causa desses problemas estomacais. Nosso médico de família diz que eu me preocupo demais. Crianças têm problemas de estômago o tempo todo, afirma ele. Mas agora eles têm sido mais frequentes, e pioraram desde que Owen foi ressuscitado. Isso me faz achar que o medo que ela sente dele não está arrefecendo. Está deixando-a fisicamente doente.

Abri um calendário no celular e tentei decifrar a frequência com que ela adoecia. Uma das primeiras vezes foi na noite em que estávamos com Lindsay, quando deixei Millicent com ela para poder ficar com Jenna.

Desde que o corpo de Lindsay foi encontrado, me pergunto sobre aquela noite, sobre o que teria acontecido caso Jenna não tivesse passado mal. Teríamos matado Lindsay naquela noite? Ou Millicent teria me dito que queria mantê-la viva?

E quando Millicent cuidou dela? Nos momentos em que deveria estar no trabalho? Como foi que ela conseguiu vender todas aquelas casas e ainda manter Lindsay viva ao longo de um ano?

Muitas perguntas que não consigo responder. Mas se eu tenho segredos, por que ela não teria os dela?

MINHA PRIMEIRA IDEIA foi estúpida. Achei que seria capaz de seguir Millicent para descobrir o que ela anda fazendo, talvez descobrir onde fica o cativeiro de Naomi. Mas assim que pensei em segui-la, me dei conta do porquê era impossível. Ela conhece meu carro muito bem; sabe minha placa. Eu seria identificado em um segundo.

Além do mais, preciso trabalhar. Meu trabalho é flexível, não opcional.

Só que não preciso segui-la, pois a tecnologia pode fazer isso por mim. Cinco minutos de pesquisa na internet e descubro que a coisa funciona exatamente como nos filmes. Compro um rastreador GPS com capa magnética, é só apertar o botão liga/desliga e encaixar o aparelhinho debaixo do carro dela. Basta acessar o aplicativo no celular para ver onde o carro dela está, assim como os endereços onde o veículo para, então não preciso acompanhá-lo ao vivo. Tudo é muito barato, mesmo com o pagamento da taxa para receber informações em tempo real. Espionar alguém nunca foi tão simples.

Faço parecer fácil, e tecnicamente é, mas o verdadeiro custo recai sobre o meu psicológico. E sobre o meu casamento.

Mesmo depois de comprar o dispositivo, não o instalo de imediato. Ele fica no porta-malas do meu carro, me corroendo por dentro. Não quero destruir meu casamento e minha família, e é isto o que acontecerá se Millicent descobrir que a estou espionando.

Não quero fazer isso, mas, ao mesmo tempo, preciso saber o que ela anda fazendo.

Quando chego do trabalho, Millicent já está em casa e seu carro está na garagem. Levo apenas um segundo para botar o rastreador lá.

Mais tarde, à noite, me ocorre que talvez haja um meio de ela saber que há um rastreador no carro. Toda tecnologia tem sua contramágica — pelo menos presumo que tenha —, então passo uma hora no celular, pesquisando todas as maneiras através das quais Millicent poderia descobrir minha espionagem. E estou certo; ela tem como descobrir. Mas primeiro ela teria de suspeitar que está sendo rastreada.

Agora olho para ela. Millicent está sentada com Rory à mesa da sala de jantar; eles estão fazendo cartõezinhos com resumos para a aula de história dele. Ele nunca foi um ótimo aluno porque, como dizem os professores, não se dedica. Millicent concorda e, por isso, algumas vezes na semana ela o ajuda a fazer isso. Sem celulares, sem distrações, só a mãe e a lição de casa. Não sou nem doido de interromper quando Millicent está estudando com Rory.

Depois de alguns minutos, ela sente que estou olhando. Levanta a cabeça e pisca para mim. Retribuo a piscadinha.

Mais tarde naquela noite, retiro o rastreador do carro dela.

Na manhã seguinte, instalo-o de volta.

## TRINTA E NOVE

Quando vigio alguém, o ato parece muito íntimo. A pessoa não faz ideia de que está sendo observada, então não fica cautelosa nem constrangida. Passo a conhecer bem o jeito como ela anda e se desloca, seus pequenos tiques e gestuais. Às vezes, consigo até prever o que fará a seguir.

Usar um rastreador é muito diferente, pois não estou observando Millicent. Estou vigiando um ponto azul se deslocando em um mapa.

O aplicativo me diz para onde ela vai: o endereço, a latitude e a longitude. Sei quanto tempo ela permanece no local, a que velocidade dirige, exatamente como estaciona. O aplicativo exibe tabelas e gráficos que me informam quanto tempo ela passa em trânsito, sua velocidade média e o tempo gasto em cada lugar. Tento imaginar Millicent ao volante, vestida para o trabalho, talvez falando ao celular ou ouvindo música. Pergunto-me se ela costuma fazer alguma coisa que eu desconheça. Talvez cante quando está sozinha. Ou talvez fale consigo. Nunca a vi fazendo nenhuma das duas coisas, mas ela deve fazer algo. Todo mundo faz alguma coisa quando está sozinho.

No primeiro dia, ela deixa as crianças na escola e vai para o escritório. Ela trabalha em uma imobiliária, mas não passa muito tempo sentada à mesa. Em seguida, ela dirige até Lark Circle, uma área residencial em Hidden Oaks. Nas oito ou nove horas seguintes, ela visita onze casas, todas à venda. Verifico uma a uma. Ela busca as crianças, para num mercadinho e segue para casa.

A surpresa foi o lugar onde ela parou para almoçar. Em vez de comer uma salada, um sanduíche ou até mesmo *fast-food*, Millicent foi a uma sorveteria.

Pelo restante da tarde, me pergunto se ela escolheu uma casquinha ou um copo.

Nosso jantar é peru assado com chouriço e batata-doce. Rory disfarça a nota na prova de história contando um caso eletrizante sobre um garoto que foi pego fumando e fugiu antes que alguém conseguisse identificá-lo. Jenna ficou sabendo da mesma história, e, segundo ela, um amigo de um amigo lhe contou que o moleque era filho do vice-diretor, e que por isso fugiu.

"Mentira", diz Rory. "Ouvi dizer que foi o Chet."

Jenna torce o nariz. "Ele é um babaca."

"Chet Allison?", pergunta Millicent. "Eu vendi uma casa para os Allison."

"Não. Chet Madigan."

"Tem dois Chet na sua escola?", questiona ela.

"Três", diz Jenna.

Há uma pausa na conversa. Reflito sobre a abundância de Chets enquanto dou uma olhadela furtiva no prato de Millicent. Ela serviu-se de uma fatia grossa de peru, uma porção de chouriço e uma batata-doce minúscula. Para ela, é um jantar de tamanho normal. A sobremesa é fruta e biscoitos. Nenhum sorvete.

De repente, flagro-me fascinado pelos hábitos alimentares da minha esposa. Pergunto-me se o almoço dela sempre determina o que iremos comer no jantar, na sobremesa ou em ambos.

No dia seguinte, volto a observar o pontinho azul.

Millicent deixa as crianças na escola, a incumbência de buscá-las fica por minha conta, e nesse ínterim ela vai a uma casa em Willow Park, um condomínio fechado. Hoje ela vai ao escritório, mas não para pra almoçar. Mais uma vez, ela permanece em um raio limitado, concentrada nas regiões e loteamentos onde vende a maioria das casas.

Em contraste, a polícia ampliou sua busca. À noite, depois que Millicent dorme, assisto ao noticiário no celular, escondido no banheiro, porque se eu ficar na garagem, meu filho vai pensar que ainda estou traindo a mãe dele.

Josh agora inicia todas as suas reportagens com o número de dias que se passaram desde o desaparecimento de Naomi. Ele chama de "A Contagem", e o número atual é 22. Vinte e dois dias se passaram desde aquela sexta-feira 13, e Josh ainda acompanha a polícia por prédios, galpões e *bunkers* abandonados. Um especialista afirma que pode ser em vão, pois é quase certo que Owen está assistindo ao noticiário e, portanto, Naomi não seria mantida em um prédio, galpão ou *bunker* vazios. Além disso, uma mulher pode ser mantida em qualquer lugar. Num quarto individual, num contêiner. Num armário.

A reportagem termina em poucos minutos. Antes esse assunto ocupava metade do noticiário noturno. A história está começando a enfraquecer por falta de novidades e por Naomi não ser mais considerada a vizinha meiga. Ela está contaminada. Os telespectadores começaram a se incomodar.

E eu ando hipnotizado pelo ponto azul. Em todos os meus anos de casamento, nunca me perguntei quanto tempo Millicent levava para mostrar uma casa, ou quanto tempo gastava no almoço, ou quantas casas visitava por dia. Agora que a estou rastreando, tudo isto se tornou intrigante.

Confiro o aplicativo sempre que posso. Antes e depois das aulas de tênis, quando estou no carro, no clube, no vestiário. Não há sinal de Naomi. Millicent não visita prédios incomuns ou estabelecimentos abandonados, e as casas que ela inspeciona de fato estão todas à venda. Ela vai ao mercado, à escola e ao banco para fechar o dia. Depois de quatro dias, começo a me perguntar se Naomi já está morta.

Por mais perturbador que seja, acho que esse pode ser o melhor cenário possível.

Se ela se for, se nunca mais tivermos notícias ou se ela nunca for encontrada, Owen pode desaparecer com ela. Quando ele sumir dos noticiários, será como se nunca mais fosse voltar.

Trista ainda estará morta. Quanto a isto, não há o que fazer. Mas Jenna irá deixar de ter medo. Deixará de pensar em Owen Oliver.

E então, daqui a um ano, Owen estará mais uma vez estrelando os noticiários. O aniversário do evento será marcado por documentários, especiais e reconstituições, mas não haverá nada de novo para relatar. Ouviremos falar de Naomi e dos homens-silhueta com vozes distorcidas.

Depois, outra vez, Owen vai sumir. E Naomi sumirá com ele.

Até lá Jenna estará um ano mais velha e falando de garotos. Seu cabelo estará comprido de novo e ela não mais vai guardar uma faca sob o colchão.

Com o passar dos dias, começo a pensar que tudo já está se concretizando. Naomi já está morta e Millicent não a está torturando, nem a visitando. A polícia ainda não tem nada. Tudo, tudo o que fizemos, simplesmente desaparecerá até ser esquecido.

Com um sorriso, observo o pontinho azul. Millicent passa em casa à tarde, deixa as crianças na escola e depois volta a sair. Para em uma cafeteria, e eu sei que ela vai tomar um *latte* de baunilha. Talvez uma dose dupla, mas é difícil dizer apenas vendo o pontinho no mapa.

Estou tão ocupado observando Millicent que perco as notícias de última hora. Uma mulher alega ter sido atacada por Owen Oliver Riley.

# QUARENTA

Ouvi falar dessa mulher pela primeira vez quando estava na loja EZ-GO. Tem uma TV lá, instalada acima da máquina de refrigerantes, visível para todos no estabelecimento, inclusive pelos espelhos da segurança. A chamada com as últimas notícias está por toda parte, mas só presto atenção quando Josh aparece na tela. Ele diz que uma mulher se apresentou alegando ter sido atacada por Owen Oliver Riley.

Ela não aparece, nem mesmo em forma de silhueta. Por enquanto, ela é só um boletim de ocorrência registrado na polícia. O texto aparece na tela, e uma repórter o lê:

> *Na terça-feira à noite, me tornei a mais recente vítima de Owen Oliver Riley, mas pela graça de Deus, consegui fugir. Sou cabeleireira e, depois do trabalho, fomos todos tomar um drinque em frente ao salão. Mais tarde naquela noite, segui para um bar na Mercer Road, mas resolvi ir embora porque tinha que trabalhar no dia seguinte. Foi por volta das 23h, e me lembro porque alguém mencionou o horário e achei melhor voltar para casa logo, então foi quando decidi ir embora. Eu havia deixado meu carro no estacionamento dos fundos, e nem estava escuro lá por causa dos postes, e a lua estava bem cintilante — talvez fosse lua cheia, mas não verifiquei. Estava claro o suficiente para eu ir até lá sozinha sem problemas, então fui. Sinceramente, nem pensei em Owen. Ele jamais passou pela minha cabeça.*
>
> *Eu estava a poucos metros do meu carro quando senti um tranco. Foi como se minha bolsa tivesse prendido em alguma coisa, a alça*

*dela. Não foi forte, não me assustou. Apenas parei e a puxei, e de fato a alça estava presa em alguma coisa. Então me virei.*

*Ele estava parado ali, segurando a alça da minha bolsa. Foi isto que a prendeu. A mão de Owen.*

*Eu sabia que era ele, mesmo com o boné abaixado e cobrindo metade do rosto. Ainda conseguia ver a boca dele. O sorriso. Todo mundo conhece aquele sorriso — está em todos os noticiários. Ele estava sorrindo naquela foto antiga, e é por isso que sei que era ele, sem dúvida. E foi por isso que larguei a bolsa e corri.*

*Não consegui ir muito longe e logo fui derrubada por ele. Foi então que ganhei um monte de arranhões, tentando me livrar dele. Mas não consegui, porque ele era muito forte, e cada vez que eu tentava escapar, ele me agarrava com mais força.*

*Só estou viva por causa do meu celular. Meu irmão ligou, e eu sabia que era ele por causa do toque. Personalizo todos os toques porque gosto de saber quem está ligando, certo? O toque do meu irmão é tipo uma explosão, porque é mais ou menos assim que ele é: uma grande explosão. A vida dele parece estar sempre explodindo, e toda vez que isso acontece, ele me liga. Mas não posso mais reclamar porque a vida dele e aquele toque são o motivo de eu ainda estar aqui. O som da explosão foi tão alto que Owen se assustou. Ele virou a cabeça de maneira brusca, e acho que acreditou que algo tivesse explodido de verdade.*

*Levantei-me com dificuldade e corri direto para o bar, e ele não veio atrás de mim.*

*Acho que ele não percebeu que não tinha explosão nenhuma. Talvez ele ainda esteja achando que algo explodiu mesmo.*

É o fim da declaração, ou pelo menos da parte lida no noticiário. As palavras desaparecem e Josh está de volta, parado no estacionamento atrás do tal bar na Mercer. Não vou àquele bar desde os meus 20 anos. Naquela época, o local era conhecido por não exigir carteira de identidade da clientela.

Josh está sério. Amuado. Ele está melhorando seu desempenho; agora não parece mais tão animado diante de eventos tão terríveis. Ele se refere à mulher que foi atacada como anônima.

"Com licença."

Uma mulher mais velha passa por mim. Ainda estou na loja de conveniência, bem perto da máquina de refrigerantes, encarando a TV. A única outra pessoa a prestar atenção na notícia é o cara do caixa. Não é Jessica, a caixa que costumo encontrar aqui. Este cara tem uma careca que brilha sob as luzes fluorescentes.

Ele olha para mim e balança a cabeça, como se dissesse: "Não é horrível? Não é uma pena?".

Assinto para ele enquanto compro meu café de sempre e um pacote de batatas chips sabor molho *barbecue*.

VIVER COM Millicent sempre foi desse jeito. A vida segue como deveria, com um solavanco ou outro no caminho, mas, afora isso, é uma jornada tranquila. E então, de repente, o chão se abre em um abismo largo o suficiente para engolir tudo. Às vezes, o que está lá dentro é bom, até mesmo ótimo; às vezes, não.

Aconteceu quando ela me disse que Holly estava viva. Aconteceu quando ela acertou a cabeça de Robin com uma máquina de *waffle*. E mais uma vez quando ela ressuscitou Owen.

Esses são os eventos gigantescos, onde o abismo fica maior do que a Terra. Nem todos foram tão descomunais assim. Às vezes, o abismo é grande o bastante só para me engolir, tipo o dia em que cheguei em casa bêbado e ela desapareceu com as crianças durante oito dias.

E então há as rachaduras. Quando o chão se abre, isso causa rachaduras. Algumas são maiores do que outras, tipo Jenna guardando uma faca debaixo do colchão. Ou Trista se suicidando. Todas têm tamanhos diferentes — longas, curtas, de larguras variadas —, mas se originam do mesmo abismo.

A primeira se deu no dia do nosso casamento.

Millicent e eu nos casamos na casa dos pais dela, num campo cercado de coentro, alecrim e orégano. Ela usava um vestido branco diáfano que ia até os tornozelos e uma grinalda de narcisos e lavanda feita à mão. Eu usava calça cáqui com as bainhas arregaçadas até os tornozelos e camisa branca de botões para fora da calça, e nós dois estávamos descalços. Foi perfeito, até o momento em que deixou de ser.

Oito pessoas compareceram ao nosso matrimônio. Os três caras com quem viajei para o exterior estavam lá, incluindo Andy. Trista não. Eles ainda não tinham se casado, eram só namorados, e Andy não estava querendo lhe dar ideias. Abby e Stan, os pais de Millicent, também estavam lá, assim como uma amiga de Millicent do ensino médio. Os dois últimos eram vizinhos.

A cerimônia foi só isso: um auto, um ritual. Nem Millicent nem eu éramos religiosos; íamos nos casar no civil na segunda-feira seguinte, na Prefeitura de Woodview. Enquanto isso, estávamos fazendo só aquela brincadeirinha cerimonial, com o pai de Millicent fazendo o papel de pastor. Stan estava todo formal de camisa xadrez abotoada até o pescoço, e seu cabelo fino e grisalho estava alisado com gel. Ele estava postado em frente aos campos de ervas com um livro nas mãos. Não a Bíblia, só um livro qualquer, e quase disse as palavras certas.

"Senhoras e senhores, este jovem quer se casar com a minha filha hoje, e acho que ele precisa provar seu valor." Stan fingiu me lançar um olhar maligno. "Então faça tudo certo."

Eu havia escrito e reescrito meus votos uma dúzia de vezes, sabendo que teria de recitá-los. O problema não eram os convidados. Estava nervoso por ter de dizê-los para Millicent. Respirei fundo.

"Millicent, não posso te prometer o mundo. Não posso prometer que vou te comprar uma casa grande, um carro luxuoso ou um anel com um diamante gigantesco. Nem posso prometer que sempre teremos comida na mesa."

Ela me encarava, sem piscar. Sob o sol forte, seus olhos pareciam cristais.

"Espero te dar todas essas coisas, mas não faço ideia se será possível. Não sei o que nos aguarda no futuro, mas sei que ficaremos juntos. É isso que posso te prometer sem hesitar, sem medo de estar mentindo. Estarei sempre presente para você, com você, ao seu lado." Sorri um tiquinho, pois vi uma pequena lágrima em um olho dela. "E espero que consigamos comer."

Oito pessoas riram. Millicent assentiu.

"Muito bem, então", disse Stan, virando-se para a filha. "Acho que é a sua vez. Convença-nos de que este é o homem ideal para você."

Millicent levantou a mão e a pousou na minha bochecha. Daí se inclinou, colocou os lábios bem perto do meu ouvido e sussurrou: "Aqui vamos nós".

E.L.A.S
SAMANTHA DOWNLING
MINHA ADORÁVEL ESPOSA

# QUARENTA E UM

Durante o jantar, ninguém menciona as notícias ou a mulher anônima atacada. Ela está aqui conosco, mas não reconhecemos sua presença. Em vez disso, falamos de uma celebridade que foi para a reabilitação. De novo.

Conversamos sobre um jogo de futebol americano ao qual não assisti.

Conversamos sobre o que vamos ver na noite de cinema. Rory quer uma comédia universitária, e Jenna prefere uma comédia romântica.

O único evento atual que discutimos é um tiroteio em um shopping no estado vizinho.

"Maluco", diz Rory.

Jenna aponta para ele com o garfo. "É você quem gosta de jogo de tiro."

"A palavra-chave é 'jogo'."

"Mas você gosta."

"Cala a boca."

"Cala a boca você."

"Chega", intervém Millicent.

Silêncio.

Quando o jantar termina, os dois sobem as escadarias e se recolhem aos seus quartos.

Millicent e eu nos encaramos. Ela aponta para mim, articulando bem as palavras: "Foi você?".

Ela pergunta se fui eu quem atacou a mulher anônima. Balanço a cabeça e aponto para a garagem.

Depois que a louça é lavada e as crianças dormem, saímos e ficamos no carro. Millicent traz sobras de doces do Halloween e dividimos uma garrafa de água com gás. Ela está usando uma camisa azul de mangas curtas. Acho que é nova, porque mais cedo naquele dia vi que o carro dela parou no shopping.

"Você não teve nada a ver com essa mulher?", pergunta ela.

"De jeito nenhum. Não faria algo assim sem te contar." Pelo menos acho que não.

"Espero mesmo que não."

"E eu não faria nada para deixar Jenna com mais medo ainda."

Millicent assente. "Eu já devia imaginar."

"Talvez essa tal anônima esteja mentindo", digo.

"É possível. Ou talvez algum cara aleatório a tenha atacado, e ela simplesmente esteja achando que foi Owen. Não sabemos o que ela viu."

"Tem uma terceira opção", sugiro.

"Tem?"

Desembrulho um pedaço de chocolate, quebro-o em dois e dou metade a ela.

"E se ele tiver voltado?"

"Owen?"

"Claro. E se foi ele?"

"Não foi."

"Como você pode ter tanta certeza?"

"Porque seria estúpido. Por que ele voltaria justamente quando todos estão procurando por ele?"

"Bem pensado."

Estou de volta ao consultório bege, esperando Jenna terminar sua sessão com o psicólogo. Ele nos telefonou assim que ficou sabendo do ataque à mulher anônima, sugerindo uma consulta extra por temer que esse novo ataque faça Jenna regredir. Não tenho certeza se ela progrediu o suficiente para isso causar uma regressão, mas a levo à consulta mesmo assim. Millicent me avisa que não vai poder ir, então fico sentado na sala de espera, observando o pontinho azul. Minha esposa está em uma casa na Danner Drive; o anúncio pede pouco menos de meio milhão de dólares.

Então ela dirige até uma delicatéssen.

Às vezes, ela sai para almoçar com clientes, mas nunca a vi levando--os a uma delicatéssen.

Millicent está a poucos minutos do consultório do psicólogo, mas não vem aqui. Ela vai à delicatéssen, e ainda está lá quando a porta do consultório é aberta e Jenna enfim sai. Minha filha não parece nem feliz nem triste, ou seja, mais ou menos do mesmo jeito de quando entrou.

É a vez de ela aguardar enquanto converso com o psicólogo: o Doutor Bege. Para mim, ele sempre vai ser o Doutor Bege. O nome não é justo nem exato, porque apenas o consultório dele é bege; não sua personalidade. O sujeito é um babaca extravagante e arrogante. Nunca conheci um metido a doutor que não fosse.

"Ainda bem que chamei Jenna para vir", diz ele. "Esse novo ataque foi uma grande surpresa."

O Doutor Bege não está dizendo que Jenna ficou surpresa, mas está implicando que sim. É assim que ele contorna a confidencialidade entre médico e paciente.

"É claro que foi uma surpresa", digo.

"O importante é ela estar ciente de que nada mudou. De que ela está segura."

"Ela *está* segura."

"Claro."

Ficamos nos encarando.

"Você notou alguma mudança no comportamento dela?", pergunta ele. "Qualquer tipo de mudança."

"Na verdade, eu queria perguntar uma coisa. Jenna tem tido alguns problemas estomacais. Náuseas."

"E quando foi que isso começou?"

"Não faz muito tempo, e está piorando. É possível que esteja ligado aos eventos?"

"Ah, com certeza. O estresse mental pode se manifestar psicossomaticamente. Houve mais alguma coisa?"

Finjo pensar um pouco e balanço a cabeça. "Não, acho que não."

Será que ele percebeu que estou mentindo? Ninguém sabe sobre a faca debaixo da cama.

A conversa termina quando meu celular vibra. Mensagem de Millicent.

Desculpe por não ter ido, como foi?

O ponto azul está saindo da delicatéssen.

Jenna está na sala de espera, rabiscando em um caderno enquanto assiste a um *talk show* diurno. Seu cabelo curto faz seus olhos parecerem imensos, e ela está usando uma camiseta comprida, com jeans e tênis. Digo a ela que vamos comer alguma coisa antes de buscar Rory. Ela sorri.

Pelos meus cálculos, a Joe's Deli fica a sete minutos de carro de onde estamos. Quando chego no estacionamento, Millicent já saiu há muito tempo. A delicatéssen já viu dias melhores, talvez devido à sua localização. A Joe's fica na parte mais antiga da cidade, que vem perdendo a batalha contra o lado mais novo e reluzente.

Lá dentro, a claridade é intensa o bastante para destacar os arranhões no balcão e na vitrine. As carnes, queijos e saladas prontas parecem um pouco deformados. Somos os únicos clientes, e o silêncio só é quebrado quando Jenna começa a girar o mostruário de batatas chips, que range, talvez por causa da ferrugem. Uma mulher se materializa, acho que estava sentada detrás do balcão e se levantou de repente. Ela é roliça, loira e aparenta cansaço, mas quando sorri, seu rosto inteiro se ilumina.

"Bem-vindos ao Joe's", saúda ela. "Sou Denise."

"Prazer em conhecê-la, Denise", respondo. "É a nossa primeira vez aqui. Qual é a especialidade da casa?"

Ela levanta um dedo, me pedindo para aguardar, e desaparece atrás do balcão. Enfia a mão em uma das vitrines de vidro e pega uma travessa de carne fatiada. Então a coloca à nossa frente. "Peru com tempero adocicado. Um pouco picante, um pouco doce. Um pouco de cada um."

Olho para Jenna.

"Legal", diz ela.

Pedimos dois sanduíches, o dela no pão sete grãos e o meu no pão *kaiser*, ambos acompanhados somente de alface e tomate.

"Para vocês sentirem bem o sabor do peru", explica Denise.

A Joe's Deli tem um pátio externo na lateral, que não é possível ver do estacionamento da frente. Há algumas mesas em uma área murada; está limpo e arrumado, mas tem zero personalidade. Depois de um minuto, não faz diferença mais, porque o peru de fato está muito gostoso. Até Jenna está comendo com afinco.

"Você achou este lugar na internet?", pergunta Jenna.

"Não. Por quê?"

"Parece o tipo de coisa que você faria. Procurar uns lugares esquisitos pra comer sanduíche."

"Não é estranho. É bom."

"Mamãe odiaria", diz ela. "Não tem orgânicos."

"Não conte a ela que viemos aqui."

"Você quer que eu minta?"

Ignoro a observação.

"O que você acha do seu psicólogo? Está ajudando?"

Ela dá de ombros.

"Acho que sim."

"Você ainda está com medo?"

Jenna aponta. Pela porta lateral da delicatéssen, ela tem uma visão da TV acima do balcão de vidro. Denise está sentada em uma cadeira perto do caixa, assistindo ao noticiário. A manchete diz que a mulher anônima dará uma entrevista coletiva amanhã à noite.

# QUARENTA E DOIS

MILLICENT E EU estamos no estacionamento vazio do shopping Ferndale. O único som vem da rodovia atrás de nós. É sexta-feira à noite; Jenna está em uma festa do pijama e Rory vai passar a noite jogando videogame com um amigo.

A coletiva de imprensa da mulher anônima terminou há uma hora. Millicent e eu a assistimos em um bar e restaurante popular anexo ao shopping. A coletiva foi transmitida em todas as telas. A reviravolta mais recente do nosso drama de serial killers virou um encontro social na sexta-feira à noite, com direito a asinhas de frango e cerveja. Assistimos com outro casal, os Rhinehart, que acreditaram em cada palavra da mulher.

Agora Millicent está encostada no carro, de braços cruzados, uma mecha de cabelo solta balançando ao vento. Ela sempre usa algo adequado para a ocasião, mesmo numa ocasião séria como esta, no bar. Seu jeans preto combina com a camiseta com os dizeres "Woodview Unida", *slogan* criado quando Naomi desapareceu. Seu cabelo está trançado para trás, exceto por uma mechinha.

Ela balança a cabeça.

"Eu não gosto dela", diz. "Não caio nessa história."

Penso em Lindsay no cativeiro. Talvez Millicent também não gostasse dela.

"Não faz diferença neste momento", afirmo.

"Nós não sabemos disso."

"Então o que..."

"Nós só precisamos saber mais", argumenta ela.

"Você não está pensando que..."

"Eu não estou pensando nada."

Ficamos em silêncio por um momento, então Millicent se vira e abre a porta. Eu a observo enquanto ela se acomoda no banco do passageiro do carro. Ela fecha a porta e olha para mim. Permaneço no mesmo lugar. Quase consigo ouvi-la suspirar quando ela abre a porta e sai de novo. Ela está usando sapatos com solado de borracha, percebo como são silenciosos enquanto ela caminha até mim.

Pousando as mãos espalmadas no meu peito, ela me encara.

"Ei", diz ela.

"Ei."

"Você está bem?"

Dou de ombros.

"Isso significa que não", conclui ela.

É a minha vez de suspirar. Ou bufar. Ou de respirar fundo. Sei lá.

"Nós estragamos tudo, sabe?", digo.

"Estragamos mesmo?"

"Acho que sim."

"Diga-me como."

Não sei nem por onde começar; está tudo tão confuso, e não quero mencionar a coisa errada. Tipo Petra, que nunca citei. Ou a chantagem de Rory. Ela sabe sobre Jenna, mas não tudo. O suicídio de Trista. O rastreador no carro. A Joe's Deli.

Há tanta coisa que Millicent não sabe. E ainda assim, sinto que há muito mais para se descobrir.

"O lance do Owen", digo por fim. "Está fora de controle."

"Não acho que esteja."

"E quanto a Jenna?"

"Eu deveria ter previsto isso."

A resposta dela me surpreende. Não é sempre que ela comete um erro, muito menos que admite ter errado. Por isso, resolvo não contar o que o Doutor Bege disse. Não me parece um bom momento para revelar que tudo isto está deixando Jenna fisicamente doente.

Somos atingidos por faróis quando um carro vira a esquina do shopping. À medida que se aproxima, percebo que não é um carro. Os veículos de segurança do shopping são carrinhos de golfe, e este é dirigido por uma mulher de meia-idade. Ela para e pergunta se está tudo bem.

Millicent acena para ela. "Está tudo bem. Meu marido e eu só estamos discutindo as notas do nosso filho."

"Ah, entendo bem. Tenho três notas para discutir lá em casa."

"Então você sabe como é."

A guarda assente. Ela e minha esposa sorriem uma para a outra enquanto uma compreensão maternal se estabelece entre elas.

"Mas é melhor irem andando. O shopping já fechou."

"Obrigada. Já vamos indo", diz Millicent.

A guarda fica esperando enquanto entramos no carro e vamos embora.

Quando paramos em um sinal vermelho, Millicent pousa a mão no meu braço.

"Andei pensando que deveríamos matricular Jenna em uma aula de autodefesa. Acho que isso ajudaria na confiança dela."

"É uma boa ideia." E é mesmo.

"Vou dar uma olhada nisso amanhã."

A PARADA DE MILLICENT NA Joe's Deli não é um evento único. Ela vai mais uma vez no dia seguinte, na hora do almoço, e fica por quarenta minutos antes de sair para mostrar outra casa. Nenhuma de suas outras paradas é fora do comum. Ela chegou até a visitar duas escolas de artes marciais para Jenna, e me conta um pouco a respeito delas depois do jantar, já a sós no quarto.

"Uma das escolas ensina *taekwondo* competitivo. Eles têm equipes formadas, competem e brigam por medalhas. Mas tem outra no centro, de *Krav Magá*. É um pouco mais cara, mas mais voltada para a autodefesa."

"Ela pode testar as duas, deixamos que ela escolha a que mais gostar."

Millicent se aproxima e me beija no nariz. "Você é tão inteligente."

Reviro os olhos. Ela dá uma risadinha.

Ela não menciona a delicatéssen e nem a loira gordinha de sorriso fácil. Tento pensar num jeito de falar sobre o que ela comeu no almoço sem perguntar "O que você almoçou hoje?" assim do nada. Mas não sou tão inteligente quanto Millicent diz, pois quando começo a divagar sobre como meu almoço estava bom, ela não retribui. Apenas acena e sorri enquanto se prepara para dormir, fingindo interesse no meu longo monólogo sobre uma refeição fictícia. Vamos para a cama sem mencionar a Joe's Deli.

No meio da noite, levanto-me e desço para a biblioteca. Chamamos de biblioteca porque enchemos o cômodo de prateleiras, livros, além de colocar uma grande escrivaninha de mogno num canto, mas, no fim das contas, só o utilizamos para fazer ligações telefônicas particulares. Também comecei a usá-lo para navegar na internet com privacidade.

A Joe's Deli abriu há 22 anos. O negócio teve dois proprietários, sem parentesco entre si, e sempre fora localizada no mesmo prédio. É uma loja alugada, não própria. E nunca teve nenhum problema, exceto por um processo movido por um cliente que escorregou e caiu lá dentro; ele alegou que a culpa foi do piso molhado. Foi resolvido extrajudicialmente. Nenhum outro crime, processo ou violação grave no código da vigilância sanitária. A Joe's Deli é exatamente o que parece ser: uma delicatéssen comum. O fato de ser assim tão comum torna tudo suspeito. Millicent não tinha motivos para ir lá uma vez, muito menos duas.

Os mapas de satélite da região mostram um prédio independente no que costumava ser uma rua muito mais movimentada. Do outro lado da rua, há uma concessionária de carros usados. Ao lado, uma loja de materiais hidráulicos seguida de uma relojoaria.

Se ela tivesse parado lá apenas uma vez, poderia ter sido obra do acaso. Um lugar remoto recomendado por alguém e que ela decidiu experimentar, mas logo percebeu não ser seu tipo de restaurante. Eu até estaria disposto a acreditar que ela parou lá por estar com sede, e a delicatéssen era o único estabelecimento disponível para comprar uma bebida, mesmo estando a quilômetros de sua área habitual. Acreditaria em quase qualquer motivo único para ela parar na Joe's Deli. Mas aí, dois dias depois, ela retornou.

Ela tem outro motivo para ir à Joe's Deli. A princípio, acho que é Naomi — talvez ela esteja sendo mantida refém naquela área —, mas Millicent não parou em nenhum outro local. Não há prédios vazios ou comércios fechados na região, nenhum lugar para onde ela poderia ir a pé a partir do estacionamento da delicatéssen.

Não faz sentido. A menos que ela tenha desenvolvido um gosto por sanduíches pouco saudáveis e não orgânicos.

E eu sei que isso não aconteceu.

# QUARENTA E TRÊS

Depois de Holly, nunca me ocorreu que haveria outra. Não até Robin surgir à nossa porta ameaçando estragar tudo, e ainda por cima tentando nos subornar.

Após Robin, nunca me ocorreu que haveria outra. Não até eu querer fazer de novo.

A ideia já vinha circulando há algum tempo, primeiro na festa de Ano-Novo, quando Millicent e eu conversamos sobre as outras mulheres. Nossa conversa se prolongou pelos meses subsequentes, a ponto de começarmos a procurar vítimas em potencial na internet. A atividade se tornou nosso afrodisíaco.

Conversávamos sobre como seríamos capazes de matá-las e sair ilesos, e aquelas noites sempre terminavam num sexo incrível. Sexo selvagem. Em todos os lugares possíveis, contanto que as crianças não estivessem por perto, claro. E se elas estivessem em casa, pelejávamos para não fazer barulho.

Era quase como se estivéssemos subindo uma escadaria. Brincávamos com isso, conversávamos sobre isso, escolhíamos mulheres e planejávamos. Cada vez que subíamos um degrau, prosseguíamos para o seguinte. Então alguém sugeriu que fizéssemos de verdade. Fui eu.

Falei enquanto estávamos na cozinha. Era final da manhã e estávamos nus no piso frio. Havíamos acabado de encontrar Lindsay on-line. Nós dois concordamos que ela era perfeita.

“A gente devia simplesmente fazer”, sugeri.

Millicent deu uma risadinha. "Acho que acabamos de fazer."

"Não, não isto. Bem, sim, isto também, mas não foi o que eu quis dizer."

"Você quer dizer que deveríamos matar Lindsay."

Fiz uma pausa.

"Sim. Sim, isso."

Millicent olhou para mim com uma mistura de surpresa e algo mais. Na época, eu não soube decifrar. Hoje creio que era interesse. Ou ela estava intrigada. Mas não era repulsa.

"Eu me casei com um psicopata?", indagou ela.

Dei risada. Ela também.

A decisão estava tomada.

Millicent nunca me lembrou daquela noite, nunca disse que foi ideia minha. Nunca disse que foi culpa minha. Mas eu sei que é. Se não fosse por mim, não haveria Lindsay, nem Naomi, e Owen não teria voltado. Nossa filha ainda teria cabelos longos e brilhantes, e não haveria uma faca debaixo do colchão dela.

Ou talvez tenha sido Millicent. Talvez ela tenha me guiado o tempo todo. Não sei mais.

Mas alguns dias depois, sou lembrado mais uma vez daquela decisão. E das consequências indesejadas dela.

As escolas de artes marciais deixaram Jenna assistir a uma aula de iniciantes para ver se ela gostava. Primeiro, fomos ao *taekwondo*. Meia hora depois, Jenna balançou a cabeça para mim e fomos embora. Ela não quer participar de competições, nem ganhar medalhas e troféus. Jenna quer combater Owen.

Na tarde seguinte, fomos ao *Krav Magá*. Diferentemente da outra, a escola de *Krav Magá* não exige uniformes ou faixas, e Jenna gostou muito mais disso do que do quimono branco obrigatório no *taekwondo*. Preferia usar sua calça de moletom e camiseta.

Nunca me ocorreu que ela machucaria o rapaz que estava tentando lhe ensinar alguma coisa, muito menos que tentaria nocauteá-lo.

Foi tudo tão rápido que ninguém viu. Nem mesmo eu, que observava Jenna de uma fileira de cadeiras designadas para os pais. Em um minuto, os dois estavam de pé e o garoto estava mostrando a Jenna como dar um soco de verdade. No minuto seguinte, ele estava no chão e berrando de dor.

Algumas gotas de sangue mancharam o tatame e todo mundo endoideceu.

"O que..."

"Como..."

"Aquilo é uma pedra?"

Uma mãe de suéter turquesa apontou para Jenna. "Foi ela. Ela deu uma pedrada nele."

Seguiu-se um pandemônio, acompanhado de muito mais gritos e acusações pesadas.

Foi preciso algumas horas para resolver o caso, em parte porque a mãe do menino apareceu e começou a questionar aos berros que ninguém havia chamado uma ambulância. E assim alguém chamou uma ambulância. E a polícia.

Dois policiais uniformizados apareceram e perguntaram o que tinha acontecido. A mãe do menino apontou para Jenna e disse: "Ela bateu no meu filho".

Foi compreensível quando os policiais ficaram confusos, pois estávamos em uma academia de *Krav Magá*, onde apanhar não é o que se pode dizer de um evento raro. Eles também acharam meio engraçado o menino ter sido agredido por uma garota. O dono da academia não achou graça.

No fim das contas, o menino ficou bem. O sangue originou-se de um pequeno corte no lábio dele e, na verdade, foram apenas algumas gotas. Ninguém precisou ir ao hospital e nem foi preso, mas Jenna e eu fomos desconvidados do estúdio.

Ao longo da tarde, a mãe do menino jurou mais de uma vez que entraria com um processo. E além de tudo fui obrigado a cancelar várias aulas de tênis, e com isso irritei pelo menos um aluno.

Assim que entramos no carro, perguntei: "Por quê?".

Jenna olhava pela janela.

"Você deve ter tido um motivo", insisti.

Ela deu de ombros. "Não sei. Talvez para ver se eu conseguia."

"Se conseguia bater naquele garoto com uma pedra?"

"Se conseguia deixá-lo inconsciente."

Não aponto o óbvio. Ela não foi capaz de nocauteá-lo. Ela só cortou o lábio dele.

"Você vai contar para a mamãe?", perguntou Jenna.

"Sim."

"Sério?"

Na verdade, eu não fazia ideia. Naquele momento, não conseguia nem olhar para Jenna.

Ela nunca me fazia lembrar de Millicent. Quando Rory nasceu, ele já tinha tufinhos de cabelo ruivo. Jenna nasceu careca. Quando o cabelo dela enfim começou a despontar, era da mesma cor do meu: castanho-escuro sem um único toque de vermelho. Os olhos dela também eram iguais aos meus.

Fiquei tão decepcionado.

Não era pessoal. Não era algo que Jenna tinha feito ou deixado de fazer. Eu só queria uma menininha ruiva para combinar com meu filho e minha esposa, com o cabelo cor de fogo. Essa era a imagem que eu havia projetado quando pensava na minha família. E Jenna não combinava; ela se parecia com a minha mãe em vez de se parecer com a mãe dela.

A primeira vez que ela me lembrou Millicent foi ao bater naquele menino com uma pedra. Jenna ficou exatamente como a mãe quando ela bateu em Robin na nossa cozinha.

Aquilo que eu achava sexy na minha esposa, na minha filha era horrível.

## QUARENTA E QUATRO

É TARDE DA noite. Millicent e eu estamos no escritório dela. Ela trabalha na Abbott Realty, um pequeno conglomerado onde ela tem sido um grande nome há anos. O escritório fica em uma galeria de lojas, espremido entre uma academia e um restaurante chinês. Lá dentro está vazio e reservado, afinal ninguém busca imóveis a essa hora. A desvantagem é a fachada de vidro, o que significa que qualquer um pode enxergar seu interior. A disposição aberta das mesas também não oferece nenhuma privacidade, então deixamos as luzes apagadas e nos sentamos lá no fundo. Se as circunstâncias fossem outras, até que seria romântico.

Millicent já está sabendo sobre Jenna. Uma amiga contou a ela antes de mim, e, é claro, ela ficou enfurecida. Ela me ligou e berrou tanto que meu tímpano começou a latejar, e disse que eu deveria ter ligado para ela quando ainda estávamos na academia de *Krav Magá*. Ela tem razão.

Agora Jenna está a salvo em casa, dormindo na cama dela, livre de pedras. Livre do vômito. Sem mexer no que sobrou do cabelo. Millicent está calma. Ela até trouxe sobremesa, uma bomba de chocolate. Ela a cortou ao meio, as metades perfeitamente simétricas. Dou uma mordida no meu pedaço, ela dá uma mordida no dela, e eu limpo o chocolate do lábio superior dela.

"Ela não está bem", diz Millicent.

"Não."

"Precisamos conversar com o psicólogo dela. Eu posso ligar para..."

"Ela é como Holly?", pergunto.

Millicent pousa sua bomba como se ela estivesse prestes a explodir. "Como Holly?"

"Talvez seja a mesma coisa. A mesma doença."

"Não."

"Mas..."

"Não. Holly começou a torturar insetos quando tinha 2 anos. Jenna é muito diferente dela."

Comparando assim, ela tem razão. Jenna grita toda vez que vê um inseto. Ela não consegue nem matar uma aranha, quanto mais torturar uma.

"Então a culpa é nossa", afirmo. "Temos que nos livrar de Owen."

"Estamos tentando."

"Acho que a busca por Naomi tem que acabar", digo. "A gente tem que permitir que ela seja encontrada."

"Como isso vai ajudar..."

"Assim a gente se livra de Owen de uma vez." Quando Millicent começa a apontar o óbvio, levanto a mão. "Eu sei, eu sei. É difícil se livrar de alguém que sequer está presente, né?"

"Esse é um jeito de enxergar a situação."

"Ele foi uma ótima ideia... não vou negar. Mas nós causamos muitos problemas."

"Muitos?"

"Jenna. As pessoas desta cidade. As mulheres estão com muito medo." Tenho o cuidado de omitir o que ela não sabe, tipo Trista.

Millicent faz que sim com a cabeça.

"Não era minha intenção machucar Jenna."

"Eu sei que não." Inclino-me para a frente na cadeira, aproximando-me de Millicent para que ela não perca o fio da meada. Seria difícil, senão impossível, simular a morte de Owen sem um corpo. Na verdade, a única maneira seria se ele se afogasse no oceano ou em um lago e jamais fosse encontrado. Mesmo assim, ainda haveria dúvidas. E, para tornar a história minimamente verossímil, precisaríamos de alguém confiável para contá-la.

"Tipo a Naomi", diz Millicent.

"E quais são as chances de permitirmos que Naomi faça isso?"

"Negativas."

"Então talvez Owen não morra. Talvez ele apenas vá embora." Faço uma pausa, aguardando uma reação. Como ela não diz nada, prossigo: "Owen tem um ego tão grande que escreveu para um repórter para que todos soubessem que ele estava de volta e quando exatamente ele capturaria sua próxima vítima. Então por que ele não divulgaria sua partida? Ele é do tipo que se gabaria de seus feitos. Ele diria: 'Eu falei em detalhes o que eu ia fazer e quando ia fazer, e mesmo assim vocês não me pegaram. Agora vocês nunca vão me achar'".

Millicent assente sem muita convicção, como se estivesse pensando no assunto.

"Sei que não é o ideal", digo. "Mas se Owen for embora, todos vão parar de falar dele, e talvez Jenna não fique mais com medo."

"Mas tem que ser no momento certo", avisa ela. "Eles precisam localizar Naomi antes de você mandar outra carta."

"Ah, com certeza."

"Vou cuidar disso primeiro."

"Talvez devêssemos fazer juntos."

Millicent me olha, a cabeça inclinada para o lado. Por um momento, acho que ela vai sorrir, mas não o faz. A situação é grave demais. Já passamos da fase de fazer disto nossas preliminares.

"Eu posso cuidar da Naomi", afirma ela. "Você se concentra na carta. Precisa fazer todo mundo acreditar que Owen foi embora."

Quero discutir e prosseguir com a minha sugestão, mas em vez disso, só concordo. A ideia dela faz sentido.

Ela suspira de leve. "Espero que dê certo."

"Eu também."

Seguro a mão dela. Ficamos assim até ela pegar a sobra da minha bomba e dar uma mordida. Pego a dela e faço o mesmo. Um sorrisinho surge no rosto dela. Dou um pequeno aperto em sua mão.

"Vai dar tudo certo", digo.

Millicent já disse isso em outras ocasiões. Ela costumava falar isso quando éramos jovens, estávamos falidos, com um bebê e outro a caminho. Ela disse isso quando compramos nossa primeira casa e depois a segunda, maior.

Ela também disse isso depois de Holly, quando o corpo dela jazia na nossa sala de estar, a cabeça esmagada pela raquete de tênis.

ENQUANTO ESTAVA de pé ao lado de Holly, tentando entender o que tinha acabado de fazer, Millicent foi direto ao assunto.

"Ainda temos aquela lona na garagem?", perguntou.

Levei um segundo para processar. "Lona?"

"De quando teve aquele vazamento."

"Acho que sim."

"Vá pegar."

Fiz uma pausa, pensando que era melhor chamar a polícia. Porque é isso que se deve fazer quando você mata alguém em legítima defesa. Você chama a polícia e explica o que aconteceu, afinal de contas, não fez nada de errado.

Millicent leu meus pensamentos.

"Você acha que a polícia vai acreditar que Holly era uma ameaça para *você*?", disse ela.

Eu, o atleta. Eu, com a raquete de tênis quebrada.

Holly, desarmada.

Não discuti. Fui até a garagem e vasculhei as prateleiras e caixas de plástico até encontrar a lona azul enrolada. Quando voltei para a sala, o corpo de Holly já havia sido ajeitado; suas pernas estavam estiradas, e seus braços, estendidos ao lado do corpo.

Abrimos a lona no chão e, juntos, envolvemos o corpo dela como uma múmia.

"Vamos levá-la para a garagem", ordenou Millicent.

Era quase como se ela não precisasse nem pensar para agir.

Fiz o que ela disse e Holly acabou no porta-malas do meu carro. Levei-a para a mata e a enterrei, enquanto Millicent limpava o sangue. Quando as crianças chegaram da escola, todos os vestígios de Holly haviam sido apagados.

Fizemos a mesma coisa com Robin, só que ela não foi enterrada. Seu corpo e seu carrinho vermelho acabaram no fundo de um lago.

Millicent está certa. Tudo sempre deu certo.

Agora é a minha vez de assegurar isso a ela.

• • •

As metades da bomba foram devoradas, e agora Millicent joga as migalhas em uma lixeira. Nos levantamos para ir embora, atravessamos o escritório às escuras e seguimos para o carro. Está tarde. Até o restaurante chinês está fechado, mas a academia fica aberta 24 horas. Ela se destaca como uma única estrela halógena em um céu escuro.

Antes de ligar o carro, me viro para Millicent. Ela está olhando o celular. Estendo a mão e a pouso em sua bochecha, do mesmo jeito que ela já fez comigo tantas vezes. Meu gesto a incita a olhar para cima, surpresa.

"Então temos um plano?", pergunto.

O sorriso dela chega aos olhos.

"Com certeza."

# QUARENTA E CINCO

É O FIM DO ruído. Pela primeira vez, por mais improvável que pareça, a clareza me atinge de repente. Até presenciar Jenna batendo naquele garoto, nunca tinha percebido que Millicent e eu estávamos fazendo algo totalmente inconsciente. Estávamos destruindo nossa família.

A última carta de Owen é a mais fácil de escrever. Agora tenho um objetivo — me livrar de Owen — e ao que tudo indica sei como alcançá-lo.

Embora eu vá enviar a carta para Josh, como sempre faço, na verdade ela é endereçada ao público. Estou mais ou menos chamando todos de burros.

> *Eu dei isso a vocês. Tentei ajudar a me pegarem, avisando quando eu faria minha próxima vítima, o dia exato. Até concedi duas semanas de preparo, para se planejarem. Mas vocês falharam. Não me impediram, não conseguiram me pegar, e, por causa de vocês, Naomi está morta. Deixando bem claro: a morte dela não é minha culpa. É de vocês.*
>
> *Ela estava ciente disso. Naomi viu as mesmas reportagens, leu minha carta anterior, e mesmo assim ficou sozinha naquela sexta-feira 13. Naomi sabia que tinha sido estúpida. Mas ainda tinha fé. Fé de que vocês estariam procurando por ela, fé de que vocês a encontrariam. Ela estava, em parte, certa.*
>
> *Se tivesse tempo, descreveria tudo o que fiz. Cada marca, cada corte, cada hematoma. Mas isso seria redundante. Vocês já têm o corpo dela.*

*Sério, não há mais nada a dizer. Participamos de um jogo e vocês perderam. Naomi perdeu. Todos perderam, menos eu. E agora chego ao fim. Vim e alcancei meu objetivo. Não tenho mais nada a provar. Nem para vocês, nem para mim.*

*Adeus.*

*Finalmente.*

Uma vez que chego à versão final, conto a Millicent. Ela veio ao clube buscar Rory, que veio jogar golfe depois da escola e acabou antes de mim. Millicent para na quadra de tênis, onde estou aguardando meu próximo aluno. Seus saltos nude batem no concreto quando ela caminha na minha direção, sorrindo.

Já se passaram dias desde aquela nossa conversa tarde da noite. Agora que a mulher anônima revelou sua identidade, ela tem dado entrevistas a quem estiver disposto a ouvi-la. Estava sendo quase impossível evitar ver a cara dela, até que apareceu uma anônima nº 2 ontem à noite.

Em vez de conceder uma entrevista coletiva, essa nova mulher fez uma transmissão ao vivo pela internet, e o noticiário local retransmitiu. Ela é mais jovem do que as outras, talvez ainda esteja na faculdade, e tem cabelos pretos azeviche, pele clara e lábios que parecem pintados com sangue. A mulher anônima nº 2 é quase o oposto das vítimas de Owen, mas contou quase a mesma história que a anônima nº 1. Só o estacionamento era diferente, juntamente a alguns ajustes dramáticos aqui e ali. Ela alegou que Owen a golpeou no rosto, e por isso ela exibia um hematoma arroxeado na bochecha.

Tão logo a transmissão terminou, meu velho amigo Josh apareceu na TV. Nos últimos tempos ele tem estado muito sério, mas ontem à noite soava quase sarcástico. Não disse com de forma aberta que achava que a anônima nº 2 era uma mentirosa, mas nem precisou. Não consigo imaginar que alguém tenha acreditado nela. Só sei que eu não acreditei.

O problema é que mulheres como ela estão colocando Owen no foco. Não preciso lembrar Millicent disso quando ela entra na quadra de tênis.

“Estou pronto quando você estiver”, digo.

Seus óculos escuros escondem seus olhos, tanto do sol quanto de mim, mas ela assente. “Oi para você, também.”

"Desculpe." Inclino-me e a beijo na bochecha. Ela cheira a frutas cítricas. "Oi."

"Oi. A carta está pronta?"

"Quer ler?" Quero que ela diga que sim, quero vê-la ler, mas ela balança a cabeça.

"Não preciso. Confio em você."

"Ah, eu sei. Só estou perguntando."

Ela sorri e me beija na bochecha. "Te vejo em casa. Jantar às 18h."

"Sempre."

Fico observando enquanto ela se afasta.

Hoje, ela não vai à Joe's Deli. Hoje é só trabalho, seja no escritório ou nas visitações às casas.

Ainda estou de olho no rastreador, ainda verifico os rumos dela, mas não porque queira saber de Naomi. Isto eu já sei. Se ela ainda não morreu, morrerá em breve.

Estou de olho no rastreador porque gosto de vigiar Millicent.

Mais um dia chega ao fim, e depois mais outro, e Josh volta a marcar a passagem do tempo desde o sumiço de Naomi. Fico vendo-o no celular o tempo todo, à espera do furo que enfim revelará o paradeiro do corpo dela. Mesmo quando acordo no meio da noite, sinto vontade de ver se tem algo acontecendo. Na internet, as notícias podem pipocar a qualquer instante. Em geral, isso não é um problema. Mas agora que estou esperando a notícia aparecer, é um saco. E inconveniente.

Desço as escadas e vou para o quintal, onde verifico o celular de novo. As notícias são as mesmas de quando fui dormir. Não tem nada acontecendo, nada; é como uma reprise entediante.

Mas não estou cansado. Às 2h, o ar está parado, assim como nosso bairro. Ninguém em Hidden Oaks dá festas até tarde nem toca música alta. Não vejo sequer luzes acesas em nenhum dos nossos arremedos de mansões.

Gostaria de poder dizer que esta é a casa dos nossos sonhos, aquela que vimos e definimos como nosso lugar, o lar que tanto batalhamos para conseguir. Não é verdade. A casa dos nossos sonhos fica um pouco mais para dentro de Hidden Oaks, onde as construções são mansões de verdade. Esse círculo mais perto do núcleo é só para profissionais de fundos de investimento e cirurgiões.

Moramos mais ou menos no raio do meio, mas só porque nossa casa é fruto de um divórcio conturbado, que levou ao congelamento de bens, seguido de uma execução hipotecária. Como Millicent havia feito muitas transações para o banco detentor da hipoteca do imóvel, conseguimos uma casa que em outras circunstâncias jamais conseguiríamos pagar. É por isso que moramos no meio de Hidden Oaks. Nosso lugar real é na periferia do bairro. No entanto, mais uma vez, consegui achar um atalho para ficar mais perto do centro.

O som de arbustos farfalhando me dá um susto. Não tem vento esta noite.

O barulho vem da lateral da casa. Se tivéssemos um cão, presumiria ser ele o autor do barulho, mas não temos. Não há nem cervos nesta área.

O farfalhar de novo, seguido de um rangido.

Com o celular na mão, eu me levanto para investigar. Nossa varanda dos fundos tem mais ou menos metade do comprimento da casa, indo da cozinha até o canto. Na penumbra, caminho até a balaustrada mais distante. O caminho ao longo da lateral da casa está em parte iluminado por um poste de luz, e não tem nenhuma criatura à vista. Nenhum animal, nenhum gatuno, nenhum serial killer.

Um leve ruído de raspagem vem do alto. Olho para cima bem a tempo de flagrar Rory entrando de modo sorrateiro pela janela.

Eu não fazia ideia de que ele tinha saído escondido.

# QUARENTA E SEIS

FESTAS, DROGAS, GAROTAS. Ou simplesmente porque sim.

Eis os motivos para Rory sair de casa às escondidas. São os mesmos para todos os adolescentes. Eu mesmo já saí escondido para fumar maconha. Depois, continuei só porque deu certo da primeira vez. Por fim, comecei a sair por causa de Lily. Meus pais nunca ficaram sabendo. Ou, o que é mais provável, nunca ligaram.

E, no entanto, mesmo quando Rory viu que *eu* estava saindo escondido, jamais me ocorreu que ele estivesse fazendo a mesma coisa. Esse é o quão desatento estava do que acontecia.

Em vez de confrontá-lo no ato do flagrante, espero até o dia seguinte. Isso me dá a chance de ver se deixei alguma coisa passar, algo que devesse saber antes de ter uma conversinha com ele.

O quarto dele está uma zona, como sempre, exceto pela escrivaninha. Ela é organizada de modo quase obsessivo-compulsivo, mas certamente não é intencional; afinal, ele não é exigente com mais nada. Não se importa se as roupas estão empilhadas num canto ou se os livros estão espalhados pelo chão. Por outro lado, a escrivaninha está sempre em ordem. Talvez porque ele nunca a use.

Em geral, eu jamais vasculharia o quarto dele. Nunca fiz isso. Mas, em contrapartida, nunca o vi saindo escondido. Meu filho anda guardando segredos e, para mim, isso justifica uma busca.

Neste momento, Rory está na escola. Levou o celular, e não tem permissão para manter um computador no quarto, então minha busca se restringe ao mundo analógico. Primeiro a mesa de cabeceira, depois a escrivaninha, a cômoda e o *closet*. Chego a procurar embaixo da cama, da cômoda e no fundo da gaveta de meias.

É a busca mais decepcionante do mundo.

Não tem pornografia, porque ele vê tudo on-line. Nem bilhetinhos de garotas, porque elas mandam mensagens pelo celular. Nada de fotos, porque também estão no celular dele. E nada de álcool ou drogas, pois se ele estiver consumindo algum dos dois, não é burro o suficiente para escondê-los no quarto. Já é uma evolução, acho. Meu filho não é um idiota.

Não conto para Millicent, pois ela já tem coisas demais para cuidar. Ela não está sabendo de nada disso. Se soubesse, Rory estaria de castigo pelo resto da vida. Mas ela também não sabe, porque jamais seria capaz de flagrá-lo. Millicent dorme como uma pedra. Não sei nem se o alarme de incêndio seria capaz de acordá-la.

É quase hora do almoço quando concluo minha busca inútil, então sigo para a escola. O administrador da secretaria manda um recado para um professor, que por sua vez encaminha Rory para a secretaria. Embora Rory e Jenna frequentem uma escola particular, uniformes não são obrigatórios. No entanto, eles têm um código de vestimenta, então todos os dias Rory usa calça cáqui e camisa social. Hoje, a camisa é branca. Sua mochila está pendurada em um ombro e seu cabelo ruivo carece de corte. Assim que me vê, ele afasta a franja da testa.

"Está tudo bem?", pergunta ele.

"Está tudo ótimo. Só achei que seria legal passarmos a tarde juntos."

Ele ergue as sobrancelhas, mas não discute. Por enquanto, estar comigo ainda é melhor do que assistir às aulas do turno da tarde.

Nosso almoço é no restaurante favorito de Rory, onde ele pede o bife que Millicent nunca faz para ele. Ele só questiona quando a garçonete traz um refrigerante, algo que não costumamos ter em casa. Percebe que tem alguma coisa acontecendo, então não é surpresa quando ele pergunta: "E aí, pai?". Mas é um choque quando ele continua: "Você e a mamãe vão se divorciar?".

"Divorciar? Por que está perguntando isso?"

Ele dá de ombros. "Porque você só faz esse tipo de coisa quando precisa conversar algo sério."

"É mesmo?"

"É." Ele confirma como se todo mundo soubesse disso.

"Sua mãe e eu não vamos nos divorciar."

"Tá bom."

"Sério, não vamos."

"Já ouvi."

Tomo um longo gole de chá gelado e ele faz o mesmo com o refrigerante. Ele não diz mais nada, me obrigando a iniciar o assunto.

"Como estão as coisas?"

"Estão bem, pai. Como estão as coisas com você?"

"Ótimas. Alguma novidade?"

Rory hesita. A comida chega, dando a ele mais tempo para pensar nas minhas intenções.

Quando a garçonete sai, ele balança um tanto a cabeça. "Na verdade, não."

"Na verdade, não?"

"Pai."

"Hum?" Dou uma garfada no meu bife.

"Só me diga por que estamos aqui."

"Só quero saber das novidades emocionantes que estão acontecendo na sua vida", digo. "Porque deve ser algo bem bacana e empolgante, já que você anda saindo de casa no meio da noite."

As mãos de Rory congelam no meio do corte do bife. Quase consigo enxergar as opções passando pela cabeça dele.

"Foi só uma vez", explica ele.

Não retruco.

Rory suspira e larga os talheres.

"Daniel e eu demos uma fugida juntos. Para ver se conseguiríamos nos safar."

"Ele se safou?"

"Até onde eu sei, sim."

"E o que vocês dois foram fazer?"

"Nada, na verdade. Fomos ao campinho, ficamos chutando bola. Depois andamos por aí."

Plausível. Aos 14 anos, era emocionante sair do nada de casa à meia-noite. Porém, aquela não parecia ser a primeira vez que ele escapulia pela janela.

• • •

Rory não sai escondido naquela noite, nem na seguinte. Já era de se imaginar, agora que ele foi pego. Mas não estou prestando atenção nele só durante a vida noturna; também em tudo o que foi ignorado.

Ao cair da tarde, fico de olho enquanto ele envia mensagens de texto, quando seu celular vibra e ele verifica quem é, e quando ele está no computador. Na noite de cinema, percebo como ele esconde o celular, mas o verifica com frequência. O aparelho chega a tocar uma vez, mas o som não é rock nem o bipe de algum joguinho. É uma música que não reconheço, com um vocal feminino rouco, entoado como se a cantora estivesse à beira de um penhasco.

Quando vou buscar as crianças na escola, chego cedo o suficiente para ter uma visão privilegiada dos portões. É quando vejo a menina que a olhos vistos está deixando meu filho maluco.

É uma loira baixinha de lábios rosados, pele leitosa e cabelos na altura do queixo. Ela ajeita as mechas para trás enquanto conversam, e fica revezando o peso do corpo entre um pé e outro. A menina está tão tensa quanto ele.

Há quanto tempo, me pergunto, ele tem essa namorada, ou essa quase-namorada? Se eu não o tivesse flagrado na outra noite, não teria percebido nada. Talvez eu tivesse passado a vida sem saber dessa menina loira por quem meu filho anda caidinho.

Será que houve outras garotas — loiras, morenas ou ruivas — que deixaram meu filho tão louco quanto esta? Será que perdi a primeira, a segunda e a terceira? A essa altura, não dá para saber.

Ele não me contaria nem se eu perguntasse. Sequer me contou sobre a atual.

E eu não percebi, não fazia a mínima ideia, até procurar. Caso contrário, teria passado despercebido.

Pergunto-me se foi isso o que aconteceu com meus pais. Eles nunca se esforçaram, e assim minha vida seguiu sem eles.

# QUARENTA E SETE

Durante o jantar, todos os nossos celulares estão enfileirados no balcão atrás de Millicent. Estamos comendo risoto de *champignon* com alho-poró e cenouras baby quando meu telefone emite um som tipo uma buzina.

Notícias de última hora.

Millicent estende a mão para trás e silencia meu celular.

"Desculpe", digo. "Aplicativo de esportes."

Ela me lança um olhar severo. Os celulares devem ficar no silencioso durante o jantar.

As notícias de última hora poderiam ser sobre qualquer assunto, mas sei que não é o caso agora. Ativei um filtro no aplicativo com os nomes Naomi e Owen Oliver, e com expressões-chave tais como *corpo foi encontrado*. A tecnologia é uma coisa maravilhosa.

Ao mesmo tempo é horrível, porque agora terei de passar o jantar todo quietinho, ansioso para saber mais. É pior do que ficar completamente ignorante por vinte minutos.

Quando enfim terminamos, pego meu celular enquanto as crianças limpam a mesa.

Corpo de mulher é encontrado

Olho para Millicent. Ela está parada em frente à pia, usando um moletom velho, legging preta e um par das minhas meias. Eu a encaro, apontando para o celular.

Ela assente com leveza e sorri.

Só VEJO O RESTANTE da notícia quando a louça já está lavada e as crianças estão vendo TV. Nesse momento, subo as escadas, vou ao banheiro e assisto ao noticiário.

É perfeito.

O corpo de Naomi foi encontrado dentro de uma caçamba de lixo atrás do hotel Lancaster. Ela foi vista pela última vez naquele mesmo estacionamento, não muito longe daquela caçamba, após sair do trabalho naquela sexta-feira 13. A última imagem de Naomi foi gravada por uma câmera de segurança enquanto ela ia para o carro. As câmeras cobriam apenas parte do terreno. O carro de Naomi e a caçamba estavam exatamente nos pontos cegos.

Josh está parado do outro lado da rua, em frente ao hotel, bem onde eu costumava estacionar para vigiar Naomi. Ele parece embriagado de cafeína ou adrenalina, ou ambos, e é bom vê-lo desse jeito de novo. As mulheres anônimas, sobretudo a segunda, pareceram deprimi-lo.

Agora ele está cheio de energia, repleto de insinuações e especulações, porque poucos fatos foram divulgados até então. A única informação é que uma mulher morta, parecida com Naomi, foi encontrada na caçamba, que estava sendo esvaziada por uma empresa de coleta de lixo. A polícia foi chamada, toda a área foi isolada e uma coletiva de imprensa pode ou não acontecer hoje à noite. Josh acha que acontecerá, sim.

A única coisa que não é mencionada é o passado de Naomi. Agora que ela está morta, em vez de desaparecida, seria indelicado maldizê-la.

Josh observa que já faz semanas desde a última vez que Owen Oliver Riley deu sinal de vida.

Sorrio.

A carta é endereçada à emissora de TV e está marcada como *Pessoal e Confidencial para Josh*. Imagino que, quando ela chegar, a expressão dele será de orgasmo, muito embora ele não vá ficar nem um pouco feliz ao se dar conta de que esta será a última comunicação de Owen. As cartas transformaram Josh em estrela, pelo menos regional, e há um boato de que ele foi abordado por uma emissora de TV a cabo. Ele se daria bem em uma emissora grande; é tão sério e franco que é difícil não acreditar nele.

Josh é um dos poucos que conseguirá uma vida melhor por causa disso.

Trista, não.

A pobre Trista, morta, jamais será reconhecida como vítima. E ela foi uma vítima, mesmo tendo tirado a própria vida. Eu me sinto mal por ela, principalmente porque ela se compadecia dos outros. É difícil não gostar de alguém tão empático.

O melhor que podemos fazer agora é evitar que isso volte a acontecer.

Desço as escadas e encontro as crianças discutindo sobre o que vão assistir. Millicent ameaça mandá-las para cima para ler se não entrarem num acordo, e de repente a sala fica em silêncio. Começa a música de abertura de um drama adolescente; é o favorito de Jenna, e, de alguma forma, Rory consegue segurar um resmungo. Desconfio que seja por causa da loirinha. É provável que ela assista aos mesmos programas que Jenna.

Millicent faz um gesto para mim e atravessamos a cozinha, entrando na sala de jantar que usamos apenas em datas festivas e jantares com amigos.

"Ela foi encontrada?", sussurra ela.

Faço que sim com a cabeça. "Acharam ela. Estou aguardando a confirmação oficial."

"Agora você..."

"Vou enviar amanhã."

"Perfeito."

Dou um sorriso. Ela me dá um beijo na ponta do nariz.

Retornamos à sala de estar e nos juntamos às crianças, mas como estamos assistindo à TV aberta, não conseguimos evitar as notícias sobre Naomi. A novidade é anunciada durante um intervalo comercial, e é tão rápida que não dá tempo de mudar de canal.

O celular de Rory acende. Ele o pega e começa a mandar mensagens.

Jenna não reage. Fica encarando a TV como se ainda estivesse assistindo ao seu programa predileto, e não ao noticiário sobre uma mulher assassinada.

"Quem quer sorvete?", pergunta Millicent.

Rory levanta um dedo. "Eu."

"Jenna?"

"Claro."

"Uma bola?"

"Três."

"Claro, querida", digo, levantando-me do sofá.

Millicent ergue a sobrancelha para mim, daí me acompanha até a cozinha.

Pego quatro tigelas e todos ganham três bolas. Ela começa a dizer alguma coisa, mas a interrompo.

"Não vamos discutir consumo de açúcar hoje. Tudo vai piorar antes de melhorar." E é verdade. Naomi vai estar no noticiário todas as noites, e eles vão repassar cada detalhe de como ela foi morta, do estado como foi encontrada. Vai piorar ainda mais quando Josh receber minha carta, porque aí eles ficarão horas debatendo se Owen de fato se foi ou se só está esperando nossa complacência para agir de novo.

Por fim, o assunto vai desaparecer. Outra coisa tomará seu lugar, e Owen irá sumir para sempre.

Mas até lá, três bolas de sorvete.

Voltamos à sala de estar e o programa de dramalhão adolescente já acabou. Rory muda de canal e assistimos ao final de um outro programa qualquer, na expectativa pelo próximo. Nesse ínterim, há uma notícia de última hora. Antes que Millicent tenha a oportunidade de pegar o controle remoto, Josh está na nossa tela. Ele repete a mesma informação que ouvimos no outro canal.

Quando ele termina de falar sobre a descoberta do corpo de Naomi, Rory se volta para a irmã. "Você acha que ela foi torturada?"

"Acho."

"Com mais ou menos crueldade do que a última?"

"Ei", censuro-o. Porque não sei mais o que dizer.

"Mais", retruca Jenna.

"Quer apostar?"

Ela dá de ombros. Eles dão um aperto de mão.

Millicent se levanta e sai da sala.

Levo minha tigela de sorvete para a cozinha. Meu celular está quase sem bateria, então vasculho a gaveta de quinquilharias em busca de um carregador. Sempre tem algum espalhado pela casa, mas nunca quando preciso, e neste momento não tem nenhum na gaveta. Em seguida, tento a despensa, porque, por algum motivo, nossas coisas sempre acabam lá. Quando Jenna era mais nova, eu costumava encontrar seus bichinhos de pelúcia em volta dos biscoitos, formando uma espécie de barreira de proteção. Agora é onde encontro nossos artigos eletrônicos.

Mas esta noite, não. No entanto, na prateleira de baixo, atrás de algumas latas de sopa, encontro um pequeno frasco de colírio.

Daquele com a composição que dá alergia em Millicent.

# QUARENTA E OITO

Quando vejo o colírio, penso em Rory. Se, quando jovem, Millicent tentou usar o colírio para esconder que estava chapada, é quase certo que outros adolescentes já pensaram o mesmo. Talvez seja isso que ele esteja fazendo ao sair escondido. Quem sabe ele e a namoradinha estejam fumando maconha.

Há coisas piores. Muito piores.

A despensa não é um lugar lógico para o colírio, mas suponho que ele simplesmente o tenha escondido lá. Talvez um dia ele tenha chegado doidão em casa e usado ali às escondidas, num gesto desesperado de última hora. Ou talvez tenha pensado que ninguém verificaria na prateleira de baixo, atrás das sopas.

Daí, por outro lado, pode ser coisa de Jenna. Talvez seja ela quem esteja fumando.

Não, não faz sentido. Jenna não comprometeria seus pulmões. O futebol é importante demais para ela.

Pego o frasco. A caminho do clube, me pergunto o que mais poderia causar olhos vermelhos além de fumaça, sujeira ou alguma irritação. Alergias e fadiga também, embora nenhuma delas seja digna de ser escondida. Talvez ressaca. Ou quem sabe alguma droga nova da qual ainda não ouvi falar.

Quando Kekona chega para a aula, estou sentado num banco, examinando o frasquinho de colírio.

Kekona está tão empolgada com as fofocas que saltita na ponta dos pés como se tivesse 6 anos em vez de 60. Assim que entra na quadra, ela desanda a falar, porque precisa desabafar antes de sua viagem. Todo ano,

Kekona passa um mês no Havaí, e a data de ida está se aproximando. Ela está lamentosa por tudo o que vai perder, agora que o corpo de Naomi foi encontrado.

"Estrangulada", diz. "Igual às outras."

"Eu sei."

"E a tortura. Um monte de cortes com papel."

Meu coração falha.

"Cortes com papel?"

"A polícia disse que ela estava coberta de cortezinhos. Até nas pálpebras." Ela treme como se estivesse frio ali fora.

Cortes com papel.

Fecho os olhos, evitando imaginar Millicent fazendo os cortes. Tentando apagar a ideia de que ela transformou nossa piada interna em algo tão doentio.

São apenas 11h. Mais cedo, disseram que as impressões digitais do cadáver tinham sido esfoladas, mas a polícia já estava em posse dos registros odontológicos de Naomi. Era ela mesmo.

"A polícia que falou dos cortes?", pergunto.

"Não de modo oficial. Apenas fontes anônimas", diz Kekona. "Mas, se você quer saber, o estranho é o momento." Ela faz uma pausa.

Então pergunto: "O que tem de estranho?".

"Bem, a última mulher ficou em cativeiro durante um ano. Mas Naomi? Um mês e meio."

"Talvez Owen tenha se cansado de esperar a polícia encontrá-lo."

Kekona sorri para mim. "Você está saidinho hoje, né?"

Dou de ombros e ergo uma bola de tênis, lembrando-a que devemos jogar, já que é para isso que ela me paga. Kekona se espreguiça um pouco e manipula a raquete.

"Se isto fosse um filme, essa diferença de tempo teria um significado bem relevante", diz ela.

Ela está certa, mas pelos motivos errados.

"Não foi você quem disse que a vida não é um filme de terror?"

Kekona não responde.

"Saque", estimulo.

Ela saca duas vezes. Não faço as devoluções porque ela ainda não quer volear. Ela quer tentar um *ace*.

"Eles também disseram que ela estava queimada", continua Kekona.

"Queimada?"

"Foi o que falaram. Tinha queimaduras no corpo todo, como se tivesse sido escaldada."

Estremeço só de pensar num escaldo acidental. No entanto, Millicent fez de propósito.

"Eu sei, também fico com engulhos só de pensar", afirma Kekona. Ela saca de novo, daí para. "Hoje de manhã, disseram que ele pode estar recriando os antigos crimes de Owen. Ele queimou outra vítima, Bianca ou Brianna. Algo assim. Mostraram uma foto dela, e era bem parecida com Naomi."

Não vi nada disso. Esse negócio de não poder assistir ao noticiário em casa está sendo um problema. "Que bizarro", digo. "Saque."

Ela saca, e eu conto nove saques até ela parar de novo, só que desta vez ela não fala de Owen.

Ela fala de Jenna.

"Fiquei sabendo da sua filha", diz.

Não me surpreende que Kekona tenha ouvido falar do incidente no *Krav Magá*. Era exatamente sobre esse tipo de coisa que a gente costumava fofocar. Só que em regra não envolvia a minha família.

"Pois é", digo, tentando pensar numa explicação para livrar a cara da minha menina por ela ter apedrejado outra criança. Ela teve um dia ruim, tirou nota baixa em uma prova, se esqueceu de tomar o remédio? Todos os pretextos soam meio toscos. E ao mesmo tempo fazem parecer que a minha filha é incapaz de se controlar.

Kekona se aproxima e me dá um tapinha no braço.

"Não se preocupe", diz ela. "Sua filha vai ser corajosa."

Dou risada. E espero que ela esteja certa. Preferiria que Jenna fosse corajosa do que qualquer uma das outras opções.

• • •

Quando a aula de Kekona acaba, enfim consigo conferir as notícias. Ela está certa sobre a tal vítima anterior de Owen. Bianca e Naomi realmente são parecidas; ambas tinham cabelos escuros e aquele arzinho de garota comum. Bianca também foi escaldada, mas não com água.

Óleo.

Tal semelhança faz a imprensa se voltar para o caso de Lindsay, e com mais uma outra vítima dos crimes de Owen, que também tinha cabelos loiros e lisos.

Acho tudo um exagero. Esses repórteres são tão carentes de assunto e sem nenhuma informação sólida que começam a criar essas conexões infundadas. Se Millicent quisesse recriar um crime, os detalhes não seriam semelhantes. Seriam exatos.

Essa notícia me chateia um pouco. Enviei a carta para Josh quando estava a caminho do trabalho. Bem cedo, de modo que o estacionamento dos correios ainda estava deserto, então ninguém viu minhas luvas cirúrgicas quando enfiei o envelope na caixa de coleta. Mas se eu tivesse visto a notícia, teria mudado o conteúdo da carta. Teria dito a Josh que a imprensa está equivocada e que, como sempre, está só inventando coisas. Não está havendo recriação nenhuma dos crimes anteriores, então o ideal seria que parassem de descrever as várias maneiras como as moças foram flageladas.

Minha filha não precisa ouvir esse tipo de coisa.

Mas eu não vi o noticiário, não ouvi falar da tal Bianca, então agora é tarde demais.

Na sede do clube, Josh está em várias telas, seu aspecto é exausto, porém atento. Ele ainda está parado em frente ao hotel Lancaster. A luz do dia faz o prédio parecer quase extravagante.

*"Embora saibamos que foi Naomi George a mulher localizada em uma caçamba atrás deste hotel, nenhum dos outros relatos foi confirmado. No entanto, nossas fontes alegam que Naomi estava morta há apenas um dia antes de ser encontrada..."*

Os dados de GPS de Millicent não mostram nada de incomum naquele dia. Ela sequer foi à Joe's Deli — esteve apenas na escola, quando deixou as crianças, no escritório, em várias casas à venda, e, por fim, num supermercado e num posto de gasolina. Não há nada que aponte o local do cativeiro de Naomi. A menos que tenha sido em uma das casas à venda. Mas isto me parece improvável, visto que as pessoas ficam entrando e saindo o dia todo.

Não que isso importasse agora, porque Naomi foi encontrada. E amanhã Josh vai receber minha carta.

Ele mal vai esperar para colocá-la no ar. Da última vez, achei que a polícia fosse passar mais tempo examinando o material, mas a notícia foi divulgada quase que de imediato. É provável que façam igual agora. A carta é bem semelhante, tem o mesmo cheiro, e até o papel vem da mesma resma. Não haverá dúvida de que veio da mesma origem que as outras. Se eu fosse apostar, diria que a carta vai estar em todos os noticiários antes mesmo de eu chegar do trabalho.

Mas não sou um cara de apostas. Em 39 anos, tornei-me um planejador. Talvez um planejador bom até demais.

# QUARENTA E NOVE

É DIFÍCIL DIZER se ganhei ou perdi minha aposta imaginária. É uma questão de graus ou, neste caso, de horas.

Minha ideia era que Josh publicasse a carta ao vivo, pouco antes do jornal noturno, para que já estivesse em todos os canais quando as pessoas fossem jantar. Em vez disso, ela é divulgada horas antes, enquanto Jenna e eu estamos no consultório do Doutor Bege. Ele acha que Jenna precisa de sessões mais frequentes de terapia. Já eu acho que ela precisa de um psicólogo novo. Desde que Jenna começou a se consultar com ele, ela foi de alguém que corta os próprios cabelos e vomita, a alguém que apedreja as pessoas.

Millicent e eu nos dividimos nas consultas agora. Não podemos nos dar ao luxo de faltar ao trabalho três vezes por semana, que é a frequência recomendada pelo Doutor Bege após o incidente no *Krav Magá*. Hoje é a minha vez na sala de espera, onde minhas opções são histórias em quadrinhos terapêuticas, revistas educativas ou TV. Não tem mais ninguém aqui, exceto uma recepcionista de aparência severa que exibe uma cabeleira bem preta e ignora todo mundo. Ligo a TV num *game show* e fico jogando mentalmente.

A matéria sobre Naomi começa cerca de dez minutos depois do início da consulta de Jenna. Josh surge na tela e, após uma breve apresentação, começa a ler a carta de Owen.

A recepcionista olha para cima.

Enquanto Josh lê as palavras que escrevi, um arrepio percorre minha espinha. Quando ele chega ao final, ao adeus derradeiro de Owen, preciso me conter para não sorrir. Owen de fato parece um babaca convencido na carta.

Adeus.
Finalmente.

Josh relê a carta mais duas vezes antes de Jenna sair do consultório do Doutor Bege. Ela parece entediada.

O psicólogo vem logo no encalço dela. Ele parece satisfeito.

"Hora de trocar", anuncia ela. É a minha vez de entrar no consultório, para que o Doutor Bege me ofereça sua tigelinha de baboseiras cor de aveia.

Hoje, eu recuso.

"Peço desculpas, mas hoje não temos tempo. Você estaria disponível para um telefonema mais tarde?"

O bom doutor não parece satisfeito comigo.

Não estou nem aí.

"Tudo bem", diz ele. "Se eu não puder atender, deixe rec..."

"Tá ótimo. Muito obrigado."

Estendo a mão, e ele leva um segundo para apertá-la. "Está bem, então. Tchau."

"Tchau."

Assim que entramos no estacionamento, Jenna me olha de soslaio.

"Você está agindo esquisito", diz ela.

"Achei que eu fosse esquisito sempre."

"Está mais esquisito do que o normal."

"Isso é bem esquisito."

"Pai." Ela cruza os braços e me encara.

"Quer um cachorro-quente?"

Jenna me olha como se eu tivesse sugerido que tomássemos um drinque.

"Um *cachorro-quente*?"

"É. Sabe, um tubinho de carne ou algo assim, num pão com mostarda e..."

"Mamãe não permite cachorro-quente."

"Vou chamá-la para se juntar a nós."

Acho que a cabeça de Jenna explode um pouco com essa ideia, mas ela entra no carro sem dizer mais nada.

O Top Dog serve 35 variedades de cachorro-quente, incluindo de tofu. É este que Millicent pede. E ela não diz palavra quando Rory pede dois cachorros-quentes com *chili*, ambos de carne bovina. Parece uma comemoração, porque é mesmo. Owen se foi para sempre. As notícias estão em todas as telas de TV do estabelecimento. Hoje, tudo correu conforme o planejado, e todos parecem sentir isso.

"A casa já pode voltar ao normal agora?", pergunta Rory.

Millicent sorri. "Defina 'normal'."

"Sem esse apagão. De volta à civilização."

"Você quer assistir ao noticiário?", indago.

"Eu quero não ser proibido de assistir ao noticiário."

Jenna revira os olhos. "Você só quer impressionar a Faith."

E assim, de repente, fico sabendo que a amiguinha loira do Rory se chama Faith.

"Quem é Faith?", pergunta Millicent.

"Ninguém", responde Rory.

Jenna dá uma risadinha. Rory a belisca e ela solta um gritinho.

"Para com isso", diz ela.

"Cala a boca."

"Cala a boca você."

"Espere aí, vocês estão falando de Faith Hammond?", pergunta Millicent.

Rory não responde, o que significa que sim. Isso também significa que Millicent conhece os pais de Faith, provavelmente porque ela já vendeu alguma casa para eles.

"Por que ele não foi preso?", questiona Jenna. Ela está olhando para a TV.

Talvez ainda não tenhamos voltado ao normal.

"Ele já foi preso antes", comenta Rory. "E escapou."

"Então eles não conseguem prendê-lo?"

"Eles vão prender. Pessoas como ele não ficam livres para sempre", digo.

Rory faz menção de falar alguma coisa, mas Millicent o cala com um olhar.

Tudo o que cogito dizer soa estúpido na minha cabeça, então fico de boca fechada. Nem Rory fala. Ninguém fala, até que Jenna se manifesta.

"Não estou me sentindo muito bem." Ela esfrega a barriga. Jenna pediu o cachorro-quente com molho *barbecue* e cebola, quase tão grande quanto o meu de *chili* e queijo. Não acho que hoje o estresse seja a causa de sua dor de estômago.

Millicent me lança aquele olhar.

Assinto para ela. Sim, a culpa é minha por ter sugerido o cachorro-quente.

Millicent pega sua bolsa e faz um gesto para irmos embora. Ela até que foi tranquila com a questão do cachorro-quente, considerando que não combinamos nada antes, e eu pego a mão dela. Seguimos com as crianças até o estacionamento.

"E como está sua barriga?", pergunta ela.

"Perfeita. E a sua?"

"Nunca estive melhor."

Eu me inclino e tento beijá-la. Ela se desvencilha.

"Seu hálito está horrível."

"E o seu cheira a tofu."

Ela ri e eu rio, e meu estômago não está nem de longe tão bem quanto eu disse que estava. Assim que chegamos em casa, Jenna e eu passamos mal. Ela sobe para sua suíte, mas eu não dou conta de chegar no andar de cima. Acabo usando o lavabo do corredor.

Millicent se reveza entre nós, trazendo refrigerante de gengibre e compressas frias.

"Doente pra cachorro!", grita Rory. Ele dá risada, e por dentro dou risada com ele.

Esta noite tudo está engraçado, mesmo enquanto me estrebucho de vomitar no chão do banheiro. Hoje à noite, a sensação é de que enfim consegui soltar a respiração.

Sendo que eu nem percebi que a estava prendendo.

# CINQUENTA

Aquele cachorro-quente me manteve acordado a noite toda, então resolvi dormir até um pouco mais tarde na manhã seguinte. Quando saio de casa, já não dá tempo de parar no EZ-GO. Em vez disso, vou a uma cafeteria perto da saída de Hidden Oaks. É daquelas que vendem cafés de 5 dólares e que têm um barista com uma barba horrorosa que está sempre de olho na TV. Ele balança a cabeça enquanto me serve uma xícara de café preto.

"Preciso parar de assistir ao noticiário", diz ele.

Concordo com a cabeça, entendendo a afirmativa mais do que ele.

"Sim, só serve para te deprimir", comento.

"Fato."

Eu não sabia que as pessoas ainda diziam "Fato" sem sarcasmo, mas esse sujeito barbudo fala com convicção.

Saio sem perguntar detalhes sobre as notícias. Sei que ainda estão especulando se Owen foi embora mesmo, então não há nenhuma novidade. Nenhuma atualização. Só notícias requentadas.

E Owen já está começando a sumir dos noticiários. Ele ainda é a matéria principal, mas não domina mais a transmissão.

Exatamente como eu previ.

E agora meus pensamentos giram em torno da minha família, dos meus filhos. Da namorada de Rory, que ainda não conheci. Descobri que os Hammond moram na quadra ao lado. Rory levaria sessenta segundos para ir da nossa casa até a deles caso cortasse o caminho pelo meio do quarteirão. Eu devia ter percebido isso antes, já devia saber que Rory estava saindo escondido, mas eu mesmo estava ocupado demais escapulindo. Agora estou recuperando o tempo perdido.

Jenna desenvolveu um novo fascínio por maquiagem. Começou na semana passada, talvez porque ela não esteja mais tentando se esconder de Owen. Certa manhã, a flagrei passando gloss labial antes de sairmos para a escola, e Millicent disse que parecia que alguém tinha fuçado as coisas no nosso banheiro.

Ah, Jenna ainda guarda aquela faca debaixo do colchão. Estou começando a me perguntar se ela a esqueceu por lá.

Eu não teria visto nada disso se ainda estivesse distraído com Owen, Naomi, Annabelle e Petra. Agora sequer me lembro quando foi a última vez que carreguei o celular descartável.

E tem Millicent. Conversamos sobre ter uma noite só nossa, mas uma de verdade. Ainda não aconteceu, mas quando ocorrer, não vamos falar de Holly, de Owen ou de qualquer coisa do tipo. Enquanto isso, ela iniciou uma cruzada anti-cachorro-quente na internet.

Retirei o rastreador do carro dela. Agora quero olhar para minha *esposa*, não para o ponto azul que a representa.

Até o trabalho tem estado a todo vapor, tenho dois novos alunos, pois minha agenda não está mais tão instável. Passo a maior parte do dia no clube, então, quando não estou dando aulas, me dedico ao *networking*.

Andy. Não tenho falado com ele desde que ele se mudou de Hidden Oaks. Ele foi embora logo depois da morte de Trista; colocou a casa à venda e nunca mais o vi. Ele não frequenta mais o clube. Não me parece correto tê-lo deixado sumir da minha vida. Em parte, isto se deve à minha própria agenda. Mas também por causa de Trista.

Telefono para saber como ele está. Andy não atende e nem retorna minha ligação. Tento, sem muita convicção, procurá-lo na internet, para tentar descobrir onde ele estaria morando agora, mas desisto depois de alguns minutos.

Ainda guardo aquele frasco de colírio, embora não tenha visto nenhuma evidência de que Rory, ou qualquer outra pessoa desta casa, esteja usando drogas de qualquer tipo. Não faz sentido esse colírio aqui em casa, muito menos na despensa. Colírios não precisam ser usados na surdina.

• • •

Kekona foi passar um mês no Havaí, então minha primeira aluna do dia é a sra. Leland. Ela não gosta de falar de crimes, de Owen ou qualquer coisa do tipo. A sra. Leland é uma jogadora compenetrada, que só fala de tênis.

Depois que a aula dela termina, tenho um minutinho entre um aluno e outro, tempo suficiente para ver a mensagem de Millicent.

?

Não sei o que significa ou o que ela está perguntando, então respondo:

O quê?

No meio da minha aula com um aposentado chamado Arthur, Millicent me manda o *link* para uma notícia. A manchete não faz sentido.

Owen está morto

Leio a matéria uma vez, depois de novo, e na terceira vez ela me soa mais inacreditável do que na primeira leitura.

*Há quinze anos, Owen Oliver Riley foi acusado de assassinato, mas acabou liberado devido a uma brecha jurídica. Desde então, desapareceu sem deixar rastros — até pouco tempo, quando o corpo de uma jovem foi encontrado e uma carta, supostamente escrita por Riley, foi enviada a um repórter local. Nela, o autor assumia a autoria do crime e prometia fazer mais uma vítima, inclusive informando o dia do pretenso novo sequestro. Quando o corpo de uma segunda vítima foi localizado, a ameaça parecia ter sido cumprida. Uma nova carta chegou; desta vez, um aviso de que ele estaria encerrando sua vida de crimes e que iria embora da cidade para sempre. Mas um dia Riley esteve mesmo aqui?*

*"Não", é o que afirma Jennifer Riley, irmã de Owen.*

*Na semana passada, ela procurou a polícia e concedeu um depoimento.*

*Em uma reviravolta tão chocante que chega a ser questionável, Jennifer afirma que logo após a libertação de Owen Riley, ela e o irmão se mudaram para a Europa. Lá, ambos trocaram seus nomes e viveram no anonimato. Ela garante que nenhum dos dois retornou aos Estados Unidos, nem mesmo para visitas.*

*Há cinco anos, Owen Riley teria sido diagnosticado com câncer pancreático. Após várias sessões de radioterapia, ele não resistiu e faleceu. Seu corpo foi cremado, de acordo com o depoimento oficial de Jennifer.*

*O obituário de Owen Riley, segundo ela, não foi publicado em nenhum jornal dos Estados Unidos, tendo sido citado somente em uma publicação do Reino Unido sob o pseudônimo adotado por Owen até então. Jennifer forneceu uma cópia do jornal e da certidão de óbito à polícia, que neste momento investiga a veracidade de tais informações.*

*Jennifer Riley relatou às autoridades que só soube desse "retorno" do irmão à região onde cresceram recentemente. "Eu não queria saber dessa história. Após deixar a região há tantos anos, preferia não saber de nada disso. No entanto, uma amiga minha entrou em contato e me convenceu a me manifestar, pois a polícia estava convencida de que era Owen [cometendo os crimes].*

*"Vou ser o mais direta possível: os recentes assassinatos dessas duas jovens são trágicos e estarrecedores. No entanto, preciso esclarecer que meu irmão não teve nada a ver com eles."*

# CINQUENTA E UM

MEU CELULAR ESTÁ caído na quadra de concreto, a tela quebrada. Não me lembro de tê-lo derrubado. Ou talvez eu mesmo o tenha jogado longe.

Tem alguém segurando meu braço. Arthur, meu aluno, me encara. Seus olhos estão sombreados sob grossas sobrancelhas grisalhas, e estão enrugados. Preocupados.

“Você está bem?”, pergunta ele.

Não. Se tem uma coisa que não estou, é bem.

“Desculpe. Preciso ir. Problema familiar...”

“Claro. Vá.”

Pego meu celular e minha bolsa e saio da quadra. A caminho do estacionamento, ouço pessoas me saudando, mas não vejo seus rostos. A única coisa que consigo enxergar é aquela manchete:

Owen está morto

Já no carro, com o motor ligado, me ocorre que não faço ideia de onde Millicent está. Não sem o rastreador.

Pela tela quebrada, mando uma mensagem para ela.

Noite só nossa

A resposta dela:

Almoço só nosso. Agora.

Já estou tirando o carro do estacionamento.

As crianças estão na escola, então nos encontramos em casa. O carro dela está parado à porta, ela já entrou e neste instante está andando para lá e para cá na sala de estar. Hoje, seus sapatos são azul-marinho e não fazem barulho quando ela caminha. Seu cabelo está mais curto, acima dos ombros, porque ela não queria que Jenna fosse a única garota da família com cabelos curtos.

Quando entro, ela para de andar e nos entreolhamos. Nada a dizer. Além do fato de que estragamos tudo.

Ela dá um sorrisinho. Não é um sorriso feliz. "Não previ isso."

"Não dava para prever."

Abro os braços para ela, e ela vem até mim, para o meu aconchego. Meu coração está batendo mais rápido do que o normal, e ela encosta a cabeça no meu peito.

"Eles vão começar a procurar o verdadeiro assassino", digo.

"Sim." Ela inclina a cabeça para trás e me fita.

"Podemos simplesmente ir embora."

"Ir embora?"

"Mudar para longe. Não precisamos morar aqui. Não precisamos morar nem mesmo neste estado. Posso dar aulas de tênis em qualquer lugar. Você pode vender imóveis em qualquer lugar." A ideia acaba de me ocorrer enquanto estou ali abraçado com Millicent. "É só escolher um lugar."

"Você não está falando sério."

"Por que não?"

Ela se afasta e começa a passear para lá e para cá de novo. Consigo vê-la criando listas mentais, tentando destrinchar tudo o que precisa ser feito.

"Estamos no meio do ano letivo."

"Eu sei."

"Eu nem saberia que lugar escolher."

"Podemos descobrir isso juntos."

Ela fica em silêncio.

Repito o óbvio. "Eles vão procurar o verdadeiro assassino."

Isso nunca tinha sido um problema até então. Nenhum corpo havia sido encontrado, nem mesmo o de Lindsay. Até o momento, ninguém sequer sabia que havia um assassino à solta. Eles não estavam procurando por ninguém.

Agora estão. E sabem que era alguém fingindo ser Owen.

"Eles nunca vão saber que fomos nós", diz ela.

"Nunca?"

Millicent balança a cabeça. "Não tem como. Nós em regra dividimos as tarefas. Eu nunca toquei nas cartas..."

"Mas o lugar que você manteve Naomi..."

"Você nunca nem viu. E você? Alguém te viu com..."

"Não. Eu nunca falei com Naomi", digo.

"Nunca?" Millicent fica em silêncio por um momento. "Então está tudo bem. Ninguém te viu com ela."

"Não."

"E com Lindsay?"

Faço que não com a cabeça. Lindsay e eu conversamos durante nossas trilhas.

"Ninguém viu a gente."

"Ótimo."

"Jenna", digo. "Quase acho que deveríamos nos mudar por causa de..."

"Vamos pelo menos esperar e ter certeza de que é isso mesmo. Que não é algum tipo de farsa."

Sorrio. A ironia é forte demais para eu não sorrir. "Tipo as cartas de Owen. Uma farsa."

"Sim. Exatamente."

O lembrete no meu celular apita. Meu próximo aluno chega em quinze minutos. Ou eu dou essa aula ou cancelo.

"Pode ir", diz ela. "Não há nada que possamos fazer agora, exceto esperar."

"Se for isso mesmo..."

"A gente discute o assunto de novo."

Eu me aproximo e a beijo na testa.
Ela pousa a mão na minha bochecha. “Vai dar tudo certo.”
“Sempre dá.”
“Sim.”

AS CRIANÇAS JÁ ficaram sabendo da notícia. Tínhamos planejado contar a elas juntos à noite, durante jantar, mas elas se adiantaram. A internet e os amigos delas são mais rápidos do que a gente.

Se Rory se importa com o assunto, não demonstra. Sua mão não para de digitar no celular, o elo com a namorada.

O rosto de Jenna está imóvel feito pedra. Seus olhos, em geral tão expressivos, nos perfuram. Ela não está escutando, não está sequer presente no cômodo conosco. Eu não sei onde ela está. Ela só se manifesta depois que Millicent e eu terminamos de dizer a ela a mesma coisa que temos dito há semanas: você está segura.

Não creio que ela acredite na gente. Não sei nem se eu acredito na gente. Todas as convicções dela estão se revelando um equívoco. Owen nunca esteve aqui. Sempre foi outra pessoa, e ninguém faz ideia de quem seja.

Não posso culpá-la por se fechar. Minha vontade é fazer a mesma coisa.

Quando terminamos de conversar, Rory se levanta de um pulo e sobe as escadas. Já mandando mensagens.

Jenna continua me encarando.

“Filha?”, pergunto, estendendo a mão para segurar a dela. “Tudo bem?”

Ela se vira para mim, os olhos voltando ao foco.

“Então é tudo mentira. O assassino pode nem ter ido embora.”

“Ainda não sabemos”, diz Millicent.

“Mas talvez.”

Concordo com a cabeça. “Talvez.”

Um minuto se passa, depois outro.

“Tá bom”, diz ela, desvencilhando a mão da minha. Ela se levanta. “Vou subir.”

“Você está se sentindo...”

"Estou bem."

Millicent e eu ficamos observando enquanto ela sai.

Passo o restante da noite na internet, pesquisando um novo lugar para morarmos. Alterno entre sites com a previsão do tempo, informações sobre escolas, custo de vida e notícias.

É estranho não saber o que vem a seguir. Desde que escrevi aquela primeira carta para Josh, a maioria das notícias não me surpreendeu. Eu já conhecia o conteúdo das cartas e imaginava como os especialistas as analisariam. Nem mesmo o corpo de Naomi foi surpresa. Não sabia dos detalhes, mas sabia que seria encontrado.

A única coisa que me surpreendeu foram os cortes de papel.

Agora, nada mais me é familiar, é tudo inesperado. E não gosto nada disso.

# CINQUENTA E DOIS

Vejo a história se desenrolar na TV como se eu não estivesse envolvido. Como se eu fosse só mais um espectador. E como não tenho poder para mudar o curso dessa história, mantenho a esperança. Toda vez que ligo no noticiário, fico na expectativa de que a irmã de Owen seja uma mentirosa. Porém, certa noite, estou na varanda dos fundos, assistindo à transmissão das 23h, e Josh contraria todas as minhas expectativas.

Hoje ele está no estúdio, de paletó e gravata, e seu rosto parece ter sido barbeado minutos antes de o programa começar. Josh soa como um repórter sisudo quando diz que Jennifer Riley está retornando ao país de vez. Ela quer limpar o nome do irmão.

A vontade de atirar meu celular longe, de novo, é detida por um som de raspagem na lateral da casa. Levanto-me e olho.

Rory.

Só ele mesmo para sair escondido depois de ser flagrado saindo escondido.

Ou melhor, só ele mesmo para se safar de sair escondido depois de ser flagrado saindo escondido. Pergunto-me quantas vezes deixei de enxergar meu filho.

Ele se depara comigo assim que seus pés tocam o chão. Estava de saída, e não voltando.

"Ah", diz ele. "Ei."

"Saindo para tomar um arzinho?"

Ele dá de ombros, sem admitir nada.

"Venha, sente-se aqui", digo.

Em vez de ficarmos na varanda, vamos para mais além no quintal. Temos uma mesa de piquenique com guarda-sol, entre o carvalho e o brinquedo infantil desmontado.

Rory diz: "Você não tem muita moral para falar de sair escondido".

Dias atrás, quando Owen deveria ter ido embora para sempre, talvez esse comentário não tivesse me incomodado. Eu estava ávido para papear com meu filho sobre a primeira namorada dele. Agora, nossa conversa parece apenas uma tarefa pendente.

Aponto para um dos bancos. "Senta. A. Bunda. Aí."

Ele obedece.

"Primeiro", digo, "você deve ter notado que sua irmã anda passando por um momento complicado. E tenho certeza de que você, o único irmão dela, não quer que ela piore, né?"

Ele faz que não com a cabeça.

"Claro que não quer. Então eu sei que você não vai contar para ela essa sua pequena teoria de que estou traindo sua mãe."

"Teoria?"

Olho feio para ele.

Rory balança a cabeça de novo. "Não. Eu não vou dizer nada."

"E eu sei que você não vai ousar me comparar a você mesmo e ao fato de você estar saindo às escondidas tarde da noite. Porque você tem menos da metade da minha idade. Não está nem perto de ser um adulto. Você não pode sair escondido."

Ele assente.

"O quê?", questiono.

"Não. Eu não ia comparar a gente."

"E eu também sei que se eu perguntar por que você anda saindo escondido, você não vai dizer que é para ficar com Daniel. Porque não é isso que você anda fazendo, né?"

"Não."

"Você está saindo escondido para ver Faith Hammond."

"Sim."

"Perfeito. Que bom que esclarecemos isso."

O celular de Rory vibra. Seus olhos vão e voltam, entre mim e o telefone, mas ele não olha a mensagem.

"Pode ler", digo.

"Tudo bem."

"Não deixe Faith esperando."

Ele enfim verifica o celular e envia uma mensagem enquanto afasta o cabelo ruivo dos olhos. Faith logo responde, e então ele envia mais uma resposta para ela. A conversa continua, e aguardo ele terminar e botar o celular na mesa. Tela para cima.

"Desculpe", diz ele.

Dou um suspiro.

Não estou bravo com Rory. Ele é só um garoto que descobriu que as garotas não são tão ruins assim, no fim das contas. Ele costumava dizer que as meninas eram "abomináveis, repugnantes e, principalmente, feias". A citação é de um livro que ele leu, e sempre me fez rir. Eu me virava para Millicent e dizia: "Era você quem levava as crianças à biblioteca toda semana". Se por acaso estivéssemos na cozinha quando eu fizesse o comentário, ela me golpeava com o pano de prato. Uma vez, ela bateu nele com tanta força que marcou meu braço. O ferimento foi superficial, mal arranhou a pele, mas Rory ficou impressionado com a mãe. Comigo, nem tanto.

E agora ele está saindo tarde da noite para ver uma loirinha chamada Faith.

"Ela também sai escondida?", pergunto. "Vocês se encontram em algum lugar?"

"Às vezes. Mas eu também vou no quarto dela."

Quero proibi-lo de fazer isso, trancar a janela dele, ligar para os pais de Faith e dizer que eles são jovens demais e que isso é muito perigoso. Owen está morto e tem um assassino à solta.

Só que isso não é verdade. Só preciso fingir que é. Assim como preciso fingir que não me lembro da minha primeira namorada.

"Você precisa parar", digo. "Você tem visto as notícias. É muito perigoso para vocês dois saírem sozinhos à noite."

"É, eu sei, mas..."

"E você não deveria estar saindo escondido de jeito nenhum. Se eu contasse para sua mãe, ela trancaria sua janela e colocaria câmeras na casa inteira."

As sobrancelhas de Rory se levantam. "Ela não sabe?"

"Se ela soubesse, você ficaria de castigo até a faculdade. E a sua namorada também."

"Tá. A gente vai parar."

Respiro fundo. Só porque estou com raiva, não significa que eu seja irresponsável.

"E já que você está namorando, vocês têm se protegido..."

"Pai, eu sei comprar camisinha."

"Que bom, ótimo. Então à noite vocês vão ficar só nas mensagens, ok? E só deixar para se ver durante o dia, está certo?"

Ele assente e se levanta ligeira, como se estivesse com medo de eu mudar de ideia.

"Mais uma coisa", digo. "E me responda de maneira direta."

"Tá."

"Você está usando alguma droga?"

"Não."

"Você não fuma maconha?"

Ele balança a cabeça. "Juro que não."

Eu o libero. Neste momento, não tenho tempo para descobrir se ele está mentindo.

Quando não estou acompanhando o noticiário, só consigo pensar no que mais podemos ter deixado passar. Em todas as formas pelas quais podemos ser pegos, analisando todas aquelas pistas de perícia forense que aprendi na TV. DNA, vestígios, fibras — tudo passa pela minha cabeça como se fizesse sentido para mim, e sei que nem faz; ademais, sei que nenhuma pista vai apontar para mim. Eu nunca troquei uma palavra que fosse com Naomi, muito menos toquei nela. Qualquer evidência que encontrarem levará a Millicent.

A PRIMEIRA VEZ que vejo a irmã de Owen é pela TV. Quando cometia os feminicídios, Owen tinha 30 e poucos anos; agora, ele estaria entrando na casa dos 50. Jennifer parece um pouco mais jovem, com seus 40 e poucos. Ela tem os olhos azuis, iguais aos do irmão, mas seus cabelos são de um loiro mais escuro. Ela é tão emaciada que sua clavícula se destaca, assim como as veias do pescoço. Dizem que a câmera engorda uns cinco quilos; se isso for verdade, então, na vida real, Jennifer deve ser cadavérica.

Ela está em todas as telas do clube, onde a multidão do almoço ficou para mais um coquetel e para acompanhar a coletiva de imprensa. Esta é a primeira vez que o público vê a irmã de Owen.

De um lado dela está o chefe de polícia; do outro, o legista. Um tem cabelo, o outro não; no entanto, suas panças são do mesmo tamanho.

Jennifer se apresenta como a irmã de Owen Oliver Riley e diz que estamos todos enganados sobre os assassinatos recentes.

*"Posso provar que Owen não matou ninguém nos últimos cinco anos. Viajei até aqui para assegurar que todos entendam que meu irmão está morto."* Jennifer ergue um pedaço de papel e diz que é a certidão de óbito de Owen, assinada por um legista na Grã-Bretanha, e carimbada com um selo oficial. Ela repete. *"Morto."*

O legista se aproxima do microfone e confirma as afirmações de Jennifer.

*Morto.*

Em seguida, o chefe de polícia, que continua insistindo que era inevitável que seu departamento mirasse em Owen, afirma que eles mesmos acabaram sendo enganados pelas pistas. Ele também confirma a alegação de Jennifer.

*Morto.*

Estamos todos de acordo agora. Acreditamos nela. Owen está morto, e a polícia está revisando as evidências para ver onde vacilaram.

Mas antes, Jennifer tem algo mais a dizer.

*"Sinto muito pelas famílias. Sinto muito que tanto tempo tenha sido desperdiçado focando no meu irmão, em vez de haver uma busca pelo verdadeiro assassino. Uma velha amiga entrou em contato comigo para relatar o que vinha acontecendo aqui em Woodview. Quando ela me implorou para voltar, eu vi que precisava fazer a coisa certa."*

Jennifer faz um gesto para alguém às suas costas e o legista se afasta. A câmera dá um *zoom* na tal amiga.

Minha cabeça gira tão depressa que quase desmaio.

A mulher que ligou para Jennifer Riley é rechonchuda e loira, e tem um sorriso que ilumina a tela.

Denise. A atendente da Joe's Deli.

# CINQUENTA E TRÊS

O RASTREADOR ESTÁ no painel do meu carro. Viro-o para um lado, depois para o outro, aí começo tudo de novo. É o mesmo movimento que tenho feito em pensamento depois que a atendente da delicatéssen Joe's Deli, o novo restaurante favorito de Millicent no horário de almoço, apareceu na TV.

Denise. A mesma mulher que nos serviu, a mim e a Jenna.

Só pode ser coincidência. Deve ser. O fato de Owen já ter morrido não ajuda Millicent nem a mim. Na verdade, nos prejudica.

Se a Joe's Deli fosse um bistrô orgânico que serve rosbife de vacas criadas em pasto orgânico, jamais encararia essa história toda como algo além de mera coincidência. Mas não é. É uma delicatéssen onde *orgânico* é uma palavra alienígena.

Se eu pudesse perguntar a Millicent sobre esse novo amor por sanduíches baratos de delicatéssen, eu o faria. Mas é algo fora da minha alçada. É uma informação que adquiri espionando minha esposa.

Eu nunca tinha feito isso até então. Cogitado, sim; mas nunca tinha feito. Nem mesmo quando Millicent trabalhava com um sujeito que parecia vê-la como algo mais do que uma colega. Ficou óbvio quando o conheci. Cooper. O playboy de universidade que nunca se casou e nem queria fazê-lo. Ele só queria transar com Millicent.

Cooper foi a companhia de Millicent naquela conferência em Miami. Naquele fim de semana em que Crystal me beijou.

Eu estava convencido de que Cooper tinha feito a mesma coisa com Millicent.

Quando eles retornaram da viagem, minha crença quase me levou a espionar os dois. Mas não o fiz. Pelo menos não ela. Mas Cooper, sim; fiquei de olho nele por tempo suficiente para perceber que ele queria transar com todas as mulheres. Não só Millicent.

E até onde sei, eles não transaram.

Agora que quebrei o paradigma e fiquei vigiando em segredo minha esposa, percebo o tamanho do problema. Não posso fazer nada com a informação. Neste momento, o rastreador está no painel do meu carro, e eu estou parado no estacionamento do clube só olhando a parafernália, pois já sei que espionar só leva a mais espionagem. Se eu soubesse que era um círculo vicioso, jamais teria iniciado.

Enquanto fico nesse vaivém, Millicent me manda mensagem.

Pho de frango para o jantar?

Parece bom.

Fico no aguardo de outra mensagem, avisando que teremos uma *noite só nossa* ou com alguma referência às notícias de hoje, mas meu celular permanece em silêncio.

QUANDO CHEGO EM casa, o carro de Millicent já está na garagem. Penso em colocar o rastreador nele de novo, mas desisto.

Ela está preparando o *pho* de frango na cozinha. Começo a ajudá-la fatiando legumes, enquanto ela acrescenta cebola fresca e gengibre ao caldo.

As crianças não estão à vista.

"Lá em cima", diz ela, antes que eu pergunte. "Dever de casa."

"Você viu as notícias?"

Ela franze os lábios e assente. "Ele está morto."

"Repetiram isso só umas mil vezes."

Sorrio um pouco. Ela também. Não temos como mudar o fato de que Owen está morto.

Ficamos uns minutos em silêncio, ocupados com o jantar, e tento pensar em um jeito de mencionar Denise. Antes que a minha ideia ganhe forma, as crianças aparecem.

Reitero que elas não devem prestar atenção em tudo o que está sendo mostrado no noticiário. "Não vai acontecer nada com vocês."

Isto contradiz de modo frontal o que eu disse a Rory na outra noite, quando falei que era muito perigoso ficar saindo escondido, mas ele não anda apedrejando nenhuma criança por aí. Jenna sim.

Mesmo assim, ele percebe e revira os olhos para mim. Não conversamos muito desde o nosso papo furtivo no quintal. Não sei nem dizer se ele está bravo por ter sido flagrado saindo escondido ou se porque perguntei se ele estava usando drogas. Provavelmente os dois.

Quando ninguém tem mais nada a comentar sobre Owen, a conversa migra para os nossos planos de sábado. Rory vai jogar golfe. Jenna tem futebol, e é a vez de Millicent acompanhá-la. Eu vou trabalhar. Depois todos nos encontraremos para almoçar.

Owen só volta a ser assunto mais tarde, depois do jantar, da louça lavada e de as crianças terem ido dormir. Millicent está no nosso banheiro, se preparando para se deitar, enquanto assisto ao noticiário e aguardo por ela. Ela sai vestindo uma das minhas camisetas do clube e um moletom, o rosto brilhando por causa do hidratante. Ela esfrega mais creme nas mãos enquanto olha a TV.

Josh está em frente ao hotel Lancaster, onde Jennifer Riley está hospedada. Ele menciona a coletiva de imprensa e depois corta para o vídeo do evento em si.

"Eu não vi isto", diz Millicent.

"Não?"

"Não. Eu só vi a matéria da internet."

Aumento o volume. Agora mostram trechos da coletiva de imprensa, incluindo todas as vezes que alguém disse a palavra *morto*. Ninguém usou a palavra "falecido", nem mesmo a irmã de Owen.

Quando Denise aparece na tela, olho para Millicent.

Ela inclina a cabeça para o lado.

Fico no aguardo.

Quando o vídeo termina, ela solta: "Que esquisito".

"O que é esquisito?"

"Eu conheço aquela mulher. Ela é minha cliente."

"Sério?"

"Ela é dona de uma delicatéssen. Muito bem-sucedida, aliás. Ela está procurando uma casa."

Millicent retorna para o banheiro.

Por dentro, dou um enorme suspiro de alívio. Denise é uma cliente. Nunca me ocorreu que ela teria dinheiro para comprar uma casa — pelo menos não o tipo de casa que Millicent costuma vender — e, no entanto, ela tem.

Sou tão estúpido.

Embora esteja aliviado por saber que tudo isso não passou de uma coincidência estranha, causada totalmente pela minha espionagem, nosso problema ainda existe. Está pior, aliás. Owen está morto e a polícia está procurando o verdadeiro assassino.

O chefe de polícia disse que um novo investigador foi alocado para o caso. O sujeito está vindo de outra delegacia e analisará todo o inquérito com outros olhos. Eu deveria ter avaliado Denise com outros olhos.

Quando Millicent sai do banheiro, a TV e as luzes já estão apagadas. Ela se deita na cama e eu me viro para encará-la, mesmo estando escuro demais para discernir qualquer coisa.

"Não quero me mudar", diz ela.

"Eu sei."

Ela encaixa a mão na minha. "Estou preocupada."

"Com Jenna? Ou com a polícia?"

"As duas."

"E se a gente sair da cidade?", pergunto.

"Mas acabei de dizer que..."

"Estou falando de férias."

Ela fica quieta. Na minha cabeça, repasso todos os motivos que nos impedem de viajar agora. As crianças perderiam aulas. Não temos dinheiro sobrando. Millicent tem várias negociações pendentes. Eu não posso ficar cancelando os horários com meus alunos de novo. Certamente os mesmos motivos que passam pela cabeça dela.

"Vou pensar no assunto", afirma ela. "Vamos ver como as coisas se desenrolam."

"Certo."

"Ótimo."

"O *pho* de frango estava uma delícia", digo.

"Você é um bobo."

"Mesmo que a gente não tire férias agora, acho que deveríamos tirar quando tudo isso acabar."

"Tiraremos."

"Prometa."

"Prometo", responde ela. "Agora vá dormir."

# CINQUENTA E QUATRO

O NOVO INVESTIGADOR na verdade é uma mulher. Seu nome completo é Claire Wellington, e o sobrenome parece remontar à época do *Mayflower*, o famoso navio inglês que transportou os peregrinos da Inglaterra para o Novo Mundo; mas aposto que não tenha nada a ver. Bem, não que isso faça diferença.

Claire é uma mulher de aparência sisuda, tem cabelo castanho curto, pele clara e usa batom marrom. Ela é adepta dos terninhos básicos, todos em cores escuras, e jamais sorri. Sei disso porque ela não sai mais da TV. Sua ideia de trabalho investigativo é pedir ajuda ao público.

*"Sei que alguém nesta comunidade viu alguma coisa, mesmo que não tenha se dado conta. Talvez na noite em que Naomi desapareceu. Todos estavam atentos e sabiam que algo iria acontecer. Ou talvez quando o corpo de Naomi George foi jogado nos fundos do hotel Lancaster. Por favor, pensem naquela noite, tentem lembrar do que estavam fazendo, com quem estavam e nas coisas que presenciaram. Vocês podem ter visto alguma coisa e sequer ter percebido que era relevante."*

Foi criado um site para que as pessoas enviem informações. Elas também podem ligar de forma anônima para um disque-denúncia especial com qualquer informação relacionada a Lindsay e a Naomi.

Não gosto do modo que isso se desenrola. Por causa dessa turnê de relações públicas de Claire na TV, todo tipo de informação nova pode vir à tona. Josh já nos informa que a polícia tem dezenas de novas pistas.

*"A polícia também utilizou um programa de computador inovador desenvolvido na Universidade de Sarasota, Flórida, onde os alunos criaram um algoritmo capaz de classificar as pistas e combinar palavras usadas repetidamente. As pistas são então reordenadas da mais à menos útil."*

Tudo isso acontece poucos dias após a aparição de Claire. Já é ruim o suficiente ter que vê-la na TV. O. Tempo. Todo. Agora também tenho que ficar ouvindo que ela é inovadora e eficiente. Não conseguimos evitá-la nem na nossa casa. Millicent tem insistido para que não assistamos à TV à noite, pois Claire sempre aparece durante os comerciais. Além disso, as emissoras começaram a veicular anúncios do disque-denúncia em seus intervalos.

Em vez de TV, jogamos juntos. Millicent desenterra um baralho e uma caixa com fichas de plástico, e assim ensinamos pôquer às crianças, apenas porque isso é preferível a assistir a Claire.

Rory já sabe jogar. Ele tem um aplicativo de pôquer no celular.

Jenna aprende rápido, afinal, ela aprende tudo rápido. Ela também é a que melhor sabe fazer cara de paisagem. Acho que é até melhor do que a de Millicent.

Minha cara de paisagem é horrível e eu perco todas as rodadas.

Enquanto jogamos, Rory menciona que haverá uma assembleia na escola amanhã. Millicent franze a testa e depois relaxa. Ela tem tentado franzir menos o rosto para evitar rugas.

"Não recebi nenhum aviso de assembleia", diz ela.

"Aquela investigadora está vindo na nossa escola", informa Jenna.

"A da TV", diz Rory.

Millicent franze a testa de novo.

"Por que *ela* está indo na sua escola?", pergunto.

Rory dá de ombros. "Deve ser para perguntar se vimos alguma coisa. A mesma coisa que ela tem feito na TV. Daniel disse que ela vai passar em todas as escolas da região."

Jenna assente, como se tivesse ouvido a mesma coisa.

"Ela é irritante", comenta Rory. "Mas pelo menos vamos ser liberados de uma aula."

Millicent o encara. Ele finge que não viu e avalia suas cartas.

"Bem, eu gosto dela", afirma Jenna.

"Você gosta da investigadora?", pergunto.

Ela faz que sim com a cabeça.

"Ela parece corajosa. Dá a sensação de que vai prender o cara mesmo."

"Ah, nisso eu concordo", diz Rory. "É como se ela estivesse obcecada ou algo assim."

É natural que a mulher que pode nos pegar também traga conforto a Jenna.

"Todos têm muita confiança nela", digo.

"Espero conseguir falar com ela", comenta Jenna.

"Tenho certeza de que ela é uma pessoa muito ocupada."

"É claro. Só estou dizendo."

A ESCOLA DE JENNA E RORY nunca realiza as assembleias na quadra de esportes. Há um salão especial para isso, que leva o nome do doador que o financiou. Quando chego, o local está apinhado de crianças, pais e professoras. Com toda a atenção que Claire tem recebido nos noticiários, ela é quase uma celebridade.

Ela é mais alta do que eu esperava e, mesmo em uma sala lotada, é intimidadora. Claire não quer falar de si, de seu passado ou de sua experiência profissional. Ela começa dizendo às crianças que todas elas estão em segurança.

"A pessoa que matou essas mulheres não está procurando por vocês. Está procurando por mulheres mais velhas do que todas vocês. É provável que vocês nunca cruzem o caminho de quem matou Naomi e Lindsay."

Jenna está sentada com as amigas, à direita do palco. Mesmo dos fundos, consigo vê-la inclinada para a frente, tentando ouvir e enxergar tudo.

Rory está mais no meio, com a namorada, e pode estar prestando atenção ou não. Difícil dizer.

"No entanto", diz Claire, "se você cruzou com esse assassino, pode nem ter se dado conta. Pode ter visto algo que nem percebeu ser importante. Qualquer coisa que você ache incomum ou que se destaque pode ser relevante aqui."

Ela repete as mesmas coisas que falou na TV, mas com palavras e frases mais curtas. Conclui dizendo que estará disponível após o pronunciamento, caso alguém queira conversar. É por isso que estou aqui. Primeiro, para assegurar que Jenna tenha a oportunidade de conhecer Claire. Segundo, para eu mesmo conhecê-la.

As amigas de Jenna estão por perto, então ela foge do meu abraço. Juntos, ficamos esperando para falar com Claire. Uma fila bagunçada se formou diante dela e, quando enfim chega a nossa vez, aproximo-me e me apresento. Ela é alta o suficiente para ficarmos cara a cara. Na TV, seus olhos parecem castanhos. De perto, noto pontinhos dourados.

"Esta é minha filha, Jenna", digo.

Em vez de perguntar a Jenna quantos anos ela tem ou em que série está, Claire pergunta se ela gostaria de virar investigadora.

"Eu adoraria!", responde Jenna.

"Então, a primeira coisa que você precisa saber é que tudo importa. Até as pequenas coisas, mesmo as que parecem nada."

Jenna assente. Seus olhos estão tão brilhantes.

"Eu acho que dou conta."

"Tenho certeza de que dá." Claire se volta para mim. "Sua filha vai ser uma ótima investigadora."

"Ela já é, eu acho."

Sorrimos um para o outro.

Ela passa para a pessoa seguinte, dando as costas para nós.

Jenna está saltitando na ponta dos pés.

"Você acha que consigo virar investigadora?"

"Você pode ser o que quiser."

Ela para de saltar. "Pai, você fala como se estivesse numa propaganda."

"Desculpe. Mas é verdade. E acho que você seria uma ótima investigadora."

Ela suspira e se vira para as amigas, que acenam para ela. Quando tento abraçá-la, sou mais uma vez ignorado.

"Tenho que ir."

Eu a vejo correr até as amigas, que reagem à notícia com mais empolgação do que eu.

Fracasso paterno número 79.402, e ela tem apenas 13 anos.

Estou grato à Claire por se preocupar tanto em fazer as crianças se sentirem seguras. Ela deixou Jenna mais feliz do que eu a via há muito tempo.

Isso ainda não me faz gostar dela. Na verdade, agora que enfim a conheci, posso dizer com certeza: eu a odeio.

# CINQUENTA E CINCO

ANTES QUE EU TENHA a chance de pesquisar sobre nossa nova investigadora, Jenna se adianta. Ao longo do jantar, somos brindados com a história de vida de Claire Wellington, segundo a internet. Nascida em Chicago, ela fez faculdade em Nova York e seu primeiro emprego foi no Departamento de Polícia de lá. Depois ela se mudou para a zona rural do Centro-Oeste do país, onde se tornou investigadora e fez parte de uma força-tarefa no combate aos narcóticos. Em seguida, Claire abandonou de novo as cidades pequenas e escolheu um local maior, acabando promovida a investigadora de homicídios. Ela fez parte da equipe responsável por solucionar uma série de assassinatos conhecidos como os Assassinatos de River Park. Prenderam o autor dois meses após o início da investigação.

Claire se tornou uma das investigadoras de homicídios mais bem-sucedidas de seu departamento. Sua taxa média de resolução era 5% maior do que a de seus colegas.

Ela é tão formidável quanto parece.

As crianças e eu não somos os únicos a nos encontrarmos com Claire. Millicent também teve a oportunidade. Claire precisava alugar um espaço, pois a permanência em um hotel ultrapassaria o orçamento da polícia, sendo assim, ela ligou para a imobiliária. Ela buscava algo pequeno, simples e já mobiliado, com contrato mensal. Millicent não faz aluguéis, só vendas, mas estava no escritório quando Claire passou por lá.

Na manhã de domingo, quando estamos a sós na cozinha e as crianças ainda dormem, pergunto a Millicent o que ela acha de Claire Wellington.

"Ela é muito alta."

"Ela é sagaz", digo.

"E nós não somos?"

Trocamos um sorriso.

Millicent acabou de voltar de uma corrida. Está parada à pia, de roupa colada, e eu admiro a bela vista. Ela me flagra e ergue uma sobrancelha.

"Quer voltar para a cama?", pergunto.

"Quer me mostrar o quanto você é sagaz?"

"Quero."

"Mas preciso de um banho antes."

"Quer companhia?"

Ela quer.

COMEÇAMOS NO chuveiro e seguimos para a cama. Nosso sexo é gostosinho e familiar, em vez de apaixonado e furtivo. Mas isso não é ruim.

Quando Rory acorda, ainda estamos na cama. Eu sei que é Rory porque ele é incapaz de fechar uma porta sem batê-la, e seus passos são pesados quando ele desce à cozinha. Pouco depois, Jenna se levanta e segue a mesma rotina — banheiro e depois cozinha —, mas tudo é mais suave.

Millicent está encolhida ao meu lado. Nua e aconchegada.

"O café da manhã ainda está rolando", diz ela. "Eles vão se perguntar onde estamos."

"Deixe perguntarem." Só tenho a intenção de sair da cama quando for estritamente necessário. Espreguiço-me e fecho os olhos.

A TV é ligada, com o volume alto. As crianças devem ter ficado contentes por não estarmos lá embaixo. Não costumamos assistir à TV nas manhãs de domingo, então para elas é um deleite. Elas alternam entre desenhos animados e um filme com explosões.

"Aposto que estão comendo cereal", diz Millicent.

"Tem cereal nesta casa?"

"Orgânico. Sem açúcar."

"Tem leite?"

"De soja."

Não digo "eca" em voz alta, mas penso.

"Então não é tão ruim assim."

"Acho que não."

Ela se aconchega um pouco mais perto de mim.

A vida era assim antes de Holly. Tudo acontecia um pouco mais devagar, com menos fúria, sem muita emoção.

Os dias se misturavam, e os grandes acontecimentos eram apenas pontuais. Nossa primeira casa era tão pequenina, mas parecia imensa, pelo menos até ficarmos grandes demais para ela. Aí vieram a primeira grande venda de Millicent, o primeiro dia de Jenna na escola, nossa casa maior e a hipoteca maior. O corte de papel na mão de Rory.

Quando Jenna tinha 4 anos, ela pegou um resfriado que logo se transformou em bronquite. Ela não conseguia dormir mais do que uma hora seguida sem ser acordada pela tosse. Millicent e eu passamos três noites dormindo no quarto dela, eu no chão e Millicent na cama com Jenna. Juntos, nos empenhamos para que Jenna conseguisse dormir mais do que nós.

Ensinei Rory a andar de bicicleta. Ele jamais iria admitir, mas usou rodinhas por um longo período. Equilíbrio não era a praia dele. Até hoje não é.

Nada disso era muito empolgante, não naquela época. Eram rotinas e responsabilidades, com sorrisos pontuais e risadas raras. Momentos de felicidade seguidos por longos períodos de dias esquecíveis e repetitivos.

Agora quero tudo de volta. Acho que tenho tido empolgação demais, ou está empolgante além da conta, mas não desejo nada disso.

"Ei", diz Millicent. Ela se senta na cama, coberta pelo lençol. Seu cabelo ruivo está bagunçado. "Você ouviu isso?"

Lá embaixo, a música do plantão de notícias toca alto na TV. E é cortada quando uma das crianças troca de canal para um desenho animado.

Reviro os olhos.

"Eles andam soltando notícias a cada cinco minutos." Puxo Millicent de volta para a cama, para os meus braços, sem intenção de sair dali, a menos que a polícia arrombe a porta. "Provavelmente alguma celebridade foi presa."

"Ou morreu."

"Ou um político foi flagrado em algum ato de corrupção", digo.

"Isso nem é notícia."

Dou risada e me afundo mais debaixo das cobertas.

Minha esperança é que tenham prendido alguém pelos assassinatos. Claro que não seria o assassino de Naomi e Lindsay, mas já serviria se fosse alguém que tivesse feito outras coisas ruins. Alguém que merece ficar preso antes de machucar alguém. Imagino um homem desgrenhado, desleixado, com olhos desvairados.

"Ok, já chega", afirma Millicent. "Vou me levantar." Ela empurra as cobertas de uma vez, como o velho truque de arrancar o Band-Aid. Funciona. A cama não é aconchegante mais sem ela.

Ela veste um roupão e desce as escadas. Eu entro no chuveiro.

As crianças estão no sofá, assistindo a um programa adolescente sobre alienígenas. Suas tigelas de cereal vazias estão na mesa de centro, e estou surpreso que Millicent não tenha ralhado para que elas as botassem na pia. Eu a flagro na cozinha, em pé ao lado da cafeteira. Sua xícara está tombada e o café escorre pela lateral do balcão, no piso. Ela sequer está olhando para a xícara. Seus olhos estão focados na pequena TV que fica na cozinha.

Josh está na tela, parado em frente a uma área arborizada tão densa que não consigo ver o prédio atrás dele, apenas o campanário acima das árvores. Não sei que lugar é. A placa de madeira em frente à igreja está desgastada pelo tempo, desbotada. Josh está movimentando a boca, mas não sai som. O volume está baixo demais.

Mas não preciso nem ouvir para entender. A notícia está estampada no rodapé da tela, em vermelho.

CASA DE DEUS OU CASA DOS HORRORES?

CATIVEIRO SUBTERRÂNEO ENCONTRADO EM IGREJA ABANDONADA

# CINQUENTA E SEIS

Por um segundo, acreditei que Millicent estivesse chateada porque a notícia era horrível, chocante, porque não tinha nada a ver conosco. Ou, pelo menos, era no que eu queria acreditar.

Em um segundo, percebi que tinha sido ela. A igreja era o local onde ela mantivera Lindsay e Naomi.

"Uma *igreja*?"

Agora estamos de volta ao andar de cima, ao nosso quarto, mas o clima não poderia estar mais diferente. Não há nada de sexy no conceito de uma masmorra em uma igreja.

Nossa família não frequenta igrejas, nunca frequentou. Millicent foi criada como agnóstica; eu fui criado como católico e abandonei a crença logo cedo. A igreja é o local onde vamos a casamentos, velórios e feirinhas comunitárias. E mesmo assim, considero a escolha de cativeiro de Millicent uma das coisas mais perturbadoras do planeta. Pior do que isso, só se tivesse sido uma escola infantil.

Millicent não está mais chocada com a descoberta, sequer assustada. Ela agora está na defensiva. "Eu precisava de um lugar. Um lugar onde eles não fossem revistar."

"Fale baixo." As crianças estão lá embaixo assistindo à TV, mas ainda tenho medo de que ouçam.

"Ora, ninguém achou o lugar, né? Não enquanto elas estavam vivas."

"Não. Só acharam a igreja depois que Claire chegou na cidade." Segundo Josh, eles encontraram a igreja por causa de uma pista. Alguém tinha visto um carro parado na área que costumava ser o estacionamento, mas que agora estava tomada pelo mato.

Millicent está parada na minha frente, mãos na cintura. Ela ainda está de roupão.

Atrás dela, a TV do nosso quarto está ligada. A imprensa não teve permissão para entrar na igreja, e nenhuma foto foi divulgada, então Josh só faz repetir as informações de suas fontes anônimas.

*"Uma cena vil [...] correntes soldadas às paredes [...] algemas de ferro banhadas de sangue [...] até mesmo um policial veterano foi levado às lágrimas [...] parecia algo saído de um filme."*

Millicent faz um gesto brusco com a mão, repelindo as palavras. "Não tem nada banhado de sangue. E o local não é um jazigo. É só um porão. E a igreja deve ter uns cem anos. Sabe-se lá o que já não aconteceu lá dentro?"

"Mas você limpou?"

Ela semicerra os olhos. "Você está mesmo me perguntando isso?"

Ergo as mãos em resposta.

Millicent se aproxima, seu rosto mais perto do meu do que quando ainda estávamos na cama, mas não há nada de aconchegante ou de acolhedor nela.

"Não ouse duvidar de mim. Não agora."

"Eu não estou..."

"Está, sim. Pare."

Seu roupão farfalha quando ela se vira e desaparece no banheiro.

Compreendo a raiva dela. Ela está furiosa porque a igreja foi descoberta, e porque estou ousando questioná-la. Mas eu não teria saído daquele porão deixando uma gota de sangue que fosse. O lugar todinho teria sido encharcado com amônia, água sanitária ou qualquer coisa capaz de limpar sangue, fluidos e DNA de qualquer tipo. Talvez eu largasse um cigarro aceso lá dentro e deixasse tudo queimar, fazendo parecer um acidente.

Nunca tive a oportunidade de fazer nada disso, afinal, nunca soube da existência da igreja. Pois nunca tive coragem de perguntar sobre o cativeiro.

• • •

Millicent decide que todos nós deveríamos ir ao cinema à tarde. Dadas as circunstâncias, a sugestão parece absurda, mas digo a mim mesmo que será melhor do que assistir ao noticiário o dia todo. Sim, é uma boa ideia sair de casa. Sair da minha cabeça. Ficar longe de Josh. Repito isso enquanto me arrumo, tentando esquecer aquela igreja e seu porão. Quase consigo.

"Não tô muito bem." Para enfatizar, boto a mão na barriga.

Millicent me lança aquele olhar.

"Talvez um pouco de pipoca ajude."

"Não, não, podem ir. Divirtam-se."

E então eles vão sem mim.

Não ligo no noticiário. Em vez disso, dirijo até a tal igreja.

A TV não basta para mostrar as informações. Quero ver com meus próprios olhos esse tal lugar onde Millicent manteve Lindsay e Naomi vivas.

Fica em uma estrada isolada entre o nada e o lugar nenhum. As únicas construções ao longo do caminho são um bar bloqueado com tábuas, um posto de gasolina decadente e um rancho vazio ao final de uma estrada particular. É por isso que nunca vi a igreja no GPS. O rancho está à venda e o endereço dele apareceu várias vezes no rastreador. Millicent poderia sair sem dificuldade pela porta dos fundos e chegar à igreja em minutos. Ninguém conseguiria vê-la da estrada.

A região está lotada de carros, vans de emissoras de TV e curiosos. Visto uma jaqueta e um boné de beisebol e tento me misturar à multidão.

Há repórteres espalhados em frente à igreja, e o campanário se ergue atrás de todos. Eles se posicionam bem em frente à fita amarela guardada por policiais uniformizados. Alguns deles têm cara de bebê. Outros são sapões inchados prestes a se aposentar.

Nunca estive tão perto de Josh como agora, pois a verdade é que nunca cheguei a vê-lo em nenhum outro lugar que não fosse a TV. Ele é mais baixo e magro do que parece na tela.

Tem uma mulher mais velha ao meu lado, seus olhos alternando entre os três repórteres.

"Com licença, você sabe se falaram alguma novidade?", pergunto.

"Desde quando?" Sua voz tem o timbre rouco de fumante. Seus cabelos são brancos e densos, já os olhos são amarelados.

"Tipo meia hora atrás."

"Não, você não perdeu nada."

Através de um denso aglomerado de árvores, noto o topo de uma tenda branca. Parece aquelas utilizadas em casamentos e festas infantis.

"O que é aquilo ali?"

"A polícia armou um acampamento primeiro. Eles chamam de 'base'."

"A chefe de polícia está lá atrás", informa um homem parado atrás de mim. Ele é grande em todos os aspectos, uns bons dez centímetros mais alto do que eu e pelo menos trinta centímetros mais largo. "Eles querem ter certeza", diz ele.

"Certeza do quê?"

"Certeza de que foram só aquelas duas mulheres", esclarece ele. "E que não teve mais nenhuma."

"Deus me livre", exclama a mulher.

Havia outras duas, claro — Holly e Robin —, mas nenhuma delas tinha sido mantida naquele porão.

Pelo menos, não que eu saiba.

Um holofote se acende quando Josh entra em ação. Mais uma vez ele menciona suas fontes, mas não identifica nenhuma delas pelo nome.

Elas lhe deram mais informações sobre a sala subterrânea na igreja, e ele contou que encontraram algo importante lá. Na parede, escondida em um canto, foi encontrada uma mensagem. Pelo visto, alguém que estava em cativeiro tentou deixar uma pista.

# CINQUENTA E SETE

Por um segundo, penso em perguntar a Josh se ele tem mais alguma informação. Nunca conversamos, nunca me comuniquei com ele para além das cartas, mas esse boato sobre a tal mensagem escondida me deixa em pânico. Quase.

Em vez de fazer algo estúpido, como já fiz tantas vezes, dou um passo para trás. Penso. Avalio. E chego a uma conclusão: bobagem. Essa história não faz sentido.

As fontes de Josh certamente estão equivocadas. Se a polícia levou menos de um dia para encontrar essa suposta mensagem, não há a menor chance de Millicent não ter percebido. Ela pode até não saber que o filho anda saindo escondido à noite, mas consegue enxergar poeira a dois cômodos de distância. Ela não deixaria passar um recado na parede.

E que tipo de recado Naomi ou Lindsay deixariam? Socorro? Estou presa?

É infundado que Millicent tenha dito seu nome verdadeiro a elas, porque assim elas não teriam como identificar seu algoz.

Essa mensagem oculta deve ser uma mentira plantada por Claire, sem dúvida para tentar nos atrair. Qualquer um que assiste à TV sabe que a polícia mente. Essa história me faz querer ir embora. Ir para casa. Falar com Millicent.

Quando chego, a casa está vazia. Ligo a TV e zapeio pelas notícias. Josh ainda está falando da possível mensagem, mas não fornece mais detalhes. Um repórter de outro canal repete o que Josh já disse. E um terceiro repórter fala da igreja.

A Igreja Cristã Pão da Vida foi fundada por uma única família e depois cresceu para uma congregação de cerca de cinquenta pessoas. Fotos antigas mostram um grupo de aparência sisuda, rostos extenuados e roupas esfarrapadas. Nos últimos anos, o grupo pareceu prosperar, com muito mais pão; estavam mais gordinhos, e alguns até sorriam. Atingiram o auge na década de 1950, e depois decaíram para nada na década de 1980. Pelo que se sabe, o prédio está vazio há pelo menos vinte anos. Como hoje é domingo, o departamento de planejamento urbano está fechado, por isso não foi possível acessar as plantas da construção, mas historiadores locais desconfiam que o porão já fazia parte do prédio original. Talvez fosse um cômodo refrigerado para armazenar mantimentos.

Fico zapeando entre os canais, esperando alguma novidade. Millicent e as crianças só chegam em casa por volta das 17h. Passaram a tarde no cinema e no shopping, onde Jenna comprou mais um par de sapatos, e Rory, um moletom novo. Os dois sobem as escadas correndo, deixando Millicent e eu a sós.

"Está melhor?", pergunta ela. O tom meio sarcástico.

"Na verdade, não."

Ela arqueia uma sobrancelha.

A TV está desligada. Não faço ideia de quais notícias ela já viu.

"Estão falando de uma mensagem", digo.

"Uma o quê?" Millicent entra na cozinha para começar a preparar o jantar. Eu a sigo. "Um recado na parede. Deixado por uma das vítimas do cativeiro."

"Impossível."

Eu a encaro. Ela está rasgando alface para uma salada.

"É, foi o que imaginei", digo.

"Aqui, termina isso para mim." Ela desliza a tigela e a alface na minha direção. "Estava pensando em fazer sanduíches de atum hoje à noite."

"Comi o atum no almoço."

"Todo?"

"Boa parte."

Atrás de mim, a porta da geladeira é aberta com força. Ela não diz nada, mas consigo ouvir sua raiva.

A porta é batida.

"Acho que dá para fazer uma caçarola de berinjela ou algo assim", sugere ela.

"Parece perfeito."

Trabalhamos lado a lado; ela fatia a berinjela e eu ralo o queijo para gratinar. Quando enfim vai ao forno, Millicent se volta para mim. As olheiras dela estão mais escuras do que nunca.

"Desculpe por hoje mais cedo", diz ela.

"Está tudo bem. Nós dois estamos nervosos com Claire, com essa coisa da igreja e tudo o mais."

"Você está com medo?"

"Não."

"Sério mesmo?" Ela parece surpresa.

"Você está?"

"Não."

"Então estamos bem, certo?"

Ela passa os braços em volta do meu pescoço. "Estamos ótimos."

Parece que sim.

SUBO PARA DAR boa-noite às crianças. A luz de Rory está apagada, mas ele está acordado e usando o celular.

Antes que eu possa dizer uma palavra, ele retruca.

"Sim, estou falando com Faith. E com Daniel. E estou jogando."

"Pelo menos está vencendo em alguma dessas interações?"

Ele abaixa o telefone e me lança aquele olhar. Igualzinho ao de Millicent.

"E eu não estou fumando maconha."

Como era de se esperar, ele ainda está bravo.

"Então, como está a namorada?", pergunto.

"Faith."

"Como está Faith?"

Ele suspira. "Ainda é minha namorada."

"Não vai sair escondido hoje à noite, né?"

"Só se você não sair."

"Rory."

"Sim, pai?" Sua voz transborda esperteza. "Que bela lição o senhor quer me ensinar hoje à noite?"

"Boa noite."

Fecho a porta antes que ele possa responder. Não quero ouvir. Hoje não.

Jenna está se acomodando na cama e eu me sento para conversar com ela. As duas crianças já estão sabendo da igreja e do porão, assim como sempre sabem de tudo à velocidade da luz. Gostaria que houvesse um jeito de impedir isso, pois Jenna é tão novinha. Não o suficiente para ainda dormir agarrada a bichinhos de pelúcia, mas o suficiente para mantê-los no quarto. No entanto, ela ainda tem acesso demais a esse tipo de coisa. Meninas são sequestradas e trancafiadas em livros, filmes, programas de TV e na vida real. Seria impossível ela não ver essas coisas, e ela as vê.

"Elas estavam acorrentadas lá embaixo, não estavam?", pergunta ela.

Balanço a cabeça. "Ainda não sabemos."

"Não minta."

"Provavelmente estavam."

Ela assente e se deita de lado, voltada para a mesa de cabeceira. O abajur em cima dela tem formato de flor. Laranja, claro.

"Como anda seu estômago?", indago.

"Está legal."

"Ótimo."

"Por que alguém machucaria as pessoas daquele jeito?"

Dou de ombros. "Algumas pessoas nasceram com defeito. Elas acham que o mal é bom."

"Aposto que Claire vai pegar esse cara."

"Aposto que você tem razão."

Jenna dá um sorrisinho.

Espero que ela esteja enganada.

# CINQUENTA E OITO

As PRIMEIRAS IMAGENS do porão são surpreendentes. Não se parecem em nada com a masmorra medieval que construí na minha cabeça.

Em vez disso, o local parece o porão inacabado de um prédio antigo. Chão de terra batida, prateleiras de madeira nas paredes, uma escada antiga. Só a parede mais distante da escada é diferente, pois é a única que dá indicativos do que pode ter acontecido naquele lugar. Ela foi sobreposta com tijolos e rebocada. Um monte de correntes e algemas jazem no piso ali perto.

Claire apresenta as imagens em uma coletiva de imprensa noturna, à qual assisto em um bar. É o mesmo bar em que estive quando o corpo de Lindsay foi encontrado.

Aninho uma cerveja e me sento num banco que dá vista para uma das janelas. Do outro lado da rua está o First Street Bar & Grill, onde fazem hambúrgueres gigantescos para acompanhar cervejas artesanais gigantes, e tudo é mais barato do que parece. Millicent não é fã de hambúrgueres ou cerveja, então só vamos lá para encontrar clientes ou participar de festas.

Claire repassa cada foto e descreve os detalhes. Há *closes* de manchas nas paredes e no chão de terra. Parecem ferrugem, mas ela alega ser sangue.

O barman balança a cabeça. Está todo mundo em silêncio. Estão ocupados demais bebendo e prestando atenção aos televisores.

Não consigo imaginar Millicent deixando tanto sangue para trás, se é que aquilo é sangue mesmo. Claire pode estar mentindo. Seus olhos estão fixados na câmera, então a sensação é que ela está olhando diretamente para mim. Ou para o sujeito ao meu lado. Ou para o barman. É desconcertante.

Detesto o terninho de Claire. Hoje à noite, é azul-marinho, combinado com uma blusa cinza-escuro. Ela sempre parece pronta para ir a um velório.

Claire está em uma tribuna montada perto da igreja, embora não seja perto o suficiente para ver nada além de árvores. Nem mesmo o campanário está visível. O chefe de polícia e o prefeito estão juntos ao lado dela, e do outro lado há um cavalete com fotos do local; dois policiais uniformizados vão folheando uma a uma enquanto Claire fala.

*"Já estamos periciando o sangue, comparando-o ao de Naomi e Lindsay. Além disso, descobrimos traços de saliva, que também estão sendo examinados."*

Ela não responde a perguntas. A coletiva dura cerca de vinte minutos, o que dá aos apresentadores e comentaristas um bom material para ser dissecado por um tempão. Claire não mencionou a mensagem deixada na parede, e nem mostrou nenhuma foto de algo do tipo.

O barman troca de canal, para as notícias esportivas. Peço outra cerveja, mas mal toco nela.

Quarenta minutos depois, eu o vejo. Do outro lado da rua, Josh entra no First Street Bar & Grill. É o restaurante favorito dele.

Descobri essa informação por acaso enquanto dirigia pela First Street algumas noites atrás. Ao parar num sinal vermelho, vi Josh sair do carro e entrar no restaurante. Na noite seguinte, passei por lá de novo e vi o carro dele estacionado em frente. Na terceira noite, a mesma coisa; passei por lá e o vi sentado junto ao balcão, sozinho, bebericando uma cerveja enquanto assistia à TV.

Atravesso a rua e me sento a alguns bancos de distância de Josh. Como já jantei, peço só uma dose de destilado e uma cerveja. Assim como ele.

Olho para ele e desvio o olhar. Então olho de novo, e ajo como se o tivesse reconhecido.

Sem nem olhar na minha direção, ele diz: "Sim. Sou o cara do noticiário".

"Imaginei que fosse. Vejo você na TV quase todas as noites", comento. Josh parece muito diferente na vida real. Seu rosto não é tão lisinho. A textura da pele é irregular. Seu nariz está vermelho, assim como os olhos. Pena que eu não trouxe o colírio.

Ele suspira e, por fim, se vira na minha direção.

"Obrigado pelo prestígio."

"Não, eu que agradeço pelas suas reportagens. Você foi o cara que de fato impulsionou aquele caso importante, certo? Das mulheres que foram mortas?"

"Fui eu, sim."

"Você ainda é o cara. Parece que você sabe de tudo primeiro."

Josh bebe um terço da cerveja de um só gole. "Você é um daqueles malucos por *true crime*?"

"De jeito nenhum. Sou só alguém que quer que esse otário seja pego."

"Legal."

Faço um gesto para o barman, pedindo mais uma dose.

"Ei, cara", digo para Josh. "Mais uma por minha conta."

"Sem querer ofender, mas não sou gay."

"Não me ofendi. Nem eu."

Josh aceita minha oferta. O barman traz mais algumas cervejas também.

Juntos, assistimos ao canal de esportes, comentando sobre este ou aquele time. Pago mais algumas doses para nós, mas derramo a minha em uma tigela de amendoim quando ele não está olhando. Josh bebe a sua e pede mais duas.

Quando um jogo de futebol começa, ele meneia a cabeça para a tela.

"Aposto nos Blazers. E você?"

"Também." Mentira.

"Você joga? Você tem cara de que joga."

Dou de ombros.

"Na verdade, não."

Ele vira o restinho da cerveja e faz sinal pedindo mais duas.

"Eu jogava num time de futebol chamado Marauders. Éramos uma merda, mas, mesmo assim, as pessoas ainda tinham medo da gente. Era meio que incrível."

"Aposto que sim."

Durante o intervalo comercial, uma propaganda mostra um *flash* da coletiva de imprensa de hoje. Claire Wellington está na tela mais uma vez.

Josh balança a cabeça e olha para mim. Seus olhos não estão tão límpidos em comparação à quando entrei no bar.

"Quer uma informação privilegiada?", pergunta ele.

"Claro."

Ele aponta para a TV.

"Esta aí é uma vagabunda."

"Sério?"

"Não estou dizendo isso porque ela é mulher. Sério, isso não tem nada a ver. Mas o problema de ter uma mulher no comando é que elas sentem necessidade de chegar mudando tudo. Para se provar, sabe? E isso não é culpa delas... Eu até entendo. Eu só queria que elas não estragassem tudo."

"Pois é, né?"

"Pois é um milhão de vezes."

O jovem e cândido repórter que eu tanto vinha assistindo não é a mesma pessoa da TV. Não sei por que eu esperava que fosse.

Peço mais algumas doses. Josh bebe a dele e bate o copo no balcão.

"Há alguns dias, divulguei uma informação que uma fonte me contou. No dia seguinte, essa mesma fonte me ligou e disse que não podia mais mencionar o assunto. A rigor, um policial pode ser demitido por falar com a imprensa. Ela simplesmente decidiu impor a regra." Ele levanta as mãos, como se fosse um absurdo. "Mesmo que eles queiram falar *comigo*. E eu *colaborei com a polícia* quando recebi aquelas cartas de Owen. Ou seja lá quem as enviou. Eu não precisava colaborar. Poderia me limitar a lê-las no ar sem falar com a polícia."

"Mas o que isso significa?", pergunto. "Que suas fontes não vão te contar mais nada?"

"Ah, elas ainda me contam coisas. Só não tenho permissão para levar ao ar. Bem, eu até poderia divulgar, mas sou um cara legal. Não quero que ninguém seja demitido, sobretudo alguém que me é útil. Aquela vagabunda não vai ficar aqui para sempre."

Antes que eu possa responder, o celular dele vibra. Ele lê a tela e revira os olhos.

"Viu só, é disso que estou falando. Estou recebendo uma dica de uma fonte, é a segunda vez que ouço essa informação, mas não posso fazer nada com ela. 'Confidencial', diz aqui." Ele solta um suspiro longo e ruidoso. "A palavra mais desagradável de todos os tempos."

"Que chato."

"Nem brinca."

Fico esperando. Olho para a TV, sem dizer uma palavra, na expectativa de transmitir que nada disso me é importante. Porque quanto menos eu demonstrar interesse, maior a chance de ele me revelar coisas.

Ele precisa de mais uma dose de bebida.

"Ok, preciso compartilhar com alguém", diz ele, com a voz arrastada. "Mas se você contar para qualquer pessoa, vou negar que te mostrei isso. Pelo menos até ser levado a público."

"Você acha que vão divulgar?"

"Eles não têm escolha."

Josh desliza o celular para mim. Tem uma mensagem na tela, enviada por alguém chamado J. Nossa dinâmica lembra um pouco as interações de Tobias.

Até eu ler a mensagem.

Confidencial:

Há corpos enterrados sob a igreja.

E.L.A.S® SAMANTHA DOWNLING MINHA ADORÁVEL ESPOSA

# CINQUENTA E NOVE

Achei que o texto seria sobre a suposta mensagem na parede. Em vez disso, é sobre corpos enterrados.

"E daí?", pergunto.

"E daí?", retruca Josh.

"Aquela igreja tem mais de cem anos. Provavelmente tem um cemitério inteiro de pessoas enterradas lá."

"Com certeza tem. Mas não é disso que ele está falando." Josh se inclina e abaixa um pouco a voz. O cheiro de álcool que exala dele me atinge no rosto. "Você já esteve lá?"

Quase digo que sim, mas então me lembro de que não sou um maluco obcecado por *true crime*.

"Não."

"Eles montaram uma barraca enorme lá, mas está atrás de um monte de árvores. É para lá que estão levando os corpos."

"Você fica repetindo isso. Que corpos?"

"Os corpos no porão não são de centenas de anos atrás", esclarece ele. "São de mulheres que foram mortas há pouco tempo."

"Não."

"Sim. E não posso botar isso no ar."

Josh continua divagando, reclamando de Claire e de suas fontes. Não estou ouvindo mais nada.

Naomi e Lindsay já foram encontradas, o que agora nos deixa Holly e Robin. Holly foi morta no meio do nada, na mata, e a enterramos por lá mesmo.

Robin foi morta na nossa cozinha. O carro e o corpo dela estão no fundo de um lago da região.

Interrompo Josh. “Sabe quando essa informação vai ser divulgada?”

“Em breve, tenho certeza. Eles não têm como esconder esses corpos para sempre.”

Ele continua falando, mas só penso em Claire Wellington. Ela não vai levar nem um minuto para aparecer à nossa porta, questionando sobre a irmã de Millicent, Holly.

E por que nunca abrimos queixa para informar do desaparecimento dela.

*Porque achamos que ela simplesmente havia se mudado.*

*Porque não dávamos a mínima para ela.*

*Porque ela costumava torturar minha esposa.*

*Porque ela era maluca.*

Mando uma mensagem para Millicent.

Precisamos de uma noite só nossa hoje.

Ela recusa.

Não dá. Estou no hospital.

Leio três vezes, daí boto dinheiro no balcão e saio do First Street Bar & Grill sem dizer mais nada a Josh. Ou talvez eu tenha dito a ele que precisava ir embora. Sei lá, não me lembro do que fiz.

Millicent me liga enquanto estou tentando telefonar para ela. Ela está falando rápido, e eu estava enchendo a cara, então só consigo captar palavras-chave.

Rory. Pronto-socorro. Caiu da janela.

Não me dou ao trabalho de pegar o carro, pois estou próximo o suficiente para ir correndo; o hospital fica a apenas três quarteirões do bar. Quando chego, flagro Millicent andando de um lado a outro no corredor.

Assim que a vejo, capto o recado.

Rory está bem. Ou vai ficar.

Millicent está de punhos cerrados, lábios franzidos e parece emanar uma corrente elétrica. Se Rory estivesse ferido com gravidade, ela estaria preocupada, chorando ou em choque. Mas não. Está explodindo de raiva. Ela me abraça com força. É intenso e violento, e então ela se afasta para cheirar meu hálito.

"Cerveja", digo. "O que aconteceu?"

"Nosso filho estava saindo escondido para ver a namorada. Ele caiu ao subir na janela dela."

"Mas ele está bem?"

"Está. Estávamos achando que ele tinha quebrado o pulso, mas foi só uma torção feia. Ele vai ter de usar tipoia..."

"Por que você não me ligou na hora em que aconteceu?", pergunto.

"Liguei. Mandei mensagem."

Pego meu celular. Lá está, bem sob a rachadura da tela. Dependendo do ângulo, fica meio difícil de ler.

"Meu Deus, me desculpe..."

"Tudo bem. Você chegou. O importante é que ele está bem." A raiva de Millicent está de volta, se é que em algum momento foi embora. "Ele vai ficar um século de castigo."

Alguém ri.

Virando o corredor, flagro Jenna sentada em uma saleta de espera. Ela acena. Aceno de volta. Millicent me guia para uma máquina de venda automática para comprar café. Está amargo e tão quente que queima minha língua, e é isso mesmo o que preciso. A bebida me acalma em vez de me estimular porque meu coração já está acelerado por causa da corrida, do álcool e por saber que meu filho foi hospitalizado.

Millicent desaparece na sala de exames para acompanhar Rory. Quando eles retornam, Rory está usando tala no pulso e tipoia no braço. A raiva de Millicent está mais branda, pelo menos por enquanto.

Ele não me encara. Talvez ainda esteja com raiva de mim, ou quem sabe entenda que está em apuros. Difícil dizer, pois agora estou dividido entre dar um cascudo nele e abraçá-lo. Acaricio seu cabelo, bagunçando-o.

"Se você não queria jogar golfe mais, era só falar", brinco.

Ele não sorri. Ele ama o golfe.

Chegamos em casa depois da meia-noite. Subo para verificar Rory alguns minutos depois que ele vai para a cama. Até ele adormeceu rápido.

Sento-me na cama, exausto.

Meu carro ainda está no First Street Bar & Grill.

E há corpos enterrados no terreno da igreja.

"Millicent", digo.

Ela sai do banheiro, no meio de sua rotina noturna. "O que é?"

"Eu estava bebendo cerveja com Josh. O repórter."

"Por que você..."

"Ele me disse que tem corpos enterrados no porão daquela igreja."

"Corpos?"

Faço que sim com a cabeça, observando-a. Sua surpresa parece genuína.

"Ele disse de quem são os corpos?", indaga ela.

"Presumo que sejam de Holly e Robin."

"Elas não estão nem perto daquela igreja. Você sabe disso." Ela se afasta, retornando para o banheiro.

Eu a acompanho. "Você não faz ideia mesmo de que tem corpos enterrados lá?"

"Não mesmo."

"Tem uma pilha de corpos aleatórios no porão de uma igreja."

"Jesus, eu não faço ideia. Esse é o mesmo repórter que alegou que havia um recado na parede. E cadê?"

Ela tem razão.

Talvez Josh esteja enganado. Ou talvez alguém esteja lhe dando pistas falsas para mantê-lo longe da verdade.

Os policiais da ficção fazem isso o tempo todo. E Claire pode ser tão esperta quanto eles.

E.L.A.S
SAMANTHA DOWNLING
MINHA ADORÁVEL ESPOSA

# SESSENTA

Agora que Millicent descobriu que Rory está namorando e que anda saindo escondido para ver a menina, ela quer se encontrar com os pais de Faith para discutir a situação. Os Hammond são clientes dela e concordam de imediato em jantar conosco. Nem Rory nem Faith são convidados.

Estamos a caminho do restaurante, um lugar tradicional com toalhas de mesa brancas e cardápio com comidas aconchegantes. Foi escolhido por eles, não por Millicent.

"Eles são pessoas sensatas", diz Millicent.

"Tenho certeza de que são", respondo.

Quando chegamos, os Hammond já estão esperando à mesa.

Hank Hammond é baixinho e loiro, como a filha. Corinne Hammond não é pequena nem loira natural. Ambos ostentam roupas clássicas e sorrisos educados. Vamos direto aos pratos. Ninguém pede vinho.

A voz de Hank é duas vezes maior do que o corpo.

"Faith é uma boa menina. Ela só começou a sair escondida depois de conhecer seu filho", começa ele.

Quase consigo enxergar a bola vindo para a nossa quadra. Millicent sorri, educada e meiga. "Eu poderia dizer o mesmo da sua filha, mas esse jogo de transferência de culpa não vai nos levar a lugar nenhum."

"Não estou falando de culpar ninguém. Estou falando de separá-los."

"Vocês querem proibir Rory e Faith de se verem?"

"Faith já está proibida de ver seu filho em qualquer lugar que seja, exceto na escola", declara Hank. "Creio que *isso* seja inevitável."

"Ela poderia ter aulas em casa", sugere Millicent. "Assim eles nunca mais se veriam."

Pouso minha mão no braço de Millicent. Ela a repele.

"Talvez seja seu filho quem precise de educação em casa", rebate Hank.

Corinne assente.

"Vocês acham mesmo que proibi-los de namorar vai fazer com que... parem de se ver?", pergunta Millicent.

"Nossa filha sem dúvida vai obedecer às ordens", diz Hank.

Sinto Millicent mordendo a língua, pois estou fazendo o mesmo.

Corinne quebra a tensão. Sua voz sai mais intensa do que o esperado. "É melhor assim", afirma ela.

Millicent desvia o olhar para Corinne, faz uma pausa, então diz: "Não tenho o hábito de simplesmente proibir meus filhos de fazerem as coisas".

Mentira.

"Acho que divergimos aí", diz Hank.

"Talvez devêssemos voltar ao assunto em questão", insisto. "Acho que não precisamos entrar em nossas filosofias parentais."

"Está certo", diz Hank. "Mantenham seu filho longe da minha filha e ponto final."

A conta chega, e Millicent a pega antes que Hank possa fazê-lo. Ela a entrega para mim e diz: "Podem deixar por nossa conta".

O jantar termina com uma despedida concisa.

Millicent fica em silêncio durante todo o trajeto para casa.

Rory está esperando à porta quando chegamos de volta ao lar. Ele torceu o pulso, não pode jogar golfe e está de castigo. Faith é a única coisa que lhe resta, ou assim ele pensava. Não estou nem um pouco ansioso para lhe contar que ele também a perdeu.

Só que ninguém lhe conta nada. Millicent se aproxima de Rory e pousa a mão na bochecha dele.

"Está tudo certo", diz ela.

"Tudo certo? Sério?"

"Só não saia escondido nunca mais."

"Prometo."

Rory sai correndo com o celular para ligar para Faith, que receberá um recado diferente dos pais.

Millicent me oferece uma piscadela.

Pergunto-me se é assim que algumas meninas aprendem a ser assim tão sorrateiras. Com a mãe de terceiros.

No dia seguinte, recebemos uma ligação da escola. O problema é com Jenna, não com Rory. Desta vez, não tem a ver com armas nem com o estômago dela. O problema agora são as notas.

Ela sempre foi uma aluna exemplar, mas suas notas vinham decaindo no último mês. Hoje, ela se esqueceu de entregar um trabalho. Jenna sequer ofereceu um pretexto para a professora.

Nem Millicent nem eu fazíamos a mínima ideia disso. Jenna tem sido uma aluna tão boa que eu nem verifico mais os boletins semanais que a escola disponibiliza on-line. Depois de uma enxurrada de trocas de mensagens e ligações, decidimos conversar com ela logo após o jantar.

Millicent começa falando do telefonema da escola e então diz: "Conte-nos o que está acontecendo".

Jenna não tem uma resposta concreta, apenas algumas hesitações e meneares de cabeça.

"Eu não entendo", diz Millicent. "Você sempre foi uma excelente aluna."

"Qual é o sentido disso?", pergunta Jenna. Ela se levanta da cama e atravessa o quarto. "Se alguém pode sem dificuldade me trancafiar em um porão e me torturar, qual é o sentido de estudar?"

"Ninguém vai fazer isso com você", afirmo.

"Aposto que aquelas mulheres mortas acreditavam nisso."

Outro soco no estômago. Este parece ter vindo com um picador de gelo em punho.

Millicent respira fundo.

Desde o dia em que teve contato com Claire, Jenna parecia ter melhorado. Ela não parava de falar que ia virar investigadora. Mas aí, após a descoberta sobre a igreja, não tocou mais no assunto.

Seguimos numa argumentação em círculos, tentando usar a lógica para aplacar seu medo. Não funciona, não de verdade. Ficamos apenas com uma promessa de que ela não vai reprovar em nenhuma matéria.

Ao sairmos do quarto de Jenna, noto um caderno aberto em sua cama. Ela tem pesquisado quantas mulheres são sequestradas e assassinadas a cada ano.

Millicent pega o celular, tentando encontrar outro terapeuta.

Este é o terceiro dia sem novas informações sobre a igreja. Claire tem dado uma entrevista coletiva todas as noites para repetir tudo aquilo o que já sabemos.

O QUARTO DIA COMEÇA com um cachorro latindo. Há vários cães na vizinhança, então não dá para saber qual deles me acorda às 5h, mas o bicho não para de latir.

Sento-me na cama, me perguntando por que nunca tinha me dado conta disso.

Um cachorro.

De porte grande o suficiente para fazer Jenna sentir-se segura e com instinto protetor para latir toda vez que ele flagrar alguém do lado de fora da nossa casa. Tipo Rory, quando ele tentar entrar e sair escondido.

Que burrice não ter pensado nisso antes. Um cachorro resolveria muitos dos nossos problemas.

Pela primeira vez, acordo antes de Millicent. Quando ela desce, usando roupas de corrida, estou tomando café e pesquisando sobre cães na internet. Ela congela ao me ver.

"Será que devo saber por que você já está..."

"Veja só", digo, apontando para a tela. "Este aqui está no abrigo, uma mistura de *rottweiler* e *boxer*."

Millicent pega o café da minha mão e serve-se de um gole. "Você quer um cachorro."

"Para as crianças. Para proteger Jenna e impedir que Rory fuja escondido."

Ela olha para mim e assente. "É uma ideia brilhante até."

"Tenho meus momentos."

"E você vai cuidar desse cachorro?"

"As crianças vão."

Ela sorri. "Se você está dizendo."

Interpreto isso como um sim.

No intervalo entre as aulas de tênis, passo no abrigo. Uma mulher simpática me mostra o local enquanto explico o que estamos procurando. Ela recomenda outros cães, e um deles é um cruzamento de *rottweiler* com *boxer*. O nome dele é Digger. Ela verifica a papelada e diz que ele seria um bom cão para a família, mas que as crianças precisam vir conhecê-lo para eles liberarem a adoção. Prometo à mulher que vou voltar.

Essa história de cachorro me deixa um pouco otimista.

Paro em um *drive-thru* para tomar um café gelado e comer um *panini*. Enquanto aguardo junto à janela de retirada, noto a TV lá dentro, a tela visível. Claire Wellington está dando mais uma entrevista coletiva. A legenda no rodapé da tela faz meu coração disparar:

Outros corpos são descobertos na igreja

Quando a caixa abre a janelinha para me entregar a comida, ouço a voz de Claire: *"... os corpos de mais três jovens foram encontrados enterrados no porão"*.

Ouço o restante da coletiva sentado no estacionamento, pelo rádio do carro.

Três mulheres. Todas assassinadas há pouco tempo.

A polícia deve estar enganada sobre o período desses crimes. Não tem como alguém ter enterrado corpos ali enquanto Lindsay estava...

*"Pelo menos dois dos três assassinatos foram recentes o suficiente para os investigadores identificarem a causa da morte. Assim como as outras vítimas, estas mulheres foram estranguladas e apresentam sinais de tortura."*

Não consigo recuperar o fôlego porque Claire não para de falar.

*"Também encontramos escritos na parede do porão, atrás de uma prateleira. Embora ainda não tenhamos os resultados completos dos testes de DNA, o tipo sanguíneo corresponde ao de Naomi."*

Quando Claire recita as palavras na parede, meu coração para.

*Tobias.*

*Surdo.*

# SESSENTA E UM

NAOMI NÃO PODERIA ter escrito o nome de Tobias. Ela nunca o conheceu.

Fico revolvendo o assunto na minha cabeça, tentando entender como aconteceu. Lindsay conheceu Tobias. Ela sabia que ele era surdo.

Mas o corpo dela foi encontrado antes de Naomi desaparecer. Elas não poderiam ter tido contato, não poderiam ter trocado informações daquele jeito.

Millicent era a única ciente de tudo.

Não faz sentido. Nada faz sentido.

Depois que pego minha comida e saio, ligo o rádio para ouvir o final da coletiva de imprensa. Quando termina, os locutores continuam a discorrer. Eles ficam repetindo as palavras na parede sem parar.

*Tobias.*

*Surdo.*

Naomi não sabia de Tobias.

Lindsay, sim.

E Millicent.

Paro no acostamento. Minha mente está tão confusa que não consigo pensar e dirigir ao mesmo tempo.

*Tobias.*

*Surdo.*

Desligo o rádio e fecho os olhos. Só consigo enxergar Naomi no porão da igreja, acorrentada à parede. Tento tirar a cena da cabeça, para pensar com clareza. Mas ainda assim a vejo, encolhida, suja e coberta de sangue.

Fico enjoado. A bile sobe pela minha garganta; sinto o gosto. Saio do carro, nauseado, e o celular toca.

Millicent.

Mal atendo e ela já está falando.

"Pneu furado?", pergunta.

"Hein?"

"Você está parado na beira da estrada."

Olho para o alto, como se um drone ou uma câmera estivessem me observando, mas o céu está limpo. Nem mesmo um pássaro.

"Como você sabe onde estou?"

Ela suspira. Um suspiro longo e exasperado, e odeio quando ela faz isso.

"Olhe embaixo do carro", incita ela.

"O quê?"

"Embaixo. Do. Carro."

Ajoelho-me e olho. Um rastreador. Igualzinho ao que eu coloquei no carro dela. É por isso que nunca descobri sobre a igreja.

Ela sabia que estava sendo rastreada.

A COMPREENSÃO DOS acontecimentos explode como uma bomba na minha cabeça.

Só tem uma pessoa que poderia ter escrito aquela mensagem usando o sangue de Naomi. E eu soube na hora em que a imprensa divulgou o recado; só estava em negação, buscando outra explicação.

Mas não há outra explicação.

"Você armou uma cilada para mim", eu digo. "Para todas elas. Lindsay, Naomi..."

"E as outras três. Não se esqueça delas."

Minha mente está inundada com imagens da Millicent matando mulheres sozinha, me incriminando pelos assassinatos.

Agora eu sei o que ela andou fazendo enquanto eu estava em casa com Jenna, todos os dias e noites em que a nossa filha passou mal.

O futuro se desenrola como um tapete vermelho ensanguentado.

Fico ali no acostamento. Fecho os olhos, inclino a cabeça para trás e penso em todas as formas pelas quais Millicent poderia me incriminar. No DNA ao qual ela tem acesso. Em todas as coisas que ela poderia plantar, que poderia entregar à polícia. Isso sem falar nas pessoas que me conheceram como um homem surdo chamado Tobias.

Annabelle. Petra. Até os bartenders.

Eles vão se lembrar.

Tudo vai apontar para mim.

Minha mente tenta combater essa ideia. Ando em círculos, mapeando um plano, seguindo-o até o fim, percebendo que não dará certo. Todas as rotas bloqueadas, cada ideia certamente já foi pensada por Millicent. Parece um enorme labirinto sem saída. Não sou um planejador, não como minha esposa.

Caminho de um lado a outro junto ao carro. Minha cabeça parece estar levando choques repetidas vezes.

"Millicent, por que você faria isso?"

Ela ri. E é como levar uma mordida.

"Abra seu porta-malas."

"O quê?"

"Seu porta-malas", ela repete. "Abra."

Hesito, imaginando o que poderia haver lá dentro. Imaginando o quanto esta situação ainda pode piorar.

"Abra", ordena ela outra vez.

Vou até o porta-malas.

Não tem nada lá dentro, exceto meu equipamento de tênis. Nenhuma raquete fora do lugar.

"O que você está..."

"O estepe", diz ela.

Meu celular, o descartável. Aquele com mensagens de Lindsay e de Annabelle. Procuro dentro do pneu, mas não encontro o aparelho. Em vez disso, há outra coisa.

Balinhas de tubo azedinhas.

Lindsay.

A primeira com quem dormi.

Foi logo depois da nossa segunda trilha.

*Você é uma graça.* Foi o que Lindsay disse.

*Não, você que é.*

A voz de Millicent me traz de volta ao presente.

"Sabe, é incrível a quantidade de coisas que uma pessoa é capaz de confessar depois de passar um ano em cativeiro."

"O que você está..."

"Ela te viu aquela noite. Lindsay despertou antes de você sair. Ela ficou bem surpresa quando soube que você não era surdo, na verdade."

Uma onda de náusea me atinge. Devido ao que fiz. Devido ao que minha esposa fez.

"O engraçado", prossegue ela, "é que Lindsay achou que eu a estivesse torturando porque ela havia dormido com você. Eu tentei dizer a ela que não era bem assim, não no início, mas acho que ela nunca acreditou em mim."

"Millicent, o que você fez?"

"*Eu* não fiz nada", diz ela. "Você fez. Você fez tudo."

"Eu não sei o que você acha que aconteceu..."

"Não venha com essa condescendência, negando tudo."

Mordo a língua até sentir gosto de sangue.

"Há quanto tempo você anda planejando isso?"

"Faz diferença?"

Não. Não mais.

"Posso explicar?", pergunto.

"Não."

"Millicent..."

"O quê? Você lamenta muito o que aconteceu, e elas não significaram nada para você?"

Mordo a língua. Literalmente.

"E aí, o que vai fazer? Correr e se esconder, ou ficar e lutar?", ela diz.

Nenhum dos dois. Ambos. "Por favor, não faça isso."

"Viu, é esse o seu problema."

"O quê?"

"Você sempre se concentra nas coisas erradas."

Começo a perguntar que coisas erradas são essas, mas me contenho. Se o fizer, estarei dando razão a ela.

Ela dá uma gargalhada.

E desliga.

E.L.A.S®
SAMANTHA DOWNLING
MINHA ADORÁVEL ESPOSA

# SESSENTA E DOIS

ESTOU PRESTES A VOMITAR. Prestes a jogar fora o que quer que esteja no meu estômago, afinal, minha esposa — com quem estou casado há quinze anos — armou para que parecesse que matei várias mulheres. Deveria estar tomado pela náusea. Em vez disso, parece que meu corpo inteiro recebeu uma injeção de Novocaína.

Nada mal, porque deste modo consigo pensar em vez de sentir.

Correr e me esconder. Ficar e lutar.

As opções não me atraem. Nem a prisão, a pena de morte, a injeção letal.

Fugir.

Primeiro, faço um balanço. Carro, meio tanque de gasolina, *panini*, café frio e cerca de 200 pratas em dinheiro vivo. Cartões de crédito que não posso usar porque Millicent vai estar de olho.

Será que dá tempo de sacar dinheiro?

Além do mais, minhas opções diminuem de modo considerável. Não posso ficar com este carro por muito tempo, a menos que eu me livre da placa, e ainda tem a questão do meu destino. O Canadá é longe demais. Até chegar lá, minha foto já estará em todos os noticiários.

O México é a única opção de carro, e mesmo assim seria um exagero. Depende de quão rápido essa história toda se desenrolará. Meu nome e foto podem ser divulgados em poucas horas.

Eu poderia pegar um voo para sair do país, mas aí de fato precisaria do meu passaporte. E eles saberiam de cara onde eu estaria pousando. Em nenhum momento me preparei para esse tipo de fuga.

Millicent sabe disso.

A fuga significa minha captura.

Também significa perder meus filhos. Os filhos que tenho com Millicent.

Agora, sim, o vômito. Esvazio o estômago na beira da estrada, atrás do carro. Só paro depois que não tem mais nada.

Correr e me esconder. Ficar e lutar.

Começo a cogitar uma terceira opção. E se eu apenas entrar em uma delegacia e contar tudo?

Não. Millicent até poderia ser presa, mas eu iria junto. Alegar inocência não é opção, porque não é verdade.

No entanto, tem que haver um jeito. Uma maneira de fazer com que *ela* seja incriminada em vez de mim, afinal, nunca matei ninguém. Com o advogado certo, o promotor certo e as provas certas, seria possível fazer um acordo. Só que eu não tenho nenhuma destas opções. Ao contrário de Millicent, não armei para que meu cônjuge fosse acusado de assassinato.

*Você sempre se concentra nas coisas erradas.*

Talvez ela esteja certa; talvez o porquê disso tudo não faça diferença aqui. Mas vai fazer. Pois este porquê é o que de fato me assombrará, é o que irá ocupar minha cabeça à noite quando estiver deitado na cama. Isso se eu estiver em uma cama. Talvez num beliche na cadeia. Ela está certa em relação ao porquê. Não é o foco aqui.

Correr e me esconder. Ficar e lutar.

As opções reprisam sem parar, assim como aquelas palavras escritas na parede do porão. Millicent declarou tais opções como se fossem as únicas. Como se não restasse alternativa.

Ela está errada. As opções estão erradas.

Primeiro, vou ficar. Abandonar meus filhos não é uma realidade.

Mas se vou ficar, tenho que me esconder. Pelo menos até achar um jeito de fazer a polícia acreditar em mim quando eu denunciar Millicent.

Isso significa que tenho de lutar.

Ficar, me esconder, lutar. A primeira é fácil. Não preciso fugir.

A polícia. Posso ir à polícia e contar tudo, revelar que...

Não. Não posso. Tenho sangue de verdade nas mãos, e até um leigo descobriria isso. E se não posso ir à polícia, terei de evitá-la.

Dinheiro. Tenho 200 dólares na carteira, esta quantia certamente não vai durar muito. Vou direto ao banco para sacar o máximo possível sem disparar um alerta na Receita Federal. Millicent vai saber, porque o rastreador ainda está no meu carro.

Millicent. Há quanto tempo ela estava ciente de tudo? Há quanto tempo ela vinha me rastreando? Quando ela começou a planejar isso? As perguntas são infinitas, e não tenho resposta para nenhuma delas.

Com tudo o que passamos, com tudo o que fizemos juntos, é incompreensível para mim que ela não tenha conversado direito comigo, que não tenha questionado, que nem mesmo tenha me dado o benefício da dúvida. Em vez disso, não tive chance nem oportunidade de me explicar.

Isso é meio doido.

E lastimável.

Mas não tenho tempo para pensar em nenhuma dessas coisas. Em menos de uma hora, minha vida foi reduzida ao seu nível mais básico: sobrevivência.

Até agora, não tenho me mostrado muito bom nisso. Millicent sabe onde estou e eu não tenho a mais ínfima ideia do que fazer a seguir.

Lar. Ainda é meu porto seguro.

Pego tudo o que dá: roupas, artigos de higiene, meu laptop. Aquele que usávamos para procurar as mulheres sumiu, deve ter sido destruído, mas encontro o tablet de Millicent e o pego. E fotografias. Tiro das paredes alguns porta-retratos com fotos das crianças. Também mando mensagem para elas.

Não acreditem em tudo o que ouvirem. Amo vocês.

Antes de sair, desligo o rastreador, mas o mantenho comigo. Durante algum tempo, Millicent vai se perguntar se estou simplesmente congelado em casa. Talvez. Mas isso partindo do pressuposto de que conheço bem minha esposa.

Saio da garagem e desço pela rua, sem fazer ideia de que rumo tomar.

Um prédio vazio, um hotel de beira da estrada, um estacionamento? O pântano, a mata, as trilhas? Não sei, mas não me parece muito inteligente seguir para um lugar que mal conheço. Preciso de um lugar tranquilo, onde eu possa pensar. Um lugar onde eu consiga passar algumas horas sem ser incomodado por ninguém.

A completa falta de opções e originalidade me leva ao clube.

Como funcionário, tenho a chave do escritório da administração, que nunca uso, assim como das salas de equipamentos e das quadras. Dou uma passada rápida no mercado para comprar comida, um monte de porcarias, na maioria, e fico circulando às escondidas até pouco depois das 21h. É quando as luzes das quadras de tênis são apagadas e a equipe de segurança as tranca.

É para lá que eu vou. O clube tem câmeras dentro do prédio. Mas nenhuma nas quadras de tênis.

# SESSENTA E TRÊS

TUDO NAS QUADRAS DE tênis me é familiar. Cresci aqui, exatamente nestas quadras. Foi aqui que aprendi a jogar tênis, mas não só isso. Meu treinador me fazia correr por este espaço inúmeras vezes para ganhar condicionamento. Aqui conquistei troféus e levei grandes surras no placar, às vezes tudo no mesmo dia.

Aqui era a minha fuga; era para cá que eu vinha para me afastar dos meus amigos, da escola e, em especial, dos meus pais. No começo, vinha para ver se eles me procurariam. Como nunca o fizeram, o lugar tornou-se o meu esconderijo. Até o meu primeiro beijo foi aqui.

Lily. Ela era um ano mais velha do que eu e muito mais experiente, ou assim parecia. Na noite de Halloween, há um milhão de anos, meus amigos e eu nos vestimos de piratas. Ela e as amigas dela se vestiram de bonecas. Nós nos encontramos em algum trecho de Hidden Oaks enquanto estávamos pedindo doces pelas casas, e Lily disse que me achava uma graça. Presumi que isso significava que ela me amava, e acho que amava mesmo.

Um comentário levou a outro, e não demorou para que eu perguntasse se ela gostaria de ir a algum lugar legal. Ela disse que sim.

"Legal" pode ter sido uma hipérbole, mas quando eu tinha 13 anos, era legal estar fora de casa, à noite, com uma garota. Lily também não devia estar achando ruim, porque, no fim das contas, ela me beijou. Tinha gosto de chocolate e alcaçuz, e eu adorei.

Por um segundo, fico tão envolvido pela lembrança que tudo parece bem de novo. Mas não está. Estou aqui nesta quadra de tênis porque a polícia está atrás de mim e não posso ir para casa.

Mas ao me lembrar de Lily me dei conta de que tenho um lugar para ir.

O ALARME do meu celular me acorda às 5h. Levanto-me de um pulo, pego minhas coisas e entro no carro. A tentativa de descansar em um banco na beira da quadra me deu tempo de sobra para bolar um plano. A internet no celular ajudou a lapidá-lo. Acontece que existem dezenas de sites que explicam como desaparecer, como ficar off-line, como driblar a polícia, seu chefe ou sua esposa furiosa. Todo mundo quer fugir de alguma coisa.

Saio da cidade, pego a rodovia interestadual e dirijo por pelo menos uma hora. Em algum momento, paro em um posto de gasolina, ligo o rastreador e o prendo na parte de baixo de um caminhão. Depois, tiro a bateria do meu celular, paro em uma loja de conveniência e compro um aparelho descartável barato.

Aí volto para Hidden Oaks.

A internet não recomenda esta última parte, mas a internet não tem filhos. Se eu não os tivesse, continuaria dirigindo, trocaria a placa do carro ou me livraria dela de vez. Aí tomaria um ônibus interestadual e acabaria no México.

Não é uma opção. Não quando Jenna e Rory ainda estão com a minha esposa.

Na metade do caminho, paro e encho o porta-malas de mantimentos. Verifico todos os jornais, procurando meu rosto, mas não o vejo em lugar nenhum. As manchetes contêm apenas duas palavras:

Tobias surdo

Enquanto dirijo para casa, me pergunto se estou sendo otário de novo.

• • •

HÁ DOIS PORTÕES de acesso a Hidden Oaks. O portão da frente é onde ficam os guardas; é obrigatório passar por eles para entrar.

Mas Hidden Oaks é bem grande, considerando que tem um campo de golfe inteiro, além de centenas de casas, então também há um portão de fundos. Ou melhor, dois. Um deles exige senha; o segundo, um controle remoto daqueles usados em garagens, mas a vantagem é que este não tem guardas. É por ele que entro.

Uma vez lá dentro, passo pelas casas mais baratas, pelos empreendimentos de médio porte e, por fim, chego a uma casa com o dobro do tamanho da minha. Tem seis quartos, pelo menos o mesmo número de banheiros e uma piscina no quintal. A casa de Kekona está vazia, porque ela ainda está no Havaí.

Esta é a parte mais brilhante do meu plano. Ou a mais burra. Só saberei depois que tentar entrar.

Era aqui que Lily morava. Naquela noite de Halloween, ela virou minha primeira namoradinha. Foram tantas noites em que saí escondido para ir à casa dela. Assim como meu filho faz com a namorada agora.

Há muitos anos que não faço esse tipo de coisa, e, ao que tudo indica, a casa foi repintada, reformada e modernizada desde aquela época. As fechaduras provavelmente já foram trocadas inúmeras vezes. Só que o mercado imobiliário tem um porém. As pessoas sempre mudam as fechaduras das portas da frente e dos fundos. Mas aposto que a fechadura das portas francesas na lateral ou da varanda no segundo andar jamais foram trocadas. E eu me lembro que elas nunca travavam direito. E nem careciam de chave.

Na minha idade, escalar já não é tão fácil quanto naqueles áureos tempos, mas ao menos não preciso me preocupar em ser visto. A casa de Kekona fica no centro de Hidden Oaks, na área cara, onde todos têm mais terreno do que precisam. Os vizinhos mais próximos mal são visíveis da frente da casa, quanto mais dos fundos.

Sabe-se lá como, consigo me içar sem cair e sou assegurado de que meu plano deu certo antes mesmo de testar as portas. Elas já foram pintadas, talvez até impermeabilizadas de novo, mas a fechadura não mudou. Sorrio pela primeira vez em 24 horas.

Minutos depois, estou dentro da casa e passando pela garagem. Kekona só tem um veículo, um utilitário, o que deixa um espaço bom na garagem dela para acomodar o meu carro.

Pego as compras, tomo um banho e me acomodo. Pela primeira vez, sinto que tenho uma chance. Uma chance de quê, não sei bem, mas pelo menos não vou mais precisar dormir em uma quadra de tênis.

Quando abro o laptop, o problema número um me atinge: a senha da rede de internet dela.

Kekona tirou o adesivo que fica embaixo do modem, então a senha não está disponível. Demoro para perceber que o adesivo está bem na porta da geladeira.

Uma vez on-line, procuro um jeito de acessar o tablet de Millicent. É necessário um PIN de quatro dígitos. Sei, sem me esforçar, que ela jamais usaria uma data genérica, tipo uma data de nascimento ou festividade. Vou precisar achar outro jeito.

No noticiário, eles não param de falar da coletiva de imprensa, de Tobias e das três mulheres no porão.

Tento imaginar quem são, quem Millicent teria escolhido. Mulheres da nossa lista? Mulheres que rejeitei, tipo Annabelle ou Petra? Espero que não seja Annabelle. Ela não fez nada para merecer a fúria de Millicent.

Não, isso não faria sentido. Uma delas precisa estar viva para identificar um surdo chamado Tobias. Ela não poderia ter matado todas que o viram.

Talvez Millicent tenha escolhido desconhecidas, mulheres que nunca vi ou com quem nunca falei. Ou talvez isso fosse aleatório demais para ela.

Digo a mim mesmo para parar. Minha mente está em círculos e não chega a lugar nenhum.

Continuo tentando decifrar a senha do tablet, na esperança de encontrar respostas. Quando o sol se põe, não estou nem perto de conseguir.

São 18h e eu deveria estar em casa jantando. Hoje é noite de filme e eu não estou lá. Se minha mensagem não alertou Rory e Jenna de que tem algo errado, minha ausência os alertará.

• • •

Acordo achando que estou em casa. Ouço Millicent lá embaixo, já de volta da corrida, preparando o café da manhã. A programação do dia passa pela minha cabeça; minha primeira aula é às 9h. Rolo para o lado e caio no chão com um baque.

Não estou em casa. Dormi no sofá da sala de estar de Kekona. O sofá retrátil verde-marinho dela é enorme, mas ainda assim consegui cair dele. A realidade é dura como o piso de madeira.

A TV é ligada, a cafeteira prepara uma única xícara de café, o computador inicia. Passei a noite anterior fazendo listas. O que sei, o que não sei, o que preciso saber. Como conseguir as informações de que necessito. A última lista é um pouco curta, pois não sou *hacker* nem detetive. Só sei que há duas maneiras de resolver isso: provar que Millicent matou aquelas mulheres ou provar que eu não as matei. Idealmente, ambos.

Na noite em que Naomi desapareceu, fui para casa e fiquei com as crianças, deixando Millicent a sós com ela. Assim como ocorreu com Lindsay; eu estava com Jenna, porque ela estava passando mal. As crianças são meu álibi, mas não um bom. Depois que vão dormir, elas não servem para comprovar nada.

Mas tenho como provar que foi Millicent? Não mais do que tenho como provar que não fui eu.

O tablet de Millicent é um problema maior do que eu imaginava. Embora existam *softwares* para redefinir um PIN, isso só pode ser feito se eu estiver conectado ao endereço de e-mail vinculado ao tablet. Não sei a senha do e-mail dela e nem consigo adivinhar. No meio da madrugada, visitei vários fóruns de *crackers* lotados de adolescentes procurando a mesma coisa que eu.

Deve ter outro jeito. Talvez. Mas só se conseguir convencer alguém a me ajudar.

Passo metade da manhã pensando se é melhor eu perguntar agora, antes que meu rosto comece a figurar em todos os noticiários, ou depois que eu for um homem oficialmente procurado. Tento imaginar alguém vindo me pedir ajuda, alguém que pode ou não ser um psicopata. Será que eu ajudaria essa pessoa ou bateria a porta na cara dela e chamaria a polícia?

A resposta é a mesma: depende.

E minhas opções são limitadas. Meus amigos são amigos de Millicent; sempre os compartilhamos. Tenho muitos alunos, mas a maioria não passa disso. Só me ocorre uma possibilidade — a única pessoa que pode estar disposta e seja capaz de me ajudar.

Espero que Andy tope.

E.L.A.S® SAMANTHA DOWNLING MINHA ADORÁVEL ESPOSA

# SESSENTA E QUATRO

O Golden Wok é um bufê chinês que fica a trinta minutos de Hidden Oaks. Já estive lá uma vez, a caminho de outro lugar, e é igual a todos os outros bufês chineses que já vi. Chego cedo e encho meu prato com carne bovina mongol, carne suína agridoce, *chow mein* de frango e rolinhos primavera fritos. No meio da refeição, Andy Preston entra e se junta a mim.

Levanto-me e estendo a mão. Ele a rejeita e me dá um abraço.

Andy está bem diferente daquele sujeito que eu conhecia antes de Trista se matar. Ele não se assemelha nem ao homem que vi no enterro dela. O peso extra desapareceu; agora ele está quase magro demais. Não está saudável. Digo a ele para pegar um prato.

O bufê chinês foi escolha dele. Ele foi embora de Hidden Oaks logo depois que Trista morreu, e Kekona me contou que ele largou o emprego e tem passado os dias na internet incentivando estranhos a não cometerem suicídio. Acredito.

Andy senta-se à mesa e me oferece um sorriso. Parece vazio.

"Então, como estão as coisas?", pergunto. "Como você está?"

"Não muito bem, mas poderia estar pior. Sempre pode estar pior."

Concordo com a cabeça, impressionado por ele conseguir dizer algo assim depois de tudo o que lhe aconteceu.

"Você tem razão, sempre pode piorar."

"E você? Como está Millicent?"

Pigarreio.

“Oh-oh”, diz ele.

“Preciso de ajuda.”

Ele assente. Não faz nenhuma pergunta — porque ainda é meu amigo, mesmo que não tenha havido reciprocidade de minha parte.

Passei a manhã toda pensando no quanto revelar a Andy sobre a minha situação. Primeiro, o tablet. Tiro-o da minha bolsa de academia e deslizo sobre a mesa de laminado.

“Você pode me ajudar a entrar nisto? Tem um PIN, e eu não faço ideia de qual seja.”

Andy olha para o tablet e depois para mim. Seus olhos parecem um pouco mais alerta.

“Qualquer criança de 8 anos conseguiria entrar nisto.”

“Não posso pedir para os meus filhos.”

“Então este tablet é de Millicent.”

Faço que sim com a cabeça.

“Mas não é o que você está pensando.”

“Não?”

“Não.” Aponto para o prato dele. “Termine de comer. Aí te conto tudo.”

Digo “tudo”, mas não estou sendo literal.

Depois que terminamos a refeição, ficamos dentro do carro dele. É uma picape velha e bem diferente do carro esportivo que ele dirigia.

“O que você fez?”, ele quer saber.

“O que te faz pensar que eu fiz alguma coisa?”

Ele me olha de soslaio. “Você está com uma cara péssima, está com um celular novo e quer invadir o computador da sua esposa.”

Por mais que eu queira contar *tudo*, não posso. Não importa há quanto tempo nos conhecemos, há limites para a amizade. Assassinato é um deles. Assim como guardar segredos sobre a esposa do amigo.

“Eu traí a Millicent”, digo.

Ele não parece surpreso. “Não foi uma boa ideia, presumo.”

“Eu diria que isso é um eufemismo.”

“Então ela te expulsou de casa e quer tudo? A casa, os fundos de investimento, a poupança da faculdade dos seus filhos?”

Quem me dera se ela quisesse só isso.

“Não exatamente”, digo. “Millicent quer mais do que isso.”

"Não posso dizer que estou surpreso." Ele pausa por um segundo, balançando a cabeça. "Agora que você ferrou tudo, posso te contar a verdade."

"Que verdade?"

"Eu nunca gostei da Millicent. Ela sempre me pareceu um pouco fria."

Sinto vontade de rir, mas parece inadequado neste momento.

"Ela está armando para me acusar de coisas que eu não fiz. Coisas muito ruins."

"Coisas ilegais?", questiona ele.

"Sim. Isso aí."

Ele levanta a mão, como se para me impedir de dizer mais. "Então eu estava certo. Ela é fria."

"Você estava certo."

Ele fica uns minutos em silêncio. Corre a mão pelo volante, um gestual inconsciente porque ele está ocupado demais pensando. A mim, resta ficar de boca fechada para deixá-lo concluir sobre o tamanho da minha insanidade.

"Se tudo o que você precisa é entrar neste tablet, por que me contar o restante da história?", pergunta ele.

"Porque você e eu temos um longo histórico. Eu lhe devo a verdade."

"E?"

"E porque é quase certo que vou estar nos jornais em breve."

"Jornais? Que diabos ela está fazendo com você?"

"Você é a primeira pessoa que eu vejo desde ontem", digo. "Por favor, não conte a ninguém."

Ele olha pela janela, para o letreiro em néon do Golden Wok.

"É melhor eu não saber mais nada, né?"

Balanço a cabeça.

"Então esse é o verdadeiro favor", diz ele. "Ficar de boca fechada."

"Mais ou menos. Sim. Mas eu preciso entrar nisto aí", digo, apontando para o tablet de Millicent. Está no painel de Andy. "Você me ajuda?"

Novamente, ele fica quieto.

Andy vai me ajudar. Ele pode não ter se dado conta, mas já decidiu isso. Caso contrário, já teria ido embora. E pelo jeito dele, ele parece precisar disso tanto quanto eu.

"Você sempre foi um pé no saco", diz ele. "E, só para constar, suas aulas de tênis são caríssimas."

Dou um sorriso. "Anotado. Mas você me acusou de dormir com a sua esposa. Você me deve uma."

Ele assente. "Me dá isso aí."

Entrego o tablet a ele.

A ESPERA É a pior parte. É tipo saber que uma bomba vai explodir, mas não ter noção de quando nem onde. Ou nas mãos de quem. Passo o dia seguinte na sala de cinema de Kekona. A tela dela é do tamanho da parede, e o couro das poltronas reclináveis está desgastado. Fico vendo Josh falar sobre Tobias sem parar. Ele inclusive conversa com especialistas para abordar questões da surdez.

Tenho de admitir que algumas informações são interessantes. Teriam sido úteis para mim lá atrás.

O Som da vinheta do plantão de notícias interrompe meus devaneios. A imagem na tela faz meu coração disparar.

Annabelle.

A doce Annabelle, a fiscal de trânsito cujo namorado foi morto por um motorista bêbado.

Ela está viva.

E continua fofa como sempre, com seu cabelo curto e feições delicadas, mas não está sorrindo. Ela não parece nada feliz quando Josh a apresenta como uma "mulher que encontrou o homem surdo chamado Tobias."

Não é de se surpreender que ela seja a primeira a se apresentar. Como não conseguiu salvar o namorado, ela então quer salvar todos os demais.

Annabelle conta nossa história, sob o ponto de vista dela, a começar pelo momento em que quase multou o carro que aleguei ser meu. Explica como nos encontramos na rua e que a convidei para tomar um drinque. Ela até menciona o nome do bar. Se Eric, o barman, ainda não se apresentou, certamente o fará.

Annabelle não omite nada, nem mesmo a mensagem que me enviou. Agora a polícia vai ter o número de telefone do meu antigo celular descartável.

Será que Millicent vai atender quando ligarem?

Por último, mas não menos importante, Annabelle diz que passou a manhã com um desenhista de retratos falados. O esboço é divulgado logo após o fim da entrevista.

Parece bem comigo e, ao mesmo tempo, não tem nada a ver.

Imagino Millicent assistindo e criticando o desenho, dizendo que o nariz está um pouco grande demais e que talvez os olhos estejam muito pequenos. Ela comentaria que não viram a pinta perto da minha orelha, ou que o tom da minha pele é diferente. Ela veria tudo, porque sempre vê.

Não vai demorar muito para eu ser identificado, embora as pessoas da minha convivência já devam estar à minha procura. Meu empregador, por exemplo. Millicent deve estar bancando a desesperada, fingindo que eu desapareci sem motivo.

Jenna e Rory... sabe-se lá o que estará se passando pela cabeça deles.

Passei o restante do dia dentro de casa, com medo de sair enquanto ainda está claro.

Isso me faz lembrar do dia em que me casei com Millicent, na casa dos pais dela, no meio do nada. Consigo vê-la naquele vestidinho simples, com o cabelo preso e salpicado de florezinhas, como se fosse a fada ou ninfa bondosa de um mundo etéreo. Ela era assim, tudo nela era transcendental. Ainda é, acho.

Também penso no que ela disse naquele dia, porque agora soa tão pitoresco.

*Aqui vamos nós.*

A NOTÍCIA COMEÇA a se espalhar mais depressa, o que não é surpresa. O público recebeu informações suficientes para retribuir com suas denúncias.

A segunda pessoa a afirmar conhecer Tobias é um barman, mas não é Eric. Este jovem trabalha no bar onde conheci Petra. Josh, embora muito empolgado com todas as novidades, pareceu bastante decepcionado com o rapaz, pois o sujeito não se lembrava do dia exato e nem do horário em que conhecera Tobias. Ele se lembra de tão pouco que chega a ser constrangedor, pelo menos para ele. Para piorar, ele erra a bebida pedida pelo suspeito. Tobias nunca pediu vodca com água tônica.

Quase fico ofendido com isso. Sempre acreditei que Tobias fosse mais memorável.

Ou talvez esse barman seja só uma besta quadrada.

Quando nada de novo acontece, tudo fica se repetindo. Vejo a entrevista de Annabelle várias vezes; eles reexibem as melhores partes, a ponto de eu conseguir memorizá-las. Durante os comerciais, me pergunto se meus filhos estariam assistindo ao mesmo canal.

Eu sei que Millicent está. Consigo imaginá-la sentada no sofá, vendo Annabelle na nossa TV imensa. Na minha mente, ela está sorrindo. Ou carrancuda. Ou ambos.

No noticiário noturno, Eric aparece, mas em outro canal. Josh perdeu essa entrevista. A repórter que conversa com ele é uma mulher de meia-idade, uma das personalidades locais mais famosas. Até agora, eu não a tinha visto cobrir nada a respeito desse caso; nem quando Owen voltou e nem quando foi dado como morto. O fato de ela ter entrado em cena me preocupa. Sinal de que uma caçada humana está prestes a começar, ou já começou, e todos estão me procurando.

Eric se lembra de mais coisas do que o outro barman, a começar pela bebida: gim-tônica. Ele descreve meu terno, até o tipo de gravata que eu usava. Ele se lembra da cor dos meus olhos, do meu bronzeado, até do comprimento do meu cabelo.

Cada nova revelação me dá engulhos. De algum modo, consegui encontrar o único barman da cidade com memória fotográfica.

Em minutos, as outras emissoras estão replicando as descrições de Eric. Fico um pouco nauseado quando ouço Josh repetindo todas aquelas coisas pessoais a meu respeito. Queria muito ter visto de cara que ele é essa pessoa horrível. Se soubesse, nunca teria enviado as cartas para ele.

Embora, creio, eu não tenha moral nenhuma para julgar quem é horrível e quem não é.

Hora após hora se passa, sigo noite adentro, beirando aquele momento em que a programação fica dominada por filmes antigos e infomerciais. Abro meu laptop e começo a vasculhar os sites de *true crime*. O retrato falado está por todos os lados, juntamente a todas as mesmas entrevistas que acabei de assistir, e examino todos os fóruns. Meu nome não está lá, nem deveria. Pelo menos ainda não.

# SESSENTA E CINCO

NÃO DURMO por muito tempo. Uma hora depois de eu acordar, as emissoras de TV já estão a postos para uma coletiva de imprensa com Claire Wellington. O café embrulha meu estômago enquanto aguardo o início. Claire ainda não disse nada de bom, e sei que nem vai dizer nada que me favoreça esta manhã.

Tem uma tribuna montada na delegacia, ladeada pelas bandeiras do país e de outros estados, e cercada por microfones, câmeras e luzes. Dez minutos após o horário marcado, Claire caminha até ela. Não usa terninho. Hoje, ela optou por uma saia azul-marinho e paletó combinando, semelhante ao tipo de roupa que Millicent usa, só que não tão justa. De algum modo, sei que isto é um mau sinal.

Claire começa com o retrato falado que já foi divulgado e pede à comunidade que o publique em empresas, escolas e prédios públicos, bem como nos sites locais. Muito embora a essa altura seja quase impossível ter passado despercebido a ele, a não ser que a pessoa não tenha TV ou internet. Ou esteja em coma.

Mas não é por isso que Claire está dando a coletiva. Este é só o ato de abertura. O evento principal vem a seguir.

*"Temos uma atualização sobre as três mulheres que encontramos no porão da igreja. Tentar identificá-las é um processo meticuloso, considerando os variados graus de decomposição. Suas impressões digitais também foram esfoladas."*

Ela faz uma pausa e respira fundo. *"Apesar das dificuldades, o legista e os investigadores forenses de Woodview fizeram um trabalho incrível. A primeira das mulheres já foi identificada e sua família foi contatada. Graças ao trabalho árduo de muitas pessoas, essa jovem pode finalmente ter um enterro digno."*

Antes que ela diga o nome da mulher, uma imagem aparece na tela.

Eu a reconheço.

Jessica.

A caixa do EZ-GO onde costumo pegar meu café. Não tem muito tempo que parei de vê-la. O cara que a substituiu disse que ela estava estudando em outro estado. Estou chocado por Millicent saber da existência dela. Ela não compra café ou o que quer que seja no EZ-GO.

Já devia estar me seguindo há muito mais tempo do que eu imaginava. Talvez Millicent sempre tenha monitorado meus afazeres. E meus interlocutores.

A mera ideia faz meu coração acelerar. Largo o café.

Na TV, a tela dividida mostra Jessica de um lado e Claire do outro. A investigadora ainda está falando, explicando que as outras mulheres ainda carecem de identificação.

Agora sei o que Millicent fez. Ela matou mulheres que conheço, que podem ser diretamente ligadas a mim. Talvez isso tenha sido parte da armação dela.

Ou talvez ela ache que eu dormia com todas elas.

Quem sabe ela tenha partido logo para a tática da terra arrasada, destruindo todas que poderiam representar uma ameaça.

Minha mente enlouquece tentando adivinhar quem seriam as outras duas mulheres. Nenhuma das minhas alunas. Nenhuma delas desapareceu há pouco tempo; eu saberia se isso tivesse acontecido. Pessoas ricas não somem e ficam esquecidas.

Começo a pensar em todas as mulheres que conheço, em especial as jovens que se encaixam no perfil de Owen. Várias delas trabalham no clube como bartenders, garçonetes, balconistas. Conheço todas de vista e já cumprimentei a maioria. Algumas estão lá há mais tempo que outras. A maioria *ainda* trabalha lá; nenhuma morta no porão de uma igreja.

Exceto uma.

Beth.

A espevitada Beth, do Alabama, garçonete do clube. Nunca tivemos nada; ela era só uma jovem simpática, e às vezes conversávamos enquanto eu almoçava na sede do clube. Nada além disso.

Há pouco tempo, ela pediu as contas por causa de uma emergência com a família, que mora em Mobile. O gerente do restaurante foi quem me contou. Foi algo que ninguém questionou. Ninguém suspeitou que algo tivesse acontecido. Não apareceu ninguém procurando por ela.

Caso tivesse se passado mais tempo, talvez a família teria se manifestado.

Levanto-me e começo a andar de um lado a outro; primeiro pela sala de cinema e depois por toda a casa. Subindo e descendo, passando por todos os cômodos e passeando em círculos.

Falta uma.

Millicent matou uma terceira mulher. Ninguém mais desapareceu — não que eu saiba —, então me pergunto se pode ser Petra. Com Annabelle e os bartenders disponíveis para reconhecer Tobias, por que não se livrar dela?

O TOQUE DE UM CELULAR irrompe meu pânico. A única pessoa que tem meu número novo é Andy.

"É você", declara ele. Ele não menciona o retrato falado, e nem precisa.

Meneio a cabeça para o telefone como se ele pudesse me ver.

"Era isso que eu estava te dizendo", explico. "Ela armou para mim."

"É, essa parte eu entendi. Mas você não conseguiu transmitir a magnitude da raiva dela."

"Eu falei que você não iria querer saber. Eu te avisei."

"Como ela conseguiu esse feito?"

Mais uma vez, quero contar tudo a ele, mas não consigo. Também não tenho uma boa resposta. "Se eu soubesse, contaria à polícia."

Ele suspira. Pouco antes de desligar, diz: "Droga".

E ele ainda está com o tablet de Millicent.

Durante o dia todo, assisto ao noticiário, vasculho o laptop e pesquiso meus filhos na internet. Minha busca não encontra nada de novo, exceto algumas reportagens antigas do jornal local sobre o time de futebol de Jenna ou sobre um dos torneios de golfe de Rory.

Olho as fotos que trouxe de casa. Elas parecem ser de cem anos atrás, de quando eu tinha uma vida que agora parece só um sonho.

É NOITE. Estou na piscina, passeando para lá e para cá mais uma vez. Se Kekona tivesse vizinhos, eles achariam que estou louco, e até posso estar, mas não tem ninguém aqui para constatar isso, ninguém perto o suficiente para me ver. E como não tem, pulo na piscina, de roupa e tudo, e fico debaixo d'água até não aguentar mais. O ar é um choque quando emerjo da superfície. Ele me desperta e me acalma ao mesmo tempo.

Saio e me deito no pátio, olhando o céu, tentando não me perguntar o quanto tudo ainda pode piorar.

Minha vida acabou de explodir, e eu deveria estar furioso. Acho que a raiva até existe, latente, misturada à tristeza, à mágoa, à culpa, à vergonha e ao horror. Tudo isso vai vir e me dominar, mas por enquanto ainda não. Não até eu descobrir como sair dessa confusão.

E pegar meus filhos. Adormeço pensando neles. Só nós três, sem Millicent.

SOU ACORDADO pelo sol e pelos pássaros. Está tão tranquilo aqui na casa de Kekona, é tão fácil fingir que o restante do mundo não existe. Entendo por que ela quase nunca sai de Hidden Oaks. Por que alguém trocaria isto aqui pela realidade? Eu não trocaria se não precisasse.

Por fim, volto para dentro da casa e ligo a TV.

Eu.

Estou na parede, olhando para mim mesmo. Minha foto preenche a tela e meu nome aparece no rodapé, juntamente com outra palavra:

Suspeito

Muito embora eu já esperasse, ainda caio de joelhos.

Tão rápido. Minha vida inteira desmoronou em menos de uma semana. Se não tivesse sido comigo, eu jamais acreditaria ser possível.

A voz de Josh me faz olhar para cima. Ele está falando, é sempre muito falante, mas hoje não é o repórter. Como nos conhecemos no First Street Bar & Grill, ele é o entrevistado. A estrela.

A maior parte do que ele diz é uma mentira, e um resumo dela. Ele diz que eu me aproximei. Perguntei sobre o caso. Implorei para que ele me fornecesse os nomes de suas fontes. Ele pula as partes em que ficou bêbado, chamou Claire Wellington de vagabunda, reclamando das informações que tinha e havia compartilhado, mas que não podia levar ao ar.

*"Eu entendo que a polícia esteja chamando esse homem de suspeito, e talvez seja só isso. Só posso dizer minhas impressões. Sabe aquela sensação de que tem algo errado? Como se um alarme disparasse na sua cabeça, te dizendo para ir embora? Foi assim que esse cara me fez sentir."*

O comentário dele é assustador o suficiente para me fazer parecer culpado, mesmo que Josh não estivesse em condições de sentir coisa alguma quando o conheci.

Quero colocar a bateria de volta no meu celular de verdade. Para ver se as crianças me mandaram mensagem, se estão preocupadas, se acreditam no que estão falando de mim. Ou para ver quantas vezes a polícia ligou.

Em vez disso, estou sozinho, preso na linda casa de Kekona, sem ninguém para conversar.

Até que meu celular toca. Andy.

Atendo, mas não digo uma palavra. Ele já está falando.

"Esses assassinatos realmente perturbaram Trista. Quase fico feliz por ela não ter podido ver quantos foram de fato."

Se Trista ainda estivesse viva, saberia que Owen não matou essas mulheres. E não teria motivo para se suicidar. Não menciono isso.

"Eu me lembro", digo. "Ela falou disso no clube."

"Mas não foi você."

"Eu não matei aquelas mulheres." Verdade. Eu só matei Holly, e ninguém a encontrou.

"Se eu descobrir o contrário..."

"Pode chamar a polícia", digo. "Pode me entregar."

"Eu ia dizer que eu mesmo mataria você."

Respiro fundo. "Fechado."

"Consegui entrar no tablet. Você pode me dizer onde está?"
"Para o seu próprio bem, você..."
"Não vou querer saber", completa ele. "Já entendi."

Acabamos nos encontrando em outro estacionamento, que não o do Golden Wok. Meu disfarce é um boné de beisebol e óculos escuros, e faz dois dias que não me barbeio. Não é grande coisa, mas ninguém se importa com a minha figura quando saio no utilitário de Kekona. Passo pelo portão dos fundos de Hidden Oaks para evitar os guardas.

Já está escuro, afinal, não vou sair durante o dia. Também não permito que Andy veja o modelo nem a placa do carro, por isso estaciono a dois quarteirões do nosso ponto de encontro e caminho até lá. Ele está de pé, recostado em sua caminhonete, com o tablet de Millicent na mão. Não há outros carros por perto, nenhuma luz acesa. O estacionamento pertence a uma antiga loja de peças automobilísticas que encerrou as atividades em definitivo.

Andy está um pouco mais ereto do que da última vez que o vi. De queixo erguido.

"O condado inteiro está procurando por você", diz ele.

"Sim, eu saquei isso."

Andy se vira e coloca o tablet no capô, mantendo-o apoiado com a mão.

"Se você me disser que falhou, vou parar de acreditar que você é um gênio", digo.

"Eu nunca falho. Mas não sei se alguma coisa aqui te ajuda." Ele desliza o dedo na tela, que se ilumina com um teclado numérico. "Nova senha. Seis-três-sete-quatro. Primeiro, as más notícias. Ela já devia estar sabendo que você pegou o tablet, porque apagou tudo da nuvem."

"Mas é claro que apagou."

"Não se preocupe... Tenho boas notícias. Havia algumas informações armazenadas no disco rígido. Estas ela não conseguiu apagar."

Ele me mostra algumas fotos. Algumas das crianças, algumas de casas à venda e um *print* de uma lista de compras.

Balanço a cabeça. É tudo muito banal para ser útil.

"Ela gostava de jogos", afirma Andy. Ele abre alguns aplicativos com jogos de combinação e palavras cruzadas.

Qualquer esperança que eu ainda tivesse voa pelos ares como uma folha seca. Claro que não há nada no tablet. Millicent jamais seria tão estúpida.

"Também encontrei algumas receitas", diz ele, abrindo alguns arquivos em PDF.

"Cogumelos recheados, hein?"

"O homus com espinafre parece uma delícia."

Dou um suspiro. "Você é um babaca."

"Ei, é a sua esposa", diz ele. "Por último, mas não menos importante, as pesquisas dela na internet e os sites que visitou. Ela apagou o histórico, mas recuperei a maior parte, se lhe serve de alguma coisa."

Não muito. Mais receitas, sites médicos sobre pulsos torcidos e dores de estômago, o calendário on-line da escola e um monte de sites de imobiliárias.

"Nenhuma prova reveladora", concluo.

"Pelo visto não."

Suspiro de novo. "Não é culpa sua. Obrigado por tentar."

"Você me deve uma pelo resto da vida, sabia?", diz ele.

"Se eu não acabar preso pelo restante dos meus dias..."

Ele me dá um abraço, daí vai embora em sua caminhonete velha.

Estou sozinho de novo, sem pressa para voltar à casa de Kekona. Até uma casa imensa pode ser sufocante.

Em vez disso, volto a verificar o tablet, olhando todos os sites imobiliários visitados. Ninguém é perfeito, digo a mim mesmo. Nem mesmo Millicent. De algum modo, em algum lugar, ela deve ter cometido um erro.

Meus olhos estão quase sangrando quando enfim percebo.

E.L.A.S
SAMANTHA DOWNLING
MINHA ADORÁVEL ESPOSA

# SESSENTA E SEIS

O site que Millicent mais visitava era de um banco de dados imobiliários. Ela acessava diariamente, pesquisando registros de vendas e transferências de imóveis, informações públicas. O navegador salvou os endereços pesquisados.

Um deles é um prédio comercial na Brownfield Avenue, 1121. Seis meses atrás, um homem chamado Donald J. Kendrick vendeu o prédio por 162 mil dólares. A construção existe há mais de vinte anos e teve um inquilino de longa data.

A delicatéssen Joe's Deli.

Donald vendeu o prédio para uma Sociedade de Responsabilidade Limitada, de propriedade de outra Sociedade de Responsabilidade Limitada, e depois para uma terceira. No fim das contas, o prédio agora pertence à R. J. Enterprises, Sociedade de Responsabilidade Limitada.

Rory. Jenna.

Isso é Millicent sendo esperta, porque ela não veria essa transação como um erro. Nossos filhos nunca são um erro. Isso foi de propósito.

Penso nos acontecimentos de seis meses atrás, percebendo que foi logo depois de ela ter vendido três casas seguidas. Muito dinheiro disponível.

Denise nunca havia sido cliente de Millicent.

Ela é inquilina. Uma inquilina que por acaso era amiga da irmã de Owen.

Conhecendo Millicent, ela passou horas pesquisando a história de Owen: sua família, onde moraram e onde estudaram. Ela caçou até descobrir que Owen já estava morto, e então encontrou alguém que pudesse comprovar isso. A irmã de Owen, por exemplo. Bastava trazê-la de volta ao país.

E quem melhor para atrai-la senão uma velha amiga? Sobretudo uma velha amiga com um senhorio exigente. Uma amiga que entrou em contato com Jennifer Riley e que implorou a ela para falar sobre a morte de Owen.

Millicent. Tudo obra de Millicent. E tudo nos últimos seis meses.

Agora entendo a reação dela quando apareceram aquelas mulheres anônimas atacadas. Millicent estava convencida de que elas estavam mentindo; ela insistia que o verdadeiro Owen não havia retornado. Já sabia que ele estava morto.

Sua dedicação em me arruinar seria admirável se não fosse tão doentia.

No entanto, ainda não tenho provas de nada. Apenas uma Sociedade de Responsabilidade Limitada e um prédio comercial, coisa que até um advogado ruim encararia como um investimento pessoal, e não como uma conspiração para incriminar alguém por assassinato.

Volto para Hidden Oaks pelo portão dos fundos, usando o controle remoto de Kekona para abri-lo. Uma vez lá dentro, sinto vontade de passar em frente à minha casa. O sol está nascendo e pergunto-me se as crianças ainda estão dormindo. Se ao menos têm conseguido dormir. Se morássemos em qualquer outro endereço, elas estariam cercadas de repórteres. Mas aqui não. O público geral não tem acesso a este lugar.

Mas resolvo não passar lá. Seria estúpido da minha parte.

Em vez disso, volto à casa de Kekona e ligo sua tela gigante.

Eu. Eu sou o assunto da vez.

Agora que fui identificado, todos têm algo a dizer a meu respeito, e todos o fazem diante das câmeras. Ex-alunos do tênis, colegas de trabalho, conhecidos; todos opinam sobre o fato de eu ser suspeito. Um suspeito foragido.

*"Cara legal. Um pouco bonzinho demais, talvez, mas o que esperar de um instrutor de tênis?"*

*"Minha filha teve aulas com ele, e agora estou feliz por ela estar viva."*

*"Eu costumava vê-lo no clube. Sempre tentando conseguir alunos."*

*"Minha esposa e eu os conhecemos há anos. Nunca teríamos imaginado."*

*"Bem aqui em Hidden Oaks? Isso é inacreditável. Sério."*

*"Apavorante."*

Josh agora está sendo entrevistado por outros repórteres, pois seu papo comigo no bar o torna parte da história.

Meu chefe diz que eu fui o melhor tenista profissional que ele já contratou, e que é uma pena que eu seja um psicopata.

E Millicent. Ela não aparece diante das câmeras, nem mostram nenhuma foto dela, mas minha esposa divulga uma declaração:

> Meus filhos e eu pedimos que respeitem nossa privacidade durante este momento inimaginavelmente difícil. Estou cooperando com a polícia e, por ora, não tenho mais nada a dizer.

Sucinto, meigo e escrito por Millicent. Deve ter sido ditado por um advogado, talvez um de seus clientes. Alguém que costumava ser meu amigo.

Agora só tenho Andy, mas se ele soubesse a verdade, acabaria comigo.

Penso em Kekona, pergunto-me se ela também é minha amiga, se acreditaria em mim caso estivesse aqui. Nós nos conhecemos há pelo menos cinco anos e, em nossas aulas, sempre conversávamos de maneira descontraída. Mesmo quando ela faltava a uma aula, ainda me pagava, e quando dava alguma uma festa, sempre nos convidava. Isso faz dela uma amiga? Não sei mais.

Não estou acostumado a ficar tão solitário. Millicent esteve comigo ao longo de dezessete anos, e durante a maior parte desse tempo, as crianças também. Eu tinha uma família com quem me preocupar, e que se preocupava comigo. Depois dos meus primeiros anos em Hidden Oaks, pós-retorno do Camboja, meus velhos amigos começaram a se casar, a se mudar, a formar suas famílias. Esse afastamento deles não fez diferença para mim. Já estava ocupado o suficiente sem eles.

Agora vejo o meu erro. O fato de ter me concentrado apenas na minha família me deixou isolado e sozinho, com exceção de um velho amigo que jamais vai poder saber a verdade.

• • •

Meu festival de autocomiseração é interrompido por Claire Wellington, que aposto ser uma pessoa avessa a festivais. Ela parece ser daquelas que devem ficar olhando o relógio, bebericando um copo d'água e aguardando uma oportunidade para sair de fininho. Não tenho ideia se estou correto em minhas suposições, mas acredito que seja assim.

Ela dá outra entrevista coletiva às 17h, bem a tempo para aparecer no jornal da noite. Hoje, seu terno é de um cinza feio, parece flanela, embora certamente não seja, pois estamos na calorenta Flórida e seria ridículo usar um tecido desses aqui. Seu cabelo está ressecado, assim como a pele. Claire não tem dormido muito, mas penso que ela deveria parar de trabalhar tanto.

*"Conforme todos já sabem, temos uma equipe se empenhando para identificar as mulheres encontradas no porão da igreja. Jessica Sharpe, de 23 anos, foi a primeira. Agora identificamos as outras duas."*

Ela respira fundo, e eu também.

Há cavaletes dispostos de cada lado dela. Ambas as fotos estão cobertas, e um policial uniformizado revela a primeira.

Acertei. É Beth.

Na foto, ela está sem maquiagem e seu cabelo está preso num rabo de cavalo. O visual a faz parecer ter uns 12 anos.

*"Beth Randall tinha 24 anos, era natural do Alabama e, mais recentemente, trabalhava como garçonete no clube de campo de Hidden Oaks. Há pouco tempo, seus pais receberam uma carta em tese foi enviada por ela. O texto alegava que Beth estava se mudando para Montana para trabalhar em uma fazenda."*

Millicent. Eu reconheceria seu senso de humor em qualquer lugar. A única coisa que ela odiava mais do que barcos de pesca eram fazendas.

*"Ao mesmo tempo, seu empregador recebeu uma carta dizendo que ela vinha enfrentando uma emergência familiar e que por isso estava voltando para casa, no Alabama, para ajudar a família. Nenhum dos dois percebeu que sua carta era falsa."*

Claire pausa por um momento enquanto as câmeras dão *zoom* na foto de Beth. Ela então se vira para o outro cavalete. Ainda acho que deve ser Petra. Não consigo me lembrar de mais ninguém que tenha desaparecido ou se mudado. E faz muito tempo que não a vejo. Se eu pudesse sair desta casa, teria tentado saber o que houve com ela.

O policial revela a foto.

Desta vez, me enganei. Não é Petra.

É Crystal.

A babá que trabalhou para nós.

Aquela que me beijou.

EM NENHUM MOMENTO pensei nela. Mas agora, refletindo, deveria ter pensado. Só que não vejo Crystal há mais de um ano. Não temos contato desde que ela parou de trabalhar para a gente.

Será então que Millicent ficou sabendo do beijo? Foi por isso que ela matou Crystal? Ou Crystal foi só um efeito colateral, parte do plano maior de Millicent?

Pode ser que eu nunca venha a saber. De todas as perguntas que eu faria a Millicent, estas não estariam nem entre as dez principais.

Mas meu palpite é que Crystal contou a Millicent. Que foi torturada para fazê-lo.

Não quero pensar nisso.

A coletiva de imprensa ainda está no ar, e Claire apresenta um homem cujo nome reconheço de um documentário sobre Owen. Ele é bastante famoso por analisar e construir perfis psicológicos e comportamentais; hoje está aposentado, realiza consultorias pontuais e já escreveu vários livros sobre *true crime*. Este homem — alto, magro e de aparência decrépita — sobe ao pódio e diz que jamais havia se deparado com um assassino como eu.

*"Ele mata mulheres que conhece de forma periférica, como a moça do caixa, e criou uma persona separada, um homem surdo chamado Tobias, o qual utiliza para arrebanhar mais vítimas. A variedade de métodos utilizados pode ter sido o que impediu sua captura."*

Ou talvez seja tudo mentira. Mas ninguém o contesta.

Pedacinho por pedacinho, minha vida vai sendo destruída, como se nunca tivesse sido real. Era só uma fileira de dominós montada por Millicent. Quanto mais rápido as pedrinhas caem, menor a probabilidade de eu conseguir me livrar dessa encrenca.

Ainda assim, fico de olho na TV.

Fico assistindo até meus olhos embaçarem e minha cabeça parecer prestes a desmoronar do pescoço.

Uma prova definitiva. É disso que preciso. Algo tipo uma amostra de DNA na arma do crime, ou um vídeo de Millicent matando uma dessas mulheres.

Só que não tenho nada assim.

SOU ACORDADO PELO telefone. No meio do meu apocalipse pessoal, acabei cochilando. As poltronas do cinema de Kekona são confortáveis até demais.

Pego meu celular e ouço a voz de Andy.

"Ainda respirando?"

"Mal."

"Não acredito que ainda não te pegaram."

"Você subestima minha inteligência." Na TV, exibem uma foto minha no baile de formatura do ensino médio.

"Está mais para sorte de principiante", diz ele.

Além de tudo, há a culpa que me consome. Andy acredita em mim porque não sabe da missa a metade.

Agora tem outro especialista em perfis na TV. Este tem um sotaque acentuado e estridente que me faz querer mudar de canal. Mas não mudo.

*"O nível de tortura pode estar diretamente relacionado ao nível de raiva que o assassino sente pela vítima. Por exemplo, as queimaduras em Naomi indicam que ele estava furioso com ela por algum motivo. É impossível saber se a raiva veio de algum ato direto da vítima ou de alguma lembrança que ela despertou no algoz. É provável que só consigamos confirmar isso depois que ele for pego."*

Agora mudo de canal. E vejo um fantasma. Meu fantasma.

Petra.

# SESSENTA E SETE

Ela não só está viva; está diferente. Sem tanta maquiagem e mais discreta. Mais elegante, como se tivesse passado por uma transformação nos últimos dias. Seus olhos azuis estão penetrantes e focados, e seu cabelo, antes um tanto comum, está brilhante e estiloso.

Eu me lembro do apartamento dela, da cama. Do gato chamado Lionel. Ela gosta de verde-limão e de sorvete de baunilha francesa, e achou inacreditável que eu gostasse de presunto na pizza. A verdade é que não gosto.

Também me lembro do som da voz de Petra quando ela perguntou se eu era surdo mesmo. O mesmo timbre que ouço agora, pela TV. Desconfiado. Acusatório. Um tiquinho magoado.

*"Conheci Tobias em um bar."*

Quando a repórter pergunta por que ela esperou dias para se apresentar, Petra hesita antes de responder.

*"Porque eu dormi com ele."*

*"Você dormiu com ele?"*

Ela assente, abaixa a cabeça, envergonhada. Se por ter feito sexo ou por ter me escolhido, não sei. Talvez ambos.

No início, a imprensa me retratou apenas como um mero serial killer psicopata, doentio e pervertido. Agora sou um serial killer psicopata, doentio e pervertido que *trai a esposa*.

Como se precisassem de mais um motivo para me odiar.

Se elas soubessem onde estou, já estariam enfileiradas aqui na porta sacudindo seus forcados. Mas não sabem, então ainda consigo ficar quietinho assistindo à TV, comendo besteiras e esperando até que me encontrem ou que Kekona volte para casa. O que vier primeiro.

Petra vai de ausente a onipresente. Ela mente sobre algumas coisas, é sincera a respeito de outras. A cada entrevista, a história vai ficando um pouco mais detalhada e minha depressão se aprofunda mais um bocadinho.

Ainda há momentos em que me acho capaz de fazer alguma coisa, então, por horas a fio, fico lendo aquele tablet idiota como se fosse aparecer alguma novidade. Talvez um vídeo de Millicent naquele porão ou uma lista de mulheres para matar.

Quando não estou fazendo algo inútil, sou o próprio inútil. Um amontoado de ódio e autopiedade, me perguntando por que me casei, para início de conversa. Gostaria de nunca ter visto Millicent, muito menos de ter me sentado ao lado dela naquele avião. Sem ela, eu não teria me transformado na pessoa que sou hoje.

E quando não estou afundando na areia movediça da depressão, encaro a tela da TV. Finjo que tudo isso é problema de outra pessoa.

Pergunto-me o quanto meus filhos devem estar me odiando. E o que o Doutor Bege estaria dizendo a meu respeito. Aposto que ele afirma a Jenna que eu sou a fonte de todos os problemas dela. Que a culpa nunca foi de Millicent, nunca foi de Owen, sempre foi minha. Porque não tem como ser dela.

Andy liga de novo.

"Fui ver sua esposa", alerta ele.

"Você o quê?"

"Millicent. Fui até sua casa e a vi", diz ele.

"Por quê?"

"Olha, estou tentando te ajudar. Não é como se eu adorasse estar no mesmo ambiente que aquela mulher", afirma ele. "Eu também liguei para ela. Millicent e eu temos muito em comum. Nós dois perdemos nossos cônjuges."

Só que eu não estou morto.

"As crianças estavam lá?"

"Sim, vi ambas. Elas estão bem. Talvez um pouco agitadas, pois estão ficando o dia inteiro em casa. Por causa da imprensa e tudo o mais."

"Elas falaram alguma coisa de mim?"

Uma pausa. "Não."

Provavelmente são boas notícias, mas ainda assim dói.

"Escute, seja lá o que você for fazer, é melhor que seja rápido", diz Andy. "Millicent disse que quer pegar as crianças e passar um tempo fora daqui."

Um gesto sensato vindo de uma esposa que descobriu que seu marido é um serial killer. Também seria sensato para uma serial killer que incriminou o marido.

"Ela não disse para onde vão, disse?"

"Não."

"Imaginei que não."

"Mais uma coisa", diz ele.

"O que é?"

"Se eu não tivesse falado com você antes de tudo isso acontecer, não sei se eu acreditaria na sua versão. Não depois de ver a Millicent naquele estado."

"Como?"

"Como se ela estivesse arrasada."

Esta última parte é o que me preocupa. Ninguém vai acreditar em uma palavra do que eu disser. Não sem provas sólidas.

Conforme as horas passam, afundo ainda mais na poltrona de Kekona. As imagens na TV desfilam diante dos meus olhos: Lindsay, Naomi, eu, Petra, Josh. Ele continua falando, tagarelando, repetindo tudo sem parar. *Necropsia. Estrangulada. Torturada.* Ele deve ter dito esta última palavra um milhão de vezes.

Na milionésima primeira, sento-me ereto.

De repente, estou de pé, correndo pela casa de Kekona, vasculhando minhas roupas e o lixo que acumulei até encontrá-lo.

O tablet de Millicent.

Ela navegou por sites médicos em busca de informações sobre as doenças das crianças, mas talvez houvesse mais. Talvez eu tenha deixado passar alguma coisa.

Se eu fosse torturar alguém, mas não matar, teria de pesquisar. E começaria exatamente pesquisando sobre ferimentos diversos em sites médicos.

Uma chance remota. Muito, muito remota.

Por mais idiota que me sinta por achar que esse tipo de evidência possa estar no tablet, o que me motiva a continuar é pensar no quão idiota me sentiria caso se não procurasse... e descobrisse que a informação esteve lá o tempo todo.

Encontro o tablet na sala de jantar de Kekona, em uma mesa com espaço para acomodar dezesseis pessoas. Parece um lugar perfeito para relaxar e reler tudo de novo. Verifico cada página, buscando algo sobre tortura e estrangulamento. Procuro por queimaduras com água quente, queimaduras com óleo, hemorragias internas e cortes nas pálpebras. Procuro até por queimaduras de cigarro, o que é absurdo, porque Millicent se recusa a ficar perto de cigarros.

E nada encontro.

Ela buscou quanto tempo leva para um pulso torcido cicatrizar. Também procurou por uma infinidade de informações sobre indigestão: o que as causava e o que fazer a respeito.

Só isso.

Nada sobre tortura, nada útil. Eu já devia saber.

Empurro o tablet, que derrapa no tampo. Minha reação imediata é verificar se arranhei a mesa de jantar de Kekona. Como se fizesse diferença, mas verifico mesmo assim. Levanto-me e olho o tampo, passando o dedo pela madeira, quando algo na tela do tablet chama a minha atenção.

Ainda está na página sobre indigestão. Do lado direito, há uma lista de possíveis causas. Uma delas está em fonte roxa em vez de azul, porque o *link* foi visitado.

Colírio.

# SESSENTA E OITO

TETRAHIDROZOLINA é a substância ativa do colírio que alivia a vermelhidão ocular. No entanto, se ingerida, ainda mais em grandes quantidades, pode causar problemas graves. O colírio reduz a pressão arterial e pode levar ao coma. Ou à morte.

Em pequenas quantidades, causa dor de estômago e vômito. Sem febre.

O colírio é de Millicent. Ela o tem dado a Jenna.

Não.

Impossível.

Só de pensar nisso, fico fisicamente doente. Jenna é nossa menina, nossa filhinha. Ela não é Lindsay nem Naomi. Ela não é um alvo de tortura.

Ou talvez seja. Talvez Jenna não seja diferente. Não para Millicent.

Minha filha não tem problemas estomacais recorrentes.

Ela tem uma mãe que a está intoxicando pouco a pouco.

QUERO MATAR Millicent. Quero ir à minha casa, matar minha esposa e acabar logo com isso. Estou furioso nesse nível.

Esse sentimento é diferente. Antes, eu nunca tinha pensado: "Quero matar uma mulher" ou mesmo "Quero matar esta mulher em especial". Meu desejo não era tão claro, tão sucinto. Tudo era relacionado a Millicent, a nós dois, e meus desejos oriundos dessa dinâmica eram muito mais complexos.

Agora é simples. Quero que minha esposa morra.

Sigo até a porta da frente sem boné, disfarce ou arma de qualquer tipo. Estou morrendo de raiva e enojado, e não me importo se tenho um plano ou não. Minha mão já está na maçaneta quando percebo o tamanho da minha burrice. Quando percebo o quão estúpido eu sou.

Talvez eu conseguisse atravessar Hidden Oaks inteiro sem ser notado. A maioria das pessoas pensa que estou foragido, e não me escondendo na minha própria vizinhança. E uma vez que eu chegar em casa, vou entrar numa boa, afinal, tenho a chave. Isso supondo que ela não esteja sob vigilância.

Por outro lado, tem minha esposa. Que agora eu sei que é um monstro.

Igualzinha ao verdadeiro Owen.

E tem meus filhos. Eles estão na casa, e ambos acreditam que sou eu o criminoso, não ela. Eu sou o monstro. E neste momento só consigo ver suas reações enquanto mato a mãe deles.

Desisto de abrir a porta.

Não só preciso de um plano, como necessito de provas. Porque na TV tem provas aos montes me incriminando para todos os lados.

Meu DNA. Embora não deva ser uma surpresa, Millicent ainda me surpreende. Tenho falado isso desde que a conheci.

Ela conseguiu espalhar meu DNA por toda a Igreja Cristã Pão da Vida. Meu suor está na maçaneta da porta da frente, na fechadura do porão, até no corrimão da escada. É como se ela tivesse um frasquinho de suor e o tivesse espalhado por todos os lugares.

Tem uma mancha do meu sangue nas prateleiras.

Mais suor nas algemas.

Sangue nas correntes e no chão de terra batida.

Ela fez de um jeito que parecesse que limpei a maior parte, mas vacilei em alguns pontos. Claire faz mais uma coletiva de imprensa ao meio-dia para anunciar tudo isso. Fui oficialmente promovido de suspeito a procurado. O único procurado.

Ela até diz que devo "estar armado e que sem dúvida trata-se de alguém perigoso."

Depois de horas assistindo a especialistas, repórteres e antigos amigos me crucificando, enfim saio de casa. Saio de Hidden Oaks e saio para o mundo, onde alguém pode ou não me reconhecer.

Do outro lado da cidade, passo pelo EZ-GO onde costumava tomar café. Em vez de parar, dirijo mais uns quinze quilômetros pela rodovia interestadual até outro EZ-GO, que tem a mesma máquina de autoatendimento. Usando o boné de beisebol e com quase uma semana inteira de barba crescida, entro e pego um café.

O rapaz atrás do balcão mal tira os olhos do celular. É quase anticlimático.

Aquilo também me anima um pouco. Nem todo mundo está me procurando. Provavelmente eu conseguiria comer em um restaurante, fazer compras no shopping e assistir a um filme até alguém enfim me reconhecer. Só que não quero fazer nada disso.

Uma vez que chego em Hidden Oaks, algo me faz passar de carro pela minha casa. O gramado está livre de brinquedos, e a placa de boas-vindas que havia na porta desapareceu. As persianas e cortinas estão fechadas.

Será que Millicent comprou outro frasco de colírio? Ou ao menos procurou o antigo?

Também me pergunto se Jenna é a única que ela tem envenenado.

Eu também andei doente algumas vezes. Se Millicent é capaz de deixar a própria filha doente, é capaz de fazer isso com qualquer um.

Mas não entro em casa. Ainda não. Volto para a residência de Kekona. A polícia não está me esperando, nem fui seguido. Tudo lá dentro parece igual.

Penso em desligar a TV para dar uma pausa, mas não consigo.

Quase todo mundo está falando sobre o DNA, e a única exceção é Josh. Ele voltou a ser repórter e está entrevistando um patologista criminal. A voz do sujeito não é tão irritante, mas ele soa meio monótono, tipo um professor, pelo menos até chegar à descrição dos cortes de papel em Naomi.

"Os locais dos cortes de papel são importantes para determinar a causa deles. Dizemos 'papel' por causa do tipo de corte, mas é preciso lembrar que existem diferentes tipos de papel. Por exemplo, Naomi tinha cortes superficiais em trechos de pele mais resistentes, como a sola dos pés, e cortes mais profundos em regiões mais macias, como a região próxima às axilas. Isso indica que o mesmo objeto foi utilizado para realizar os ferimentos, mas que não poderia ter sido um pedaço de papel comum. Precisava ser algo capaz de ferir a pele rija do calcanhar."

Pulo do sofá como se tivesse levado um choque. E, de certa forma, levei. Sei exatamente o que Millicent usou para fazer esses cortes.

# SESSENTA E NOVE

Raramente Millicent faz algo por acidente. Tudo dela tem uma motivação, mesmo que seja algo só para divertir-se.

Esta é uma dessas vezes.

Começou há muitos anos, quando ela me perguntou como eu a protegeria dos idiotas que tentassem abordá-la nos aviões.

*Eu forçaria a barra para eles ficarem no assento do meio, monopolizaria os apoios de braço e faria cortes de papel neles com o folheto com as instruções de emergência.*

O folheto com as instruções de emergência. Aquele que dei a ela no primeiro Natal que passamos juntos. Ela o guardou.

Em seu antigo apartamento, ele ficava colado no espelho do banheiro.

Na nossa primeira casa juntos, alugada, o folheto ficava preso na geladeira com um ímã que era uma carinha com aqueles olhos móveis.

Quando compramos nossa primeira casa, ela pôs o folheto encaixado na moldura do nosso espelho de corpo inteiro.

E na nossa casa maior e mais cara, temos dois filhos que não gostam da piada do folheto de emergência. Eles acham brega. Millicent então carrega o folheto consigo, no para-sol do carro. Quando a claridade atinge seus olhos e ela o abaixa, o folheto a faz rir.

Ela usou o folheto de emergência para fazer todos aqueles cortes de papel. Tenho tanta certeza disso quanto de qualquer outra coisa.

• • •

HIDDEN OAKS não é um esconderijo amigável. As pessoas sempre notam os carros novos que chegam, sobretudo aqueles que chegam e estacionam do nada. Mas elas não notam corredores ou pedestres. As pessoas estão sempre iniciando e interrompendo seus exercícios, então, em qualquer dia, pode haver dez pessoas malhando ou nenhuma. Algumas são sempre ativas, como Millicent em suas corridas, mas a maioria sempre vem e vai.

Com o mesmo boné de beisebol, mais barba, calças de moletom largas e uma camiseta grande — graças a Kekona, que possui uma quantidade extraordinária de roupas folgadas — saio pela porta dos fundos da casa dela, pulo a cerca e corro para a rua.

Faz só uma semana que desapareci, e a imprensa ainda está espalhada por todos os lados. Seria impossível para Millicent e as crianças terem vidas normais agora. Ela não tem como trabalhar e as crianças não têm como ir à escola, mas quero saber se Millicent ao menos tem saído de casa. Seria muito mais fácil pegar aquele folheto de instruções de emergência se ela tirasse o carro da garagem e estacionasse em algum lugar de fácil acesso.

Quase tudo pode dar errado nessa minha ideia. Talvez ela tenha limpado o folheto, então não vai ter DNA nele — nem dela, nem de nenhuma das mulheres. Ou talvez ela tenha se livrado dele, jogado fora ou queimado.

Pelo meu próprio bem, espero que não.

Posso não saber tudo o que ela faz, ou tudo o que fez, mas a conheço bem. Ela guarda aquele folheto para se lembrar de nós dois. E para se lembrar do que fez àquelas mulheres. Millicent gosta dessa sensação. Agora eu sei disso.

Mas será que a polícia acreditaria em mim se eu entregasse aquele folheto para eles? Se tiver DNA de alguma das mulheres mortas e de Millicent, mas não o meu? Provavelmente não.

Será que vão acreditar em mim se eu contar sobre o prédio que Millicent comprou com as três Sociedades de Responsabilidade Limitada, sobre Denise e a irmã de Owen, ou se eu mostrar minha agenda da época em que todas essas mulheres desapareceram? Em todas as ocasiões, eu estava em casa. E não faço ideia do que as crianças vão dizer sobre esses eventos.

Não, não creio que eles acreditariam em mim. Com meu DNA no porão e várias pessoas me identificando como Tobias, isso sem falar na atuação de Millicent, eles jamais acreditariam na minha inocência, nem por um segundo. Mas podem acreditar que Millicent e eu matamos aquelas mulheres juntos, o que pelo menos manteria meus filhos a salvo.

É a minha única chance. Não apenas de me salvar, mas de colocar Millicent no lugar dela. Na cadeia ou no inferno — qualquer uma das opções está bom para mim, contanto que não seja perto dos meus filhos.

Corro pelo quarteirão paralelo à minha casa, procurando o carro de Millicent entre as quadras. Retorno passando pela rua que ela costuma pegar para ir em direção à escola.

Conforme já era esperado, não vejo o carro dela.

Ao longo do dia, verifico nossa casa algumas vezes, mas nunca a vejo sair. É impossível saber. Seria muito mais fácil se eu tivesse deixado o rastreador no carro dela. Mesmo assim, insisto; não tenho escolha. Correr e caminhar se tornaram meu novo passatempo. Pena que não deu tempo de adotar aquele cachorro no abrigo. Ele seria útil agora.

Ligo para Andy. Ele parece surpreso ao receber notícias minhas. Talvez surpreso por eu estar vivo.

"Só tenho uma pergunta", começo.

"Diga."

Pergunto se Millicent sai de casa alguma vez. "Presumo que ela nem esteja indo trabalhar", arrisco.

Ele hesita antes de responder.

"Acho que não. Os vizinhos têm trazido comida todos os dias. Está tudo uma bagunça. Acho que estão se escondendo, evitando a imprensa."

"Foi o que imaginei."

"Por quê?", ele quer saber.

"Não importa. Valeu de novo. Você não faz ideia do quanto estou grato."

Ele pigarreia.

"O que é?", pergunto.

"Preciso pedir para você não me ligar mais." Quando não digo nada, ele continua: "É o lance do DNA. Essa coisa toda ficou muito maior do que...".

"Já entendi. Não se preocupe."

"Eu acredito em você", afirma ele. "É que simplesmente não consigo guardar..."

"Eu sei. Não vou ligar de novo."

Ele desliga.

A única surpresa foi Andy ter passado tanto tempo do meu lado. Eu não merecia a amizade dele. Não depois do que houve com Trista.

O sol começou a se pôr e resolvo dar uma última passadinha na minha antiga casa antes de tentar entrar. Basta entrar na garagem e acessar o carro de Millicent, mas tem que ser depois que ela for dormir.

E eu tenho as chaves.

QUINZE MINUTOS DEPOIS, passo pela quadra paralela e procuro por algo incomum. Tipo uma viatura à paisana, porque é esse o tipo de movimento que eles esperam que eu faça. Nada. Nenhum carro incomum, nenhum veículo profissional. Não há nada irreconhecível para mim nesta vizinhança. Exceto eu, o cara barbudo que pratica *cooper* demais. É surpreendente que ninguém tenha me parado ainda.

Volto para a casa de Kekona passando por ruas diferentes. É o caminho mais longo, mas é que já adotei o trajeto mais curto em outras ocasiões. Quando chego à beira da rotatória que leva à casa dela, paro de repente.

Tem um carro de passeio bem na frente.

O motorista tira uma mala do bagageiro.

Ouço a voz dela. Kekona está em casa.

# SETENTA

Ela vai saber. Todo mundo vai saber.

Kekona levará apenas alguns segundos até perceber que tem alguém hospedado na casa dela. A polícia levará o mesmo para saber que sou eu. Meu carro está na garagem. Minhas impressões digitais estão em toda parte. Meu DNA também, e o tablet de Millicent está bem na mesa da cozinha.

Ah, e minha carteira. Não a levei comigo na corrida. Também está sobre a mesa.

Volto por onde vim e corro até a parte das casas mais baratas de Hidden Oaks. Aqui, há um pequeno espaço verde, longe do parque infantil, onde paro perto de um aglomerado de árvores e finjo me alongar.

Não tenho para onde ir. Não dá para ligar para Andy, sequer estou com o telefone para ligar para ele. Sem dinheiro, sem amigos e quase uma completa ausência de esperança. Mas estou com as chaves. São a única coisa no meu bolso.

De todo modo, esta noite seria a noite, aquela em que eu entraria na garagem para pegar o folheto de emergência. Sendo assim, nada mudou. O que mudou é que preciso de um lugar para me esconder até Millicent ir dormir.

Meu primeiro pensamento é o clube. Muitos cômodos pequenos e armários para ficar até bem depois de escurecer. O problema é entrar e sair. Muitas câmeras.

O campo de golfe fica vazio à noite, mas está cheio de espaços abertos visíveis demais da estrada.

Seria impossível encontrar um carro destrancado, não em Hidden Oaks. Aqui, todos possuem carros caros e modernos, daqueles computadorizados que fazem de um tudo, inclusive trancar as portas sozinhos.

Por um momento, cogito me esconder debaixo de um carro. Mas meu temor é que alguém entre e dê a partida.

Ao longe, sirenes. Estão vindo para cá, mas não para mim. Para a casa de Kekona.

Minhas opções estão diminuindo e preciso sair daqui. Não posso ficar neste pequeno espaço verde para sempre. A menos que eu me enterre.

Chego a pensar em me esconder no meu próprio quintal. E então me escondo.

TUDO PARECE DIFERENTE visto de cima. O bairro, os carros, o céu. Minha casa. Minha cozinha, onde a luz está acesa.

Millicent.

Foi ela quem me convenceu a subir em uma árvore. Não era algo que eu imaginaria que voltaria a fazer, mas cá estou eu, escondido em meio às folhagens do grande carvalho nos fundos do nosso quintal. Longe o suficiente da casa para que ninguém ouça o farfalhar das folhas enquanto subo.

Millicent está limpando a cozinha. Ela está longe demais para eu conseguir enxergar qualquer detalhe para além do cabelo ruivo e da roupa preta. Aposto que ela vem usando preto o tempo todo ultimamente, sobretudo quando a polícia aparece. De luto por aquelas mulheres, pelo marido e por sua família destruída.

Estou, ao mesmo tempo, impressionado e enojado.

Rory entra na cozinha e vai direto para a geladeira. Ainda está sem mexer o braço direito, presumo que ainda esteja usando tipoia. Ele pega alguma coisa e fica lá por alguns minutos, conversando com Millicent.

Jenna não aparece na cozinha, mas preciso acreditar que ela está bem. Que não está doente. Millicent não tem motivos para envenená-la hoje.

Começo a sentir câibra nas pernas e me ajeito um pouco, embora não haja para onde ir. A luz da cozinha é apagada e as luzes da nossa suíte são acesas em seguida. Ainda é cedo demais para dormir.

Ao meu redor, a vizinhança fica silenciosa enquanto todos se acomodam. Há poucos carros na rua. É terça-feira, uma noite impopular para grandes passeios. Inclino a cabeça para trás, encostado no tronco da árvore, e aguardo.

Por volta das 22h, todos devem estar na cama. Uma hora depois, quase desço, mas deixo passar mais meia hora. Passados os trinta minutos, desço e caminho pela periferia do quintal, junto à cerca, até a casa.

Enquanto me dirijo à porta lateral da garagem, olho para cima.

A luz de Rory está apagada, a janela fechada.

Quase nunca usamos a porta lateral da garagem. Estou um pouco exposto porque fica em frente ao portão do quintal. Enfio a chave na fechadura e abro. O barulho parece muito mais alto do que de fato é, e paraliso por um segundo antes de entrar.

Fico parado na garagem, ao lado da porta, esperando meus olhos se acostumarem à penumbra para que eu não precise acender a luz.

O contorno do carro de Millicent entra em foco. Seu *crossover* luxuoso está estacionado no centro da garagem. Ela não precisa mais abrir espaço para mim. Dou a volta até o lado do motorista, grato pela janela estar aberta. Nem preciso abrir a porta. Apenas enfio a mão e abaixo o para-sol. Algo cai no banco.

Tateio, mas não encontro nenhum folheto de emergência, nem nada que se assemelhe a um. Abro a porta do carro. De repente, a luz se acende e vejo algo caído no banco de couro bege.

Um brinco de vidro azul.

Petra.

Ela sabia. Millicent sempre soube das duas mulheres com quem dormi.

Rory nunca contou para Jenna. Ele contou para a mãe.

Caio de joelhos. Derrota é pouco para descrever esse sentimento. Acabou. Simplesmente acabou para mim.

Por fim, acabo deitado no chão de concreto, encolhido em posição fetal. Sem vontade de me levantar, muito menos de fugir. É mais fácil ficar aqui e esperar que me encontrem.

Fecho os olhos. O chão está tão frio, quase gelado, e o ar é uma combinação de poeira, óleo e odor de escapamento. Nada reconfortante, nada agradável. Mesmo assim, não me mexo.

Uma hora se passa, ou duas. Não faço ideia. Talvez tenham se passado apenas cinco minutos.

A única coisa que me faz levantar são meus filhos.

E a possibilidade do que Millicent pode fazer com eles.

# SETENTA E UM

A CASA NÃO ESTÁ um breu. A luz dos postes e o luar adentram pelas janelas, permitindo-me enxergar o suficiente para não tropeçar. Para não fazer barulho. Embora eu saiba que serei pego, e muito em breve, isso não pode acontecer tão logo.

Ao pé da escadaria, presto atenção à movimentação. Tudo quieto lá em cima. Subo.

O quinto degrau range um pouco. Talvez eu já estivesse ciente disso, ou talvez nunca tenha prestado atenção.

Continuo avançando.

O quarto de Jenna fica à esquerda, seguido pelo de Rory e, no final do corredor, a suíte principal.

Começo pela minha filha.

Ela está deitada de lado, de frente para a janela, e sua respiração está estável. Tranquila. Seu edredom branco imenso está enrolado em volta do corpo, como se ela estivesse dentro de uma nuvem. Quero tocá-la, mas sei que é uma ideia estúpida. Observo, memorizando tudo. Se me prenderem para sempre, é assim que quero me lembrar da minha filhinha. Segura. Confortável. Saudável.

Após uns bons minutos, saio e fecho a porta.

Rory está esparramado na cama, os membros espalhados por todos os lados. A maioria, pelo menos. O braço da tipoia é o único colado ao corpo. Ele dorme com a boca aberta, mas não ronca; é a coisa mais esquisita do mundo. Eu o observo tal qual fiz com Jenna, memorizando tudo também. Esperançoso de que meu filho venha a se tornar um homem melhor do que o pai. Esperançoso de que ele nunca conheça uma mulher como Millicent.

Não posso culpá-lo por contar tudo à mãe. A culpa é minha. Por ter transado com Petra, por ter pegado os brincos. Por tudo.

Saio do quarto dele, fecho a porta sem fazer barulho e começo a descer pelo corredor. Imagino Millicent na cama, enrolada sob as cobertas, os cabelos ruivos espalhados no travesseiro branco. Consigo ouvir a respiração sibilada dela de quando está em sono profundo. Assim como posso ver seu olhar chocado ao acordar e sentir minhas mãos em volta do seu pescoço.

Porque eu vou matar minha esposa.

Quando Millicent descobriu que eu a traí, ela chegou ao seu limite.

Esta noite, eu cheguei ao meu.

Chego à porta fechada do quarto e me inclino um pouco, tentando escutar lá dentro. Nenhum som. Quando abro a porta, a primeira coisa que vejo é a cama.

Vazia.

Meu primeiro instinto é olhar atrás da porta. Talvez porque eu esteja ciente de que Millicent me apunhalaria pelas costas.

Vazia.

"Já era hora."

A voz dela vem do outro lado do cômodo. Vejo uma sombra, sua silhueta. Millicent está sentada perto da janela, na penumbra. Ela me observa.

"Eu sabia que você viria", diz ela.

Dou um passo à frente. Não muito além.

"É mesmo?"

"Claro. É assim que você é."

"Do tipo que volta para casa?"

"Do tipo que não tem mais para onde ir."

A verdade me atinge como um tapa. O pior é que consigo ouvi-la sorrir. Está escuro demais para distinguir qualquer coisa, até que ela acende a luz e se levanta. Millicent está usando sua longa camisola de algodão. É branca e esvoaça em torno dos pés. Eu não estava preparado para flagrá-la acordada. Sequer trouxe uma arma.

Mas ela trouxe.

O revólver em sua mão está junto ao corpo, cano mirando o chão. Ela não está apontando para mim. Mas também não faz questão de esconder que está armada.

"É este o seu plano?", pergunto, apontando para o revólver. "Me matar em legítima defesa?"

"Não é para isso que você está aqui? Para me matar?"

Mostro as mãos. Vazias. "Improvável."

"Você está mentindo."

"Estou? Talvez eu só queira conversar."

Ela ri. "Você não pode ser assim tão burro. Se fosse, eu não teria me casado com você."

A cama está entre nós. É uma *king size*, e me pergunto se eu conseguiria saltar por cima dela antes de Millicent apontar a arma e atirar.

É bem provável que não consiga.

"Você não achou o folheto do avião, não é mesmo?", pergunta ela.

Não digo nada.

"Rory me entregou aquele brinquinho barato", continua ela. "Ele achou que você estivesse me traindo, mas depois percebeu que na verdade você estava saindo escondido para matar mulheres. Claro, eu não disse a ele que estava certo no primeiro palpite."

Balanço a cabeça, tentando entender. "Por quê..."

"Deixei aquela mulher viva para que todo mundo descobrisse que você é um canalha traidor", esclarece ela.

Petra.

Petra ainda está viva porque transou comigo. E ela nunca vai saber disso.

"Você faz ideia", diz Millicent, "de quanta terapia nosso filho vai precisar?"

Não consigo compreender a loucura do que ela fez. A quantidade impressionante de paciência. De disciplina.

"Por que você simplesmente não me abandonou?", pergunto. "Por que fazer tudo isso?"

"Fazer o quê? Arrumar nossa casa, cuidar das crianças, garantir que tudo corra bem? Cuidar das finanças e preparar o jantar? Ou você está se referindo ao Owen? Porque o plano original era trazê-lo de volta. *Para nós*." Ela dá um passo para mais perto da cama, mas não a contorna.

"Não..."

"E você se revelou tão disposto. Eu mal precisei fazer qualquer coisa. Você matou Holly, não eu."

"Ela ameaçou você. Ameaçou nossa família."

Millicent joga a cabeça para trás e ri. De mim.

Eu a encaro, lembrando-me de todas as histórias que ela me contou sobre Holly. Os ferimentos, os acidentes, as ameaças. O corte com papel na mão dela, entre o polegar e o indicador. As peças vão se reorganizando na minha cabeça, como um quebra-cabeça montado de forma equivocada.

Millicent se autoflagelava. E Holly levava a culpa.

"Jesus", digo. "Holly nunca foi uma ameaça, foi?"

"Minha irmã não passava de uma fraca e chorona, que mereceu tudo o que eu fiz com ela."

"Ela bateu o carro porque você a estava torturando", digo. "Não o contrário."

Millicent sorri.

Tudo me atinge ao mesmo tempo. É intenso o suficiente para me deixar tonto. Millicent armou para a irmã dela do mesmo jeito que fez comigo.

Ela sempre torturou pessoas. A irmã. Lindsay. Naomi.

Jenna. Talvez ela não tenha envenenado a filha só para me manter fora do caminho.

E eu. Talvez todas as vezes em que passei mal, foi obra dela.

Porque Millicent gosta de machucar as pessoas.

"Você é um monstro", concluo.

"Engraçado, porque a polícia anda dizendo a mesma coisa a seu respeito."

A expressão dela é triunfante e, pela primeira vez, vejo como ela é feia. Não acredito que um dia já a achei bonita.

"Encontrei o colírio", alerto. "Aquele que estava guardado na despensa."

Seus olhos brilham.

"Você andou envenenando nossa filha", falo.

Ela não esperava por isso. Não achou que eu fosse descobrir.

"Você está louco mesmo", diz ela. Um pouco menos convicta agora.

"Eu estou certo. Você a estava adoecendo durante todo esse tempo."

Ela balança a cabeça. De soslaio, noto uma movimentação. Olho em direção à porta.

Jenna.

# SETENTA E DOIS

Ela está parada à porta, vestindo seu pijama laranja e branco. Seu cabelo está todo desgrenhado e os olhos, arregalados. Acordada. Ela está encarando a mãe.

"Você me deixou doente?", pergunta ela. Sua voz é tão baixinha que a faz parecer uma criança pequena. Uma criança de coração partido.

"De jeito nenhum", diz Millicent. "Se alguém te envenenou, foi seu pai."

Jenna se volta para mim. Seus olhos estão marejados.

"Pai?"

"Querida, não. Não fui eu."

"Ele está mentindo", diz Millicent. "Ele te envenenou e matou aquelas mulheres."

Olho para Millicent, sem fazer a mínima ideia de quem é essa pessoa com quem me casei. Ela me encara. Viro-me para minha filha.

"Ela colocou colírio na sua comida para te deixar doente."

"Você é louco", brada Millicent.

"Pense bem", digo para Jenna. "Todas aquelas vezes em que você passou mal, quem cozinhou para você? Com que frequência eu cozinho?"

Jenna me encara, e então seus olhos se voltam para a mãe.

"Querida, não escute o que ele diz", incita Millicent.

"O que está acontecendo?"

Todos nos assustamos com a nova voz.

Rory.

Ele se posiciona atrás de Jenna. Seus olhos estão turvos e ele os esfrega enquanto olha de mim para a mãe e para a irmã, confuso com tudo. Nas últimas semanas, meus filhos viram as próprias vidas implodirem. O pai deles foi acusado de ser um serial killer; é bem possível que a mãe tenha confirmado tudo para eles. Não sei se eles acreditaram na história.

"Pai?", pergunta ele. "Por que você está aqui?"

"Eu não fiz o que eles estão falando que fiz, Rory. Você precisa acreditar em mim."

"Pare de mentir", diz Millicent.

Jenna olha para o irmão. "Papai está dizendo que a mamãe me deixou doente."

"Deixou", confirmo.

"Ele está mentindo", insiste Millicent. "Ele só sabe mentir."

Rory olha para ela e pergunta: "Você já chamou a polícia?".

Ela balança a cabeça.

"Não deu tempo. Ele acabou de entrar no quarto."

"E esta arma na sua mão foi obra do acaso?", provoco.

Os olhos de Rory se arregalam ao enfim perceber o revólver junto à coxa de Millicent. Ela ainda não ergueu a mão.

"Ela estava esperando que eu aparecesse", digo. "Para poder me matar e alegar que eu a ataquei."

"Cala a boca", berra Millicent.

"Mãe?", pergunta Jenna. "É verdade?"

"Seu pai veio aqui para me matar."

Balanço a cabeça.

"Isso não é verdade. Eu vim aqui para afastar vocês dois dela", digo. E vou ainda mais longe, porque eles precisam saber: "A mãe de vocês montou uma armadilha para mim. Eu não matei aquelas mulheres".

"Esperem um minuto", diz Rory. "Não estou entendendo..."

"O que está acontecendo?", grita Jenna.

"Chega", diz Millicent. Sua voz sai baixa e fria.

Todos nós nos calamos, como sempre fazemos quando ela manda o seu "chega". O silêncio é suficiente para destacar a respiração de todos.

"Crianças", ordena Millicent, "saiam daqui. Desçam."

"O que vocês vão fazer?", pergunta Jenna.

"Saiam."

"O papai não está armado", comenta Rory.

Mais uma vez, levanto as mãos vazias. "Não tenho nem celular."

Rory e Jenna se voltam para a mãe.

Millicent me encara ao contorná-las, levantando a mão. Ela aponta a arma para mim.

"Mãe!", grita Jenna.

"Espera." Rory avança, colocando-se entre mim e a arma. Ele tira a tipoia e estende os dois braços.

Millicent não abaixa a mão. Em vez disso, ergue a outra e segura a arma com as duas mãos. Aponta para o nosso filho.

"Saia da frente", ordena ela.

Ele faz que não com a cabeça.

"Rory, você precisa sair", digo.

"Não. Abaixa a arma."

Millicent dá um passo à frente. "Rory."

"Não."

Vejo a raiva nos olhos dela, até mesmo no rosto. Está ganhando um tom anormalmente rubro.

"Rory", incita ela. "*Saia*."

Sua voz é um rosnado. Percebo que Jenna se sobressalta um pouco.

Rory não se mexe. Estendo a mão com a intenção de agarrar seu braço e tirá-lo do caminho. Nesse momento, Millicent mira e dispara. A bala crava direto na nossa cama.

Jenna grita.

Rory congela.

Millicent dá um passo em direção a ele.

Ela perdeu o controle. Consigo ver em seus olhos negros feito breu. Se precisar, ela vai atirar em Rory.

Ela vai atirar em todos nós.

Dou um salto e derrubo Rory, cobrindo seu corpo com o meu. Assim que caímos, vejo um borrão de bolinhas brancas e alaranjadas. E um brilho metálico.

Jenna. Ela está segurando a faca que guardava debaixo da cama. Sequer vi quando ela a pegou.

Ela avança para Millicent, a faca erguida, e elas se chocam. Ambas caem de costas na cama.

A arma dispara pela segunda vez.

Outro grito.

Eu me levanto de um pulo. Rory está logo atrás de mim. Ele pega o revólver, que caiu da mão de Millicent. Pego Jenna e a puxo para mim. A faca vem junto. Saindo do lugar onde estava cravada no corpo de Millicent.

Sangue.

Muito sangue.

Millicent está no chão agora, com as mãos entrelaçadas contra o abdome. O sangue escorre dela.

Atrás de mim, Jenna grita loucamente, e eu me viro para ver se ela está machucada. Rory balança a cabeça para mim e aponta para a parede. A segunda bala se alojou ali, e não na minha filha.

"Tire ela daqui", ordeno.

Rory arrasta Jenna para fora do quarto. Ela está histérica e sai aos berros pelo corredor, deixando cair no caminho a faca ensanguentada.

Eu me viro para Millicent.

Ela está deitada no chão, me encarando. Sua camisola branca fica mais e mais vermelha, bem diante dos meus olhos. Neste momento, ela se parece sem tirar nem pôr com a minha esposa e, ao mesmo tempo, bem diferente dela.

Ela abre a boca e tenta falar. Só vem sangue. Millicent me encara, os olhos arregalados. Ela não tem muito tempo. Alguns minutos, alguns segundos, e ela sabe disso. Continua tentando dizer alguma coisa.

Pego a faca e golpeio com força, cravando-a bem no peito dela.

Millicent não vai dar a última palavra.

# EPÍLOGO

## TRÊS ANOS DEPOIS

O MAPA NA parede mostrava o mundo inteiro, da Austrália às Américas, do Polo Norte ao Sul. Não usamos dardos, pois todos temos aversão a objetos de metal com pontas contundentes. Em vez disso, pegamos um antigo jogo, o "Prenda o Rabo no Burro", e renovamos os adesivos das caudas de fita. De olhos vendados, cada um de nós já teve sua vez. Jenna foi a primeira, seguida por Rory. Eu fui o último.

Suspirei aliviado quando duas das três primeiras caudas pousaram na Europa. Nem o Ártico nem a Antártida me pareciam muito convidativos.

Prendemos na parede só um mapa da Europa e jogamos de novo — lave, enxágue, repita — até encontrarmos um novo lugar para morar: Aberdeen, Escócia.

Nossa escolha estava feita.

Isso foi há dois anos e meio, logo depois que enfim fui inocentado pela polícia. Eu não achei que seria. Na verdade, achei que Millicent seria considerada mais uma das minhas vítimas. Ninguém ficou sabendo que Jenna a esfaqueou, não depois que limpei a faca e me certifiquei de que as únicas impressões digitais no cabo fossem as minhas. Eu também confessei tudo. Contei à polícia que matei minha esposa em legítima defesa porque ela era a verdadeira assassina. Nunca me ocorreu que alguém acreditaria.

E eles não teriam acreditado se não fosse por Andy, que afirmou que não tinha como ser eu. Eu não sabia nem usar um tablet, relatara ele, então como diabos eu poderia ter matado tantas mulheres sem ser pego?

Depois teve Kekona, que alegou que eu era um péssimo mentiroso e jamais seria um serial killer. Embora ela tivesse mencionado que eu era um ótimo treinador de tênis.

E meus filhos. Jenna disse à polícia que ouviu nossa discussão e que sua mãe admitiu ter armado para mim. Rory confirmou que foi legítima defesa porque a mãe ameaçou atirar nele. Nenhum dos dois contou à polícia o que aconteceu de verdade. Esses detalhes não importam.

Gosto de pensar que a polícia acreditou em todos que me defenderam, que estava ciente de que eu não podia ser um assassino. Mas o que me salvou mesmo foi o DNA. Todas as evidências no porão da igreja passaram por testes rigorosos no laboratório do FBI, em Quantico. O resultado confirmou o que já sabíamos: o DNA de fato era meu.

As amostras vieram de duas fontes: suor e sangue. Mas foram justamente elas que me salvaram. Ou melhor, a ausência de conhecimento de Millicent me salvou. Os testes do FBI revelaram que todas as amostras de sangue e suor tinham a mesma quantidade de decomposição química. Era como se Millicent tivesse coletado meus fluidos apenas uma vez e depois os espalhado ao mesmo tempo. De acordo com o laudo, eu tinha estado naquele porão apenas uma vez, pois o DNA era todo do mesmo dia. Uma impossibilidade se eu tivesse matado aquelas mulheres em momentos diferentes.

É uma pena que Millicent nunca tenha tomado conhecimento do seu erro.

Assim que fui inocentado, vendemos a casa e fomos embora de Oaks. A primeira coisa com a qual tive que me acostumar foi com o frio. E a neve.

Eu nunca tinha morado em um lugar com neve até então, mas agora ela nos cerca. No começo, é leve e fofa, como algodão-doce fiado à mão. Quando cobre a cidade, tudo fica pacífico. É como se Aberdeen tivesse sido erguida nas nuvens.

No dia seguinte, fica tudo lamacento e sujo, e a cidade inteira parece coberta de fuligem.

Nosso terceiro inverno está chegando, e eu já me acostumei um pouco mais. Rory, não. Ontem à noite, ele me mostrou o site de uma faculdade na Geórgia.

"Longe demais", falei.

"Estamos na Escócia. Tudo é longe."

Ele tinha razão. E era *esse* o objetivo, nos afastarmos da nossa antiga vida. Estamos indo bem. Posso dizer isso sem cruzar os dedos.

Jenna está frequentando um terapeuta novo e tomando remédios. Acho incrível que ela ainda esteja funcional, considerando o que Millicent fez com ela. Rory também tem um terapeuta, assim como eu. De vez em quando, fazemos uma sessão em grupo, e até agora todos saímos ilesos.

Não revelo a eles que sinto saudade dela. Às vezes, sinto. Sinto falta da família que ela construiu, da estrutura, da maneira como ela nos mantinha organizados. Mas nem sempre. Agora não temos tantas regras, mas ainda mantemos algumas. Tudo depende de mim: posso criar uma regra ou não. Quebrá-la ou não. Não tem ninguém mais para me dizer se estou certo ou errado.

Hoje estou em Edimburgo, uma cidade maior que Aberdeen. Vim consultar meu advogado tributário. Mudar-se de país é complicado. Os impostos precisam ser pagos em vários lugares, a depender de onde o dinheiro é guardado. Nossa casa em Hidden Oaks foi vendida por um bom preço; estamos mais do que confortáveis no momento. Também continuo trabalhando como instrutor de tênis. É um esporte muito popular na Escócia, embora na maior parte do tempo joguemos em quadras cobertas. Ao terminar a reunião com o advogado, flagro-me com pouco tempo antes do próximo trem para Aberdeen. Paro em um *pub* que fica próximo da estação e faço um gesto para o barman me servir um chope *ale*. Ele enche uma caneca com um líquido escuro e viscoso, diferente de qualquer cerveja que eu costumava beber na minha terra natal.

A mulher ao meu lado tem cabelos escuros e pele clara. Pelos seus trajes, parece que acabou de sair do trabalho e está tomando um drinque antes de ir para casa. Seu alívio por saber que o dia está chegando ao fim é palpável.

Depois de meio drinque, ela me olha e sorri.

Retribuo o sorriso.

Ela desvia o olhar e depois me olha de novo.

Pego meu celular, digito uma mensagem e deslizo-o sobre o balcão.

Olá. Meu nome é Quentin.

# AGRADECIMENTOS

Quando me sentei para escrever este segmento, percebi que não fazia ideia de por onde começar. Nunca havia escrito agradecimentos até então, mas o que sei é que muitas, muitas pessoas trabalharam firmes para que este livro chegasse às suas mãos. Jamais serei capaz de agradecer na justa medida a todos, mas vou tentar.

Minha agente, Barbara Poelle. Sem ela, *Minha Adorável Esposa* não seria um livro publicado. Acontece que ela é tão perturbada quanto eu (talvez até mais) e louca o suficiente para se arriscar com uma zé-ninguém feito eu.

Minha editora, Jen Monroe. Ela tornou este livro melhor, detectou todos os meus erros e não permitiu que eu me safasse de nada. Meu coração dispara toda vez que vejo o nome dela na minha caixa de entrada, mas isso é bom.

A todos da Berkley, sou muito grata por vocês terem decidido publicar este livro e por todo o tempo e recursos a ele dedicados.

Meus amigos, parceiros de crítica e colegas escritores, sem os quais eu não estaria em lugar nenhum. Começando por Rebecca Vonier, que não me deixou desistir deste livro. Eu jamais o teria concluído sem ela, nem o teria publicado. Marti Dumas, que aponta todos os problemas da história e dos personagens e está sempre certa. Laura Cherry, que sempre percebe cada detalhe e faz questão de destacá-los. E Hoy Hughes, que fundou nosso grupo de escritores original, onde conheci todas essas pessoas maravilhosas.

Há muitas outras pessoas que dedicaram um tempo para ler e dividir suas opiniões sobre meus escritos (a maioria delas, bem ruins). Nem vou tentar citá-las uma a uma, porque certamente me esqueceria de alguém, mas vocês sabem quem são.

A todos os blogueiros, escritores, críticos e todos que em algum momento se flagraram com este livro em mãos. Antes de mais nada, sou uma leitora. Sou grata pela alegria que os livros me proporcionam e por qualquer pessoa que queira ler minhas palavras.

Não posso deixar de fora minha chefe e amiga de longa data, Andrea, que sempre me apoiou.

Por último, mas sem dúvida não menos importante, minha família. Minha mãe, que está sempre presente, não importa qual aventura louca eu esteja vivendo. E meu irmão, que me fez forte.

Case No. #05 Invento

Type 4a Temporada

Description of evidence col

## Quem é ELA?

SAMANTHA DOWNING é uma autora norte-americana de thrillers que se tornaram best-sellers internacionais. Seus livros, que incluem *Minha Adorável Esposa*, *He Started It*, *For Your Own Good*, *A Twisted Love Story* e *Too Old for This*, figuraram nas listas de mais vendidos do *Sunday Times* e do USA *Today*. *Minha Adorável Esposa*, obra indicada a diversos prêmios literários, conquistou o Prix des Lectrices na França, e teve os direitos de adaptação cinematográfica adquiridos pela Amazon Studios em parceria com a Blossom Films, de Nicole Kidman. Saiba mais em samanthadowning.com.

E.L.A.S

**QUEM GOSTOU DE**
***MINHA ADORÁVEL ESPOSA***
**TAMBÉM VAI GOSTAR DE:**

Centrada em um casamento em ruínas, com segredos, manipulações e reviravoltas

Rico em camadas psicológicas, que aborda traumas, memórias reprimidas e o desgaste dos relacionamentos

Protagonistas nada confiáveis, que constroem um jogo de gato e rato emocional

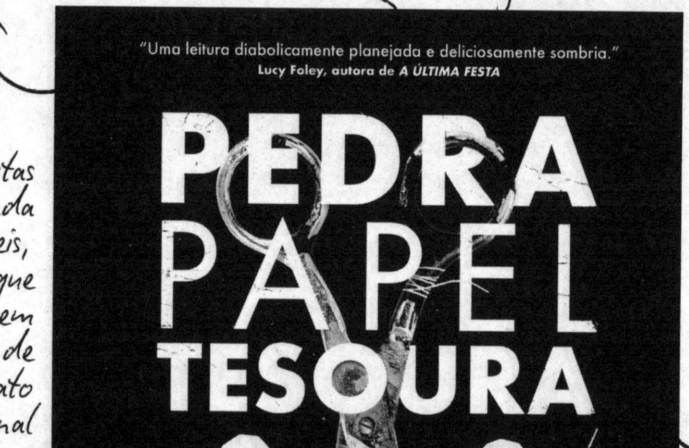


Em adaptação para minissérie da Netflix

Top 10 Thr do outono 2021 pela Publisher's Weekly

**ALICE FEENEY**
**PEDRA PAPEL TESOURA**

Dez anos de casamento. Dez anos de segredos. E um aniversário que eles nunca esquecerão. Um relacionamento construído entre mentiras e pedradas.

**"Uma leitura diabolicamente planejada e deliciosamente sombria."**
**LUCY FOLEY,**
**autora de *A Última Festa***


E.L.A.S ESPECIALISTAS LITERÁRIAS NA ANATOMIA DO SUSPENSE EVIDENCE
TO BE OPENED BY AUTHORIZED PERSONNEL ONLY //// ESPECIALISTAS LITERÁRIAS NA ANATOMIA DO SUSP EVIDENCE

4ª temporada

# E.L.A.S EM EVIDÊNCIA.

Autora best-seller e premiada, também publicada pela DarkSide® com A Boa Mentira, e traduzida para mais de 10 idiomas

Conflito feminino intenso, com duas protagonistas ambiciosas e uma rivalidade permeada por obsessão, inveja e desejo

Thriller psicológico inspirado em fatos reais

Ambientação de luxo e poder, em uma das regiões mais ricas dos EUA

Crítica sutil à ostentação e aos jogos sociais da elite

**2**

**A.R. TORRE**
**O ÚLTIMO SEGREDO**

Um mundo sombrio e fascinante, luxuoso e hedonista, onde a verdade é uma miragem apoiada na mais vã ostentação.

"Um romance glamouroso e sedutor que irá absorver sua atenção e nocauteá-lo. Eu amo essa história, os personagens e a emoção crua que eles despertaram em mim. Excepcional."
**TARRYN FISHER**, autora de *Nunca Jamais*

E.L.A.S®

Suspect

Victim

ESPECIALISTAS LITERÁRIAS NA ANATOMIA DO SUSPENSE

CRIME SCENE® FICTION

DARKSIDEBOOKS.COM